KB132249

나의 이상한 나라, 중국

青春

Copyright ⓒ 2010, Han Han(韓寒)
Korean translation copyright ⓒ 2014, Munhakdongne Publishing Co.
Korean translation rights arranged with Han Han
through Imprima Korea Agency and Peony Literary Agency

이 책의 한국어판 저작권은 Imprima Korea Agency와 Peony Literary Agency를 통해
Han Han(韓寒)과의 독점계약으로 문학동네에 있습니다. 저작권법에 의해 한국 내에서 보호를 받는
저작물이므로 무단전재와 무단복제를 금합니다.

이 도서의 국립중앙도서관 출판시도서목록(CIP)은 서지정보유통지원시스템 홈페이지
(http://seoji.nl.go.kr)와 국가자료공동목록시스템(http://www.nl.go.kr/kolisnet)에서
이용하실 수 있습니다. (CIP제어번호: CIP2014012059)

青春

나의 이상한 나라, 중국

한한 韓寒 지음 | 최재용 옮김

문학동네

| 일러두기 |

• 원서의 주는 '—원주'로 표기했으며 그 외의 주는 모두 옮긴이 주다.
• ×로 표기한 부분은 저자가 원서에서 ×로 표기하거나 익명으로 처리하여 직접적인 언급을
  삼간 것이다.

4억 명을 사로잡은 한한 현상*

2010년, 한한韓寒은『타임』이 선정하는 '세계에서 가장 영향력 있는 100인' 중 한 명으로 뽑혔고 이후 전 세계 매체의 주목을 끌며 '한한 현상'을 불러일으켰다. 스물여덟 살 청년, 아이돌 가수 같은 외모, 세계에서 가장 방문자 수가 많은 블로그. 이런 요소들이 모두 한한 현상을 강화하는 데 일조했다. 8년 동안, 4억 명(누계)에 달하는 사람들이 그가 이런저런 현상에 대해 발표하는 글에 지속적으로 관심을 기울였으며, 중국 정부측 역시 지속적으로 그가 발표하는 글에 관심을 기울임과 동시에 '검열'을 자행했다. 혹자는

* 이 글에 적힌 각종 수치는 이 책 원서의 발행 시기인 2010년을 기준으로 한 것이다.

그의 발언이 중국의 모든 교수들의 발언을 합친 것보다 더 큰 영향력을 가졌다고 하는데, 이런 주장도 어쩌면 과장이 아닐 것이다. 인터넷상에서 그의 말 한마디 한마디는 실제로 젊은 세대가 글쓰기의 힘을 바라보는 방식을 바꿔놓고 있다. '4억 명이 주목했던 내용을 전달한 매체는 다른 게 아니라 바로 글쓰기였다.' 바로 이 글쓰기의 힘 때문에 우리는 이 책 『나의 이상한 나라, 중국』을 기획, 출판해 중국 대륙 바깥에 있는 독자들에게 한한을 알리기로 결정했다.

　이 책은 지난 8년간 한한의 블로그에 발표된 600여 편에 달하는 글 중 가장 대표적인 70여 편의 글을 싣고 있다. 가장 중요한 것은, 중국의 인터넷 검열관들의 손에 삭제되어 중국에서는 출판될 수 없는 글을 골라 실었다는 점이다. 한 글자의 삭제도 없이 한한으로 하여금 이 책 안에서 마음껏 이야기를 펼칠 수 있게 했다.

　한한의 이야기는 과감할 뿐 아니라, 그 솜씨 또한 대단히 뛰어나다. 그는 비유를 잘 활용하며, 그의 글은 언제나 이해하기 쉬우면서도 심오하다. 한 언론매체와의 인터뷰에서 그가 했던 말을 간단히 인용함으로써 이런 칭찬의 근거로 삼겠다. 『타임』이 선정한 2010년 올해의 인물이 된 후, 한 일본 언론에서 그에게 중국에 기대하는 바가 무엇인지 묻자 그는 다음과 같이 대답했다.

착한 사람이 담을 넘지 않아도 되고 나쁜 사람이 감옥에 가는 것. 세계에 영향을 미치는 문화가 있고, 다른 나라들이 본받을 만한 문예가 있을 것. 깨끗한 환경과 자유로운 분위기가 있을 것. 새장 안에 갇힌 권력을 보면서, 술을 마시며 즐겁게 이야기하니 하지 못할 말이 없어지는 것.

이것이 바로 우리가 독자 여러분께 소개해드리고 싶은 한한의 모습이다. 젊지만 발언이 과감하고 뜻이 굳세며, 말하는 바에 근거가 있는 한한의 모습 말이다.

신징뎬원화新經典文化 출판사 편집부

2부 예술

3부 공민

4부 인터뷰

1부

청춘

청춘

친구가 한 명 있는데, 졸업 전에 별 원대한 이상은 없었지만 적극적이고 건강했다. 졸업 후에 직업을 찾다가 어렵사리 가공업계에 취직했다. 한 달에 1500위안[1] 정도를 벌고 수시로 야근을 하는데, 야근할 때는 보수가 있기도 하고 없기도 해서 다 합치면 한 달에 2000위안을 벌 수 있다. 집이 직장에서 10여 킬로미터 떨어진 곳에 있어서 전동자전거電瓶車[2]를 한 대 샀으며, 매일 아침 일찍

---

1. 중국의 화폐 단위로, 1위안은 2014년 초 기준으로 170~180원 정도다. 중국의 최저임금 기준은 각 성省마다 다른데, 상하이의 경우 2014년 4월 기준으로 1개월에 1820위안이다.
2. 축전지를 동력원으로 사용하는 자전거 형태의 이륜차. 전동차電動車라고도 부르며, 중국의 대중적인 교통수단이다.

출근해 늦게야 돌아온다. 막 결혼했는데 집을 살 형편은 안 된다. 그나마 다행인 것은 시골에 3층짜리 건물을 하나 지어서 1, 2층은 타지에서 일하러 온 사람들에게 세를 주었다는 것이다. 방 하나에 200위안 남짓 받는데 도합 여섯 칸을 세주었으니, 한 달에 약 1500위안 정도 가외 수입이 있다. 이 타지 사람들은 보통 방 한 칸에 일가 세 사람이 살곤 하는데, 한 사람당 수입은 800위안 정도이며, 걷거나 자전거를 타고 가까운 곳에 있는 공장에 출근한다. 이 가까운 곳의 공장이란 가공업보다 오염이 더욱 심한 화학공업 공장인데, 이는 당시 우리 진鎭[3]에서 자본 유치를 위해 끌어들인 기업들이고 대부분은 도산해버렸다. 도산하지 않은 곳들은 다소나마 이윤을 남기고는 있지만 오염 방지에 신경썼다가는 적자를 보게 될 것이고, 적자를 보게 되면 세금을 내거나 국내총생산GDP에 보탬이 될 수가 없다. 그러니 정부에서도 손을 쓸 수가 없고, 이 공장들이 오염시킨 강물이 우리집 문 앞을 흘러 지나간다.

　　우리 고향 마을 농민 주택에는 대부분 스무 명이 넘는 타지 노동자들이 세 들어 산다. 이런 농민 주택의 주인은 보통 한 명의 자녀를 두고 있으며, 그 자녀들 대다수는 내가 이 글 첫머리에서 언급한 친구와 비슷한 처지다. 내 친구는 그래도 스스로가 그럭저

---

3. 중국의 행정단위는 대체로 규모에 따라 성省-시市-현縣-진鎭-향鄕 등으로 분류되며, 이 가운데 진은 지방의 소규모 도시에 해당한다.

력 잘 지내는 편이라고 생각한다. 적어도 아내와 결혼이라도 했으니 말이다. 하지만 매달 들어오는 돈은 기본 생활비로 거의 다 나가버려서 조금이라도 비싼 물건은 살 수도 없고, 직업을 바꾸거나 어딘가로 나가서 사업을 벌여볼 엄두도 내지 못한다. 한편으로는 보험이 없으니 만약 뜻밖의 변고라도 생기면 어떻게 한단 말인가. 게다가 한 달이라도 수입이 끊기게 되면 생활비조차 감당할 수 없다. 그들은 진에 집을 한 채 사서 자신들의 호구[4]를 도시 호구로 바꾸고 싶어한다. 이렇게 하면 훗날 자녀에게는 좋은 일이다. 그러나 상하이 교외의 진에 있는 집은 적어도 50만 위안이나 하기 때문에, 그가 먹지도 마시지도 않고 25년이나 일해야 마련할 수 있다. 그나마도 내부 마감 공사가 하나도 되어 있지 않은 상태라서 집 꼴을 갖추려면 5년은 더 굶어야 한다.

그 녀석의 바로 옆집에도 내 친구가 하나 사는데, 막 대학을 졸업했고 월급은 첫번째 친구보다는 조금 많다. 하지만 여자측의 요구 조건[5] 역시 까다로워서, 시내에 집 한 채는 있어야 결혼을 해

---

4. 호구는 우리나라의 주민등록에 해당하지만, 농촌과 도시로 나뉘어 있으며 각 호구별로 거주와 취업, 교육 등 여러 방면에서 상당한 제약이 따른다.
5. 중국은 1979년 1월부터 산아제한을 위해 '1가구 1자녀 정책'을 강제로 시행해왔다. 여기에 남아선호 사상까지 겹쳐 여성 인구가 줄었다. 그에 따라 남자는 배우자를 찾기 어려워졌으며, 여자는 결혼할 때 남자측에 여러 요구 조건을 내거는 경우가 많아졌다.

주겠다고 한다. 시내에 있는 중고 주택[6]은 적어도 200만 위안 정도 하는데, 이는 내 친구가 60년간 일하거나 혹은 고향의 집을 여덟 가구의 타지 노동자들에게 세를 주어 100년 동안 집세를 받아야만 구입할 수 있는 금액이다. 그러니 그들의 유일한 희망이란 강제 이주를 당하는 것이다. 설사 정부가 50만 위안에 그들의 집을 철거하고 그 땅을 500만 위안에 팔아먹는다 해도 상관이 없다. 적어도 50만 위안이면 시에 있는 주택의 1차 계약금은 낼 수 있으니, 나머지는 나중에 생각할 일이고 어쨌든 일단 결혼은 할 수 있는 것이다. 집이 철거된 후에 부모님은 어디에 살 것인가 하는 게 문제이긴 한데, 어쩌면 300위안 정도에 다른 농가의 좀 큰 방을 하나 세내서 우선 몇 년 지낸 다음에 차차 생각해볼 수도 있겠다.

내가 얘기했던 첫번째 친구의 옛날 직장은 하루 삼교대로 운영됐는데, 공장도 너무 멀고 건강에도 문제가 생기고 해서 그만둔 후에 야근은 좀 덜 하고 월급은 좀더 받을 수 있기를 기대하면서 비로소 지금의 직업을 얻은 것이다. 사장이 말하기로는 내년에 100위안을 올려주고 내후년에는 100위안을 더 주기로 했단다. 녀석이 지난주에 내게 말하기를, 아버지가 어쩌면 해외로 나가 미장일을 하실지도 모른다고 했다. 3년이면 20만 위안을 벌 수 있다고

---

6. 중국에서는 개발상이 새로 지어 처음 판매하는 주택을 '이서우팡一手房', 즉 새 주택이라고 부르고, 두번째 이후 거래부터는 '얼서우팡二手房', 즉 중고 주택이라고 부른다.

한다. 친구에게 네 생각은 어떠냐고 물어보았다. 친구는 그냥 그렇게 해야지 다른 수가 없잖아 하고 말했다. 그의 어머니는 전등 수리하는 일을 해서 한 달에 800위안을 번다. 상하이 교외 지역에서 살아가는 이 가족을 보자면, 스무 살 남짓한 아들에겐 쉰 살이 된 자기 모습이 뻔히 보인다. 그리고 이제 쉰이 넘은 아버지는 해외로 나가 몇 년이나 일을 해야 할 지경이다.

그들은 타지에서 온 노동자들에 대해 좋지 않은 감정을 갖고 있다. 이들 노동자들이 주위 공장의 일거리를 싹쓸이해버린데다 한 달 임금을 몇백 위안 수준까지 낮춰놓았기 때문이다. 마을 전체로 본다면 타지 사람과 토박이의 비율이 10대 1을 넘어섰다. 그럼에도 불구하고 마을 사람들은 타지 노동자들에게 의존할 수밖에 없는데, 왜냐하면 그들이 자신들의 집에 세를 들어서 1년에 1만 위안이 넘는 수입을 보태주기 때문이다.

이것이 상하이 교외 지역 보통 사람들의 생활이다. 어쩌면 그럭저럭 괜찮은 가정이라고 할 수도 있겠다. 기계적인 노동, 희망 없는 미래, 형편없는 보수—이것이 폭스콘Foxconn 노동자들이 자꾸만 투신자살을 하는 이유다.[7] 하지만 다른 곳으로 가면 임금은

---

7. 폭스콘은 세계 최대 규모의 전자기기 위탁생산업체다. 가혹한 노동 환경으로 인해 2009년부터 2010년 사이에 노동자 18명이 연쇄 자살하는 사건이 벌어졌고, 이후에도 종종 자살 사건이 벌어지고 있다.

더욱 낮고 물가는 더 높아서, 배부르게 먹고 따뜻하게 입는 것[8] 말고는 아무것도 할 수 있는 게 없다. 게다가 배부르게 먹을 수 있게 됐다는 사실만 가지고서도 이 정부는 그것이 무슨 세계 인류에 대한 지대한 공헌이자 정치적인 업적인 것처럼 선전을 하고 있으며, 고대의 자료와 빙하시대의 사진을 들이대고서는 네놈들이 배부르게 먹을 수 있는 것만 해도 국가에 감사해야 할 일이다, 사치스럽게 뭘 더 바라는 것이냐 하고 말하지 못해 안달이다. 내 친구들은 비록 생활에서 받는 스트레스가 적지 않지만, 그래도 다행인 건 친구와 가족이 20킬로미터 이내에 살고 있다는 점이다. 젊은 노동자들의 절대다수는 고향이 수천 킬로미터나 떨어진 곳에 있으며, 그나마 가정이 반드시 화목하란 법도 없다. 중국의 가정에서는 돈을 얼마나 벌어오느냐 하는 것이 한 젊은이가 이 세상에서 얼마나 가치가 있는지 판단하는 유일한 기준인 경우가 많은 것이다.

　이런 사람들에 대해서 중국 네티즌 대부분은 그다지 잘 알지 못할 것이다. 인터넷 게시판에서 현역 폭스콘 노동자가 사람들에게 동료 직원이 투신자살한 이야기나 그들의 생활에 대한 이야기를 하는 것은 거의 볼 수 없는 일이다. 왜냐하면 그들은 그런 행동

---

8. 덩샤오핑鄧小平이 제시했던 개혁개방 정책의 주요 구호 중 하나가 싼부쩌우三步走 개혁인데, '원바오溫飽, 따뜻하고 배부름'는 인민의 먹고 입는 문제를 해결한다는 목표로 개혁의 첫 단계에 해당한다.

을 할 시간이나 심지어는 능력조차도 갖고 있지 못하기 때문이다. 바깥세상의 방탕한 생활은 그들과는 아무런 관계가 없으며, 게다가 사랑에 대한 동경조차도 잃어버렸다. 이 세계에는 국외자란 없으며, 현실이야말로 가장 거대한 국외자다. 어쩌면 그들이 투신자살할 때에야 비로소 그들 생명의 가치가 드러나는 것인지도 모른다. 그때는 하나의 생명으로 언급되고 기록될 수 있다. 안타까운 것은 이조차도 숫자로 변해버리고 만다는 사실이다.

심리치료는 소용없는 짓이다. 우리네 여인들이 돈 있는 자들을 끌어안고, 돈 있는 자들은 권력자들을 끌어안고, 권력자들은 회장님들을 끌어안고, 회장님들은 린즈링林志玲[9]을 끌어안고 있는 몰골을 보고 난 마당에, 대체 어떻게 심리적인 치료가 가능하다는 것인가? 수소문을 해보니 동창들은 죄다 어렵게 살아가고 있었다. 잘 지내고 있는 남자 동창은 집안이 원래 잘나갔고, 또 한 명의 잘 지내고 있다는 여자 동창은 시집을 잘 간 것뿐이다. 다른 사람들은 죄다 폭스콘이 보험 제도가 잘 마련돼 있고, 때가 되면 월급을 주고, 살 곳도 제공해주고, 야근하면 수당도 준다고 부러워한다. 당신은 스스로가 기계 취급당한다고 느낄지도 모르지만, 다른 사람들은 스스로가 똥덩어리 같다고 느낀다. 반경 수백 킬로미터 이내

---

9. 중국 최고의 미녀라 불리며 거부들과 스캔들이 잦은 연예인이다. 폭스콘 회장 궈타이밍郭台銘의 재혼 상대로 거론되기도 했다.

의 현실에서는 기운을 북돋아줄 만한 이야깃거리조차 찾을 수 없는 것, 이것이 수많은 중국 젊은이들의 생활이다.

만약 그들의 월급을 10배로 올려준다면 투신하는 사람이 없어질까? 통화팽창이 10배로 일어나지만 않는다면 당연히 아무도 투신하지 않을 것이다. 물론 회장님들은 그렇게 하지 않을 것이며, 설령 회장님들이 그렇게 해준다 해도 정부가 금지령을 내릴 것이다. 우리 정부가 세계의 정치 무대에서 허리를 꼿꼿이 세우고 정치적 협상에서 수완을 발휘할 수 있는 까닭이 무엇인가? 바로 당신들, 한 사람 한 사람의 저렴한 노동력, 바로 당신들이 중국이 가진 승부수이자 GDP의 인질이다. 이것이 중국식 사회주의이건, 아니면 봉건적 자본주의이건 간에, 향후 10년 동안 이들 젊은이들에게는 앞날이 없다. 얼마나 안타까운 일인가! 본래 심장 속을 흘러야 할 뜨거운 피가 땅 위로 흘러나오게 된 것은.

2010년 5월 28일[10]

---

10. 이 글은 한한이 '폭스콘 투신 사건'에 대해 블로그에 발표한 것으로, 조회수가 180만이었으며 4만 개의 댓글이 달렸다.—원주

불법적인 어휘를 수호하자

　한 친구가 내게, 댜오위댜오釣魚島 사건에 대해 왜 의견을 발표하지 않느냐, 일본을 한 번쯤 비난해야 하지 않느냐 하고 물었다. 나는 이렇게 대답했다. 비록 나는 내 땅이라고는 한 평도 없지만[1] 영토 문제에 대해서는 무척 신경쓰고 있다고. 막 사건이 일어났을 때 나는 엄정한 필치로 어느 인터넷 사이트에 '댜오위댜오를 수호하자'라는 글을 썼었다. 그런데 그 사이트에서 내게 통지하기를, 내가 불법적인 내용을 발표하려 한다고 했다. 그러면서 수정을 요청했다. 나는 아무리 생각해도 어떻게 된 일인지 알 수가 없었는

---

1. 중국의 모든 토지는 국가 소유이며, 사람들은 토지 자체가 아닌 그 사용권을 반영구적으로 임대한다.

데, 게시물의 제목을 '센카쿠 열도[2]를 수호하자'로 바꾼 다음에야 비로소 합법적이고 순조롭게 글을 발표할 수 있었다.

이는 실로 중요한 문제다. 외교부는 드물게 주말에도 출근해서 일본에 대한 비난을 계속했다. 만약 사람들이 모든 일이 잘 풀리는 상태라면, 즉 생활도 뜻대로 풀리고, 마누라, 자식, 집, 차, 직업, 여가, 건강, 의료 등등 모든 것을 다 지켜낼 수 있다면, 한가로운 심사와 고상한 흥취를 달랠 겸, 민족 정서도 고려할 겸, 또 감춰왔던 재능을 뽐내볼 겸 댜오위댜오를 수호하러 나서는 것도 물론 가능한 일이다. 하지만 만약 당신에게 아직 수호해내지 못한 다른 일이 있다면 당신 것부터 지켜낸 다음에 나서는 것이 옳지, 그렇게 앞에 나서지 못해 안달할 필요는 없다. 물론, 이런 중차대한 문제 앞에서 당신의 개인적 손해 같은 것이 뭐가 중요하냐고 말할지도 모른다. 맞는 말이지만, 모든 사람에겐 무엇이 중차대한 문제인지 스스로 결정할 권리가 있다.

예컨대 이번과 같은 경우, 내 생각에는 우선 정부의 태도를 살펴야 한다. 당신은 어째서 지도자들보다 앞서서 뛰쳐나가려고 하는가? 지도자들이 비난의 태도를 내보인다면, 이는 당신이 비난의 태도를 내보일 수 있도록 해준다는 뜻이다. 지도자들이 유감을

---

2. 댜오위댜오의 일본 명칭.

표명한다면, 이는 당신이 이제 비난을 그만둬도 좋다는 뜻이다. 지도자들이 일본을 비난할 때라도 당신이 직접 실력행사에 나서려고 든다면, 거기까지가 지도자들이 용납할 수 있는 한계점이다. 만일 당신이 진짜로 나서버린다면 지도자들은 당신에게 벌을 내릴 것인데, 왜냐하면 지도자들은 지금 커다란 국면을 고려하면서 바둑을 두는 중이기 때문이다. 당신은 한 개의 바둑알일 뿐인데 바둑판 바깥으로 뛰쳐나가버려서야 되겠는가?

또한 이 바둑판 속에서 당신은 검은 돌이고 지도자들은 흰 돌이다. 우선 노동자 대중은 항상 약간 시커먼 색이기 때문이고 또한 쉽게 흑호黑戶[3]로 변할 수 있기 때문이니, 검은색이야말로 당신에게 가장 잘 어울리는 색인 것이다. 하지만 조심하시라. 지도자들의 돌격 명령을 받들어 당신들이 나서서 악역을 자처할 때, 그들은 벌써 입을 싹 씻고 영웅 행세를 할 테니까 말이다.[4] 사태가 끝난 후, 당신은 어쩌면 지도자와 범법자가 화목하게 중요한 거래를 하는 중이었음을 알게 될지도 모른다.

내 생각에, 댜오위다오 문제에서 정부 당국이 더욱 중시하는

---

3. 호구가 없는 불법 노동자.
4. 한한은 악역을 맡는 것과 영웅 행세를 하는 것을, 각각 경극의 '검은 가면을 쓰고 노래하다唱黑瞼'와 '흰 가면을 쓰고 노래하다唱白瞼'라는 표현을 빌려와 쓰고 있다. 가면의 색깔은 주인공의 성격을 상징하는데, 검은색은 인정에 얽매이지 않는 정의로운 악역을, 흰색은 효웅梟雄을 의미한다.

것은 대내적 안정이다. 지하에 매장된 석유는 사실 별로 중요하지 않다. 그것은 일본인들이 원하는 것이며, 또한 그들이 70년대에 다시금 댜오위다오에 못된 마음을 품게 된 원인이기도 하다. 하지만 중국 정부는 단지 안정만을 바라고 있으며, 외교나 군사적인 면에서 어떠한 위험도 발생하지 않기를 원하니, 이 때문에 원래 복잡하지 않았던 문제를 질질 끌어서 기어이 대단히 복잡한 문제로 만들어버리고 만 것이다.

우리나라 영토 가운데 이와 유사하게 분쟁 가능성이 있고 타국과 어떤 불화나 국지전을 일으킬 만한 지역은, 한 마리 닭처럼 생긴 중국 지도의 모양을 바꿔버릴 정도로 큰 지역이 아니라면, 또한 국민과 여론 역시 제대로 이해하지 못하는 지역이라면, 정부는 어쩌면 그냥 줘버리자, 부동산업자에게 팔아버린 셈 치자 하는 생각을 가지고 있는지도 모른다. 수탉인지 암탉인지는 그리 중요한 것이 아니다.[5] 그러나 댜오위다오는 줄곧 비교적 이름이 알려져 있었으며 대중이 관심을 가지는 곳이었다.

특히 다년간 신문이나 방송을 통해 지도자들이 모두 댜오위타이釣魚臺 국빈관에서 외국 손님들을 접견하는 것을 봤는데, 한참

---

5. 중국 영토의 모양새를 닭에 비유하는 경우가 많다. 이 문장이 의미하는 바는, 대체로 닭 모양새만 유지된다면 암수를 구분해주는 벼슬이나 꼬리 등에 해당하는 작은 지역에 대해서는 아무도 신경쓰지 않는다는 말이다.

실랑이를 벌인 끝에 댜오위타이가 다른 나라 손에 넘어가게 된다면 얼마나 체면을 구기는 일인가?[6] 그러니, 댜오위다오는 정부의 영토 문제에 있어서 국가 이미지와 관련된 일이고, 양보할 수 없는 선이다. 나는 이곳을 다른 나라에 넘겨주는 일은 없을 것이라 믿는다. 그리고 중국 정부의 입장에서 최선의 해결 방안은 계속 시간을 끄는 것이다. 지각변동이 다시 일어나서 댜오위다오가 아예 푸젠福建 성[7]에 속하게 될 때까지 시간을 끌자는 말이다. 이렇게 되면 이는 성省의 문제[8]가 된다. 해역 문제니 석유 문제니 하는 것들은 그때 가서 다시 이야기하면 될 것이다.

그런고로 나는 댜오위다오가 일본인에게 점령당할까봐 걱정하지 않는다. 비록 그들이 진짜로 나서고 있기는 하지만 말이다. 이번 사태에 있어서 최선의 결과는 우리 쪽 선장이 열흘 동안 구류되어 있기로 했다가, 우리가 9일간 강렬하게 비난하고 엄중하게 항의한 후 일본인들이 선장을 풀어주는 것이다. 이러면 우리도 항

---

6. 우리나라에서는 '조어대 국빈관'이라고도 부르며, 베이징의 정치적 핵심이라 할 수 있는 중난하이中南海에 위치해 있다. 1992년 한중 수교도 바로 이곳에서 이루어졌다. 이름만 비슷할 뿐, 지리적으로 댜오위다오와 전혀 상관없는 곳이다. 중국인들이 댜오위다오에 대단히 관심이 많은 척하지만 사실은 댜오위다오와 댜오위타이도 제대로 구별하지 못한다는 것을 비꼬고 있다.
7. 중국 남동부에 위치하며 동쪽으로 타이완해협에 면해 있는 지역이다.
8. 원문은 '省事'로, 성에서 담당해야 할 일이라는 뜻도 있지만 문제가 간단해진다는 뜻도 있다.

의한 효과를 얻었다고 여길 수 있다. 정의로운 악역 노릇을 해보고 싶은 사람들은, 물론 한가하고 별다른 일이 없다면 한 번쯤 시도해 보는 것도 무방할 것이다. 다만 너무 연극에 깊이 몰두해서는 안 될 것이며, 자신의 생활에 영향을 끼쳐서도 안 되고, 가족과 자신이 마땅히 가져야 할 모든 것을 더욱 지켜내야만 한다는 사실을 잊어서도 안 되고, 자신은 이미 원샷을 해버렸는데 지도자들은 아직 술병 뚜껑조차 열지 않았다고 해서 상심하지도 말 것이며, 또한 우리 민족에게 가장 시급한 일을 자신이 황급히 해결하고 있다고 여겨서도 안 될 것이다. 이 민족에게는 항상 더 시급한 일이 있게 마련이다.

2010년 9월 13일

우리 세대 사람들

　　그저께 잡지 『멍야萌芽』[1]의 '신개념문학상' 10주년 기념행사에 참가해서 한 가지 문제를 이야기하게 되었다. 대단히 진부한 세대 문제였다. 나는 사실상 한 세대에 속한 사람이니 다른 세대 사람이니 하는 것은 존재하지 않는다고 말하고 싶다. 그러나 굳이 그런 것이 존재한다고 말한다면, 우리 세대 사람들에 대해 한번 이야기해보겠다.

　　내가 본 바에 의하면, 우리 세대 사람들은 사실 무척 전통적이다. 이혼율은 계속 고공행진을 하고 있는데, 이는 많은 사람들이

---

1. 1956년 상하이에서 창간된 대중문예지. 한한은 이 잡지에서 주최한 신개념문학상의 제1회 수상자다.

사랑하는 사람과 결혼하는 것이 아니라 나이나 집안만 보고 결혼하기 때문이다. 스물다섯만 되면 사람들은 불안에 떨기 시작한다. 그러나 이 점이 바로 이들이 이전 세대 사람들과 본질적으로 다르지 않다는 사실을 설명해준다.

하지만 기성세대의 이들에 대한 수많은 부정적 평가는 불공평한 것이다. 예를 들어 자기중심적이라거나 정치에 관심이 없다거나 하는 등등이다. 자기중심주의는 사실 좋은 것이며, 게다가 겉으로 드러나는 성격의 많은 부분은 산아제한 정책으로 말미암은 것이다. 외동아이로 태어났기 때문에 생겨난 문제의 책임을 그저 태어났을 뿐인 무고한 사람들에게 돌리는 것은 부당해 보인다.

그리고 소위 정치에 관심이 없다는 소리도 사실 황당무계한 것이다. 요즈음의 상황에서는 정치에 관심을 가질 수가 없다. 옛날 사람들은 그저 어쩔 수 없이 강제로 정치에 관심을 가지게 되었을 뿐이며, 그들이 담당한 역할은 정치적 조류의 보잘것없는 앞잡이와 피해자뿐이었다. 피해를 입었다는 사실은 이야깃거리가 될 수 없다. 피해를 입었다는 사실이 이야깃거리가 되어서는 안 된다. 이는 강간당한 경험을 자신의 성애 편력에 포함시키지 않는 것과 마찬가지다. 정치에 관심을 가질 수 있는 시기는 아직 오지 않았다.

그리고 지금 이 시대에 현존하는 수많은 불만과 부조리, 혹은 이익과 진보는 사실 우리 세대와는 전혀 관계가 없다. 이는 전부 윗세대 사람들이 만들어낸 결과다. 정치의 공신력이 CCTV[2]와 함께 전례 없이 낮아지는 것 또한 우리 세대와는 아무런 관계가 없다. 우리 세대 사람들은 아직 오락이나 스포츠 프로그램 등에만 얼굴을 내밀 수 있을 뿐이니, 우리 사회에 그리 큰 영향을 끼칠 수 있을 것이라고는 생각하지 않는다. 80년대 출생자들은 제일 나이가 많아봤자 이제 스물여덟이고 가장 어린 경우는 열아홉이니, 처장處長과 숫총각[3]에 불과한 나이라 아무런 권세가 없다. 따라서 권력을 잘못 사용해 생긴 문제점을 우리 세대에게 미루는 것은 억울한 노릇이다. 자기 궁둥이를 깨끗이 닦지 못했다고 해서 다음 세대의 배냇머리를 휴지로 삼아서는 안 된다.

그 밖에 생활이 방탕하고 난잡하다느니, 원나이트니, 부당한 관계니, 무지몽매하다느니, 약물 복용이니, 공허함이니, 우울증이니 하는 것은, 내가 관찰해본 결과로는 확실히 70년대생들부터 시작된 것이다. 하지만 나는 이것이 나쁜 일이라고 생각하지 않는다. 신념이 있다는 것은 당연히 좋은 일이지만, 중요한 것은 이 신념이 우리를 어느 곳으로 이끄는가 하는 점이다. 만약 신념이 우리를 골

---

2. 중국 국영 중앙방송국.
3. '처장'은 중국 공무원 직급 중 하나로, 여기서는 이제 막 권력의 문턱에 발을 내딛는 수준이라는 의미다. '숫총각'은 중국어로 '처남處男'이므로 발음상 처장과 운이 맞는다.

짜기로 이끈다면, 우리는 차라리 높은 곳에 서서 하늘을 바라보는 것이 좋겠다.

하지만 대단히 반가운 것은 전체적인 수준의 향상이 바로 우리 세대로부터 시작되고 있다는 사실이다. 가장 기본이 되는 것들, 이를테면 쓰레기를 함부로 버리지 않고 가래를 뱉지 않고 새치기하지 않는 일 등은 모두 문혁文革[4]이 끝난 후 교육을 받은 사람들로부터 조금씩 이루어지고 있다. 사회의 악습과 저질스러운 됨됨이의 발현은 대부분 바로 윗세대의 자랑스러운 전통이다.

우리 세대 사람들도 물론 잘못된 점이 있지만, 나는 그것이 많은 경우 개인적 능력에 의한 실수라고 생각한다. 이보다 더 많은 잘못들에 대해서는 오늘날 왈가왈부하는 것이 적절하지 못한 것 같다. 왜냐하면 지금 우리가 발견하는 모든 잘못들은 다른 세대의 것이며, 우리 세대의 잘못은 아직 시작되지도 않았기 때문이다. 우리 세대의 건달들과 양아치들은 아직 표면으로 떠오르지 않았다. 다만 우리 세대에도 멍청이들은 분명 적지 않을 것이나, 이 점에 있어서라면 어느 세대나 다 마찬가지다.

2008년 2월 5일

---

4. 1966년부터 10여 년간 중국을 휩쓴 정치적 격변. 정식 명칭은 '무산계급문화대혁명' 혹은 '문화대혁명'으로, 줄여서 '문혁'이라고 한다.

반항적인 성격

학생들이 마음속에 품고 있다가 행동으로 옮기게 되는 문제들 중 비교적 심각한 것으로는 변태 성향, 자살, 범죄 등이 있다. 변태 성향에 대해서는 별로 얘기할 것이 없는데, 좋은 학생이건 나쁜 학생이건 모두 어느 정도씩은 변태적 기질을 갖고 있기 마련이다. 자살 또한 어떤 연령대, 어떤 나라에나 모두 존재하는 문제다. 사춘기에는 교육을 어느 정도로 받았건 언제나 무수히 많은 사람들이 자살을 생각하기 마련이다. 중요한 것은, 자살하고 싶어하는 사람들 중 대다수는 반드시 자살해야 할 만한 일을 당하지 않기 때문에 결국에는 죽지 않는다는 점, 그리고 그런 시절이 지나가고 나면 가세가 기울고 재산을 탕진하고 마누라와 자식이 뿔뿔이 흩어져도 기본적으로는 차마 목숨을 버리지 못하게 된다는 점이다.

하지만 사춘기에는 아직 발육이 미진한 녀석들을 제외하고, 눈을 뜨고 앞을 볼 수 있는 녀석들이라면 대부분 우울증을 즐긴다. 친구에게 말을 한마디 건넸는데 그놈이 듣지 못하고 무시해버렸다는 등의 사소한 일로도 며칠씩이나 우울해하게 되는 것이다. 그리고 내가 학교에 다닐 적에 여학생들은 보통 우울한 녀석들, 요컨대 아무 일도 없으면서 창가에 멍하니 서 있는 녀석들을 좋아했으므로, 그 시절에는 눈꼬리를 아래로 늘어뜨리는 표정이 유행했다. 또 전혀 우울해할 만한 이유가 없는 녀석들도, 여자아이들이 우울한 사람을 좋아하는데 자신은 우울하지 못하다는 이유로 우울해하곤 했다. 많은 아이들이 이러했으므로 무슨 일이 생기면 자살해버리는 것도 당연한 일이다. 죽는 일도 사실은 그리 대단한 일이 아니다. 폭약을 두르고 현장에서 줄을 잡아당겨버리는 것이 아닌 다음에야, 사실은 한 사람이나 한 가족의 일일 뿐인 것이다.

지금까지도 반항이 유행하고 있다. 많은 사람들이 내가 반항적이라고 생각하지만 사실은 그렇지 않다. 반항과 자신이 하고 싶은 일을 하는 것은, 지금의 중국에서는 서로 다른 일이다. 반항이란 사실 유치한 행동이다. 이를테면, F4를 무척 좋아해서 몰래 〈꽃보다 남자〉를 몇 편이나 보았음에도 불구하고, 다른 학생들이 죄다 그들을 좋아한다는 이유로 '나는 F4를 좋아하지 않는다'고 선언하는 것처럼 말이다. 이렇게 해야 어쩌다 멍청한 놈들과 마주쳤을 때 그들은 나를 무척 심오하다고 여기게 될 것이다. 이것이 반항의 초급 단계다. 반항의 중급 단계 중 폭력형은 F4에게 욕설을 퍼붓는 것이며, 그들을 좋아하는 사람들까지 싸잡아서 욕하는 것이다. 일부러 멍청한 척하는 유형은 눈도 깜짝하지 않고 F4는 들어본 적도 없으며 〈꽃보다 남자〉도 본 적 없다고 말하지만, 남몰래 연예잡지 따위를 보면서 〈꽃보다 남자 2〉가 언제 방영될지 분석하곤 한다. 반항의 최고 경지는 F4를 가지고 설명할 수가 없다. 그들은 뭘 보든 무조건 반대하는데, 학교에서 계단을 많이 이용하면 건강에 좋다고 캠페인을 벌이는 것조차 듣기 싫어서, 기어이 건물에서 뛰어내리지 않으면 만족하지 못한다.

사실 나는 중국 학생들이 중요하지 않은 문제나 생사가 걸린 문제가 아닌 때는 대단히 개성이 넘치며, 남과 다른 모습을 드러내기 원한다고 생각한다. 비록 정말 중요한 문제에 대해서는 독창적인 의견이 없기는 하지만, 때때로 조금씩 그렇게 개성을 발휘하는 것에는 상당히 적극적이다.

이는 어쩌면 세계적인 문제인지도 모른다. 한번은 어떤 미국 기자가 어쩔 도리가 없다며 다음과 같이 탄식한 적이 있다. 우리 딸은 남과 달라 보이기를 무척 원해서 노상 옷을 가져다 여기저기 건드리고 자르고 했는데, 지나치게 다른 사람과 달라지려고 하다

보니 결국에는 남들과 똑같아져버리고 말았다고.

학생 범죄에 대해 말하자면, 앞으로 계속 늘어날 것이라고 생각한다. 학창 시절에 준범죄자를 제법 만나봤는데, 그들의 성격과 행동만 놓고 판단해본다면 그들이 범죄를 저지르게 되는 것은 단지 시간문제일 뿐이다. 학교 교육의 부적절함, 일부 교사들의 자질 문제, 본인의 성격적 결함 등이 모두 문제지만, 사실 어찌할 방법은 없고 논의할 필요도 없다. 사람의 성격이란 원래 다양한 것이다. 범죄를 저지를 지경에 이른 놈들 중에서 주범은 분명 강렬한 개성을 가진 사람일 것이며, 곁다리로 붙잡혀온 녀석들은 본래 범죄를 저지르지도 못할 놈들인데다 앞날도 없는 놈들이다. 학교는 한 사람을 교화할 수 없는 경우, 대개는 우선 멸시한 후 내팽개쳐버린다. 사회 속으로 내팽개쳐진 사람들 가운데, 사회의 엘리트가 되는 사람들을 제외한 나머지는 대체로 범죄를 저지른다.

나는 어릴 적부터 장난꾸러기나 말썽꾸러기였던 사람들, 노상 낙제점을 받곤 하는 사람들을 많이 만나보았는데, 이들은 사실 대부분 열린 생각을 가진 사람들이었다. 그 지경이 되어서도 자살하지 않은 것이 일단 대단한 일이다. 특히 요즘 학교는 뭐든지 '평균'을 중시한다. 교사들은 무의식적으로 학생들로 하여금 성적이 나쁜 아이들을 멸시하도록 부추기는데, 그 이유는 그들이 학급의 '뒷발을 잡아당기기'[1] 때문이라는 것이다. 이 이야기를 들을 때마다 나는 비웃게 된다. 학생이 무슨 개도 아니고 어떻게 앞발 뒷발을 나누는가. 게다가 많은 교사들은 이것이 말로써 해결할 수 있는 문제라고 여기는 것 같은데, 그럴 능력이 있으면 먼저 바깥세상의 빈부격차부터 해결해보는 것이 어떻겠는가.

그들은 한 학급에 한 학생만 있어야 된다고 생각하는 것은 아닐까? 하지만 사람들의 멸시 어린 시선하에서, 성적이 나쁘고 시험문제를 풀지 못하여 무수한 사람들에게 앞날이 깜깜하다고 낙인찍힌 학생들의 마음가짐은, 오히려 소위 우등생들 마음가짐보다 훨씬 낫다. 그들은 앞날에 대해 거의 걱정하지 않는다. 직업을 얻지 못하면 조무래기 양아치가 되어 살아가면 되는 것이고, 별다른 능력이 없다 해도 도시관리원[2] 노릇이라도 하면 되니까 말이다.

2003년

---

1. 성장이나 발전을 방해한다는 뜻의 관용구.
2. 청관城管. 원래는 도시의 잡무를 담당하는 준공무원이지만 최근에는 강제 철거 등 험한 일에 많이 동원되면서 여러 가지 사회적 물의를 일으키고 있다.

불난 틈을 타 중앙방송국을 털다

　매우 기쁘게도, 베이징 공안 기구의 조사를 거친 결과 중앙방송국 건물의 화재 원인은 신비로운 자연발화도 아니요, 인근 주민의 불꽃놀이에 의한 것도, 일용직 노동자들이 건물에서 담배를 피웠기 때문도 아니었다. 그 원인은 중앙방송국 자신들이 경축 행사용 불꽃놀이를 하다가 스스로 불을 지른 것이었다. 안타까운 것은 소방대원 장젠융張建勇이 이번 화재로 젊은 생명을 희생당했다는 것인데, 이 희생만 아니었다면 이 사건은 코미디가 되었을 것이다.

　이후에 중앙방송에서는 공식 사과를 발표했는데, 행정 부서 주임이 상부의 승인을 거치지 않고 규칙을 위반해 불꽃놀이를 하다가 발생한 일이라고 주장했다. 역사상 가장 불꽃놀이를 사랑한 행정 부서 주임이 탄생한 것이다. 컴퓨터로 통제되는 약 100만 위안에 달하는 불꽃놀이가, 몇 대나 되는 카메라가 동시에 촬영하고 있었던 이 행위가 돌연 일개 행정 부서 주임이 저지른 짓이 되었다. 상부의 승인을 거치지 않은 것이라면 분명 본인의 돈으로 한 일일 터, 만약 그게 아니라면 중앙방송에서는 행정 부서 수준에서 100만 위안짜리 불꽃놀이 정도는 너무 작은 건이라 승인조차 필요치 않은 것인지도.

이것이 사실이 아님은 명백하다. 물론 높으신 지도자들이야 책임을 이 주임에게 완전히 떠넘기고 싶어할 것이다. 친구, 안심하고 감옥에 들어가 있으렴. 걱정 마, 우리가 네 부모님을 모시고, 자식들을 보살피고, 아내를 책임져줄 테니까.

이번 불꽃놀이는 분명 중앙방송이 이후 텔레비전 프로그램에 사용하기 위해, 중앙방송 새 청사의 이미지를 알리기 위한 티저 영상으로 방영하기 위해 준비한 것일 터이다. 물론 당일 방송된 〈춘완春晚〉[1] 특집방송이 끝난 후 곧바로 이 불꽃놀이가 청사의 팬티褲衩[2]를 밝히는 장관을 연출하려 했을 가능성도 있다. 하지만 불행하게도 이 화면은 내부 참고용으로만 사용할 수 있을 것이다. 나는 당시 바깥

---

1. 섣달그믐날 방영되는 중국 최대의 텔레비전 쇼. 수억 명이 시청한다.
2. 중앙방송국 새 청사는 독특한 모양인데, 다리를 벌린 사람의 하반신을 연상하게 한다. '거대한 속옷大褲衩'이란 별명은 그래서 생겼다.

에서 불꽃놀이를 찍고 있던 촬영기사들이 건물에 불이 붙은 것을 본 후 어떤 상황이 발생했을지 상상해본다. 그들은 무전기에 대고 이렇게 물었을 것이다. 감독님, 감독님, 이거 예정에 있는 겁니까?

이번 중앙방송의 분신 사건을 통해 나는 놀랍게도 다음과 같은 사실을 발견했다. 소방대원에 대한 안타까움을 제외한다면, 내 주위의 사람들은 모두 이 소식을 듣고 무척 즐거워했다는 것이다. 나는 내 자신의 음험한 심리를 애써 억누르고 인문정신에 바탕을 둔 사랑의 마음으로써 이번 화재를 바라보려 했지만, 결국 내가 타인의 불행을 보며 즐거워하고 있다는 사실을 인정하지 않을 수 없었다. 물론 다른 사람들은 모두들 깊이 애통해하고 있을 수도 있지만, 그렇다면 내 주위에 음험한 사람들만 모여 있다고 생각하면 그만이다. 나는 여러분께 내 자신의 저열함과 음험함을 폭로하는 바이다.

우선, 수많은 불의를 저지르면 반드시 제 몸에 불을 지르게 되어 있다. 불장난을 하면 스스로 불에 타 죽게 된다는 것은 역사의 정리定理다. 물론 여기서 이야기하는 것은 긴 시간에 걸친 과정이지, 중앙방송처럼 즉각적인 효과를 보는 분신자살법은 듣지도 보지도 못했다. 중앙방송은 언론매체의 하나이지만 언론 윤리는 전혀 없다. 중국을 제외한 다른 대부분의 국가에서 중국 중앙방송과 같은 식으로 일을 처리하는 방송은 불법적인 존재라고 할 수 있다. 하지만 우리나라에서 그것은 비단 합법적일 뿐 아니라 심지어 법을 상징하고 있다. 오랫동안 중앙방송은 대체 몇 차례나 옳고 그름을 뒤집고, 사람들의 눈과 귀를 어지럽히고, 문화에 해악을 끼치고, 사실을 왜곡하고, 사기를 치고, 간악한 자들을 돕고, 어두운 세상을 태평성대인 것처럼 호도했는가? 물론 이것은 의문문이고 별다른 뜻은 없다. 당신들이 그런 적이 없다고 말한다면 없는 것이다. 어쨌거나 매체를 장악하고 있는 것은 당신네들이니까.

국가의 재산이 이토록 큰 손실을 입었다면 국민들은 몹시 안타까워해야 마땅할 것이다. 왜냐하면 이것은 모두 납세자의 돈으로 만든 것이기 때문이다. 그러나 지금은 모두들 진보적이다. 먹고 마시고 놀고 즐기는 모든 것이 어차피 낭비니 건물 하나를 두 번 짓는다 해도 뭐가 대수겠는가. 사람들은 중앙방송을 보면서 막강하다[3]고 느끼며, 중앙방송 스스로도 이런 막강함에 만족스러워한다. 소를 불살라버리는 지경에 이르러서야 비로소 막강하지 못하게 되었다. 중앙방송은 반半독점적 기구인데, 반독점적 기구가 이렇게 대단할 수 있으니 완전 독점 기구는 얼마나 막강해질 수 있겠는가? 어쨌든 그들은 막강하고 쉬티즌shitizen[4]이야 소 벼룩 같은 존재에 불과하니, 자꾸 귀찮게 굴면 한줌의 소똥이 되는 것이 그들의 운명이다.

---

3. 원문은 '牛逼'으로, 다음 문장의 '소'라는 표현은 이 단어의 '牛'를 끌어다 쓴 것이다.
4. 영어권 속어 'shit'과 '네티즌'을 결합해 만든 신조어로, 어리석은 시민이라는 뜻이다.

그러므로 중앙방송은 스스로 반성해야만 하는데, 물론 중앙방송은 영원히 반성할 필요가 없는 존재이기도 하다. 여론이 발달하고 사회가 발전함에 따라, 중앙방송의 공신력은 지금 이미 없다는 말로도 형용할 수 없는 지경이며 마이너스가 되어버렸다. 말하자면 중앙방송의 보도는 거꾸로 봐야만 한다는 것이다. 우리는 당연히 중앙방송이 하나의 국영 방송국이자 당의 대변 기구로서 그렇게 자유롭게 행동할 수 없다는 점을 이해한다. 하지만 언제나 일을 제대로 처리할 수 있는 길이 있는 법이며, 제목이 주어진 작문 숙제라 해도 이렇게 엉터리로 하지 않을 수도 있는 법이다. 이것은 최악의 상황이다. 하나의 매체가 공신력을 완전히 상실했음에도 불구하고 없어지지 않을 뿐 아니라 오히려 나라에서 제일가는 매체가 되어 있다면, 이는 그 나라도 함께 공신력을 상실했음을 의미할 뿐이다.

　　불행한 것은, 이번 화재 사건과 관련해 중앙방송이 또 한차례 이런 잘못을 되풀이했다는 점이다. 이번 사태는 삼림대화재[5]를 제외한다면 가장 큰 경제적 손실을 초래한 화재 사건일 것이며, 여하튼 대단히 큰 뉴스거리다. 그러나 중앙방송의 소략하기 짝이 없는 보도를 보면 이번 화재는 누구네 집 한 채가 불타버린 것 정도

---

5. 중국 남서부 윈난雲南 성에서 2009년 발생한 대규모 산불을 가리킨다.

에 불과한 것 같다. 만약 BBC 건물이 불꽃놀이를 하다 불이 붙었다면, 아니면 단지 후난湖南 위성방송[6] 건물에 불이 났다면 중앙방송은 분명 가장 적극적인 태도로 보도했을 것이다. 그리고 화면 하단에 관련 자막이 계속해서 흐르게 할 뿐 아니라, 프로듀서가 기분이 좋아서 땅바닥을 데굴데굴 구름으로써 진정한 의미의 회전 방송[7]을 완성했을 것이다.

하지만 이토록 중요한 사건이, 한때 전 세계의 헤드라인으로 생방송되었던 뉴스가 어떤 나라의 국영 방송국에서는 전혀 방송되지 않았으니, 완전한 화합[8]을 이룩했다 하겠다. 이것이 또한 우리 중국 언론의 현실이다. 우리가 접하는 모든 뉴스는 다른 속셈을 품은 사람들이 삭제와 편집을 진행한 것이며, 모든 것이 짜인 각본과 감독의 요구에 따르는 것이다.

이번 대화재를 통해 반성해봐야 할 것은 폭죽을 금지해야 하는가 하는 문제가 아니다. 그것은 작은 문제에 불과하다. 이번 사

---

6. 후난 성 지역방송국. 지역방송국이지만 디지털 텔레비전이 있는 곳이면 중국 내 어디에서든 시청이 가능하며, 중앙방송 다음으로 영향력 있는 방송사다.
7. 원문에는 '滾動播出'이라고 되어 있다. '滾動'이 '회전하다' '흐르다'라는 뜻이므로 이는 중요한 정보를 화면 하단에 흐르는 자막으로 내보내는 것을 의미한다. 한한은 여기서 이 단어를 '바닥을 구르다'라는 뜻인 '打滾'과 연결시켜 언어유희를 하고 있다.
8. 2003년부터 2013년 3월까지 중국 국가주석을 맡았던 후진타오胡錦濤가 제시한 주요 정책 중 하나가 바로 '조화사회'다. 하지만 화해와 화합이라는 명분하에 언론에서 다루는 민감한 정보에 대한 검열이 이루어지고 있다.

건은 앞으로 오랜 기간에 걸쳐 일어날 중앙방송의 분신자살 과정에 있어서 한차례 작은 클라이맥스일 뿐이다. 우리가 고민해야 할 문제는 중앙방송을 금지해야 하는지 여부다. 그리고 정부 역시 한 가지 문제를 반성해봐야 할 것인데, 그것은 바로 중앙방송, 런민르바오人民日報[9], 광밍르바오光明日報[10], 신화통신[11] 등의 대변 기구들이 현재의 운영 방식하에서 사실상 그 주인의 이미지를 끌어내리고 있지는 않은지 하는 점이다. 원래 사실이었던 일도 이런 매체에서 한 번 언급하고 신화통신에서 보도지침을 내려보내기만 하면 마치 거짓말인 것처럼 되어버린다. 원래 점수를 더 주어야 할 일도 이들 기구가 한 번 선전하고 나면, 양수에 양수를 곱했는데 음수가 되어버리기라도 한 것처럼 감점할 만한 일이 되고 만다. 게다가 젊은이들이 성장함에 따라 이들 매체의 보도 내용은 점차 웃음거리가 되어가고 있다. 비록 이들 기구 모두 선전부宣傳部[12]의 직접적인 관리하에 있기는 해도, 최근 50년 동안 중국 사회와 정부는 많은 변화를 겪었다. 하지만 이들 선전 기구에 대한 제어 및 관리, 그리

---

9. 중국공산당 중앙위원회 기관지 중 하나로, 중국을 대표하는 일간신문이다.
10. 중국공산당 중앙위원회 기관지 중 하나로, 런민르바오가 일반인을 주요 독자층으로 하는 데 비해 광밍르바오의 주요 독자층은 지식인층이다.
11. 중국 최고 국가 행정기관 국무원國務院에 속한 통신사.
12. 중국공산당 중앙위원회 직속 기구로, 정부 조직은 아니나 중국 언론을 통제하는 권한을 행사하고 있다.

고 그들의 선전 방식은 50년 전과 거의 흡사하며, 다만 우마오당五
毛黨[13] 같은 쓸모없는 조력자들만 늘어났을 뿐이니 당연히 시대의
흐름 속에서 도태될 수밖에 없다.

　　50년 전의 사람들은 속이기 쉬웠다. 런민르바오가 마오 주석[14]
의 어록이 미국에 소개돼 미국이 멸망에 이르게 되었다는 보도를 내
보낸다면, 그날 저녁에는 98퍼센트의 군중이 이번 중앙방송국이
했던 것처럼 폭죽을 터뜨리며 경축할 것이다. 그러나 지금은 덕으
로써 따르게 하고 덕으로써 교화하는 것을 중요시하는 시대가 되
었다. 그러니, 이번 대화재를 계기로 관계 당국은 〈뉴스연합보도新
聞聯播〉[15]의 필요성에 대해서 재고해보기 바란다.

2009년 2월 11일[16]

---

13. 이른바 '댓글 알바'를 뜻한다. 댓글 하나당 5마오毛, 0.1위안의 가치를 지닌 화폐단위를 받기 때문에 이렇게 부른다.

14. 마오쩌둥毛澤東을 의미한다.

15. 당과 정부의 활동 등 언론매체가 임의로 취재할 수 없는 분야를 독점적으로 보도하는 뉴스 프로그램이다. 매일 특정 시간대가 되면 중국 대부분의 채널에서 이 공식 뉴스를 방송한다.

16. 한한은 '베이징 중앙방송 신청사 화재' 사건에 대해 '불난 틈을 타 중앙방송국을 털다'와 '중앙방송국 화재에 대한 느낌' 두 편의 글을 블로그에 발표했는데 모두 삭제당했다. 또 중국 네티즌은 이를 두고 '민물게河蟹, '和諧'와 발음이 비슷하다'에게 잡아먹힌 것이라고 즐겨 말하는데, 이는 중국공산당이 '조화사회'의 기치를 내걸고 여러 비판의 목소리를 말살하고 있는 상황을 풍자하는 것이다.—원주

중앙방송은 참 야하고
참 폭력적이에요

최근 티베트에서 돌아와보니 갑자기 "참 야하고 참 폭력적"
이라는 말이 유행하기 시작했다. 근원을 따져본 후에야 비로소 이
말이 어디서 나왔는지 알게 되었다. 언제나처럼 곧 많은 부문에서
대규모 인터넷 정화 활동[1]이 벌어질 것이다. 사실 이는 좋은 일이
다. 한편으로 음란 사이트들은 분명 정리해야 할 필요가 있다. 음
란하기라도 하다면 그나마 이해가 되지만, 휴대전화 문자 메시지
로 회원 등록을 하게 만든 다음 돈만 받아먹고 야한 것은 보여주

---

1. 정부의 인터넷 음란물 단속을 가리키는 말이다. 적발된 사이트는 폐쇄당하고 정보
는 삭제되며 관련자도 체포된다. 그러나 정부에 비판적인 내용을 유포한 사이트까지
단속한다는 지적도 있다.

지도 않는 사이트들은 정말이지 부도덕하다. 다른 한편으로는 우리나라의 일부 정책이 예전처럼 영문을 알 수 없으리만치 오묘하지는 않다는 것을 의미한다. 이는 사회의 진보이며, 정부가 더욱 민심에 주의를 기울이기 시작했음을 보여준다. 예전에는 대놓고 강간했다면, 지금은 강간하기 전에 약간 전희를 곁들일 정도로 신경을 쓰게 된 것이다. 방금 내가 한 말은 참 야하고 참 폭력적이라서 드러내고 주장할 만한 것은 못 된다.

흥미 위주의 뉴스라는 각도에서 보자면, 이는 관련 부서에서 어떤 정책이나 행동을 개시하기 전의 '바람 잡기'라고 할 수 있다. 하지만 이번 바람 잡기는 비교적 수준이 떨어지고 다소 코미디 같아서 결국 사람들의 웃음거리가 되고 말았다. 최근 시나닷컴[2] 홈페이지에 인터넷상의 폭도들을 비판하는 몇몇 글이 올라왔다. 비록 많은 네티즌이 멍청한데다 머리를 어떻게 써야 하는지도 모르고 옳고 그름을 가리지 않는다 하지만, 그럼에도 불구하고 나는 그 글들에 동의하지 않는다.

우선, 그 글의 출처는 싼뱌오三表[3]의 잡지에서 나와 바이예白燁 사이의 옛일[4]을 가지고 만든 표제 기사이고, 제목은 '인터넷 폭도'

---

2. 중국의 포털 사이트 중 하나로, 중국판 트위터 '웨이보微博'도 서비스한다.
3. 사업가이자 유명 블로거인 왕샤오펑王小峰의 별명.
4. 바이예는 중국사회과학원의 유명 문학평론가 겸 연구자로, 인터넷상에서 한한과

이다. 나는 『싼롄성휘저우칸三聯生活週刊』[5]이 이 문제에 있어서 이토록 식견이 짧은 줄은 몰랐다. 진작 알았더라면 아예 인터뷰에 응하지 않았을 것이다. 『싼롄성휘저우칸』이나 『난팡저우모南方週末』[6] 따위의 잡지들은 괜찮기는 하지만 때로 너무 남다른 시각에서 문제를 보는 데 치중하는 경우가 있다. 다들 합창을 하는 상황에서 불협화음은 아니지만 그렇다고 화음도 아닌 소리를 내어, 원하는 것과는 정반대의 결과를 초래하곤 하는 것이다.

'폭력'이라는 말은 우리의 수많은 법 집행기관을 묘사하는 데 사용하면 더없이 적절하지만, 네티즌에게 사용한다면 아무래도 정치적인 견강부회라는 느낌을 준다. 예를 들어 이번의 "참 야하고 참 폭력적이에요" 발언 사건을 보자면, 상부 기관의 압력이 있었는지는 일단 차치해두고 우리가 목격한 것만 가지고 말했을 때, '폭력'적인 것은 중앙방송이며, 뼛속까지 참 야하고 참 폭력적인 것은 이 소녀에게 이런 말을 하도록 꼬드긴 연출자다. 그녀는 이제 겨우 초등학생이고 '성'이 무엇인지, '선정'이 무엇인지도 잘 모른다. 신혼부부용 교육 영상물만 보여줘도 야하다고 느낄 나이인 것이다.

충돌한 일이 있었다. 이때 한한의 팬들이 바이예의 블로그에 몰려들어 그를 공격했고, 결국 바이예는 블로그를 폐쇄했다.
5. 국영 출판사인 싼롄三聯에 속해 있는 잡지로, 대학생들에게 인기가 많다.
6. 진보 성향의 시사주간지. 2013년 1월에는 정부의 언론통제에 저항해 파업하기도 했다.

몇 살 먹지도 않은 어린아이의 입을 빌려 기어이 스스로의 정치적 목적을 달성하려 하다니, 이야말로 참으로 비루한 짓거리다.

악질적인 패러디가 한 개인에게 끼치는 상처는 대체 어느 정도인가? 사실 이는 말하기 나름이다. 어떨 때는 상처 같은 것은 전혀 없다고 말할 수 있다. 한 가지 더 좋은 점은 컴퓨터를 꺼버리기만 하면 아무 일도 일어나지 않은 척할 수 있다는 것이다. 만약 희생양이 필요한 때라면 악질적인 패러디가 한 사람의 성장에 좋지 않은 영향을 미치고, 세계관과 가치관에 심각한 타격을 입힌다고 말하면 된다. 산시陝西 성 임업국林業局에 말해보라고 한다면, 그들은 이런 패러디의 피해자는 살해당하는 것이나 다름없다고 할 것이다.[7] 그러나 실제로 사람들은 모두 분명히 알고 있다. 어떤 일들은 대수로울 것이 없으나, 잘못이 있다면 대가를 치러야 하는 것이다. 인터넷과 일부 각성한 사람, 그리고 대다수의 멍청한 네티즌은 여론을 통한 사회 감시를 촉진하고 사회 도덕을 널리 보급하며 법률의 사각지대에서 권선징악을 실현하는 데 크나큰 공헌을 했다. 어떤 사람들은 정말로 맞아도 싼데 아직 아무도 두드려 패는 사람이

---

7. 산시 성의 한 농민이 멸종된 것으로 알려진 야생 호랑이를 발견했다며 사진을 공개했으나 위조로 밝혀졌다. 이때 산시 성 임업국은 "사진이 위조라 해도 야생 호랑이가 없다고 볼 수는 없다"고 발표해 논란이 됐으며, 이 사건으로 처벌받은 정부 기관 공무원 중에는 산시 성 임업국 부국장 두 명도 있었다.

없으니, 모두들 나서서 저놈은 좀 맞아야 한다고 말하는 것이다. 그런데 결국에는 잘못한 놈, 맞아도 싼 놈이 오히려 보호해야 할 대상이 되고 만다.

예전에 패러디의 대상이 되었던 사람들을 보라. 지금껏 다들 멀쩡히 살고 있지 않은가? 천카이거陳凱歌는 새 영화를 찍고, 바이예는 새 연구를 하고 있고, 가오샤오쑹高曉松은 새 아들을 낳았고, 루촨陸川은 새 여자친구를 사귀려 하고 있고, 샤오팡小胖은 새 일거리를 얻었고, 궈징밍郭敬明은 신흥 갑부가 되었다.[8] 고양이를 짓밟았던 사람, 강아지를 학대했던 사람, 선생을 폭행했던 사람 들도 무슨 인과응보를 맞이하지는 않았으니, 인생은 그래도 계속되고 있는 것이다. 네티즌은 도시관리원과 다르다. 이들은 모두 말뿐이고 실제 행동은 하지 않는다. 실제로 하는 일이 없는데 왜 이들을 문제삼는 것인가. 가서 조용히 뭔가를 실제로 저지르고 있는 자들이나 단속하는 것이 어떨는지.

그러므로 나는 이 문제에 있어서 대단히 잘못한 쪽, 사과를 해야 하는 쪽은 중국 중앙방송이라고 생각한다. 반성해야 하는 쪽

---

8. 거론된 사람들은 대부분 과거에 한한과 시비가 붙었던 인물들이며, 한한의 팬들에 의해 각종 공격을 당했다. 천카이거는 〈패왕별희〉의 영화감독, 가오샤오쑹은 유명 작곡가, 루촨은 해외 영화상을 다수 수상한 젊은 영화감독, 샤오팡은 유명 블로거, 궈징밍은 매우 인기 있는 신세대 베스트셀러 작가이자 사업가다.

은 소녀의 학교, 부모, 그리고 그녀 자신이다.

2008년 1월 24일[9]

---

9. 베이징의 한 소녀가 중앙방송과의 인터뷰 중 인터넷이 "참 야하고 참 폭력적이에
요"라는 말을 해서 중국 네티즌의 공적이 되었으며, 심지어 신상이 공개되기도 했다.
순식간에 "참 야하고 참 폭력적"이라는 말은 유행어가 되어버렸다. 한한은 이 뉴스
(인터뷰)를 중점적으로 방송한 중앙방송을 겨냥해 '중앙방송은 참 야하고 참 폭력적
이에요'라는 글을 발표했는데, 이 글은 발표된 후 일부가 삭제되고 수정되었으며,
'야하다'와 '폭력적이다'라는 두 단어는 '*' 표시로 대체되었다.— 원주

관심을 가져야 할 것과
갖지 말아야 할 것

우리가 관심을 가져야 할 일들은

1. 어째서 사건이 발생한 후 항저우杭州[1]의 언론매체들이 한꺼번에 방송금지령을 받았는가? 어쨌거나 중앙선전부가 중앙정보국은 아닐진대, 이렇게 중앙의 권력이 미치지 못하는 궁벽한 곳의 사정까지 정통할 수는 없다. 그렇다면 대체 누가 언론의 입을 다물게 할 수 있었을까? 당시에는 아직 학생들의 연좌 운동 따위는 발생하지 않은 상태였으니, 내 생각에는 당시 선전부도 저장浙江 대

---

1. 중국 동남쪽에 있는 저장浙江 성 성도省都로, 상하이와 가까운 위치에 있다.

학[2] 학생들의 감정적 문제는 생각지도 못하고 그저 사건을 확대시키지 않으려고 한 것에 불과한 듯하다. 알려진 바에 따르면 가해자의 부친은 의류업에 종사하고 있다고 한다. 요즘 같은 시대에 일개 옷장수가 언론을 주무를 수 있다면, 중국의 언론계 상황은 처참하기 짝이 없다 하겠다. 일개 교통사고조차 보도할 수 없다면 대체 무엇을 보도할 수 있다는 것인가? 이런 까닭으로, 나는 이번 일이 그렇게 간단하지 않다고 본다.

2. 어째서 교통경찰측은 단지 가해자의 말만 듣고 시속 70킬로미터라는 판단을 신속하게 내릴 수 있었는가? 가해자의 반응을 통해 보자면 그의 두뇌는 비교적 단순한 축에 속한다. 그런데 70킬로미터는 속도위반 정도가 50퍼센트 이상인지 판단하는 구간에 정확하게 걸친다. 만약 75킬로미터 이상이었더라면 사건의 성격은 또 달라지니, 어쩌면 여기에는 교통 규칙과 사고 처리에 비교적 정통한 사람의 지시가 있었을지도 모른다. 일반적으로 교통부문의 대변인은 이처럼 신속하게 일차적인 결론을 내리지 않으니, 그들이 여론의 압력 속에서 가해자를 한번 구해내보려는 의도가 있음이 분명하다. 이와 같은 행동은 예전 중국에서라면 효과가 있었을 것이다. 하지만 지금은…… 안타깝게도 40년은 늦은 것 같다.

---

2. 항저우에 위치한 명문 대학교.

3. 만약 교통부문과 선전부에 그토록 쉽게 손을 쓸 수 있다면, 대체 누가 손을 쓰고 있는 것인가? 내가 알기로 가해자가 몰던 차량은 50만 위안 정도 하는 것이고, 그의 부친의 차량 또한 50만 위안을 넘지 않는다. 하지만 가해자의 고자세로 보건대, 그는 만약 할 수만 있다면 분명 페라리나 람보르기니 같은 슈퍼카를 몰고 다닐 사람이다. 즉 그의 현재 상태는 분명 이런 차를 몰 형편이 안 된다는 것이다. 만약 일부러 몸을 낮춘 것이 아니라면, 겨우 50만 위안짜리 차를 모는 사람이 일을 이렇게 처리해낼 수는 없는 것이며, 1989년에 태어난 사람 역시 일을 이렇게 처리해낼 수는 없다. 따라서 누군가 다른 사람이 처리해주고 있는 것이다. 우리는 생각의 범위를 가해자의 친구들에게까지 넓혀볼 필요가 있다.

우리가 관심을 갖지 말아야 할 일들은

재벌 2세의 문제. 재벌 2세는 매우 방대한 집단이다. 나는 적지 않은 쓰레기들을 봐왔지만, 또한 소양과 능력을 겸비한 사람 역시 적지 않게 보았다. 이 한 사람 혹은 몇몇 사람들만으로 그들 전체, 심지어 한 세대의 사람들을 정의하려 해서는 안 된다.

부자와 가난한 학생의 문제. 이는 모순으로 가득차 있기 때문에 문학적 드라마의 훌륭한 소재가 된다. 하지만 이번 사건의 경우에는 그저 우연이며, 마침 피해자와 가해자 쌍방에 이러한 경향이 있었을 뿐이다. 한 사람은 부잣집 아들이고 다른 하나는 대학생이었으니 말이다. 우선, 내가 보기에 가해자는 돈이 좀 있다고 하지만 그렇게 많지는 않으며, 학생도 가난하다고는 해도 그렇게까지 가난하지는 않다. 양쪽을 극단적으로 과장함으로써 극적인 충돌을 일으키려 해서는 안 된다.

무관심의 문제. 나는 우리가 대부분 무관심하다고 생각한다. 이번 사고의 경우 차주와 그 친구들이 매우 무관심한 모습을 보이기는 했으나, 이런 무관심은 그들에게서만 찾아볼 수 있는 것이 아니다. 우리는 수없이 많은 고양이를 잡아먹고, 수없이 많은 개를 잡아다 죽이고 있으며, 국가기관은 아예 사람을 사람 취급하지도 않는다. 예전의 여러 이데올로기 운동이나 사상 통일 운동은 모두 수십만, 수백만, 심지어 수천만, 수억 명의 사람들에게 재앙을 끼치지 않았던가.[3] 우리 아버지 세대가 저지른 짓을 보면 사람이란 게 원래 별 훌륭한 존재가 아니라는 것을 알 수 있다. 그러므로 나는 무관심이란 대단히 정상적인 것이라고 생각한다. 득 될 것이 없는 일에 뭐하러 열을 올린단 말인가. 솔직히 말하지. 너희들은 모

---

3. 마오쩌둥 시기에 추진되었던 대약진운동, 문화대혁명 등 굵직한 사회주의 운동의 결과는 처참한 것이었다.

두 '차오니마_{草泥馬}'⁴에 불과하니, 주제를 알도록 하라. 우리는 바로
'치스마_{欺實馬}'⁵니, 네놈들을 괴롭히지 않는다면 내 이름에 먹칠을
하는 꼴이지.

2009년 5월 12일⁶

4. 비속어 '차오니마_{操你媽}'와 동음이의어로, 검열을 피하기 위해 사용되는 단어다.
5. '欺實馬'는 '70킬로미터'를 뜻하는 '七十碼'와 발음이 같다. 따라서 가해자가 시속 70킬
로미터로 달렸다고 발표한 교통경찰측을 비꼬는 의도로 쓰인 것으로 우선 볼 수 있다.
이처럼 '치스마'의 '치스_{欺實}'는 '칠십_{七十}'을 의미할 수도 있지만, 한편으로는 앞 문장에
나온 '주제를 알다_{老實}'와 '누군가를 못살게 굴다_{欺負}'에서 한 글자씩 따온 '치스_{欺實}', 즉
'주제를 아는 보통 사람들을 못살게 굴다'라는 뜻도 된다.
6. 한한은 '항저우 부호 자제의 과속 치사 사고'에 대해 글을 발표해, 프로 드라이버
의 시각에서 항저우 교통부문이 내린 70킬로미터 결정에 의문을 제기하고, 국민들에
게 이번 사태에 있어 '관심을 가져야 할 것과 갖지 말아야 할 것'을 잘 구분하라고 당
부하고 있다.─원주

'기스네' 세계신기록

어릴 적에 책이 한 권 있었는데, 제목이 『기네스吉尼斯 세계신기록대전』이었다. 처음에는 '비키니' 세계신기록인 줄로 알았다가, 나중에는 또 '디즈니' 세계신기록으로 착각했고, 결국에는 드디어 세 글자를 정확히 알아보기는 했으나 줄곧 '지쓰니吉斯尼' 세계신기록으로 기억하곤 했다. 이 책을 보고 나면 늘 동네 친구들을 상대로 허풍을 떨었는데, 그러다보니 그 녀석들은 모두 '지쓰니急死你'[1] 세계신기록이라고 생각하게 되었다. 당시만 해도 대부분의 기록은 외국인들이 보유하고 있었다. 가끔씩 중국인의 기록을 보게 되면

1. 기네스의 음차인 지니쓰吉尼斯의 두번째와 세번째 글자를 바꾸면 지쓰니吉斯尼로 읽힌다. 이와 발음이 같은 지쓰니急死你는 '너를 죽도록 애태우겠다'는 뜻으로 풀 수 있다.

무척 자랑스러웠다. 그런데 지금 와서 보니, 우리나라가 매일같이 어딘가에서 세계 최대의 빵을 만들었다거나 하는 뉴스가 나오고 있다. 자세히 검색을 해본 후에 이런 종류의 기네스 세계신기록은 우리나라가 싹쓸이해버렸음을 알게 됐다. 다음은 뉴스와 신문 보도를 요약한 것이다.

• 20일, 2004개의 붉은 스카프를 이어서 만든 중국공산당 깃발이 베이징 경제기술개발구 실험학교에서 펼쳐졌다. 이 깃발은 길이가 23.1미터, 너비가 15.4미터로, 현재 세계에서 가장 큰 당기黨旗이다. 관련 기관에서는 기네스 당국에 기록 등재를 신청할 것으로 알려졌다.

• 선양沈陽 중제中街²에 있는 바이녠팡량百年房梁에서 세계에서 가장 큰 젓가락을 만들었다. 길이가 6.295미터, 무게는 53.7킬로그램으로, 이미 기네스에 기록 신청을 완료했다.

• 지린吉林 성³ 쳰궈얼뤄쓰前郭爾羅斯 몽골족 자치현에서 1199명

---

2. 선양은 중국 동북지구 남부에 위치한 랴오닝遼寧 성의 성도이며, 중제는 선양의 대표적인 상업지구다.
3. 중국 동북지구의 중부에 위치한 성.

이 펼친 '세계 최대 규모의 마두금馬頭琴[4] 합주'가 기네스 세계기록으로 인정되었다.

• 정저우鄭州[5] 원보광장에서 1059명이 색소폰을 합주하여 일대 장관을 연출했다. 이는 지금껏 세계에서 가장 규모가 큰 색소폰 합주로, 기네스 세계기록에 등재될 가능성이 있다.

• 세계에서 가장 큰 아이스크림…… 베이징의 바시 아이스크림 주식회사는 2005년 1월 16일 세계에서 가장 큰 아이스크림을 만들었다. 이 아이스크림은 길이가 15.75인치, 너비가 9.84인치, 높이가 3.28인치, 무게는 1만 7637파운드에 달한다.

• '만어대유람萬魚大巡遊' 행사가 끝난 후, 주최측에서는 1만여 명의 군중이 참여한 이번 '만어대유람' 행사가 '최대 인원'의 '사람이 해양생물을 연기한 집회'로서 기네스 세계신기록을 세웠다고 선포해, 현장에서 환호성이 울려퍼졌다.

---

4. 몽골족의 전통 현악기.
5. 황허 강 중하류 인근에 위치한 허난河南 성의 성도.

• 산시山西 성 진청晉城 시[6]의 2008명의 청소년 바둑 선수가 8일 진청 시 체육관에서 동시에 바둑 경기를 진행하며, 동시에 숫자 '2008' 모양을 형성했다. 이번 대회는 중국에서 동시에 바둑 경기를 진행한 인원수의 최대 기록을 달성했고, 또한 상하이 기네스 세계 기록을 세웠다.

• 2348대의 쟁箏, 2348명의 여성 연주자! 이들이 어제 후루다오 胡蘆島 시[7] 룽만龍漫 해변광장에서 은은하게 〈어주창만漁舟唱晩〉[8]을 연주했다. 이 인원수는 곧바로 기네스 세계기록을 갈아치웠다.

• 윌리엄스[9]는 후허하오터呼和浩特[10] 시민과 세계 각지에서 온 관광객들을 이끌고 '1000명이 우유를 마시자! 기네스에 도전!' 축제 행사를 공동으로 진행했다. 이날 1000명 이상의 인원이 함께 멍뉴 우유를 마셨는데, 이는 기네스 세계신기록상 유례가 없는 일일 뿐더러 자치구의 낙농업 발전사에 길이 남을 일대 장관이었다.

---

6. 산시 성은 중국 대륙 중앙에 위치하며, 발음이 비슷한 산시陝西 성 동북부 경계에서 마주하고 있다. 진청 시는 산시 성의 남동부 지역이다.
7. 후루다오 시는 랴오닝 성 서남부에 있으며, 남쪽으로 긴 해안선을 끼고 있다.
8. '황혼녘에 고깃배가 노래를 부르며 돌아오다'라는 뜻의 곡 제목이다.
9. 전 NBA 농구선수 벅 윌리엄스Buck Williams.
10. 네이멍구자치구의 구도區都.

• 시린궈러錫林郭勒 맹盟 시우주무친西烏珠穆沁 기旗[11]에서 열린 '도전 기네스 세계신기록! 시우주무친 기 2048 부흐[12] 대회'의 참가자 수(2048명)는 기네스 세계신기록에 올랐다.

• 1500명은 마침내 베이징 무톈위慕田峪[13] 만리장성 아래에 도착, 면적이 2008제곱미터에 달하는 '말할 수 없는 운동회不能說運動會'[14] 우승기를 형성함으로써 '말할 수 없는 운동회'가 1년 앞으로 다가온 것을 경축했다. 이 활동은 '자전거를 탄 사람이 가장 많이 참여한 활동'과 '가장 큰 우승기' 두 항목으로 기네스 세계신기록에 등재를 신청할 것으로 알려졌다.

기타 등등, 단지 10여 페이지의 뉴스를 뒤져봤을 뿐인데, 중복되는 대량의 뉴스를 제외하고도 벌써 이만큼이나 많은 세계신기록을 찾아냈다. 그 가운데, 첫번째 것과 마지막 것은 서로가 세계 최대의 깃발이라고 주장하고 있어 모순되는 것 같다. 하지만 자

---

11. 맹盟과 기旗는 모두 중국 소수민족 자치구의 행정단위 명칭이다.
12. 몽골식 씨름.—원주
13. 베이징 북쪽에 위치한 만리장성 구간 중 하나로, 주변 경관이 아름다워 관광지로 유명하다.
14. 한때 '올림픽奧運'이라는 단어가 중국 인터넷에서 금칙어가 된 적이 있었다. 사람들은 이를 조롱하면서 올림픽을 '말할 수 없는 운동회'라고 불렀다.

세히 살펴보면, 첫번째 것은 세계 최대의 당 깃발이요, 마지막 것은 세계 최대의 우승기임을 알 수 있다. 또한 어떤 뉴스에서는 기네스측에서 작년에 중국이 신청한 35개의 기록을 세계신기록으로 인정했고 500여 회의 신청을 받았다고 한다. 하지만 헷갈리는 것은, 상하이에 '대세계 기네스'라는 이름의 기구가 또하나 있다는 것인데, 양자는 도대체 어떤 관계인가? 설마 기네스가 세계무대에서 설 자리를 잃고 상하이로 밀려온 것은 아니겠지?

일반적으로 우리나라 지방정부가 가장 좋아하는 것은 종종 해외에서 이미 철이 지나버린 것들이다. 앞서 언급한 자료들을 통해 보건대, 우리 지방정부는 세계신기록 세우기를 대단히 좋아하는 것 같다. 만약 어떤 현장縣長이 자신의 머리카락으로 자동차를 1킬로미터나 끌고 갔다느니 하는 기록이라면 별문제 없겠지만, 사실은 모두 군중을 동원해 소위 신기록이라는 것을 세우고 있다. 이런 추세대로라면 10년 후에 세계신기록의 절반 정도는 우리 중국 차지가 될 것이다. 국민을 홀대하고 이용하는 데 있어서라면, 우리나라와 견줄 수 있는 나라는 세계에 없으니 말이다. 우리 국민들 스스로도 또한 세계신기록을 수립함으로써 고향의 자부심을 느껴보는 일을 매우 좋아하는 것 같다.

앞으로 우리가 갈아치워야 할 기록이 정말 많다. 예를 들어 마카오[15]에서 2008명의 임신부를 동원해 시를 읊게 함으로써 2008

년의 '말할 수 없는 운동회'를 기념하게 하는 식으로 말이다. 그러나 마카오는 예전에 자본주의국가의 식민지였기 때문에 대중의 사상적 각성 정도가 그다지 높지 않아서, 그 정도의 인원을 동원하기는 힘들 것이다. 그러나 우리나라의 다른 지역에서라면 무척 간단하다. 5000명의 학생들이 동시에 팔굽혀펴기를 할 수도 있고, 1만 명의 군중이 동시에 양고기 꼬치구이를 먹을 수도 있다. 앞서 1000명이 우유를 먹은 기록이 있었으니 우리는 2000명이 동시에 소젖을 짜는 기록을 신청해볼 수도 있는데, 좋은 점은 2000마리의 젖소가 동시에 젖을 짜이는 기록도 한꺼번에 신청할 수 있다는 점이다. 또 3000명이 동시에 가슴을 만지면, 3000명의 아가씨들이 한꺼번에 가슴을 노출하는 세계신기록도 동시에 신청할 수 있으니, 비록 기술적 성취도는 다소 낮을지언정 갖가지 세계신기록은 모조리 우리 차지가 될 것이다!

다수의 인원이 참여한 기록 말고, 우리나라에서 개인이 세운 기록 역시 매우 특색 있다. 6미터짜리 젓가락, 20미터짜리 빵, 10미터짜리 칫솔, 100미터짜리 유탸오油條[16] 등등. 지금 내가 있는 호텔 방 창가에서 커다란 나무가 보이는데, 저걸 확 베서 세계 최대의 이쑤시개로 기록 신청을 하고 싶어진다.

---

15. 마카오는 포르투갈령이었다가 1999년에 정식으로 반환된 중국의 특별행정구다.
16. 중국인이 아침에 즐겨 먹는 밀가루 튀김.

이 글을 마무리하려는 찰나, 우리나라가 세운 또하나의 세계 신기록 소식이 들려온다. 어느 시에서 수백여 명이 한 줄로 앉아서, 귓속말 한마디를 처음부터 마지막 사람에게까지 차례대로 전달해 가장 멀리까지 이르게 한 세계신기록을 세웠다고 한다! 중국인이 또 한차례 세계의 정상에 서는 것을 보니, 나는 마음속으로부터 우리나라에 대한 자부심이 끓어오른다. 아울러 나는 우리가 세계에서 가장 기네스 세계신기록 신청을 좋아하는 나라로 기네스 세계신기록에 도전해볼 것을 건의한다.

2007년 8월 16일

청룽을 본받아
지도자의 의중을 깊이 헤아리자

청룽[1]成龍이 다음과 같은 말을 했다. "자유가 있는 것이 좋은지, 아니면 자유가 없는 것이 좋은지…… 우리는 지금 정말 혼란스러워졌고, 지나치게 자유로워져서, 지금 홍콩의 모습은 몹시 난잡해졌고 타이완의 모습도 굉장히 난잡해졌다. 나는 차차 우리 중국 사람들은 관리할 필요가 좀 있다고 생각하게 되었다." "만약 관리를 하지 않게 된다면…… 개방해버린다면…… 우리는 제멋대로 굴게 될 것이다."

청룽의 이 말은 그냥 보기에는 단순히 입에서 나오는 대로

---

1. 홍콩 출신의 중국 영화배우.

한 말 같지만, 논리상 반박이 불가능한 부분이 있으며 이런 현상은 내가 오랫동안 글을 써오는 동안 처음으로 마주하는 것이다.

첫째, 나는 중국인에게 관리가 필요하지 않다고 말할 수 없다. 정부와 국민의 관계를 우리는 보통 두 가지 측면에서 인식하는데, 하나는 청룽이 말하는 '관리'이고 다른 하나는 일부 사람들이 말하는 '서비스'다. 정부는 당연히 사장님이 되기를 원하지 점원²이 되기를 원하지는 않는다. 왜냐하면 점원은 단지 업계의 관례에 따라서 돈을 받을 수 있을 뿐이지만 사장님은 자기 마음대로 돈을 굴릴 수 있기 때문이며, 또한 점원은 규율의 범위 내에서만 활동할수 있지만 사장님은 규칙을 만들 수 있기 때문이다. 관리가 필요하다는 것에 동의하는 일과 서비스가 필요하다는 것에 동의하는 일에는 어떤 차이가 있는가? 차이점은 바로 당신이 용龍이 될 수 있느냐³ 아니면 범법자가 되느냐 하는 데 있다.

내 생각에, 지나치게 자유로워진 이들 지역에서 중국인들을 관리할 필요가 없다고 주장했다가는 귀찮은 일에 시달리게 될 것 같다. 그러므로 나는 그저 청룽의 의견에 동의하는 수밖에 없으며, 더욱이 매우 강력하게 관리해야 한다고 생각한다. 문화적인 차원

---

2. 점원은 중국어로 '服務員'이라고 하는데, '服務'가 바로 서비스를 뜻한다.
3. 청룽의 이름을 직역하면 '용이 되다'라는 뜻이다. 한한은 이를 이용해 말장난을 하고 있다.

에서 보자면, 우리는 응당 피휘避諱[4]를 다시 도입해야 한다. 예를 들어 지도자의 이름은 겉으로 드러나서는 안 되며 반드시 다른 글자를 사용해 대체해야 한다. 나름대로 기쁜 사실은 많은 사이트에서 이미 이런 선진적 관리 기법을 시행하고 있다는 점이다.

그러므로 이 문제에 대해서 청룽이 헛소리를 한다고 말하는 사람들은 모조리 잡아들여야 한다. 죄목은 두 가지인데, 하나는 청룽의 사상과 지난번 양회兩會[5]에서 지도자들이 강연한 내용은 고차원적인 통일을 이루고 있다는 점이며, 다른 하나는 피휘를 하지 않았다는 점이다.

둘째, 청룽이 지금 타이완의 모습은 대단히 난잡하다고 말한 부분이다.

우선, 나는 현재 타이완의 ××××가 대단히 훌륭하다고 말할 수가 없다. 왜냐하면 우리는 지도자들의 의중을 깊이 헤아려야 하기 때문이다. 환추스바오環球時報[6]는 지도자들의 의중을 대단히 잘 헤아리는 신문이기 때문에, 타이완의 민주주의 이야기가 나올

---

4. 황제, 성인, 조상 등 높은 이의 이름자가 드러나는 경우, 삼가는 뜻을 표하기 위해 뜻이 통하는 다른 글자로 대체하거나 획의 일부를 생략하는 것.
5. 전국인민대표대회와 중국인민정치협상회의를 아우르는 말. 중국의 정책 방향을 정하고자 매년 3월에 개최되는, 중국 최대의 정치 행사이다.
6. 중국 기관지 중 하나. 해외 뉴스를 전문으로 다루며, 최근 공격적 논조와 선동적 내용으로 물의를 빚는 경우가 종종 있었다.

무렵이면 어떤 학생이 이야기를 할 것이다. 하하하, 이게 무슨 민주야. 서로 욕이나 주고받고 싸움질이나 하고, 웃기는 일이지.

이들 학생이 농담을 하고 있다고 생각하지 마시라. 이들이 대표하는 태도가 바로 지도자들의 의중이며, 청룽도 또한 그것을 대단히 성공적으로 헤아리는 사람 중의 하나인 것이다. 비록 지적인 측면에서 보자면 실패지만 정치적인 측면에서는 성공을 거뒀다.

그러므로 이 문제에 있어서 청룽의 말은 또 정확하다. "타이완의 지금 모습은 굉장히 난잡하다"라는 이 여남은 글자는 바로 높으신 분들께서 줄곧 말하고 싶었으나 차마 입 밖으로 꺼내지는 못하고 있던 것이다. 만약 청룽이 더욱 분발해 "북한의 지금 모습은 매우 훌륭하다"라든지, "김정일의 세습제도는 북한 인민의 이익에 부합한다"라는 말을 연달아 내뱉을 수 있다면, 이야말로 지도자의 의중을 철저히到家 꿰뚫어 본 것이다. 죄송, '家'는 써서는 안 되는 글자인데 피휘하는 것을 깜박했다.[7]

청룽은 또 홍콩의 지금 모습이 몹시 난잡하다고 했다. 이 말은 좀 잘못된 것 같다. 지금껏 지도자의 뜻을 이토록 정확하게 파악해왔던 청룽이 어떻게 이런 실수를 범했을까? 홍콩은 이미 반환됐으니, 대단히 훌륭하다고 해야 마땅하지 않겠는가. 여기에는 보

---

7. 당시 국무원 총리였던 원자바오溫家寶의 이름에 '家' 자가 있다.

통 사람들은 이해하지 못하는 부분이 있으니, 이는 고도의 의중 헤아리기 수법에 속하는 것이다. 홍콩이 1997년에 반환된 것은 틀림없지만, 영국의 잔혹한 식민지배와 문화적 봉쇄 때문에 양개범시兩個凡是[8]니 삼개대표三個代表[9]니 칠불규범七不規範[10]이니 하는 우수한 사상이 홍콩에는 영향을 미치지 못했다. 또한 문화적인 차이가 너무나 커서 우리는 일국양제一國兩制[11] 정책을 시행했으니, 양제란 곧 두 가지 제도를 뜻하는 것이고 이 둘 사이에 좋고 나쁨을 나눠야만 한다.

청룽의 뜻은, 홍콩은 충분히 좋지 못하며, 너무 자유롭고, 다들 헛소리를 하고 있으며(피휘)[12], 이는 ××××의 해악이 잔존한 바이므로, 만약 홍콩이 대륙과 동일한 제도를 사용하게 된다면 앞으로 더욱 좋아질 수 있으리라는 것이다. 청룽은 정부를 대신해 결단을 내리려는 것이다. 홍콩, 너희들 관리 좀 들어가야겠어.

청룽이 줄곧 큰형과 같은 이미지로 자신을 드러내왔다는 사

---

8. '마오쩌둥이 결정한 정책과 지시는 무조건 옳다'는 사상.
9. '중국공산당은 항상 중국의 선진 사회 생산력의 발전 요구를 대표하고, 선진 문화의 전진 방향을 대표하며, 가장 광범위한 인민의 근본 이익을 대표한다'는 사상.
10. 1995년 상하이에서 채택한 표어. 함부로 가래를 뱉지 않고, 쓰레기를 버리지 않고, 공공 기물을 망가뜨리지 않는 등 해서는 안 될 일곱 가지 일들을 열거하고 있다.
11. 중국의 타이완 및 홍콩 정책. 중국의 사회주의 정치체제 내에 두 가지 경제체제, 즉 사회주의와 자본주의가 공존할 수 있게 한다는 뜻이다.
12. 원문은 '虎說八道'로, 원래는 '胡說八道'라고 써야 하지만, 여기서는 후진타오胡錦濤의 '胡' 대신 '虎'를 써서 피휘했다.

실 역시 그가 관리를 대단히 좋아함을 상징적으로 보여준다. 청룽의 사상과 그가 참석한 몇몇 행사들을 볼 때 청룽이 대륙의 정치계에 상당한 관심이 있다는 것을, 심지어 예술적인 성취에 대한 관심보다 정치에 대한 관심이 더 크다는 것을 알 수 있다. 바로 이런 이유 때문에, 청룽의 신작이 막 대륙에서 상영 금지 처분을 받은 직후임에도 그는 우리가 너무 자유롭다느니 하는 말을 내뱉을 수 있는 것이다. 치욕을 감내하며 중임을 담당해내는 능력이 참으로 대단하다. 지도자의 의중을 헤아리는 청룽의 솜씨로 보건대 분명 그는 이 방면에 능력이 있는 것 같다. 하지만 유감스럽게도 내가 보기에 청룽이 중앙선전부 부장이나 문화부 부장과 같은 직책에 오를 수 있을 것 같지는 않다. 의중을 제아무리 잘 헤아려봤자 기껏 문화부의 의리를 중시하는 큰형 역할이나 할 수 있을 뿐이다.

이유가 무엇인가? 바로 청룽이라는 이름이 별로 좋지 못하기 때문이다. 연예인으로서는 훌륭한 이름이지만 정치인으로서는 그의 앞날에 영향을 끼치게 된다. 청룽이라는 이름은 봉건사회에서는 역적인 것이고[13] 현대사회에서는 또 봉건적인 것이니, 실로 골치가 아픈 문제다. 지금의 황제께서도 주변에 청룽이라는 이름을 가진 고관대작이 돌아다니는 것을 원치 않으실 것이다. 얼마나

13. 오직 황제만이 용이라 칭할 수 있었다.

옆에서 호시탐탐 기회를 노리는 게 아닌가 하는 기분이 들겠는가? 그러니 청룽은 계속해서 재미있는 영화를 찍는 것이 좋겠다. 그의 수많은 작품들은 나도 무척 좋아한다. 이렇게만 하면 아무런 문제가 없을 것이다.

일부 네티즌이 중국인은 진짜로 관리할 필요가 있으며 그렇지 않으면 난잡해질 것이라고 생각하는 문제에 대해서라면, 나는 이런 사고방식이 개념을 바꿔치기하는 것이라고 본다. 어떤 국가, 어떤 행성의 사람들이건 간에 모두 관리는 필요하다. 하지만 그들을 관리하는 것은 사상도, 제도도, 문화도, 종교도, 이데올로기도, 상급 기관도 아닌 합리적인 법률과 최대한의 공정함이다. 국민들에게 필요한 것은 서비스를 받는 것이지 관리를 당하는 것이 아니며, 정치인에게 필요한 것은 관리를 당하는 것이지 서비스를 받는 것이 아니다. 우리나라의 많은 지역에서 불화가 일어나는 것은 우리가 실수로 이를 뒤집어놓았기 때문이다. 관리가 필요하지 않다고 말하는 것은 당신더러 내키는 대로 살인, 방화를 저지르거나 마음에 드는 여자가 있으면 쫓아가 강간하라는 뜻이 아니라, 대단한 권세를 누리는 사람이 당신의 집에 불을 지르고 가족을 살해하고 아내를 강간할 때 그들에게 응분의 대가를 치르게 해야 한다는 뜻이다. 이는 또 고발을 진행하는 과정에서 상급 기관의 통제를 당하고 정신병자 취급을 당해서, 언론에 이를 폭로했더니 결국 언론도

통제를 당해 소식이 전부 막혀버리고, 결국에는 관의 입장에서 아
내를 학대한 망상증 환자로 묘사되어, 나중에 감옥에서 고무줄놀
이를 하다 자빠져 죽게 되고, 마지막으로는 미치광이의 전형적인
예로서 역사책에 기록되는 일이 없어야 한다는 뜻이다.

2009년 4월 21일

마술을 연극으로 만들다

류첸劉謙[1]의 일부 팬들은 류첸의 마술이 그저 우리를 깜짝 놀라게만 하면 되는 것이며, 너무 깊이 생각할 필요도 없고 너무 많이 알 필요도 없으며, 너무 많이 알려고 할 필요는 더더욱 없다고 생각하는 것 같다. 사실 나는 개인적으로 류첸의 공연을 매우 좋아한다. 하지만 나는 그를 변호해줄 생각이 없을 뿐만 아니라 이번 사건의 진상을 끝까지 파헤치고자 한다. 나는 내가 비교적 좋아하는 것에 대해서는 상당히 요구가 까다로운 편이다.

사건의 진상을 점점 알아갈수록, 류첸이 나에게 안겨준 것은

---

1. 세계적으로 유명한 중국의 마술사.

놀라움이 아니라 커다란 실망이라는 생각이 들었다. 최고 수준의 마술사는 이런 식으로 마술 쇼를 진행해서는 안 된다. 어쩌면 〈춘완〉 무대가 너무 크기 때문에 류첸은 텔레비전을 보는 사람들만이 관중이라고 생각했는지도 모른다. 하지만 나는 소위 관객 밀착형 마술이라는 것의 진정한 관중은 응당 테이블 주위에 앉아 있는 그 몇 사람들이어야 한다고 줄곧 믿어왔다. 이들 가운데 한 사람은 바람잡이여도 괜찮지만, 이들 전부가 바람잡이여서는 안 된다.

관객 밀착형 마술이라고 자칭한 이 콩트에서, 과즙이 든 잔, 특별 제작한 테이블, 특수 제작한 동전 등 마술용 도구가 아닌 것이 하나도 없었는데, 이는 이미 관객 밀착형 마술의 규칙에 어긋나는 것이다. 둥칭董卿[2], 손을 씻지 않는 남자, 류첸 뒤에 앉아 있던 모든 사람들, 이들 모두가 바람잡이였으며 심지어는 방송국의 연출자와 촬영기사조차도 바람잡이였다. 그들은 적절한 시점에 화면을 바꾸고 카메라의 위치를 바꿨는데 이는 직업윤리를 위배하는 것이다. 방송국에서 마술을 녹화할 때는 응당 있는 그대로를 기록해야지 마술사가 트릭을 숨기는 것을 도와서는 안 된다. 한 패거리의 바람잡이들과 전용 마술 도구를 사용해 협동 작업을 벌인다면 이를 어찌 관객 밀착형 마술이라고 부를 수 있단 말인가.

---

2. 중앙방송의 간판 아나운서. 〈춘완〉 쇼를 여러 번 진행했다.

마술사의 직분이란 스스로의 능력과 솜씨를 통해 관중을 속이는 것이다. 하지만 류첸은 사기꾼 집단을 데려와서 한차례 연극을 했다. 만약 이것을 관객 밀착형 마술이라고 부른다면, 나 한한은 테이블 하나와 여섯 명의 바람잡이를 써서 30분의 연습만으로 더 신기한 쇼를 보여줄 수 있다. 연출자와 카메라가 조금 더 협조해준다면, 〈춘완〉 쇼 현장에서 나는 쑹쭈잉宋祖英[3]을 쑹쭈더宋祖德[4]로 바꾸거나 둥칭을 둥제董潔[5]로 바꿀 수도 있다.

예능의 방식으로 관중에게 즐거움을 주는 것이 정도正道이지, 우롱하는 방식으로 관중에게 즐거움을 주는 것은, 어쩌면 사정을 알지 못하는 관중들은 여전히 재미있다고 느낄지 몰라도, 방송국과 마술사가 마땅히 행해야 할 바는 아니다. 계속 이런 식으로 해나간다면, 내년에는 더 많은 바람잡이를 동원하고 심지어 특수 효과까지 사용하게 되지 않겠는가?

중앙방송의 뉴스 보도가 최고의 장기로 삼고 있는 것이 바로 바람잡이를 동원해 전국의 관중을 기만하는 일이다. 마술은 응당 기술과 창조성이라는 방향으로 발전해야지, 하루종일 어떻게 바람

---

3. 중국의 유명 민요가수 겸 배우로 중국인민정치협상회의의 위원이기도 하다.
4. 중국 문화계의 유명인사이자 사업가. 연예계의 각종 루머를 세간에 퍼뜨리고 스캔들을 폭로하는 행동으로 유명하다.
5. 1980년생 유명 여배우.

잡이를 써먹을까 하는 생각이나 하고 있어서는 안 된다. 중앙방송의 입장에서 〈춘완〉의 제1 원칙은 정치적인 올바름이며, 제2 원칙은 실수를 없애는 것이다. 그러니 나는 그들이 한 테이블 가득 바람잡이를 배치한 그 고충을 이해한다.

만약 현장에서 불행하게도 나 같은 관중이 뽑혀 무대에 오르게 되어, 기어이 류첸에게 내 주머니 속의 동전과 내가 직접 가지고 온 잔을 사용해서 마술을 진행하라고 요구하고, 게다가 결정적인 순간에 커다란 소리로, '앗! 이 테이블 안에 있는 비밀 유리판이 왜 돌고 있지?'라고 외치게 된다면, 이는 방송사고다. 하지만 류첸에게는 분명 도구를 사용하지 않고도 나를 깜짝 놀라게 할 일류의 솜씨가 있을 것이라고 나는 굳게 믿는다.

안타깝게도 중앙방송측에서는 이것만으로는 텔레비전 앞의 관중들을 놀라게 하기에 부족하다고 생각하는 것이 틀림없다. 정치적인 올바름을 유지하고 한 치의 실수도 있어서는 안 된다는 전제하에, 생방송은 지연방송이 되고, 청중은 미리 준비해둔 사람들이 되고, 노래는 립싱크가 되고, 서커스는 녹화방송이 되고, 콩트는 거세당한 것이 되고, 샹성相聲[6]은 이미 엉망진창이 되었고, 심지어는 본래 가짜인 마술조차도 더 가짜로 만들어야만 한다. 이러니

---

6. 중국의 전통적인 만담 형식의 공연예술.

우리 중국의 문화 디너쇼에서는 영원히 방송사고가 일어날 리가 없는 것이다.

류첸의 팬 여러분께선 기분 나쁠 수 있겠지만, 여러분의 스타를 위해 조금 더 깊이 생각해보시기 바란다. 여러분의 스타는 이미 역사상 최초로 전원이 바람잡이로 이루어진 진용을 사용해 관객 밀착형 마술을 공연한 마술사가 되었다. 당신의 스타가 장래에 세계적인 마술의 대가가 되면 좋겠는가, 아니면 그저 돈이나 좀 벌기 위해서 매년 연말마다 타오바오淘寶[7]에 마술 도구를 판매하고, 몇 명의 바람잡이를 데리고 〈춘완〉 쇼에 등장해 콩트를 진행하면 좋겠는가? 중앙방송에서 원하는 것이 후자라는 것은 명백하고, 여러분의 스타 역시 동의하는 것 같다. 여러분은 동의하시는가?

2010년 2월 16일

---

7. 중국의 유명 인터넷 쇼핑 사이트.

나의 전위성과 황당함

며칠 전, 쉬징레이徐靜蕾를 도와서 『카이라開啦』[1]에 상담 코너를 하나 개설했다. 이 일은 내가 제안한 것인데, 요즘 소설을 쓰느라 다른 뭔가를 쓸 정신이 없어서, 차라리 질문에 대답하는 형식으로 가는 편이 간단했기 때문이다. 성 상담 코너는 이를 통해 세태를 풍자할 수도 있기 때문에 매우 흥미롭기도 했다. 하지만 불행하게도 글마다 해설을 해줄 사람을 배정해놓지 않은 관계로 수많은 수구주의자들이 알아듣지 못하는 사태가 일어났다. 좀 웃긴 수구주의자들은 '이 문제는 성 의학 방면의 전문가들이 대답하게 하는

---

1. 영화배우이자 감독인 쉬징레이가 편집을 맡은 무료 디지털 잡지.

것이 낫다'고 주장했다. 내가 예전에 말馬에 대한 글[2]을 썼을 때처럼 마음을 다잡고 겸손하게 독자에게 가르침을 청해야 마땅하다는 것이다.

이는 모두 중국의 국어교육이 사람들을 망쳐놓았기 때문에 나타나는 현상이다.

오늘 신문에서 내가 청소년들을 잘못된 길로 이끌고 있다고 하면서 신문출판국新聞出版署[3]이 감독에 들어가거나 처벌을 해야 한다고 주장하는 것을 보았다. 이유는 이렇다. 지난번에 "당신은 지금 미성년자의 성적 조숙 현상, 그리고 일부 소년 소녀들이 지나치게 빨리 금단의 열매를 먹는 일을 어떻게 보십니까?"라는 질문이 들어왔다. 내 대답은 이러했다. "전적으로 지지하고 이해합니다. 다만 피임은 확실히 해야 합니다."

그들은 내 대답이 지나치게 일부러 전위적인 척하며 또한 매우 황당하다고 말했다. 이는 정말로 내 실제 사고방식이며, 당신들이 너무 전위적이라고 말한대도 별수 없다. 그저 당신들이 너무 뒤떨어져 있음을 드러내줄 뿐이니까. 나는 요즘 사람들을 그렇게 쉽

---

2. '말에 관한 몇 가지 문제들'이라는 글을 가리킨다. 이 글에서 한한은 말 전문가들에게 조언을 구했다.
3. 신문과 도서의 출판을 관장하는 국무원 직속 기구. 각종 검열권과 허가권을 장악하고 있어 절대적인 영향력을 발휘한다.

게 구렁텅이 속으로 끌고 들어갈 수 있을는지 잘 모르겠다. 걸핏하면 잘못 이끈다느니 어쩌니 말을 해대니 말이다. 나는 해당 코너에서 내가 아는 바에 따라 남성 성기의 적절한 길이는 20센티미터라고 주장했는데, 내 말이 그렇게 영향력이 있다면 왜 그들 전문가들 중 나서서 자기 거시기를 이 수치에 맞게 늘리는 이가 없는지 모르겠다. 이를 통해 보자면 그 사람들도 머리가 달려 있기는 한 것 같다. 아니면 어떤 사람들은 원래 광명정대한 말을 지껄이면서 실제로는 비루한 짓을 하기를 좋아하는 것인지도 모르겠다. 이외에도 『오늘의 교육今日敎育』의 책임편집자는 거의 대부분의 교육계 인사들이 내 의견에 동의하지 않을 것이라고 말했다.

그렇다면 정말 좋은 일이다. 내 경험에 비춰보건대, 소위 교육계 전문가라는 사람들은 대부분 입에는 인의도덕을 달고 다니면서, 뱃속에는 비열하고 저질적인 생각이 가득한 자들이다. 어떤 일이 그들의 동의를 얻을 수 있다면 그것은 틀림없이 좋지 못한 일일 것이다. 이는 마치 지금 어떤 영화가 영화국電影局[4]의 심사를 통과할 수 있다면 필시 좋은 영화가 아닌 것과 마찬가지다.

열여덟 살은 법률이 정한 성년이다. 하지만 나는 다음과 같이 탄식하는 말을 종종 듣곤 한다. 난 열아홉 살에야 연애를 처음

---

4. 국가신문출판광전총국 기구 중 하나로 영화산업을 관장한다.

시작했어요. 그러면 사람들은 모두 왜 시작이 그렇게 늦었는지 의아해한다. 중국의 특수한 상황하에서, 많은 부모들은 학생들이 연애하는 것을 허락하지 않는다. 심지어 대학에 간 후에도 연애에 반대하는 부모들이 많다. 그런데 대학을 졸업하고 나면, 모든 부모들이 당장 하늘에서 모든 방면에 두루 우수하고, 그리고 가장 중요하게는 집도 한 채 있는 그런 사람이 뚝 떨어져서 그들의 자녀와 연애하고 결혼하기를 바란다. 꿈 깨시라.

이 세계에는 원래 너무 빠른 연애나 금지된 과일을 먹는 일 따위란 존재하지 않는다. 어느 연령대에 속하는 사람들이든, 쌍방이 좋아하고 진심으로 원하기만 한다면 모든 감정과 성적인 행동은 천부적인 인권에 속한다. 이것은 인류의 가장 큰 권리이며, 다른 사람이 간섭하거나 방해할 수 없는 것이다. 이것이 바로 나의 전위적이고 황당한 관점이다.

2007년 5월 17일[5]

---

5. 한한은 쉬징레이의 디지털 잡지 『카이라』에서 '성 문제 질의응답' 코너를 담당했다. 네티즌의 질문에 대한 그의 대답이 지나치게 개방적이라고 생각하는 사람들이 있어서, 몇몇 주간잡지들과 매체들이 그에게 젊은이들로 하여금 금지된 과일을 훔쳐 먹도록 종용하거나 혼란을 일으키지 말아야 한다고 비판하는 일이 발생하였다. 한한은 이 글을 써서 자신의 관점을 명확히 밝혔다.—원주

전통적 미덕

　　지지난번 발표한 글에서, 나는 이 세계에는 원래 너무 빠른 연애나 금지된 과일을 먹는 일 따위란 존재하지 않으며, 어느 연령대에 속하는 사람들이든 쌍방이 좋아하고 진심으로 원하기만 한다면 모든 감정과 성적인 행동은 천부적인 인권에 속한다고, 또한 이것은 인류의 가장 큰 권리이며 다른 사람이 간섭하거나 방해할 수 없는 것이라고 말했다. 나는 이 말이 세상 사람 모두 당연하다고 여기고 아무도 논쟁의 여지가 있다고 여기지 않을 말이라고 생각했다. 하지만 많은 사람들이 나를 비판하기를, 내게 딸이 생긴다면 이 말이 얼마나 멍청한 소리인지 알게 될 것이라고 했다. 혹자는 서구식의 성 해방을 고취하는 것은 잘못된 것이며 중국의 윤리

도덕과 인문적 전통이 상실될 수 있다고 했다.

내가 하고 싶은 말은, 나는 사실 선의로 당신들에겐 이러한 일을 할 수 있는 권리가 있다고 말해주었을 뿐이라는 점이다. 그런데 당신 스스로가 이러한 일을 할 권리가 없다고 여긴다면, 즉 당신이 다른 사람과 서로 사랑하고 서로 가까워지는 일을 다른 사람이 간섭하고 방해해도 된다고 여긴다면야 나로서도 방법이 없다. 내 관점은 당신이 사랑하는 사람과 같이 자도 된다는 것인데, 알고 보니 이것이 바로 서구식의 성 해방이었나보다. 당신은 '해방,섹스, 일보解放,日,報'[1]를 너무 많이 본 것이 아닐지. 아니면 당신은 오직 자기 딸에게만 이런 권리가 없다고 생각하는 것 아닐지. 많은 남자들이 이런 식이다. 여자랑 놀 때는 상대방이 좀더 어리고 좀더 개방적이고 옷은 좀 덜 입고[2] 있기를 바라며, 다른 사람의 딸과 놀아나면서도 다른 사람은 영원히 자기 딸을 건드리지 않기를 바란다. 이해할 수 있는 일이기는 하다.

우리가 고쳐시키려 하는 중화민족의 미덕, 즉 겸양, 성실, 근면, 순박, 협조, 열정, 단결 등은 사실 바로 우리 민족에서 가장 찾

---

1. '日'이 비속어로 쓰이면 '성교하다'라는 뜻을 갖는다. 한한은 일부러 군 기관지인 제팡르바오解放日報의 '日' 앞뒤에 쉼표를 넣어 '日'를 두드러지게 하고 있다.
2. 원문은 '開放三點'으로, 이는 '開放一點(좀더 개방적이다)'에 '3배'의 의미를 담아 '一'을 '三'으로 바꿔 강조한 것으로 볼 수도 있지만, '비키니三點式'로 볼 수도 있다. 일부러 중의적인 표현을 써 언어유희를 하고 있는 것으로 보인다.

아보기 힘든 품성이다. 우리는 사실 이런 면에서 대단히 뒤떨어져 있다. 성실함을 예로 들어보자면, 이 민족이 대체 어느 시절에 전체적으로 성실했던 적이 있단 말인가? 위에 나열한 품성들에 관해 당신이 백 개의 예를 든다면, 나는 만 개의 반례反例를 들어줄 수 있다. 우리에게 이런 미덕을 고취하는 적지 않은 역사 속 이야기가 있는 까닭은, 바로 우리에게 전체적으로는 사실 이러한 미덕이 결여되어 있기 때문이다. 우리는 그런 이야기에 의존해 거짓된, 그리고 우리나라 사람들이 보고 배울, 그리고 정신적 자위를 가능하게 할 그러한 이미지를 만들어내야 했다. 소위 중화민족의 전통적 미덕이란 바로 역사에 대한 정신적 자위를 통해 얻어낸 것이며, 현대에 와서는 더더욱 그러하다. 우리가 원래 우리 민족에 속하지 않았던 이러한 미덕들을 정신적 자위를 통해 만들어낸 지는 매우 오래됐다. 그리고 이런 미덕들은 아름다운 것이다. 좀 점잖은 말을 한 마디하자면, 이런 미덕이야말로 국민성이 열등함으로 수렴하는 우리 민족이 추구해야 할 바다.

물론, 우리 중국인은 중국인 자신에 대한 평가가 대단히 후하다. 이것만으로도 충분하다. 적어도 우리는 이미 세계 인구의 5분의 1의 호평을 얻었으니까. 좋은 평가를 내리지 않는 사람은 곧 매국노이며, 우리 국민이 각자 한 번씩만 침을 뱉어도 그 자를 익사시킬 수 있을 것이다.

더군다나 우리나라는 땅이 넓고 산물이 풍부하지 않던가!

2007년 5월 28일

연애라는 문제

어렸을 적에는 늘 오픈카 한 대를 몰고 좋아하는 사람과 함께 낙엽이 가득한 산길을 천천히 달려보고 싶어했다. 하지만 이제 이것이 상당히 어려운 일이라는 것을 알게 되었다. 우선 오픈카를 몰고 있을 때는 옆에 좋아하는 아가씨가 없고, 반면 좋아하는 아가씨가 옆에 앉아 있을 때는 오픈카를 몰고 있지 않으며, 오픈카와 좋아하는 아가씨가 모두 있을 때는 꼭 시내 길이 꽉꽉 막히기 때문이다. 이후 시간이 점점 흐르면서 이러한 충동 역시 점점 감소해, 학창 시절처럼 한 명의 여인을 위해서 모든 것을—그래, 심지어 생명까지도—바칠 수 있다고 여기지는 않게 되었다.

모든 것이 너무 현실적이 되어버린 것 같다. 남자건 여자건 간에, 순수한 사랑이란 어쩌면 단지 학창 시절에만 있을 수 있는 것인지도 모른다. 또한 단지 학창 시절에만 벨조차 달려 있지 않은 자전거[1]를 탈지라도 신경쓰지 않을 수 있는 것 같다. 그리고 남자친구가 가난하건 부자이건 신경쓰지 않고 잘생기기만 하면 되는 것은 단지 고등학교나 대학에서만 가능한 것 같다. 잘생기기만 하면 기숙사의 룸메이트들 앞에서도 체면이 선다. 하지만 일단 대학을 떠나서 옛날 친구들의 남자친구가 모두 벤츠를 끌고 모시러 오고, 직장에서 조금 외모가 괜찮다 싶은 여사원은 모두 고급차가 맞이하러 나오는 것을 볼 때, 또 차의 종류는 조금씩 다르겠지만 차 안에 탄 사람은 한결같이 못생긴 것을 보게 되었을 때, 당신은 자전거로 당신을 데리러 온 남자친구를 변함없이 대할 수 있겠는가?

어쩌면 연애란 상당 부분 자기 자신의 체면을 위한 것인지도 모른다. 이를테면 학교에서는 잘생긴 남자친구가 있으면 체면이 서고, 직장에서는 돈 많은 사람을 잡으면 체면이 서는 것이니, 사실 사랑하는 대상은 모두 체면이라 할 수 있다.

그래서 나는 오직 어린 시절에만 진정으로 순수할 수 있고, 그런 까닭에 그때를 더욱 소중히 여겨야 한다고 생각한다. 나이가

---

1. 중국에서는 자전거가 대중적 교통수단으로 많이 사용되는데, 벨이나 바구니 등을 다는 데는 따로 돈이 든다. '벨조차 달려 있지 않은 자전거'는 자전거에 벨도 달지 못하고 다닐 정도로 넉넉하지 않은 형편을 강조한 표현이다.

어릴 때에만 누구의 손이 더 큰지 비교해본 다음 손을 잡고 길을 건너는 일이 있을 수 있다.

예전에 내 책에서 다음과 같은 말을 한 적이 있다. 두 사람이 서로를 무척 사랑하고 있을 때, 본인의 부모도 아니고 상대의 부모도 아닌 사람이 갑자기 등장해서는, 안 돼, 너희는 함께할 수 없어 하고 말하는 것은 도무지 상상조차 할 수 없는 일이라고.

이런 목소리는 모두 우리의 교사들로부터 나오는 것이다. 교사들이 무슨 심정으로 그런 말을 하는지는 몰라도, 내가 보기에는 무척 가소로우며 인권을 침해하는 일이다. 십분 양보해서 이런 일을 장려하지 않을 수는 있을지 모르지만 그것을 비난해서는 안 된다.

어떤 사람이 갑이라는 학교가 을이라는 학교보다 더 아름답다는 판단을 내리고 갑을 더 좋아할 수 있다면, 또 수학 선생은 사람이 괜찮지만 물리 선생은 개새끼라는 판단을 내릴 수 있다면, 이 사람은 완전히 독립적으로 다른 사람을 좋아할 수 있는 권리와 능력을 갖춘 것이라고 생각한다. 어쩌면 우리 부모님이나 상대의 부모님이 도의적인 문제 때문에 나서서 금지할 수는 있겠지만(이는 수많은 사랑의 도피를 낳았다), 일개 교사가 사이에 끼어드는 것은 도무지 말이 되지 않는다. 어쩌면 혹자는 이 일을 사상과 품성 차원의 일이라고 판단할지도 모르지만, 한 사람이 다른 누군가를 좋아하는 일과 그 사람의 사상, 품성 사이에는 아무런 관계가 없다. 더

군다나 지금의 교육은 학생이 학교에서 보여주는 사상이나 품성
이 그의 실제 사상이나 품성과는 아무런 관계도 없게 만드는 지경
에까지 발전하지 않았던가.

2003년

'다음 세대'를 도구로 삼지 말라

    오늘 왕이網易[1] 사이트에 대문짝만하게 걸린 글 한 편을 보았다. '한한이 일본 성인영화 여배우의 블로그에 링크를 걸어 격렬한 논쟁을 유발하다'라는 글이다.

    나는 이 글이 좀 심하게 잘못됐다고 생각한다. 우선 내가 마쓰시마 가에데松島楓의 블로그를 링크한 것은 사실이다. 대략 한 달 전의 일인데, 그녀를 매우 좋아하고 높게 평가했기 때문이다. 일본 AV 여배우와 일본 AV는 남자라면 대부분 본 적이 있을 것이다. 한편으로는 감상하면서 한편으로는 그들이 도덕적으로 타락했다고

---

1. 해외에서는 넷이즈NetEase라는 상호로 활동하고 있는 중국의 인터넷 기업.

욕하고, 그런 다음 또 한편으로는 빨리감기를 하면서 진도가 너무 느리다고 몇 마디 더 욕한 다음, 클라이맥스 부분은 다시 돌려서 본 후에 또다시 그들이 너무 천박하다고 욕을 하다니, 이 얼마나 심한 인격분열이란 말인가.

더욱이 내가 링크한 것은 그녀의 개인적 블로그였으며 그녀는 이제 더이상 그 일에 종사하지도 않는다.[2] 기어이 이를 성인 사이트라고 부르다니, 설마 당신들이 말하는 성인 사이트란 도를 닦는 곳이란 말인가? 당신들은 입을 열자마자 첫마디부터 스스로의 거짓된 사회적 책임감을 드러내며 자기 얼굴에다 금칠을 하고 있다. 입으로는 농민공農民工[3]에게 관심을 기울인다고 말하면서 실제로는 마쓰시마 가에데의 사이트를 클릭하고 있다니, 너무 가식적이지 않은가.

수구주의자들은 걸핏하면 다음 세대를 들먹이기 좋아하는데, 그들은 과연 정말로 다음 세대의 성장에 관심을 기울이는 것일까? 내가 보기에는 그렇지만도 않은 것 같다. 그들이 다음 세대 운운하는 건, 그저 그들의 눈에 거슬리는 사람들이나 일을 억누르는

---

2. 한한이 이 글을 쓰던 당시 마쓰시마 가에데는 결혼을 이유로 은퇴를 선언했으나, 1년 뒤 다시 복귀했다.
3. 농촌 호구를 가진 채로 타지에 나와 일을 하는 사람을 일컫는다. 약 1억 5000만 명 이상이 존재하며, 주로 3D 업종에 종사하는데, 비인격적인 대우를 받는 경우가 많아 사회적 문제가 되고 있다.

구실에 불과하다. '다음 세대'도 참 불쌍한 것이, 우리는 많은 것이 다음 세대에 해악을 끼친다고 말하고 있지만, 실제로 이는 다음 세대 스스로가 입을 열어 말한 것이 아니다. 나는 당신들이 다음 세대를 대신해 의견을 발표하는 건 있을 수 없는 일이라 생각한다. 물론 당신들은 다음 세대는 아직 어리고 정신적으로 성숙하지 못했으므로, 억압하기 좋아하는 당신들 늙은 세대가 책임지고 통제할 필요가 있다고 말할 수도 있다. 하지만 나는 개인적으로, 젊은 이들을 그렇게 간단히 구렁텅이로 끌고 들어가는 것은 불가능하다고 생각한다. 젊은이들이 한 일본 AV 여배우의 사이트를 방문한다고 해서 곧장 사회의 쓰레기가 되고 가정에 해악을 끼치게 된다고 생각한다면, 이는 인류를 너무 과소평가하는 것이다. 이렇게 정보기술이 발달한 우리 사회에서, 모자이크 처리된 일본 AV 여배우 한 명이 한 세대 전체를 망쳐놓을 수 있다면 이런 사람들이 살아서 뭘하겠는가.

　　일부 사람들은 더이상 못난이처럼 굴지 말기를 바란다. 글을 쓸 때 걸핏하면 '다음 세대'와 어린이를 도구로 삼지 말라는 것이다. 그렇게 나이를 먹고서도 자기 생각을 말할 때 어린이의 입을 거치고 조국의 꽃봉오리[4]의 손을 빌려야 한다면 너무 불쌍한 노릇

---

4. 아이들을 뜻한다.

이다. 이것이 차도살인지계借刀殺人之計가 아니면 무엇이란 말인가? 중요한 것은 이런 방법이 확실히 효과가 있다는 점이다. 어린아이의 손에 있는 것이 겨우 연필 깎는 칼 정도일 것이라고 생각해서는 안 된다. 예전에 대자보를 쓸 때 미성년자를 동원하는 것은 한 자루의 대도大刀를 동원하는 것과 마찬가지였다.

하지만 이런 수법은 이미 수십 년이나 써먹은 것이다. 예전에 나이 많은 사람들도 당신들을 보며 심각한 해악을 입고 있는 세대라고 말했었는데, 지금 당신들이 보기에 당신들은 정상인가? 만약 스스로가 정상이라고 느껴진다면 이는 다음 세대에 해악을 끼친다는 이 논리가 성립하지 않는다는 뜻이다. 만약 비정상이라고 느껴진다면, 비정상인 사람이 무슨 글을 쓴단 말인가?

사실 다음 세대를 핑계로 이러쿵저러쿵하는 것은 중국의 전통이다. 자기 마음에 들지 않으면 그냥 마음에 들지 않는다고 말하면 될 것을, 굳이 스스로에게 정의롭고 위엄 있는 가면을 씌우고 청소년에게 해악을 끼치지 말아야 한다는 깃발을 휘날리며 청소년에게 해악을 끼치는 일을 자행해왔다.

다음으로 AV 문제를 이야기해보자면, 나는 사실 일본 AV가 많은 청소년에게 성 계몽과 성 교육 교재로 쓰이고 있다고 생각한다. 우리가 지도해야 할 부분은 청소년들에게 다음과 같은 사실을 알려주는 것이다. 거기 나오는 사람은 편집을 거쳐 그렇게 보이는 것이고 예술적으로 과장된 부분이 있으며, 그 사람에 미치지 못하는 부분이 있다면 네가 무능해서가 아니라는 것, 또 이것이 모두들 하고 있는 일이라는 사실을 말이다. 물론 도덕군자인 체하는 사람들은 자신의 부모가 한 번도 성생활을 한 적이 없다고 딱 잡아뗄 수도 있을 것이다. 많은 나라에서 AV가 합법적인 것이지만 일부 나라에서는 음란물로 분류된다. 이는 곧 야한 물건에 대한 정의가 고정불변의 것이 아님을 의미한다. 우리는 대개 이런 물건이 건전하지 못하다고 생각하는데, 나는 이게 어째서 건전하지 못한지 반문하고 싶다. 만약 섹스가 건전하지 못하다면, 우리는 모두 불건전함의 산물이다. 사실 그런 물건 자체가 불건전한 것이 아니라 그런 식으로 생각하는 사람이 불건전한 것이다. 국가의 경제와 문화가 일정 정도까지 발전하게 되면, 성은 언제나 정당한 산업이 된다.

이 밖에, 어떤 사람들은 이것이 혼자서 즐기는 개인적 취미라면 문제될 것이 없지만 드러내놓고 즐길 수는 없는 것이며, 드러내놓고 즐기는 경우에는 청소년들에게 모범을 보여야 한다고 생각한다. 나는 이 또한 잘못된 것이라고 말하고 싶다. 한 사람의 정상적인 성격은 무대 위에서나 무대 아래에서나 기본적으로 일치해야 마땅하다. 우리는 혼자 있을 때와 다른 사람 앞에 나섰을 때를 지나치게 분명히 구분하려 하는데, 이는 일본 AV를 보는 것보다 만 배나 더 심각한 문제다. 이는 인격의 문제이며 심지어는 국격의 문제인 것이다. 나는 혼자 있을 때 원래 이런 꼴이며, 다른 사람들 앞에 섰을 때도 원래 이런 꼴이라는 것을 인정한다. 왜 겉과 속이 달라야 한다는 것인가? 또한 이렇게 하는 것이 바로 내가 모범을 보이는 방식이다. 내가 왜 반드시 당신이 말하는 방식대로 모범을 보여야만 하는가? 나는 이미 모범을 보이고 있으며, 이것이야말로 건전한 일이라고 생각한다.

마지막으로, 해당 글의 저자는 나더러 인민대중에게 사과하기를 요구하고 있다. 이 또한 고약한 버릇이다. 사실 이 글은 대단히 잘 쓴 것이다. 이 문장을 통해 우리는 가장 전형적이고 가장 저급한 대자보식의 문체가 어떠한 것인지 알 수 있다. 우리에게는 고약한 버릇이 있는데, 바로 다른 사람더러 사과하라고 강요하는 것이다. 그 이유는 그저 자기 스스로 정신적 자위를 함으로써 속이 시원해지고자 하는 것일 뿐이다. 설령 두 사람의 도덕관과 가치관이 정말 충돌하는 경우라 해도, 갑자기 한쪽이 다른 한쪽에게 사과하라고 강요한다면, 더욱이 인민대중이라는 미명을 빌려 그렇게 한다면, 이는 정말 웃기는 짓이다. 나는 당연히 내가 잘못이 없다고 생각하기 때문에 이렇게 행동하고 이렇게 말하는 것이다. 우리 있는 그대로 이야기하고, 말이 되는 소리를 좀 하면 안 되겠는가? 뜬금없이 튀어나와서 나더러 사과를 하라고 하면, 논리적인 측면에서 나는 정말 괴롭다. 이게 말이나 되는 소리인가? 만약 내가 사과한다 해도, 그자는 아마 사과에 진심이 없다고 여길 것이다. 또 내가 진심으로 사과하고, 내가 진짜 잘못했다고 생각한다면, 내가 예전에 한 일들은 뭐가 되는가? 만일 내가 갑자기 글을 써서 그 사람더러 사과하라고 요구한다면, 이유는 상관할 필요 없고 무조건 사과해야 한다고 요구한다면, 게다가 그의 글을 삭제하라고 한다면, 그래야 내 속이 편하겠다고 한다면, 이런 짓을 이해할 수 있겠는가. 당신이 나한테 억울한 죄목을 씌우려 한다면 나는 당신에게 빨주노초파남보 일곱 색의 죄목을 씌워줄 수 있다. 이런 짓이 재미있는가? 이 어찌 문자로써 문화를 박해하는 행위가 아니겠는가.

이 밖에 여러분께 이야기를 하나 더 들려드리고자 한다. 예전에 마쓰시마 가에데의 인격적 매력을 언급한 적이 있는데, 아는 사람이 아무도 없는 것 같다. 사실 그녀가 왕년에 AV 업계에 들어서게 된 것은, 남자친구가 감독이 되고 싶어했지만 돈이 없었기 때문이다. 그래서 그녀는 AV에 출연하기 시작했고 남자친구에게 감독을 맡도록 했다. 그녀는 이렇게 돈을 벌어서 영화를 찍고 싶어하는 남자친구의 꿈을 실현시켜준 것이다. 이런 품성은, 입만 열면 음란하다느니 건전하지 못하다느니 지껄이면서, 돌아서면 사우나와 룸살롱에서 접대를 받는 도덕군자들에게서는 아마 찾아볼 수 없는 것이리라.

<hr />

5. 한한은 2008년 3월 중순에 자신의 블로그에 AV 배우 마쓰시마 가에데의 블로그를 링크했으며, '마쓰시마 가에데'라는 제목의 글을 통해 그녀를 높이 평가한다고 직설적으로 말했다. 이는 네티즌 사이의 격렬한 토론으로 번졌고, 소위 유명인사의 윤리 논쟁을 불러일으켰다. 한한은 사과를 거부했으며, 몇 편의 글을 통해 자신의 논리를 밝힘과 동시에 네티즌에게 그가 링크했던 마쓰시마 가에데의 블로그에 어떠한 음란한 내용도 없었음을 증언해줄 것을 청했다.—원주

그들이 마쓰시마 가에데에게
미안해해야 한다

오늘 왕이 사이트에 접속해보니, 관리자들이 이미 10여 편의 일방적인 글을 올려놓았다. 이로써 왕이의 진면목을 파악할 수 있었다. 일반적인 사이트나 블로그상에서의 논쟁은, 해당 사이트가 얼마나 한쪽으로 치우쳤건 대개는 찬성하는 측과 반대하는 측을 나누는 척이라도 하게 마련인데, 왕이는 아예 반대 의견으로만 열 몇 편이나 되는 글을 게재한 것이다. 그들로서는 이렇게 하면 세상 사람들이 전부 나를 손가락질하고 있는 것 같은 여론의 환상을 조성할 수 있다고 생각했을 것이다. 못난 것들이 꼭 떼를 지어 다니는 것은 세력을 과시하고자 함이 아니던가. 왕이 사이트의 관리자들은 정말 훌륭한 인재들이니, 왕이는 마땅히 이들을 눈여겨보아야 할 것이며 그들이 문화계 공무원이 되게 해서는 결코 안 된다. 이런 사람들의 수중에 실질적인 권력이 주어진다면, 우리는 끝장이다.

이들은 또 대부분 AV를 본 적이 있다고 밝혔는데, 나는 당신들이 본 것은 정품이 아니었을 것으로 확신한다. 당신들이 불법 복제 DVD를 사서 봤든, 아니면 인터넷에서 다운로드해서 봤든 간에 당신들은 실제로 AV 여배우들의 권익을 침해한 것이다. 내가 본 AV는 그리 많다고는 할 수 없어서 다 합쳐도 20편이 되지 않을 것인데, 처음에 호기심에 컴퓨터로 다운로드받았던 몇 편의 AV를 제외하고는 모두 친구가 일본에서 가지고 들어온 정품이다. 이것이 나와 내 친구들이 지적재산권과 AV 여배우들의 직업을 존중하는 방식이다.

만약 당신들이 한편으로는 공짜로 다운로드받은 AV를 흥미진진하게 감상하면서(사실 이것도 큰 문제는 아니다), 다른 한편으로는 이것이 미풍양속을 해친다고 주장한다면, 또 AV를 보는 다른 사람들에게 '다음 세대를 망쳐놓는다'는 죄목을 뒤집어씌운다면, 당신들의 인품은 AV 배우들에 비해 훨씬 떨어진다고 할 것이다. 나는 어제 쓴 글 "'다음 세대'를 도구로 삼지 말라'에서 이 문제에 대한 내 입장을 분명히 밝혔다. 그러면 오늘은 무엇을 할까?

좋다, 오늘은 여러분께 이 문맹자 집단이 어떤 잘못을 저질렀는지 알려드리겠다.

위선자들과 가짜 도덕군자들의 특징은 자신의 말을 검증해보지 않는다는 점이다. 당시에 나는 이미 그들 중 누구도 내가 걸어봤던 그 링크에 접속해보지 않았다는 것을 알고 있었다. 그 링크는 며칠 전에 트래픽 초과로 다운돼버렸기 때문이다. 하지만 그들은 상상력과 허구를 동원해 마쓰시마 가에데의 깨끗한 블로그를 후안무치하고, 음란하고, 선정적이고, 저질스러운 곳으로 묘사해놓았다. 어제 나는 일부러 이 점을 지적하지 않고 다른 이야기만 늘어놨는데, 마침내 그들은 불을 보고 달려드는 불나방처럼 함정에 빠져들고 말았다. 실제로 이전에 이 링크를 타고 들어가본 1000만 명의 네티즌이 모두 증인이다. 마쓰시마 가에데는 그녀의 블로그에 그저 글을 쓰고, 그녀의 평소 생활과 애완동물의 사진을 조금 올려놨을 뿐 애초에 선정적인 내용이란 있지도 않았다. 만약 '농민공들에 주의를 기울이는' 분들께서 겹겹이 링크를 타고 마침내 음란 사이트에 도달했다 할지라도 이는 마쓰시마 가에데와는 관계가 없으며, 단지 그분들의 손가락이 천박한 것일 따름이다. 당신이 다른 링크를 클릭하고, 또 클릭하고, 또 클릭해서 다른 곳으로 갔다면 그것은 당신의 문제다. 나는 광명정대한 왕이의 홈페이지에서 출발해서, 하나의 링크를 클릭하고, 또 클릭하고, 또 클릭한다면 마찬가지로 음란 사이트에 이를 수 있을 것이라 생각한다. 설령 정부 공식 홈페이지에서 출발한다 해도 몇 개의 링크를 거친다면 성인 사이트에 도달할 수 있다고 믿어 의심치 않는다.

그래, 사과하는 게 유행이라지? 내 생각에는 이들 모두 마쓰시마 가에데에게 사과해야 할 것 같다. 이 링크는 애초에 음란 사이트로 이어지는 것이 아니라 그녀의 개인 블로그로 이어지는 것이었기 때문이다. 이 블로그를 판단하는 기준은, 중국의 쉬징레이의 블로그를 판단할 때와 같은 기준이어야 마땅하다. 다른 점이 있다면 쉬징레이는 고양이를 기르고 마쓰시마 가에데는 개를 기른다는 점뿐이다. 이 10여 명의 사람들이 한 짓은 전부 어느 은퇴한 일본 여배우에 대한 무고와 모함에 해당한다. 특히 첫번째 발의자, 즉 마쓰시마 가에데의 블로그 옆에 동그라미를 그려 특별히 '일본 성인 사이트'라고 강조했던 그 사람은 완전히 무고와 비방을 하고 있는 것이다. 그런데 아마 이 사람들이 나와 사람으로서의 도리를 논하고 있는 것이 아니었던가?

(공정을 기하기 위해서, 며칠 전 마쓰시마 가에데의 블로그의 서버가 정상적이었을 때 방문해본 분들이 계시면 객관적으로, 있는 그대로, 여러분이 내가 링크했던 마쓰시마 가에데의 블로그에서 무엇을 보았는지 설명해주시기 바란다. 형식 제한은 없으며, 중국어로 50자 이상 써주시라.)

2008년 4월 12일

선전의 경찰

오늘 뉴스를 하나 듣고는 선전深圳[1]의 경찰들을 위해 환호를 내질렀다. 선전의 경찰이 차에 치여 죽을지도 모르는 위험을 무릅쓰고 1000여 명에 달하는 거리의 창녀들과 성매매자들을 잡아들였으며 이들을 공개적으로 처리했으니, 조화사회를 위해 참으로 큰 공을 세웠다 할 것이다. 공평을 기하기 위해서, 또 보다 큰 정치적 업적을 위해서, 내가 알고 있는 적지 않은 선전 창녀들의 위치를 알려주겠다. 만 명도 넘게 잡아들일 수 있을 것이므로, 선전 경찰청측은 마치 〈차오뉘超女〉[2] 콘서트라도 하는 것처럼 전국 순회공

1. 중국 남쪽 광둥廣東 성에 있는 신흥 산업도시로 홍콩과 마주해 있다.
2. 여성 가수를 뽑는 유명 텔레비전 오디션 프로그램.

연을 하면서 공개 처벌을 하면 되겠다. 그 위치란 각 사성 및 오성급 호텔에 있는 KTV[3]와 사우나, 그리고 선전의 여러 호화 목욕탕과 노래방 등이다. 그들에게 연줄이 있다 한들 무엇을 두려워할 것인가. 연줄이 아무리 대단해도 모두 앞으로 끌고 나와서 공개해야지, 노상 아무 연줄도 없는 사람들만 잡아들여서 어쩌자는 것인가. 창녀들 역시 가난해서 길거리나 이발소를 전전하는 여자들만 잡아들여서는 안 된다. 뉴스로서의 효과가 떨어지지 않는가. 내가 시키는 대로 한다면 혹여 당신네들의 지도자까지 잡아들일 수 있을지도 모르니, 얼마나 위풍당당하겠는가!

공개적으로 처리한 것도 잘했다. 앞으로는 취조 과정도 공개해서, 세상 사람들이 경찰의 무예 실력을 똑똑히 목격하게 하자. 네놈들이 감히 범죄를 저지르다니, 요즘 같은 시대에 연줄도 없고 공교롭게 정신병에 걸리지도 않은 것들이 죄를 지으면 법률과 경찰의 엄정한 처벌을 받게 되어 있는 것이다. 창녀와 음란 사이트의 사회적 해악은 너무나도 크다! 횡령이나 살인보다 훨씬 나쁜 죄다. 사회적 해악이 가장 작은 것은 부패다. 부패하면 돈을 쓰게 되고, 곧 크게 소비를 촉진하는 것이니, 그 공이 과보다 크다 하겠다. 그러나 창녀와 음란 사이트는 백성百姓의 생활에 큰 악영향을 끼쳐

---

3. 'Karaoke TV'의 줄임말로, 우리나라의 단란주점에 가깝다.

그들을 백성百姓으로 변하게 할 뿐 아니라[4], 정경유착, 아니 협조로 이루어진 호화스러운 유흥업소의 장사를 망쳐놓음으로써 소비를 억제하고 GDP鷄地屍[5]를 끌어내린다. 음란 사이트는 한 세대에 대한 해악이 더욱 크다. 우리 세대 사람들의 컴퓨터 가운데 중국 음란 사이트의 바이러스에 걸리지 않은 것이 하나라도 있겠는가? 이 두 가지는 백번 죽어 마땅한 죄다.

　　체포당한 가난뱅이 성 매수자들에게

　　이 가난한 양반들아, 성매매는 골프와 마찬가지로 그 최고의 경지로서 홀인원을 추구하는 고아한 운동이기 때문에 돈 있고 권세 있는 사람들만 즐길 수 있는 것임을 몰랐단 말이냐? 잡혀도 싸다. 성매매를 할 때도 포주가 누구인지 잘 알아봐야 한다. 오성급 호텔에 갈 형편이 안 된다면 적어도 경찰서에서 가까운 이발소에는 가지 말았어야 할 것 아닌가. 이렇게 멍청하고 또 순진해서야, 작금의 중국 사회에서 어찌 살아갈 수가 있겠는가.

---

4. '百姓'을 '百性'으로 바꿔놓으면 '수많은百 섹스性炎광'이라는 뜻이 된다.
5. '鷄地屍'는 국내총생산을 뜻하는 'GDP'와 발음은 유사하지만 '닭의 엉덩이'라는 뜻을 갖는다.

마지막으로는 아무래도 용감한 선전 경찰들에게 한마디 칭
찬을 건네야겠다. 광저우_{廣州}6가 여러분을 필요로 하고 있다.

2006년 12월 3일

---

6. 광둥 성의 성도.

오늘부터, 저속한 사람이 되겠다

　　근래 들어 전국적으로 저속하고 음란한 휴대전화 문자 메시지에 대한 대규모 단속이 실시되고 있다. 저저번에 올린 글(올린 순서상으로 보자면 분명 저저번이지만, 겉보기에는 저번 글처럼 보일 것이다)[1]에서 나는 각종 성인 유머를 여러 친구들에게 보내서 음란 여부의 판단 기준이 어디에 있는지 시험해보겠다고 말했다. 우리나라가 이토록 인자한 처벌 수단을 취하는 것은 보기 드문 일이기 때문이다. 정부의 뜻을 거역한다 해도 다만 휴대전화 사용을 정지시킬 뿐이며, 구이저우貴州성 농민처럼 곧바로 숨쉬기를 정지시키지는 않

---

1. 중간에 올린 글 하나가 삭제당한 듯하다.

으니 말이다.[2] 기껏 휴대전화가 정지될 뿐이라면 시험해보지 않을 이유가 없지 않은가.

하지만 나는 곧 후회했다. 이번 일 때문에 나는 많은 친구들과의 우정에 금이 가게 되었기 때문이다. 적지 않은 친구들이 요 며칠간 내게 왜 나한테는 성인 유머를 보내주지 않느냐, 너한테 내가 그것밖에 안 되느냐 하며 질책을 해왔던 것이다. 결코 그런 이유 때문이 아니다. 어쩌면 네가 원래 너무 음란해서, 내가 보낸 성인 유머가 충분히 음란하지 못한 이유로 그저 보통의 농담으로 여겼을 수도 있다. 아니면 너는 원래 음란하지 않은데, 내가 보낸 성인 유머가 지나치게 음란해 차이나모바일[3]의 검열에 걸렸는지도 모른다. 그렇다고 내가 모든 친구에게 다 보낸 것도 아닌데, 왜냐하면 평소에 대부분의 친구들은 비교적 점잖아 보였기 때문이다. 너희들이 이렇게 점잖지 못한 줄 어떻게 알았겠는가.

남성 친구들에게 성인 유머를 보내는 일 이외에도, 내일부터는 두 측면에서 동시에 일을 벌여 일부 여성 친구들에게도 성추행을 진행하도록 하겠다. 이 모든 일은 사실 정부가 다하지 못한 작업을 보충해주기 위함이다. 나는 정부의 방침을 단호히 지지하지

---

2. 이 글이 발표되기 며칠 전, 중국 남서부에 위치한 구이저우 성에서 장레이張磊라는 경찰관이 주민 두 명을 총으로 쏘아 죽이는 사건이 발생했다.
3. 중국 최대의 이동통신 업체.

만, 정부는 아직 성인 유머와 음란 문자에 대한 정의를 제시하지 않고 있다. 관련 부처에서는 마땅히 런민르바오와 뉴스에 허용되지 않는 성인 유머와 외설적 어휘를 활자화하고 낭송해야 한다. 이를테면 뉴스 시간에 여자 아나운서가 다음과 같이 말하는 것이다. "관련 부처에서는 음란한 휴대전화 메시지에 대해 엄중한 단속을 실시해 휴대전화 문자의 저속화를 방지하기로 결정했습니다. 이번에 금칙어 목록에 오른 단어에는 '질'……" 뒤이어 남자 아나운서는 "'음경' 어쩌고저쩌고……" 하는 식이다. 이렇게 해야만 비로소 진지하고 책임감 있는 태도라 하겠다.

사실 성인 유머와 성추행은 완전히 다른 것이다. 성인 유머는 인간관계에서 중요한 역할을 담당하며, 사람과 사람 사이의 거리를 좁히는 데도 중요한 수단이 된다. 내 주위의 친구들 중에 휴대전화로 성인 유머를 보냈다고 노발대발할 사람은 아무도 없다. 불쾌하게 느낄 가능성은 딱 두 가지밖에 없는데, 첫째는 그 성인 유머가 재미없는 경우고, 둘째는 그 성인 유머가 조금 전 본인이 보고 친구들에게 돌린 것일 경우다. 물론 우리는 종종 민의의 반대편에 서 있으므로, 다음과 같은 가능성도 배제할 수는 없다. 즉 정부에서 조사해본 결과, 90퍼센트의 사람들이 성인 유머를 대단히 싫어하며, 성인 유머가 공부할 때 집중을 못 하게 만들거나, 대학원 시험에 떨어지거나 공무원 시험에 불합격하게 만드는 등 그들의 생활에 커다란 어려움을 초래하고 있다는 뜻을 밝혔을 가능성 말이다.

두번째 종류의 문자는 성적인 암시를 하는 문자나 흥분을 일으키는 문자이다. 흥분을 일으키는 문자는 인간관계에서 중요한 역할을 담당하며, 사람과 사람 사이의 거리를 좁히는 데도 중요한 수단이다. 이런 종류의 문자를 보낼 수 있는 사이라면 이미 서로 그렇고 그런 사이일 가능성이 대단히 높다. 연인 사이건 부부 사이건 간에 이러한 문자들은 없어서는 안 될 것이며 인정상, 도리상 적절한 것이다. 그 사람들이 신민완바오新民晩報[4]에 자신이 좋아하는 체위를 공개한 것도 아니지 않은가. 이렇게 일대일로 주고받는 문자에 대해 당사자 두 사람은 아무 말도 하지 않는데, 이런 상황에서 왜 갑자기 정부가 간섭을 하려 든단 말인가?

그러므로 나는 정부의 이번 조치의 실제 목적은 일부 성매매 관련 문자를 검열하려는 것이라고 생각한다. 예를 들자면 나는 다음과 같은 문자를 받은 적이 있다. "각 지역의 어린 아가씨들, 철저한 서비스. 화이트칼라 여성 500위안, 대학생 600위안, 모델 800위안, 해외 아가씨 1200위안, 처녀 3000위안." 이 문자에서 우리는 두 가지 사실을 배울 수 있다. 첫째는 이런 문자에는 애초에 금칙어가

---

4. 상하이 지역에서 발행되는 관영 석간지.

포함되어 있지 않은 경우가 많다는 점이고, 둘째는 화이트칼라 여성이 정말 불쌍하다는 점이다. 생활과 업무에서 받는 스트레스는 그토록 큰데, 이 신분으로 몸을 팔거나, 이 신분인 척하고 몸을 팔려 해도 좋은 가격조차 받지 못하니 말이다.

이것 말고도 내가 한 가지 더 궁금한 것은, 도대체 어떤 시스템을 통해 검열이 이루어지는가 하는 문제다. 나는 한 번도 인권침해나 사생활권 침해를 가지고 이러쿵저러쿵한 적이 없다. 이곳은 부부가 사랑을 나눌 때조차도 누군가 문을 박차고 들어와서는 빼라고 명령하는 그런 나라니까. 하지만 다음과 같은 상황에서는 어떻게 될지 정말 궁금하다. 예를 들어 당신이 당신 애인과 문자를 보내 서로 희롱할 때, 우선은 컴퓨터 시스템의 검열에 걸리고, 이후에 관련 기관의 인원이 직접 심사를 진행해, 심사 결과 최종적으로 문제가 없다고 판단되어야 문자를 발송하는 것이다. 당신은 그저 한 통의 문자로 두 사람이 서로 희롱하고 있다고 생각했겠지만, 실제로는 조직 내의 여성들까지 한꺼번에 당신에게 희롱당하고 말았다.

그 밖에, 이 시스템에는 수많은 종류의 사람들의 저속한 문자들이 걸려들 것인데, 개중에는 각 지방의 지도자, 사회적 저명인사, 문화 체육 분야의 스타, 노동자 농민 등이 포함될 것이다. 설사 이들의 휴대전화가 실제로 정지되지는 않는다 해도, 매일같이 그들이 보내는 각종 문자를 구경하는 것은 대단히 재미있는 일임에 틀림없으리라. 어쩌면 모니터를 들여다보고 있는 바로 당신, 당신, 당신, 당신, 당신, 당신, 당신들의 문자도 포함되어 있을지도.

20년 전에, 우리나라는 제거해야 할 집단에 '깡패'라는 두 글자의 딱지를 붙였다. 그다음 감옥에 넣을 자들은 감옥에 넣고, 총살할 자들은 총살해버렸다. 오늘날에 이르러 이 어휘는 '저속'으로 변했다. 당신을 제거해야 한다면 당신을 저속한 사람으로 만들면 된다. 나는 다른 사람들이 저속한지 판단하는 이들이 다른 사람보다 고상한 점이 대체 무엇인지에 대해 오랜 시간 고민해보았다. 예를 들어 누군가가 100위안을 주고 성매매를 하면 저속한 것이고, 누군가가 100만 위안을 주고 연예인과 놀아나면 고상한 것인가? 누군가가 음란한 사진[5]을 보면 저속한 것이고, 누군가가 붉은 문건[6]을 보면 고상한 것인가? 누군가가 가짜 총을 사면 저속한 것이고, 누군가가 진짜 총으로 사람 머리통 둘을 날려버리면 고상한 것인가? 누군가가 〈마수세계魔獸世界〉[7]를 하면 저속한 것이고, 누군가가

---

5. 중국어로는 '노란 사진'이라고 하므로, 뒤에 나오는 '붉은 문건'과 대구를 이룬다.
6. '각급 고위 정부 기관이 하달한, 커다란 붉은 글자의 표제에 붉은 도장이 찍힌 문건'의 속칭이다.—원주
7. 블리자드 사의 온라인 게임 〈월드 오브 워크래프트World of Warcraft〉의 중국어 명칭. 중국어 발음으로는 '모서우스제'이므로, 뒤에 나오는 '모델模特'의 중국어 발음 '모터'와 첫 글자 음이 같다.

모델과 놀아나면 고상한 것인가? 물론 이 문제는 아무도 분명히 말할 수 없는 것인데, 분명히 말해버리고 나면 마음대로 굴 수가 없기 때문이다. 어느 날 갑자기 내가 저속한 사람이 되어버리는 것을 막기 위해서, 나는 앞장서서 저속해질 것이며 또한 다음과 같이 선언한다.

오늘부터, 저속한 사람이 되겠다.
양다리를 걸치고 방화벽翻牆을 넘어서[8] 온 세계를 주유하리
오늘부터, 곡식과 야채를 오염시키겠다
집이 한 채 있어 대해大海를 향했으나 강제로 철거당해버렸노라[9]

2010년 1월 20일[10]

---

8. 원래는 '담을 무너트린다' '담을 넘는다'는 뜻이지만, 중국 정부에서 막아놓은 각종 해외, 국내 사이트를 우회하여 접속하는 행위를 뜻하기도 한다. 서양에서는 중국 정부의 인터넷 검열을 조롱하는 말로 '중국의 만리방화벽the Great Firewall of China'이라는 말이 사용되기도 한다.
9. 중국의 유명 시인 하이쯔海子의 시, 「대해를 향하니 봄은 따뜻하고 꽃이 피누나」의 일부를 패러디한 것이다. 원문은 다음과 같다. "내일부터/행복한 사람이 되겠다//말을 먹이고 뗄나무를 잘라/온 세계를 주유하리//내일부터/곡식과 야채에 신경을 써야겠다//집이 한 채 있어/대해를 향하니/봄은 따뜻하고 꽃이 피누나"
10. 한한은 '저속하고 음란한 휴대전화 문자 메시지에 대한 단속'의 심사 기준을 시험해보기 위해서 이 글을 썼다. — 원주

자동차에 대한 지식과
생명의 존재 양식

　며칠 전 또 한 명의 타이완 스타가 세상을 떠났다. 예전에 그녀에 대해 들어본 적은 없지만, 이번에 듣기로는 재능이 뛰어난 미녀였다고 한다. 정말 안타까운 일이다. 원인은 교통사고였는데, 수많은 연예계 뉴스에서 그녀가 운전하던 차의 전면 에어백이 터지지 않은 것을 비판하며 이것이 사망에 이르게 한 원인이라고 지목했다.

　사실 그녀가 몰던 미니 쿠퍼는 기사에서 말하는 것과는 달리 안전도가 가장 높은 차에 속한다. 홍콩에서는 19만 홍콩달러[1]이며,

---

1. 2014년 초 환율로 대략 2600만 원 정도.

폭스바겐 폴로는 14만 홍콩달러가 조금 넘는다. 단지 여성들은 비교적 귀여운 소형 차량을 좋아하는 것뿐이다. 하지만 안전 면에는 결코 큰 문제가 없다. 충돌 부위는 측면과 후면이다. 따라서 차량의 측면 에어백과 커튼 에어백은 모두 작동했다. 이는 첫번째 충돌, 즉 가드레일을 들이받았을 때 작동한 것으로, 첫번째 충돌은 가드레일을 긁은 것에 불과해 신체에 가해진 충격력 자체는 극히 적었다. 또한 커튼 에어백의 보호가 있었기 때문에 큰 문제는 없었을 것이다.

　　정말 치명적인 충돌은 두번째로 발생한 트럭의 추돌이었다. 가스로 가득차 있던 에어백들은 당시 이미 바람이 빠지기 시작한 상태여서 보호 효과가 없었으며, 또 이번의 충격력은 매우 컸다. 만약 차가 비스듬히 서 있는 상태라면, 반드시 한쪽에 있는 사람의 머리가 유리나 B필러[2]에 부딪히게 되어 있다. 반면 다른 쪽에 앉아 있는 사람에게는 큰 문제가 없을 것이다. 이것은 상식이다. 차가 어느 쪽으로 비스듬하게 서 있는지에 따라서 누가 재수없는 사람인지 정해지는 것이다. 전면 에어백이 터지지 않은 것은 100퍼센트 정상적인 현상이다. 왜냐하면 차의 앞부분에는 어떤 파손도 일어나지 않았으며 감지기에도 아무런 충격 신호가 잡히지 않았기

───────────

2. 자동차의 앞문과 뒷문 사이를 가로지르는 기둥.

때문이다. 생각해보라. 이는 후방에서 가해진 충격이기 때문에 탑 승자는 거세게 뒤쪽으로 젖혀지게 된다. 몸은 좌석에 의해 지탱되 지만, 목과 뇌가 받게 되는 힘은 매우 크다. 거세게 뒤쪽으로 젖혀 질 때 앞쪽에서 영문을 알 수 없이 튀어나온 에어백이 설상가상으 로 짓누른다면 원래 죽지 않을 사람도 죽게 되어 있다. 그러므로 후방 충돌시에는 지구상의 어떤 차량도 전면 에어백이 작동할 리 가 없으며, 이는 롤스로이스라도 마찬가지다. 만약 추돌시에 전면 에어백이 터진다면 이야말로 품질에 문제가 있는 것이다. 또한 대 단히 위험하기도 하다.

에어백의 폭발력은 사람을 눌러 죽일 수 있을 정도이다. 따 라서 영유아를 앞좌석에 태우는 것은 엄격히 금지되어 있다.

전체적으로 사태는 이렇게 된 것이다. 사고 조사반의 결론도 이와 그리 다르지 않을 것이다. 이런 사고는 사고 후 차량을 한 번 보기만 해도 단정할 수 있다. 자동차도, 자동차 제조업체도 아무런 잘못이 없다. 자동차의 모든 피동적 안전 보호 시스템은 이미 그 기능을 완전히 발휘했다. 그러므로 이런 종류의 사고에서 자동차 나 제조업체에 책임을 묻고 의심의 눈초리를 보내는 것은 매우 우 스꽝스럽고 비과학적이며, 특히 전면 에어백이 왜 터지지 않았느 냐는 억측을 하는 것은 대단히 아마추어 같은 짓이다. 터지지 않은 것이 정상이며, 만약 터졌더라면 조수석 탑승자 역시 지금쯤 병원에 누워 있을 것이다.

만약 고속도로에서 사고가 발생했을 때 걸을 수 있는 상태라면 즉시 차에서 내려 현장을 떠나야 한다. 고속도로 사고를 당한 사람 중 많은 수는, 차 안에서 정신을 차리고 어떻게 된 영문인지 생각하고 있을 때 뒤에서 오던 차량에 의해 추돌당하면서 사망에 이르게 된다.

죽음에 대해서라면, 나는 줄곧 다음과 같이 생각해왔다. 그들은 세상을 떠난 것이 아니라, 단지 인간 세상을 떠난 것뿐이라고. 그들은 반드시 우리와 같은 세계를 거닐고 있을 것이다. 서로 다른 생명의 존재 양식을 통해서 말이다.

2007년 1월 31일[3]

---

3. 프로 드라이버인 한한은 자신의 경험을 통해 타이완 연예인 쉬웨이룬許瑋倫의 안타까운 요절 사건을 분석하고, 독자들에게 이런 긴급한 상황에서 어떻게 대처해야 하는지 가르쳐주고 있다.—원주

짠지 좀 드시라

뉴스를 보다보면 우리나라에 이토록 다양한 기관들이 있었구나 하고 깨닫게 될 때가 많다. 이번에는 국가표준위원회라는 곳이 있다는 것을 알게 되었다. 국가표준위원회는 내부적으로 공무원들이 한 끼 식사에 10만 위안을 초과해서는 안 된다거나, 공무원은 한 번에 다섯 명 이상의 내연녀를 두어서는 안 된다거나, 공무원은 한 번에 아가씨를 둘 이상 부를 수 없다거나, 공무원은 한 번에 1억 위안 이상의 뇌물을 수수할 수 없다거나 하는 등의 규칙을 정한 후, 그 시선과 손길을 일반인을 향해 뻗기 시작했다. 이들은 전동자전거는 시속 15킬로미터에서 20킬로미터를 초과할 수 없고 무게 40킬로그램을 넘을 수 없다는 규정을 제정하려 하며, 위반시에는 자동차와 동일한 기준으로 처벌하겠다고 한다.

왜 이런 규정을 내놓는 것일까? 대답은 간단하다. 상인들은 상품을 내놓음으로써 이윤을 얻지만, 정부는 정책을 내놓음으로써 이윤을 얻는다. 이 표준이 만들어진 이후에 대부분의 전동자전거는 경량형 모터사이클이나 전동 모터사이클(전동 모터사이클이라니, 이 얼마나 신선한 어휘인가)로 분류될 테니, 번호판 요금[1]이나 세수 측면에서 모두 큰 폭의 향상이 있을 것이다. 그런데 잘 이해가 되지 않는 점이 있다. 관련 부처는 아마 인민대중의 생명 및 안전을 구실로 삼고 있는 것 같은데, 표준을 초과하는 자전거들이 더 비싼 비용을 지불하고 나면 더 안전해지기라도 한다는 말인가? 설마 '춘이 오빠春哥'[2]를 믿지 않더라도 세금만 더 내면 영생을 얻을 수 있다는 말인가?

이번 개혁에 관해 관련 부처가 필살의 결심을 하고 있음을 알 수 있다. 왜냐하면 관련 부처도 교활하고 간악한 국민들이 원래 시속 45킬로미터는 나가던 쾌속 전동자전거를, 검사할 때는 기술

---

1. 상하이 등 중국의 일부 도시에서는 차량 번호판을 상당한 값을 주고 구매해야 한다. 좋은 번호에는 웃돈이 붙기도 한다.
2. 남성적인 매력이 있는 유명 여가수 리위춘李宇春을 가리킨다. 원래는 〈월드 오브 워크래프트〉의 한 플레이어의 닉네임으로, 이 플레이어는 게임 중에 죽여도 죽여도 다시 살아났다고 한다. 이런 요소들이 합쳐져, 중국 네티즌들 사이에 리위춘을 믿으면 영생을 얻는다는 농담이 유행했다. 리위춘과 예수를 합성한 이미지, 남자의 몸에 리위춘의 얼굴을 합성한 이미지 등이 지금도 광범위하게 유통되고 있다.

적인 수단을 통해 20킬로미터, 심지어 15킬로미터라는 국가 표준에 맞도록 제한을 걸 수 있음을 알고 있기 때문이다. 이렇게 된다면 관련 부처는 돈을 벌지 못하게 되니, 이를 어떻게 할 것인가? 이에 그들은 무게 40킬로그램이라는 표준을 내놓은 것이다. 비교적 속도가 빠른 전동자전거들은 아무래도 무게가 무겁기 마련이다. 이제 도망갈 곳이라고는 없다. 나는 노고가 많은 인민들에게 다음과 같이 건의하는 바이다. 만일 당신의 전동자전거가 실제로 표준을 초과한다면, 이 표준이 집행되고 난 후에 검사 현장에서 중량의 많은 부분을 차지하는 축전지와 타이어, 휠 등을 죄다 들어내라. 그러고는 그들에게 다음과 같이 말하라. '나는 정부를 믿고 국가를 믿는다. 한 사람에게 신앙이 있다면 영생을 얻을 뿐 아니라 전동자전거도 전기와 바퀴 없이 달릴 수 있다'고 말이다.

모든 교통수단은 나름의 대가를 치러야 한다. 정부가 안전이라는 미명하에 모터사이클을 단속한 지 이미 오랜 시간이 흘렀다. 다른 나라에서는 졸업 후 젊은이들이 이제 자기 사업을 시작하려할 때 모터사이클 한 대가 그들의 청춘을 함께해주는 추억이라 할 수 있다. 그리 부유하지 못한 많은 가정에 있어서 모터사이클은 이동에 필수적인 교통수단이다. 모든 사람에게 반드시 대중교통을 이용하라고 요구할 수는 없다. 원래 모터사이클을 타던 사람들 중 일부는 지하철 등 대중교통을 선택했고, 일부는 경차를 샀으며, 일부는 전동자전거를 샀다. 지하철 등 대중교통을 택한 사람들에게는 이용 요금을 인상했고, 작은 차를 택한 사람들에게는 기름값을 올렸으며, 또 일부 특이한 도시에서는 번호판 비용과 도로 사용비를 걷기도 했다.[3] 하지만 전동자전거를 택한 사람들, 즉 그들 중 가장 힘없는 사람들에게서는 관련 부처도 지금껏 뭔가 가외 수입을 뜯어내지 못하고 있었다. 어렵게 전기세를 올려봤지만 그 돈은 자기네들에게 돌아오는 것이 아니었다. 이에 공정함과 공평함의 원리가 실현되어, 모터사이클에서 내려온 사람들 중 이제 마지막 남은 당신들에게도 돈을 걷기에 이르렀다.

그렇다면 전동자전거는 안전한가? 안전하지 못하다. 왜냐하면 소음이 거의 없는데다 제동 성능이 매우 떨어지기 때문이다. 그런데 많은 전동자전거는 최고 속도가 심지어 50킬로미터를 넘기도 한다. 하지만 전동자전거 운전자가 사람을 치어 죽이는 사고는 거의 보기 힘들며, 이들이 다른 차에 치여 숨지는 경우가 대부분이다. 새로운 표준이 집행된다 해도 운전자들이 계속 다른 차에 치여 죽는 상황은 아마 크게 개선되지 않을 것 같다.

전동자전거의 표준은 사실 간단하다. 번호판 등록 등의 수속은 완전히 무료여야 하고, 제한속도는 35킬로미터에서 40킬로미

---

3. 상하이에서 비싼 번호판 비용을 받은 일을 비꼬는 것.

터 정도를 넘지 말아야 하며, 반드시 디스크식 제동장치와 헬멧을 사용하도록 해야 한다. 특히 반드시 디스크식 제동장치를 사용하는 것이 중요하다. 내가 직접 본 50킬로미터를 넘을 수 있는 대부분의 고성능 전동자전거는 사실 50킬로미터까지 속도를 낼 수 있는 소형 바이크와 동일한 제동장치를 갖추고 있었다. 다들 이렇게 알아서 디스크식 제동장치를 장착했다는 사실을 알고 나는 무척 안심이 되었다. 이를 통해 제조사가 기술적인 측면에서는 비록 그다지 뛰어나지 못해도 기본적인 양심은 일부 관련 부처 사람들보다 훨씬 낫다는 것을 알 수 있다. 돈을 조금 더 쓰면 서비스와 조립 상태도 그에 따라 향상될 것이다. 그러나 전동자전거로 50킬로미터를 넘기는 것은 아무래도 위험한데, 타이어의 질이 낮은데다 아무런 기척도 없어서, 이런 속도에서는 행인에게 비교적 큰 상해를 입힐 수 있기 때문이다.

이웃 중 한 명은 상하이 진산金山의 석유화학 공장에서 일을 하는데, 매일 퇴근할 때 버스를 타고 25킬로미터 거리의 팅린亭林에 있는 집으로 돌아온다. 하지만 이 회사는 종종 야근을 시키며, 야근을 하고 나면 차가 끊긴다. 월급은 1600위안 정도 되는데, 근처의 다른 공장들과 비교해볼 때 이 정도면 상당히 괜찮은 축에 속한다. 인근의 집들은 월세가 1만 위안이나 하지만 말이다. 그는 모터사이클을 한 대 사기로 마음먹었는데 4000위안 정도 하는 놈이 마음에 든다며 구입하려고 했다. 나는 내게 똑같은 모터사이클이 있는데 100킬로미터 정도밖에 타지 않았으며, 1000위안에 팔겠다고(왜 그냥 줘버리지 않느냐고 말하는 저능아 같은 친구들아, 생각을 좀 하고 사세요) 말했다. 일주일 후에 그 친구가 이렇게 말했다. 네 물건은 안 살래. 싸기는 하지만 번호판 비용도 내야 하고, 결정적으로 기름값이 너무 비싸. 한 달에 400~500위안은 더 내야 하는데 감당할 수가 없어. 내 전동자전거를 한번 봐, 이걸로도 시속 50킬로는 낼 수 있거든.

만약 새 표준이 집행된다면 이 친구의 운명은 한 치 앞을 내다보기 어렵게 된다. 그에게는 두 가지의 선택이 있는데, 하나는 돈을 얼마간 내고 그의 '전동자전거'를 계속해서 끌고 다니는 것이다. 이렇게 하면 30분 만에 집에 도착할 수 있고, 운이 좋다면 나이들 때까지 살아남을 수도 있을 것이다. 다른 하나는 국가의 표준에 맞는 것으로 갈아타는 것인데, 이렇게 한다면 매일 집에 돌아갈 때 비가 오나 눈이 오나 두 시간 정도 운전해야 하며, 배터리가 집에 도착할 때까지 버티지 못할 가능성도 상당히 높다.

전동자전거는 이 도시에서 뒤에서 두번째로 취약한 계층이 이용하는 교통수단이다. 그들은 눈코 뜰 새 없이 바쁜 사람들이라서, 그들에게 시속 70킬로미터의 속도[4]로 달리다 목숨을 잃으라 할 수는 없겠지만 마찬가지로 15킬로미터의 속도로 일을 하러 가라고 할 수도 없는 노릇이다. 아무튼 나는 관련 부처에서 이들의 돈을 한 푼이라도 더 걷어서는 안 된다고 생각한다.

일부 사람들이 값비싼 전복 따위를 먹는 것은 문제가 없지만, 짠지鹹菜를 먹는 사람들이 짠지를 너무 많이 먹는다고 해서 그들에게 하루에 규정된 분량 이하의 짠지만 먹어라, 그렇지 않으면 너무 짜서 건강에 해를 끼칠 수 있다는 식의 규정을 만들어서는 안 되는 것이다. 더군다나 해결하는 방법이 그들에게 고기를 제공해주는 것이 아니라 그 사람들이 먹었거나 앞으로 먹게 될 초과분의 짠지에 대해 고깃값에 해당하는 돈을 걷는 식이라면 더 말할 것도 없다. 당신들은 그 사람들이 짠지가 좋아서 먹는 줄 아는가? 그렇다면 한번 먹어보시라. 물론 오랜만에 짠지를 먹어본 당신은 무척 맛있다고 생각할지도 모르겠다. ×× 성의 성장省長께서 자동차용 도로에서 자전거를 타고 한번 출근해보고는 참 기분이 좋다고 느꼈던 것과 마찬가지로 말이다. 그럼 매일매일 짠지만 먹고 살아보시던가.

2009년 12월 14일

---

4. '관심을 가져야 할 것과 갖지 말아야 할 것'의 내용을 참고하라.

호주 월드 랠리 챔피언십에 대한
시찰 및 감독 활동 보고

며칠 전 월드 랠리 챔피언십WRC 일정의 진행을 지도하기 위해 비행기를 타고 섬나라 호주로 날아갔다. 비행기에서 내려서 받은 첫인상은 몹시 좋지 못했다. 현지 초등학생들로 구성된 악대가 우리를 영접하지 않은 것이다. 몇 발짝 걷고 나니, 호주는 원래 일개 섬나라일 뿐만 아니라 또한 새 나라이기도 하구나 하는 생각이 들었다. 수많은 새들이 땅 위를 멋대로 돌아다니고 있어 매우 꼴불견이었다.

월드 랠리 챔피언십은 최고 수준의 랠리 경기이지만, 최근 몇 년간 중국의 랠리 챔피언십 또한 이미 급격히 발전해 곧 이를 따라잡을 기세다. 대회 장소인 골든코스트Golden Coast에 도착해서는 현지의 경제가 매우 낙후되어 있음을 발견했다. 수영장이 딸린 대형 별장의 가격이 겨우 상하이의 100제곱미터 아파트 한 채 가격과 비슷한 수준이다. 현지인들의 생활은 몹시 고되어 보였다. 공항에서 호텔까지 단 한 대의 벤츠, BMW, 아우디도 보지 못했으며, 현지 정부는 어찌나 가난한지 고속도로 요금소 하나도 세우지 못했다.

예비 주행을 나서서는 조국이 훨씬 좋다는 생각이 더욱 굳어졌다. 첫번째 트랙을 예비 주행 하던 중, 놀랍게도 동물 보호 단체의 사람이 길 양쪽에다 "WRC는 물러가라"라는 팻말을 세워놓은 것을 보게 되었다. 세계 최고 수준의 스포츠 행사를 개최하는 마당에 현지 주민이 반대를 표하는 일이 있다니, 이는 절대로 이해할 수 없는 일이다. 더더욱 이해할 수 없는 일은, 현지 정부가 나약하고 무능해 이런 표어가 트랙 양쪽 건물에 나붙어 있도록 내버려둠으로써, 우리 같은 해외 손님들이 크게 의아해하게 만들었다는 사실이다. 우리나라의 랠리 챔피언십을 돌이켜보건대, 만약 이런 화합을 해치는 표어가 출현했다면 아래로는 촌장부터 위로는 현장에 이르기까지 모두 파면당했을 것이고, 일을 벌인 자는 한 달에 몇 위안씩 양로연금을 몰수당했을 것이다.

듣자 하니, 이 말썽부리기 좋아하는 자들은 우리의 경주용 차량이 캥거루를 치어 죽일 수 있다는 것을 이유 삼아 이번 대회에 반대 활동을 벌였다고 한다. 우리나라였다면 사람을 치어 죽였어도 아무런 상관이 없었을 것이다. 물론 예비 주행시 우리나라에서는 사람을 치려야 칠 수가 없다. 각급 당정 기관은 사전에 경기 구간을 봉쇄하는 일을 매우 중시한다. 우리나라의 구호는 '개와 어린이는 잘 묶어서 데리고 다니자! 닭과 아녀자는 모두 울타리 속에 가둬두자!'이다. 이런 큰 행사에 대한 우리 국민의 지지율은 100퍼센트이다. 왜냐하면 지지하지 않는 자들은 모두 반동분자라서 국민으로서의 권리를 박탈당하기 때문이다.

현지 군중의 사상적 각성이 얼마나 뒤떨어지는지 본 후 나는 나머지 구간에 대해서도 예비 주행을 진행해, 현지의 경제가 사실상 이미 붕괴했음을 발견했다. 대량의 땅과 농장이 '판매중For Sale' 상태에 처해 있었는데, 이를 통해 사람들이 얼마나 가난한지 알 수 있어서 우리에게 좋지 못한 인상을 주었다. 나는 심지어 우리처럼 중국에서 온 드라이버들이 현지인들에게 '싹쓸이파掃貨團'[1]로 오인받아 납치당하지는 않을까 걱정이 되었다. 현지에서 며칠이나 머물렀지만 한 명의 경찰도 보지 못했기 때문에, 현지 경찰의 역량이 얼마나 취약한지 알 수 있었다. 결국 나는 계속해서 중국의 공산당원도 아니고 부동산업자도 아니라는 것을 계속 천명함으로써 자

---

1. 최근 중국의 소위 '큰손'들이 백화점 등에서 명품을 싹쓸이식으로 쇼핑하는 경우가 많아, 이들을 '싹쓸이파'라 부른다.

신을 지킬 수밖에 없었다.

경찰의 역량 이야기가 나온 김에 보자면, 중국 랠리 챔피언십이 열렸을 때 정부는 이를 대단히 중시했다. 심지어 1000명 이상의 경찰을 투입해 트랙 내의 교통질서를 유지했고, 때때로는 무장경찰[2]이나 군인이 출동하기도 해, 트랙 내에 닭 한 마리만 돌아다녀도 현장에서 사살당할 지경에 이르렀다. 하지만 호주 정부의 협조 및 지휘 능력은 현격히 부족하여 300킬로미터의 경주 구간 내에서 한 명의 경찰도 보이지 않았으며, 심지어 사람 허벅지만큼이나 굵은 뱀 한 마리가 유유자적 길을 돌아다녀 선수들을 경악케 했는데, 이는 꿈틀거리는 짐승을 싫어하는 선수들이 제 실력과 개성을 발휘하는 데 크게 불리하게 작용할 것이다.

월드 랠리 챔피언십의 심판들도 역시 매우 초라했다. 우리 중국에서 예비 주행을 할 때는 안내도 같은 것은 볼 필요도 없이 경찰들이 서 있는 자리만 계속 따라서 가면 곧 경기 구간에 도달할 수 있고, 경기 구간 내에 사람들이 우르르 몰려다니는 곳이 곧 심판이 있는 장소였다. 대단히 패기 넘치는 모습이다. 하지만 WRC에서 나는 안내도에 표시된 장소에서 계속 심판들을 발견할 수가 없었다. 그래서 할 수 없이 차에서 내려서 그곳에서 도시락을

---

2. 중국의 경찰은 준군사조직인 무장경찰과 인민경찰(공안)로 나뉜다.

먹고 있는 한 쌍의 노부부에게 심판이 어디 있느냐고 물어보았다. 알고 보니 그들이 바로 심판이었다. 경기를 너무 소홀히 여기고 있었다.

두번째 구간에 도착해서도 상황은 마찬가지임을 발견했다. 한 쌍의 연인이 길가 파라솔 아래 서 있었는데, 처음에는 낚시하러 온 사람들인 줄 알았다. 그들은 심지어 사탕을 꺼내서 내게 주기도 했는데, 나는 대번 어릴 적에 받았던 교육이 떠올랐다. 이는 자본주의의 사탕발림일지니, 나는 즉각 그들을 거부했다.

슈퍼스페셜 스테이지superspecial stage를 예비 주행 할 때에 이르러서 나는 철저히 실망했다. 이 구간은 현지의 한 동네 도로로 구성되어 있었는데, 예비 주행 시간은 원래 여섯시 반부터였지만 일곱시 반까지 기다려도 도로가 봉쇄되지 않았다. 현지의 도시관리원은 작업에 아무런 열의가 없다. 국가의 재산인 도로에 멋대로 침범해 들어오는 자들을 적절히 구타하지 않고서야 어떻게 신속히 도로를 봉쇄할 수 있단 말인가? 만약 이런 경기가 우리나라에서 거행됐더라면 경기 시작 사흘 전에 도로를 막아버리고 양쪽에 페인트칠을 새로 할 것이며, 잔디에도 새로 페인트칠을 해서 반드시 선수들에게 좋은 인상을 남길 것이다. 또한 이로써 우리 정부가 항상 강력한 힘을 가졌음을 보여줄 것이다. 물론 이 힘은 항상 내부를 향해서 사용될 뿐이겠지만.

비록 아직 경기가 시작되지도 않았지만 나는 벌써 국제자동차연맹FIA과 중국자동차연맹의 능력은 차원이 다르다고 말할 수 있게 되었다. 국제자동차연맹의 대회에서는 할 줄 아는 것이 차량 검사밖에 없는지, 내 경주용 신발 밑에 구멍이 하나 났다고 트집을 잡는 바람에 검사를 통과하지 못할 뻔했다. 우리나라에서는 구두를 신고 차량 검사에 임해도 문제가 없다. 우리나라 대회에서의 차량 검사는 그저 브랜드만을 본다. 무슨 말인가 하면, 신고할 때 미쓰비시三菱[3]의 차를 타고 대회에 참가한다고 했으면, 검사할 때 당신이 몰고 간 차가 우링즈싱五菱之星[4] 따위가 아니라 미쓰비시 것이기만 하면 합격할 수가 있다는 것이다. 배기량이나 튜닝, 심지어 차량 모델이 달라도 협상의 여지가 있다. 하지만 국제자동차연맹의 검사는 지나치게 엄격해서, 인간적이지 못하고 융통성이 없으며, 스스로 돈 벌 기회를 차버리는 꼴이다.

이 밖에 우리나라에서는 내가 가는 곳마다 현지의 지도자께서 직접 나와 회견하시며 현지의 경제 발전을 위해 선전을 좀 많이 해주기를 희망하셨다. 나는 좋습니다, 제가 반드시 현 정부 청사의 사진을 차에 붙이고 출전해 이곳의 부강함을 증명하겠습니다 하고 말했다. 하지만 어떻게 된 영문인지 그분들께서는 모두 겸손하게도 이 제의를 거절하셨다. 하지만 호주에서 사흘이나 머무

---

3. 일본의 자동차 제조업체로, 자동차경주에 우승한 브랜드를 여럿 보유하고 있다.
4. 중국의 자동차 제조업체 우링五菱에서 나온 자동차.

르는 동안 나는 이곳의 지도자들을 한 번도 만나보지 못했는데, 이들이 무척 큰 실례를 했다고 생각한다. 가장 무례한 것은, 심지어 그들의 정부 청사가 어디에 있는지 알 수 없게 되어 있다는 점이다. 나는 현지 정부 사무소를 종종 내 이동식 화장실로 오인하곤 했다. 이렇게 정부의 이미지에 신경쓰지 않는 나라가 어떻게 경기를 잘 치러낼 수 있겠는가?

호주 월드 랠리 챔피언십은 이미 막다른 골목에 이르렀다. 나는 중국을 대표해 호주 월드 랠리 챔피언십을 우리나라로 옮겨 개최하기를 요청한다. 나는 화합을 해치는 일 따위는 절대로 일어나지 않을 것이라고 보장한다. 운전할 차가 있고, 먹을 고기가 있고, 거머쥘 돈이 있고, 데리고 놀 어린 아가씨들이 있다. 물론 당신네들은 우리나라가 너무 마음에 들어서 아예 눌러 살고 싶어질 수도 있겠지만, 아무래도 그만두는 게 좋을 것이다. 당신들은 우리나라에서 집을 살 형편이 못 되니까.

2009년 9월 3일

샤오캉사회¹가 되었으니
뉴질랜드로 가야 한다

친구들 중 몇몇이 외국으로 '공부를 하러' 가는데 굳이 뉴질랜드를 택했다. 그들이 말하길 그곳의 중국 학생들은 모두 스포츠카를 몰고 다닌다고 한다. 비록 죄다 중고로 어느 정도 연식이 된 것이며 전륜구동에다 마력이 적고 핸들링이 좋지 못한 '스포츠카'이기는 하지만 말이다. 까놓고 말해서 수많은 중국인이 뉴질랜드에서 모는 것은 문이 두 개 달린 차일 뿐이다. 나는 양심을 속이고 그런 차를 스포츠카라고 부를 수 없다. 그리고 이런 차들은 중국

---

1. 小康社會. 쌰오쩌우 개혁 중 두번째 단계다. 큰 물질적 어려움 없이 편안하게 살 수 있는 중등의 생활수준을 말한다. 샤오캉사회를 거쳐 최고의 이상 사회인 다퉁 大同사회로 나아가는 것이 중국공산당의 목표다.

학생들만이 몰고 다니면서 스스로가 '짱' 멋지다고 생각할 뿐이다.

상하이에서 스포츠카 한 대를 본 적이 있다. 나는 그 붉은색 차 주위를 몇 바퀴나 돌면서 자세히 관찰하고 있었다. 이때 차주가 나타나서 자랑스러움 속에 경멸을 섞어, 뭐 하는 놈이냐고 물었다.

그때 나는 아무리 생각해도 왜 이 차를 아직도 폐차하지 않는지 이해할 수 없었을 뿐이다. 왜냐하면 그 차는 1989년식이었기 때문이다. 이미 13년이나 되었다.

친구들은 모두 뉴질랜드에서 자신이 중국인이라고 말하면 사람들이 대하는 태도가 안 좋아진다고 말한다. 불행한 것은, 중국인이 중국인을 대하는 태도도 그다지 좋지 않다는 점이다. 또 나는 그곳에서 중국인을 얕보는 사람들 또한 중국인이 아닐까 생각한다. 뉴질랜드에는 중국인이 너무 많기 때문이다. 별다른 능력은 없고, 집에 돈은 좀 있지만 그렇다고 아주 많지는 않은 사람들, 외국에 나가서 졸업장이나 한 장 따 가져오려는 사람들, 외국인을 잡아서 시집이나 가려는 사람들은 대부분 뉴질랜드로 떠난다. 그러니 그곳 중국인의 수준은 별로 높지 않을 것이다. 그들이 모는 차의 종류만 봐도 알 수 있다.

하지만 내가 보기에 가장 대단한 것은, 그곳에서는 많은 중국인이 서로 영어로 교류한다는 사실이다. 영어를 연습하고 싶으면 뉴질랜드 사람을 찾아서 할 것이지, 중국인 두 사람이 꼭 영어로 말해야 할 이유가 뭐가 있단 말인가?

이런 사실을 알게 된 이후 나는 누군가가 '외국인이 중국인을 얕본다'는 소리를 들을 때 비분강개를 느낄 수가 없었다. 이 세상에 아무런 이유 없이 누군가를 얕보는 일은 없기 때문이다. 그런 외국인들이 중국인을 얕보는 것은 중국인이 가난해서는 아닐 것이다. 왜냐하면 가난한 사람은 모두 중국에 남아 있기 때문이다. 외국에까지 나갈 수 있는 사람이 가난해봤자 얼마나 가난하겠는가?

특히 외국에서 돌아온 중국 학생들이 말하는 것을 듣고 있노라면, 나 스스로도 중국인이기는 하지만 동포를 살해하고 싶은 생각마저 들곤 한다. 나는 그들에게 이렇게 말해줄 수밖에 없다. 돈이 많다고 하지 않았나? 돈이 많은데 왜 영국으로 가지 않았지? 왜 뉴질랜드처럼 가난한 나라로 간 거야?

그들은 이렇게 대답하곤 한다. 내가 뉴질랜드로 간 주된 이유는 그곳의 공기가 좋아서야.

이런 가식적인 대답에 대해서라면, 나는 그저 그토록 좋은 공기를 좋아하는 사람들은 장시江西 성²의 농촌으로 보내버리자고 건의할 수밖에 없다.

2002년

---

2. 중국 동남부에 위치한 성. 농업과 광업이 발달했다.

이유는 잘 모르겠지만,
아무튼 나는 너를 증오한다

최근 게시판에서 '69성전聖戰' 이야기를 자주 보게 되는데, 당초에는 내용을 잘 몰랐다. 분명 '69'라는 두 글자에 대한 내 호감이 '성전' 두 글자보다 컸던 것이다. 나는 '성전'이라는 두 글자를 무척 두려워하는데, 이는 내가 '결연히 타도하자' '선명한 기치를 내걸다' 등 테러리즘의 뉘앙스를 가진 단어를 싫어하는 것과 마찬가지다. 이런 단어들은 모두 군중의 광기와 선동, 이지理智의 상실을 드러내며, 정부의 완전한 배타주의, 그리고 자신과 다른 사람들을 제거하려는 욕망을 보여준다. 대략 어떻게 된 것인지 알게 된 다음에야, 다행히 이것이 그저 대학생들이 초중등학생들을 괴롭힌 일에 지나지 않음을 알게 되었다. 솔직히 말하자면 나는 양 진영 모두가 몹시 부끄럽다.

　　나와 한국인 간의 유일한 접촉은 5년 전 한국의 한 레이싱팀과 경기를 한 것이었다. 아시아의 한 포뮬러 챔피언십 대회에 참가했을 때 내 팀 동료가 한국인 레이서였던 것이다. 그는 가정환경이 썩 좋지 못해서 예전에는 이 팀에서 정비공 일을 하다가, 나중에 한국의 훌륭한 카레이서가 되었다. 듣는 이에게 힘을 주는 이야기라 할 만하다. 당시 내가 한국에 가서 경기를 하건, 그들이 중국에 와서 경기를 하건 간에 우리는 상당히 죽이 잘 맞았다.

　　갑자기 중국의 젊은이, 특히 네티즌이 한국인에 대해 극심한 반감을 갖기 시작했고 그 반감의 깊이가 일본보다 훨씬 더 심한 지경이 되었는데, 솔직히 나는 이 점이 매우 이상하다고 생각한다. 후에 한국인이 중국의 문화유산을 빼앗아가려 한다는 소문이 나돌았다. 나 자신도 일종의 정신적 문화유산이니 하마터면 빼앗길 뻔했다. 다행히 우리 신중국은 문화유산이랄 것을 거의 남겨놓지 않았으므로 현대의 문화유산이 타국에 빼앗기는 결과는 피할 수 있었다. 이에 한국인이 우리의 고대 문화유산을 빼앗으려 한다는 소문이 성행했다. 4대 발명부터 시인묵객詩人墨客에 이르기까지, 모두 한국인이 앞다퉈 한국의 혈통이 있다고 주장하는 대상이 되었다.

　　우리 중화민족의 문화인들은 고금을 통틀어 5000년에 걸쳐 거의 한 번도 마음놓고 글을 쓸 수 있었던 적이 없어서, 기본적으로 인류의 진보를 대표할 수 있는 것은 써내지 못했다. 또 신체 기관도 크게는 두뇌로부터 작게는 성기에 이르기까지 어딘가 하나씩 실종될 가능성이 있기 때문에[1], 지난 왕조의 일에 대해 쓰는 것이 그나마 가장 대담한 것이었다. 그러니 남겨진 문화유산은 손가락에 꼽을 수 있을 정도라 우리에게는 정말 소중한 것이다. 누군가 멋대로 하나를 훔쳐간다면 우리는 곧 25퍼센트의 손해를 입게 되는 것이다! 모두들 흥분하는 것도 이해할 수 있다.

만일 우리나라가 어느 날 셰익스피어, 볼테르, 고리키, 슈베르트, 단테, 위고, 헤밍웨이, 가와바타 야스나리 등에게 모두 중국인의 피가 섞여 있다고 선언한다면, 아마도 팔국연합군[2]이 다시 출동할 것이다. 한 나라의 문화는 성숙한 국민이 자신의 국가에 대한 자부심을 느끼게 하는 중요한 근원이다. 한국인들은 한사코 중국의 문화를 훔쳐갈 기회를 노리고 있다.

그런데 이것이 사실인가? 단 하나도 사실이 아니다. 단오절이 한국의 단오제와 명칭상 충돌이 있었던 것 이외에, 한국인들이

---

1. 고대 중국에서는 필화筆禍 때문에 머리를 잘리거나 궁형(거세)을 당하는 일이 잦았다. 『사기』를 쓴 사마천 역시 궁형을 당했다.
2. 의화단운동이 일어나 외세 배척의 목소리가 높아지자, 영국, 미국, 독일, 프랑스, 러시아, 일본, 이탈리아, 오스트리아 등 8개국이 1900년에 연합군을 파견해 베이징을 점령한 바 있다.

우리 문화유산을 약탈하려 한다는 일과 관계된 사건들은 모두 우리 스스로가 날조하거나 과장한 것이다. 이를 입 밖에 내어 말하면 대단히 듣기 거북하겠지만, 사실이 이러하다. 나는 네가 싫으니, 네가 우리집에 와서 물건을 훔쳐간다는 이야기를 꾸며내고, 거기다 훔치지도 못하고 우리집 개에게 물어뜯기는 결말을 상상하며 정신적으로 자위하고 있는 것이다.

나는 한국을 싫어하는가? 솔직히 말해 나는 한국을 결코 좋아하지 않는다. 내 일상생활 속에는 한국 물건이 거의 없다. 한국의 전자 제품은 중국에서 무척 비싸서 가격 대비 성능이 좋지 않다. 한국의 자동차는 크게 진보했지만, 여전히 일류라고는 할 수 없어서 내가 사게 되는 일은 없을 것이다. 한국 영화를 몇 편 봤는데, 두세 편은 상당히 훌륭했지만 다른 것들은 모두 그저 그랬으며, 훌륭한 것들도 대개 분위기가 너무 갑갑했다. 나는 절대 한국 드라마를 볼 일이 없을 것이며, 한국 유명 가수가 부르는 노래를 듣지 않을 것이며, 그들의 차림새를 싫어하고, 한국 요리를 싫어한다.

하지만 나는 결코 한국을 싫어하지는 않으며, 오히려 한국을 존중한다. 만약 한국의 민주화운동을 조금이라도 알게 된다면 한국의 국민들에게 탄복하게 될 것이다. 한국은 국토 면적은 넓지 않지만 세계의 일부, 아시아 전역, 특히 중국을 향해 그들의 최근 문화를 수출했다. 이 문화에 깊이가 있건 천박하건 간에 한국은 해냈다. 한국은 또 그들 스스로의 브랜드를 수출했고, 이들 브랜드는 저급한 것도 아니다.

중국과 한국의 정부 사이에는 지금껏 큰 적의가 없었는데 왜 양국의 젊은이들은 이토록 큰 적의를 품고 있는지 이해할 수가 없다. 사실 대부분은 우리나라의 서로 다른 연령대의 네티즌이 서로를 공격하고 있는 것이다. 우리에게 대체 왜 이런 영문을 알 수 없는 원한과 대립이 필요하단 말인가. 만약 장사꾼들이 뒤에서 이를 부추기고 있는 것이라면, 더더욱 서로 다른 민족과 다른 세대의 젊은이들 사이에 갈등을 조장해서는 안 된다. 중국인, 한국인, 한국의 젊은이, 중국의 바링허우80後와 주링허우90後[3] 등 우리는 모두 모여 앉아 모닥불을 피워놓고 도란도란 이야기를 나눠야 마땅하다. 너는 우리의 손을 잡고, 나는 너희의 손을 잡고, 너는 우리네 아가씨와 놀아나고, 나는 너희 아가씨와 놀아난다면, 얼마나 화합된 세상일 것인가. 물론 너는 너희의 아가씨와 놀아나고 나는 너희의 아가씨와 놀아날 수 있다면 더더욱 화합된 세상이 되겠지만.

나는 중국의 철없는 청소년들이 무엇에 자부심을 느끼는지 모르겠다. 어릴 적에 나는 선생님이 늘 중국이 크다고 말하는 것

—————————

3. 각각 1980년대와 1990년대에 태어난 신세대를 일컫는다. 중국 전체 인구의 절반 정도를 차지하는 이들은 기성세대로부터 철이 없고 이기적이라는 비판을 받고 있다.

에, 오직 캐나다와 소련만이 중국만큼 크다고 말하는 것에 자부심을 느꼈던 것을 기억하고 있다. 나중에 소련이 해체되자 나는 무척 기뻐했는데, 이제 소련이 중국만큼 크지는 않을 거라 여겼기 때문이다. 하지만 그러고 나서도 러시아가 중국보다 컸기 때문에 나는 무척 상심했다. 나는 호주와 미국을 볼 때마다 그 나라들이 더 크지 않다는 사실에 안심했는데, 자칫하면 우리나라보다 더 커질 뻔했기 때문이다. 나는 또 인도와 몽골을 보면서 안타까워했는데, 이두 나라가 만약 우리 것이었다면 우리나라가 더 커질 수 있었을 거라고 생각해서였다. 나중에 한 나라가 진정으로 자부심을 느끼고 영광스럽게 여겨야 할 것이 무엇인지 알게 된 후, 다시는 다른 나라가 작다고 비웃지 않게 됐다.

나는 중국인이 해외에서 미친 듯이 사치품을 사들일 때 무척 슬펐으며, 롤스로이스와 페라리에서 중국이 아시아 최대의 시장이 되었다고 선포했을 때도 무척 슬펐다. 하지만 이는 많은 중국인들에게는 자부심의 근원이 되는 것 같다. 어쨌거나 그들의 저렴한 노동력이 사장님의 롤스로이스에 나사 하나 정도의 보탬이 되어주었으며, 그들의 땅과 집은 현지 정치인 사모님의 루이뷔통에 단추하나 정도의 보탬이 되어주었기 때문이다. 아차, 실례했다. 그들은 한 번도 땅을 가져본 적이 없었지. 하지만 그들은 여전히 자랑스럽다. 왜냐하면 그들의 사장님, 그들의 정치인, 그들의 부인과 첩, 아이들이 모두 중국인이기 때문이다. 아차, 실례했다. 아이들은 이미 중국 국적이 아닐 가능성이 매우 높다.

　　나는 이러한 종류의 자부심을 이해하지만 무척 열등감을 느낀다. 왜냐하면 나는 문화를 통해 먹고사는 사람인데, 다른 나라의 문화인들과 함께할 때 그들 앞에서 잘난 척을 할 방법이 없기 때문이며, 중국의 매체, 음악, 문화, 영상, 복장, 미술, 철학이 세계에 어떤 영향을 미쳤는지 조목조목 손꼽아 말할 수 없기 때문이다. 소위 대중문화만 놓고 보더라도 한국인과 일본인에게 비웃음을 살 뿐 제대로 된 것을 하나도 내놓을 수가 없다. 결국 나는 이렇게 말할 수밖에 없다. 나를 열받게 하지 마, 우리 정치인 자제들이 너희 나라에 가서 페라리를 모조리 사들여서 너희 나라의 예술가들이 더이상 살 수 없게 만들지도 모르니 조심해.

　　조금 나이든 친구들이 어린 친구들을 괴롭힌 이번 장난질에서, 나이든 친구들은 조금 더 생각을 해볼 필요가 있으며 여동생들과 남동생들의 입장을 더 많이 고려해줄 필요가 있었다. 그들이 어리석은가? 조금 어리석기는 하다. 하지만 나는 이들 어린 동생들에게, 모든 사람에게는 나름의 우상이 있는 것이라고 말해주고 싶다. 그 우상이 어느 나라의 사람이건 간에, 나이가 든 이후에 일부는 자신이 정말 사람 보는 눈이 있었다고 생각하게 될 것이다. 그 우상도 열심히 분발해서, 당신의 우상이 누구인지 말할 때 주위 사람들 모두 당신이 참 품위가 있다고, 당신은 계속 그의 팬 노릇을 해도 된다고 느낄 것이다. 만일 팬 노릇을 그만두더라도 어린 시절의 선택에 후회는 없을 것이며, 당신은 평생 내 우상은 아무개라고 말할 수 있을 것이다. 반면 어떤 사람들은 나이가 든 이후에 남에게 어릴 적 아무개의 팬 노릇을 했다고 말하기가 부끄럽다고 느끼게 될 것이며, 당시의 일기와 사진조차 모조리 찢어버리지 못해 안달이 날 것이다. 다른 사람이 기억을 되살려주더라도 인정하지 않으려 할 것이다. 후자가 되지 않도록 주의하라. 나는 경험자인 척 잘난 체하며 억지로 인생의 경험을 전해주려 드는 사람은 아니다. 그런 사람들은 좀 이상한 아저씨니까 조심하도록 하라. 나는 다른 종류의 나이든 친구다.

다음에는 나이든 친구들에게 한마디해야겠다. 자동차를 사는 경우에 비유하자면, 너희는 요즘 어린 친구들이 무조건 한국 차를 좋아한다는 이유로 그들이 저능아라고 말하는 것과 같다. 너희는 우리의 자체 제조업체에서 만든 국산 차를 사야 한다고 말하지만, 결국 어린 친구들은 그래도 한국 차를 산다. 이유는, 너희가 말하는 국산 차가 한국 것보다 못하기 때문이다. 너희가 차를 살 때가 되면, 너희가 저축해놓은 돈이 어린 친구들보다 조금 많다는 이유로 마찬가지로 미국 차나 유럽 차를 사거나, 기껏해야 실제로는 합작 브랜드이면서 국산 차라고 칭하는 수입 차를 사는 것이 가장 좋다고 생각하지 않는가?

너희는 그들이 한국 스타들의 뒤를 쫓는 것이 멍청하다고 생각하지만, 너도 마찬가지로 매일같이 미국 드라마를 보지 않는가? 제발 이런 가짜 애국심을 가지고 어린 친구들을 괴롭히지 마라. 나는 너희의 단결력과 기개에는 감탄하지만, 너희는 동생들 아끼기를 네 거시기小弟弟[4] 아끼듯 해야 할 것이다. 어릴 적에 너희도 시류紫龍[5]를 좋아했고, 서태웅을 따라한 적이 있고, F4의 뒤꽁무니를 쫓아다닌 적이 있고, 리어나도 디캐프리오에 열광했던 적이 있지만, 그때는 아무도 너희에게 애국심이 없다는 죄목을 덮어씌우지 않았다.

너희는 동생들이 슈퍼주니어를 좋아한다고 해서 그들을 모욕해서는 안 된다. 너희들이 성전을 벌이고 있는 동안 얼마나 많은 동포들이 너희의 지지를 필요로 했는가? 너희보다 나이가 좀 많은 형들은 공장에서 투쟁을 벌이고 있다. 그들이 투쟁해서 얻은 한푼 한푼의 돈은 아마 너희들이 장래에 받을 최저임금이 될 것이지만, 너희는 아무래도 상관없다고 말한다. 예전에 너희의 아버지 세대는 언론 검열에 맞서 투쟁했지만, 너희는 잘 모르겠다고 말한다. 예전에 너희 할아버지들은 새로운 중국을 위해 일본과 싸우고, 국민당과 싸웠다. 하지만 너희는 그런 일에는 관심

4. 중국어에서는 남자의 성기를 종종 '동생'이라고 표현한다.
5. 유명한 일본 만화 『성투사 성시(세인트 세이야)』의 캐릭터 중 하나.

이 없다고 말한다. 이러고도 너희가 어린 동생들 앞에서 애국을 논할 면목이 있는가?

2010년 6월 11일[6]

---

6. 2010년 5월 30일, 한국의 인기 아이돌 그룹 슈퍼주니어의 당일 공연 입장권을 구입하기 위해 수천 명의 팬들이 엑스포공연센터의 매표소에 몰려들어 혼잡한 와중에 사람이 짓밟히는 사고가 일어났다. 부득이하게 다수의 무장경찰이 출동해 현장의 질서를 유지해야 했다. 현장에선 대혼란이 벌어졌다. 뉴스와 인터넷을 통해 사건이 알려진 후 많은 네티즌이 극도의 반감을 느꼈으며, '와우클럽魔獸世界吧'을 발원지로 텐야, 몹 등 각종 대형 인터넷 사이트에서 슈퍼주니어와 그 팬들에 반대하는 조직적 활동이 전개됐다. 이로 인해 한류에 반대하는 사람들과 슈퍼주니어 팬들 간의 대혼전이 벌어졌다.—원주

술을 마시며 즐겁게 이야기하니
다하지 못할 말이 없도다

인터뷰를 제법 많이 해본 편인데, 외국 언론과 국내 언론은 서로 차이가 있다. 어떨 때는 똑같은 문제를 묻고 내 대답도 똑같지만, 보도되는 것을 보면 역시 차이가 있다. 상대적으로 외국 언론의 질문이 더 직접적이다. 어떤 문제는 너무 직접적이라서 대답할 방법이 없을 때도 있다. 만약 한 번이라도 대답해버린다면 앞으로도 영원히 외국 언론의 질문만 받아야 하는 신세가 될 수도 있기 때문이다. 내가 보여줄 수 있는 성실한 태도는 그저 그들에게 다음과 같이 말해주는 것이다. 이 문제는 내가 대답할 수 없는 것이다. 대답하기 싫어서가 아니라 대답할 수 없기 때문이다. 이 문제에 대답하기 위해서는 너무나 큰 대가를 지불해야 하며, 게다가 지금 이 대가를 치르는 것은 아무런 가치조차 없다. 하지만 나는 거짓말을 하고 싶지도 않으니, 그냥 입을 다물기를 택하겠다. 하지만 이 문제는 잠시 미루어두어도 좋다. 내가 보기에 이는 좋은 문제다. 당신은 그냥 인터뷰하는 사람이 감히 대답하지 못했다고 말하면 된다. 내 나약함을 용서해달라.

　　사실 일부 국내 언론의 질문에 대답할 때 나는 오히려 더 많은 것을 이야기할 수 있다. 왜냐하면 내가 얼마나 많은 이야기를 늘어놓건 나는 그저 기자와 잡담을 나누는 것일 뿐이고, 그들의 자체 검열을 거치고 난 후에는 어차피 보도될 내용만이 보도되기 때문이다. 외국 언론을 대할 때는 반대로 더 많은 희망을 이야기할지도 모른다. 방금 전 캐나다 언론과 인터뷰를 했는데, 무척 재미있고 대표적인 인터뷰 사례라 생각되어 몇 가지 문제를 옮겨 쓴다. 조금 고친 부분이 있다.

　　Q. 당신은 구글이 그리운가? 그렇다면 (혹은 그렇지 않다면) 그 이유는?[1]
　　A. 사실 나는 조금도 구글이 그립지 않다. 구글은 마치 아가씨와 같다. 어느 날 그녀가 다가와서는 내게서 떠나야 한다고 말한

---

1. 지난 2010년 구글은 중국 본토에서 철수하여 홍콩으로 서버를 이전했다.

다. 나는 그러지 마, 내 사랑 하고 말한다. 슬프게도 결국 그녀는 떠나고 만다. 하지만 나는 사실상 내가 그녀를 올라타고[2] 싶을 때면 여전히 아무 때나 올라탈 수 있다는 것을 알게 되었다. 달라진 점이라고는, 예전에 그녀를 올라탔을 때 그녀의 몸에서 홍당무를 색출해낼 수 있었는데, 지금은 내가 그녀에게 홍당무 어디 갔어 하고 묻는 순간 그녀가 쉭 하고 사라져버린다는 것뿐이다.[3]

Q. 만약 캐나다와 같은 외국에서 살 기회가 생긴다면 그렇게 하겠는가? 선택의 이유는 무엇인가?

A. 만약 여행, 휴가나 대회, 업무 등의 일이라면 나는 기쁘게 해외에 나갈 것이다. 하지만 현지에서 살라고 한다면, 그렇게 하지 않을 것이다. 캐나다는 무척 아름다운 곳이며, 생활이 편안하고 생태 환경이 균형을 이루고 있으며 일인당 GDP도 무척 높다. 우리나라의 총 GDP는 대단히 높지만 일인당 GDP는 아직 매우 낮다. 게다가 우리는 이를 위해 너무 큰 대가를 치르고 있다. 우리 고향의 많은 지역은 심각하게 오염되었고, 관료는 부패했다. 때때로 한 발짝 나아가지만, 다른 경우에는 두 발짝 퇴보한다. 하지만 나는

---

2. 원문은 '上'이다. 이 글자는 여기서 두 가지 뜻을 갖는데, 하나는 인터넷에 '접속하다'라는 뜻이며, 다른 하나는 여성에게 '올라타다(성교하다)'라는 뜻이다. 구글을 여성형 대명사 '她'로 받아서 말장난을 하고 있다.
3. 홍당무는 중국어로 '胡蘿蔔'이다. 첫 글자가 후진타오의 '胡'와 같아서 한동안 구글에서 검색이 불가능했다.

언제나 내 고향에 남아서 그곳을 지켜보고, 앞으로 두 발짝 나아가는 데 보탬이 되기를 원한다. 어쨌거나 그곳이 내 고향이다. 당신의 나라가 아무리 아름답다 해도 당신들은 첫번째 질문에 대한 내 대답을 번역하고 이해할 수 없는 것과 같은 이치이다. 또하나의 이유는, 내 조국에는 도처에 탐관오리들이 득실대는데, 만약 다른 국가에 가서도 주위에 적지 않은 중국 탐관오리들이 있음을 발견한다면[4] 내가 아마 맛이 가버릴 것이라는 점이다.

Q. 중국의 강성함과 중국이 국제사회에서 담당하는 역할에 대해, 캐나다를 포함한 다른 나라들이 어떻게 이해해야 하는가.

A. 이 문제는 아마 우리 정치가나 지도자들에게 물어보는 것이 타당할 것이다. 하지만 이것만은 말해줄 수 있다. 당신들은 그들이 이 문제에 대해 다른 국가에 어떻게 대답했는지 참고해본 다음 나라의 이름만 바꿔 쓰면 된다. 저번에 써먹었던 대답은 이번에도 죄다 그대로 가져다 쓸 수 있다.

Q. 중국이 극도로 민감한 반응을 보이는 것에 대해 어떻게 평가하는가?

A. 이런 과민 반응에 대해서 나는 정말로 뭐라고 평가하기가 곤란하다. 나는 그저 이렇게만 말하겠다. 사법권이 독립하는 것은

---

4. 중국의 관리들은 부정 축재 후 해외로 도피하거나 재산을 은닉하는 경우가 잦다.

옳지만, 우리나라에서 사법권은 독립할 수가 없다. 왜냐하면 사법권의 독립이 우리나라의 특성에 부합하지 않기 때문이다. 우리나라의 특성이란 무엇인가? 그것은 바로 단지 돈벌이에만 신경을 쓴다는 것이다. 돈을 버는 가장 쉬운 수단이 무엇이냐 하면 바로 권력이다. 사법권이 독립하게 되면 권력을 제약할 수 있는데, 권력을 제약하면 권력자들과 그 가족들이 어떻게 돈을 벌겠는가. 따라서 사법권의 독립은 중국이라는 나라의 특성에 부합하지 않는다.

Q. 당신의 나라가 어떤 모습이 되기를 원하는가(이는 한 일본 언론의 질문이다)?

A. 부동산이나 땅장사를 통하지 않고, 저급한 가공업에 의존하지 않고도 변함없이 높은 GDP를 기록할 것. 당연히 일인당 GDP를 말하는 것. 착한 사람이 담을 넘지 않아도 되고 나쁜 사람이 감옥에 가는 것. 세계에 영향을 미치는 문화가 있고, 다른 나라들이 본받을 만한 문예가 있을 것. 깨끗한 환경과 자유로운 분위기가 있을 것. 새장 안에 갇힌 권력을 보면서, 술을 마시며 즐겁게 이야기하니 하지 못할 말이 없어지는 것.

2010년 5월 7일[5]

---

5. 이 글은 블로그에서 이미 삭제되었다.—원주

10위안이 더 실질적이다

Q. 요즘 추천하는 영화가 있는가?

A. 최근 두 편의 영화를 보았는데, 〈로드 오브 워Lord of War〉[1]
와 〈타인의 비밀〉[2]이다. 후자의 중국어 제목은 아마 〈도청대소동竊
聽風暴〉일 것이다. 지금껏 이 영화를 보지 않고 있었던 이유는 홍콩
의 〈도청풍운竊聽風雲〉과 이 작품의 제목 〈도청대소동〉을 혼동했기
때문이다. 전자는 상당히 훌륭한 영화고, 후자는 위대한 영화다.

---

1. 실화를 바탕으로 무기 밀매상에 대한 내용을 다룬 영화.
2. 냉혈한이던 동독의 비밀경찰이 인간적으로 변화하는 이야기를 담은 영화. 〈타인
의 비밀〉이란 제목은 독일어판 원제를 고려해 한한이 직접 중국어로 옮겨본 것으로
보인다. 한국어 제목은 〈타인의 삶〉이고, 원제는 〈Das Leben Der Anderen〉이다.

모든 독자께 〈도청대소동〉을 추천한다. 감상을 조금 이야기해달라고 한다면, 한바탕 금칙어의 향연이요, 쓰라린 눈물의 홍수라 하겠다.[3] 그냥 가서 보라고 말하는 수밖에 없겠다.

Q. 국내 영화의 환불 제도에 찬성하는가?

A. 사실 나는 찬성하지 않는다. 이런 생각 자체에 대해서는 적극 찬성하고 사람들의 기분도 이해하지만, 영화를 다 보고 난 후에 재미가 없다고 해서 환불을 받는다는 것에는 찬성할 수가 없다. 이런 일은 불가능하다. 이는 사창가에서 놀아난 후 만족스럽지 못하다고 해서 지불을 거부할 수는 없는 것과 마찬가지니, 그 이전에 아가씨를 고를 때 나름의 안목을 갖출 필요가 있는 것이다. 실제로 중국 영화가 지금껏 발전해오는 과정에서 쓰레기 같은 영화들이 한 무더기나 쌓이게 됐는데, 당연히 제작사측도 책임을 면할 수는 없겠지만 핵심적인 책임을 그들에게 지울 수는 없다고 생각한다. 우리 황제 폐하께서는 서면으로 명백히 의중을 표하지 않고 계시고, 문예계 종사자들은 다만 조심스럽게 그 뜻을 헤아리고 눈에 거슬리는 행동을 하지 않으려 하는 이 시대에, 우리는 이미 본능적으

---

3. 청나라 시대 장편소설인 『홍루몽』에 나오는 시구를 패러디한 것. 원문은 다음과 같다. "한바탕 황당한 말들의 향연이요, 쓰라린 눈물의 홍수니, 모두들 글쓴이가 미쳤다 하지만 누가 그 뜻을 알아주려나."

로 자아 거세 능력을 갖추게 되었다. 거세해버린 그 부분은 그저 소재, 양심, 인간성 등에 그치지 않으며 여기에는 당연하게도 상상력 역시 포함된다. 그들만을 탓할 수는 없다. 당신은 그렇지 않은가? 나도 그렇지 않은가?

사실 작년 중국 영화에 아무런 수확이 없었던 것은 아니다. 〈8인: 최후의 결사단〉은 괜찮았다. 비록 왜 쑨원孫文[4]이 표를 다시 끊지 않고 죽어도 그날 도착해야만 한다고 고집을 피웠는지 답답하기는 했지만 말이다. 〈바람의 소리〉도 괜찮았고, 또 그다지 알려지지 않은 영화 〈소싸움鬥牛〉도 괜찮았다. 다만 편집을 망쳐놓았다. 심지어 그리 큰 희망을 품지 않았던 청룽의 〈대병소장〉도 썩 괜찮아서 내 기대를 뛰어넘었다.

Q. 구글이 중국에서 물러나는 것에 대해서 할말이 있는가?

A. 별로 할말이 없다. 구글은 좋은 회사이며, 내 휴대전화 역시 구글의 시스템을 사용하고 있다. 하지만 이번 일에 있어서, 뉴스와 정치에 조금이라도 관심이 있는 사람이라면 이제 어떤 말을 해도 소용이 없음을 알 것이다. 굳이 이러쿵저러쿵해봐야 결과는 좋지 못할 것이며, 글이 삭제되는 정도에 그치면 다행으로 여겨야

---

4. 중화혁명당(후에 중국국민당으로 고침)을 창설하고 민주주의혁명을 시도했던 정치가. 혁명에 실패하고 1925년 사망했다.

할 것이다. 구글은 사업을 못 해먹게 된다면 홍콩으로 물러나거나 심지어 미국으로 돌아갈 수도 있지만, 중국의 작가나 언론 종사자들이 만약 입바른 소리를 했다가 아무것도 못 해먹는 상황에 처하게 된다면, 그는 어디로 물러날 수 있다는 말인가?

사실 구글이 이번 결정을 내린 진짜 이유가 무엇이건 간에, 구글은 적어도 공중에 발표한 내용 중에서 한 가지는 실수를 했다. 그들은 민감한 내용에 대한 검열을 당하기 싫다고 말했다. 주의할 점은, 여기서 말하는 민감한 내용이란 선정적인 것을 말하는 게 아니라는 점이다. 정부는 선정적인 내용에 대해서 한 번도 민감했던 적이 없으며, 비단 민감하지 않을 뿐만 아니라 아마 공무원들의 귀두가 무감각한 지경에 이르렀을 것이다. 여기서 소위 민감한 내용이란 정부의 이익에 불리한 내용일 뿐이다. 하지만 모든 검색 결과를 공개하는 행동에 대해서 중국인 중 몇 명이나 실제로 관심을 가지겠는가? 정상적인 국가에서라면 국민을 감동시킬 수 있었을 명분이지만 중국에서는 그다지 효과가 없는 것 같다.

중국에는 2억 명의 네티즌이 있는데, 구글이 만약 이들에게 검열당하지 않은 검색 결과를 보고 싶은지 묻는다면 2억 명 중에서 인터넷 검열관을 제외한 나머지 사람들 모두 그렇다고 대답할 것이라고 생각한다. 당연한 일이다. 장을 볼 때 조금 더 얹어준다고 하면 사람들은 언제나 좋아하기 마련이니까. 하지만 바이두百度[5]

에서 모든 네티즌에게 10위안의 인민폐를 보여주면서, 만약 당신이 바이두 뉴스에서 개발한, 구글 검색 내용을 필터링하는 웹 브라우저를 다운로드받고 그들이 만든 '중국의 법률 규정을 준수할 뿐만 아니라 과도하게 준수하는' 검색엔진을 당신의 유일한 검색 엔진으로 사용할 경우 곧바로 이 돈을 받을 수 있다고 말한다면, 아마 절반 이상이 변절할 것이다.

중국인은 위험을 초래할 수도 있는 보편적 가치를 추구하는가? 추구하기는 한다. 하지만 중국인은 그냥 대충대충 추구할 뿐, 이런 가치들이 많은 사람의 가슴속에서 차지하는 지위는 새로 개발되는 부동산 매물에 대한 관심이나 온라인 게임의 아이템에 대한 관심보다 높다고 보기 어렵다. 사람들이 생활 속에서 받는 스트레스가 이토록 크고 이상은 사라진 지 오래인데, 밥 한끼 벌어먹을 수 있으면 그만이지 무릎을 꿇고 먹으나 서서 먹으나 무슨 상관이란 말인가? 구글은 자유, 진리, 공정, ×× 등등이 다수의 중국 네티즌 마음속에서 차지하는 지위를 너무 높게 평가한 것 같다. 이런 것들보다 길거리에서 100위안을 줍는 것이 훨씬 실질적이다.

구글로서는 자신들이 노상 중앙방송에 의해 모함을 당해서 물러나는 것이라고 말하는 편이 참으로 더 실질적일 것이다. 구글

---

5. 현재 중국 최대의 인터넷 검색 및 포털 사이트.

이 말하는 이유들은 이 민족의 인민 대부분이 받아들이거나 공감할 수 없는 것이다. 유전자 변형 식품과 시궁창 기름[6]으로 만든 요리와 멜라민 분유를 먹어내고, 저질 백신주사[7]를 맞는 민족의 인내력은 당신들이 상상할 수 없을 정도로 강하고, 그들의 요구 조건은 당신들이 상상할 수 없을 정도로 약소하다.

2010년 3월 25일[8]

---

6. 시궁창에 버린 폐식용유를 재활용한 저질 기름이 유통되어 사회적 충격을 안겨준 일이 있었다.
7. 유명 제약회사에서 2010년에 가짜 백신을 대량으로 유통시키다 적발되었다. 또 산시山西 성에서는 가짜 백신주사를 투약받은 아이들 70여 명이 사망하거나 질환을 앓게 된 사건도 있었다.
8. 이 글은 구글이 중국에서 물러나는 사태를 평한 것으로, 블로그에 올라온 후 곧 삭제되었다.—원주

내가 무엇을 할 수 있는가

　어제 뉴스를 하나 보았는데, 내가 『타임』이 선정한 '세계에서 가장 영향력 있는 100인'의 후보에 올랐다고 한다. 동시에 후보에 오른 중국인으로는 ×××, ××× 그리고 ××× 등이 있다. 그때 나는 동네에서 죽순을 캐고 있었기 때문에 (내가 캐고 있던 죽순은 우리집 것이다) 크게 신경쓰지 않았다. 나중에 돌아와서 보니 휴대전화에 적지 않은 문자 메시지가 들어와 있었는데, 이번 일에 대한 내 태도를 묻는 것들이었다. 나는 신징바오_{新京報}[1]와 『난두저우칸_{南都週刊}』[2]의 두 친구에게만 답장을 보냈으며, 다른 언론에서 쓴

---

1. 베이징 지역에서 발행되는 일간지.
2. 난팡미디어그룹에서 발행하는 시사주간지.

내용은 모두 내 성격을 추측해 꾸며낸 악의 없는 상상일 뿐이다. 사람들이 이렇게 관심을 가질 줄은 몰랐던 터라, 여기에서 한꺼번에 대답을 해보고자 한다.

우선 나는 깊은 안타까움을 느낀다. 어떻게 다른 나라에는 『타임』 같은 언론매체가 있어서, 인물 목록을 발표할 때면 전 세계의 많은 나라들을 들썩이게 만들 수 있는 것일까. 우리 중국에도 비슷한 언론매체가 있어서 인물을 선정할 때마다 전 세계가 주목하게 된다면 얼마나 좋을까. 이런 매체가 완전히 공정하다고는 말할 수 없겠지만, 그들에게는 절대적인 공신력이 있다. 우리나라에도 이런 매체가 있다면 얼마나 좋을까. 애석하게도 우리나라에는 절대로 없다. 이는 우리네 언론 종사자들이 다른 곳의 언론 종사자들보다 못해서가 아니라 ……한 원인 때문이다. 이 원인에 대해서는 모두들 알고 있으므로 암시하는 것으로 그치고자 한다. 더 자세히 말했다가는 반드시 목숨을 잃게 되며, 죽은 후에도 시체에 채찍질을 당하게 될 것이다.

나는 종종 자문해보곤 한다. 금칙어로 가득한 이 사회를 위해 나는 어떤 공헌을 했는가 하고. 아마 나는 결국 내 이름을 또하나의 금칙어로 만들어 공헌하게 될 뿐일지도 모르겠다. 나는 매일 점심때까지 늦잠을 자고, 전자 제품을 사는 데 돈을 낭비하며, 게다가 편식도 한다. 하지만 다행히 아직 이 사회에 죄악과 부담을 더하지는 않았다. 적어도 지금까지는 그러하다.

내게 원대한 식견 같은 것은 없지만, 다만 관련 부처에서 문예와 언론을 소중히 대하기를 바랄 뿐이다. 문예와 언론에 너무 많은 검열과 제한을 가하지 말고, 정부의 이익과 국가라는 미명으로 문예계와 언론계 종사자들을 탄압하고 모독하지 말아야 할 것이다. 이렇게만 한다면, 당신들이 큰돈을 쓰지 않더라도 이 나라에는 저절로 서방세계에 수출할 수 있는 문예 작품과 언론매체가 생겨날 것이며 우리의 독자, 청중, 관중, 네티즌, 시민, 국민 한명 한명이 모두 영광을 누릴 수 있을 것이다. 내게 반드시 좋은 작품을 써낼 천부적 재능과 능력이 있다고는 말할 수 없지만 다른 사람들에게는 분명 있다. 당신들은 우리가 이미 가진 것을 거세해버리고 우리가 갖지 못한 것을 찬양해서는 안 된다.

어떤 기자가 전화로 이렇게 물었다. 일부에서는 당신이 서방의 반反중화 세력과 내통했다고 말하는데 어떻게 생각하느냐고. 나는 이렇게 대답했다. 대단히 정상적인 일이다, 그 사람들은 이 수법을 60년째 써먹고 있는데, 처음 몇십 년은 그래도 진심에서 우러나오는 말이었지만 나중에는 순전히 중상모략으로 사용하고 있을 뿐이다. 서방국가에 경기하러 갈 때 종종 서류를 빠트려서 비자도 발급받지 못할 뻔한 일이 많은 나 같은 사람이 무슨 서방 세력이란 말인가? 게다가 지금이 몇 년도인데 아직도 내통이니 뭐니 하는 말을 쓴단 말인가? 얼마나 귀에 거슬리는 말인가? 만약 어떤 친구가 매일같이 내 전화를 도청하고 있다면, 귀하께서는 내가 대체 어떠한 사람인지 분명 잘 알 것이다. 말해보시라. 지금 컴퓨터 앞에서 분명 누군가가 회심의 미소를 짓고 있을 것이다.

다만 내가 이상하다고 생각하는 것은, 이 어용 글쟁이들이 어째서 수십 년 동안이나 한 가지 체위만 고집하고 있는가 하는 점이다. 당신네들은 짜증이 안 날지 몰라도 상대하는 사람은 짜증이 날 수밖에 없다. 하지만 나는 그들이 존재해야 한다는 것에는 적극적으로 찬성한다. 왜냐하면 언제나 정正과 반反이 있어야 하며, 갑과 을이 있어야 하기 때문이다. 만약 우리나라가 이야기가 통하지 않으면 상대를 탄압해버리는 수준에서 벗어나서 이야기가 통하지 않더라도 그저 각자의 길을 가게 될 수만 있다면, 이는 우리나라가 커다란 진보를 이루었다는 뜻이며, 우리는 이렇게 될 수 있도록 노력해야 한다.

나중에 이 기자가 또 문자 메시지를 보내서, 그렇다면 표현을 바꿔서 당신이라는 사람의 관점과 의견이 서방 사람의 가치관과 부합한다고 말하는 것은 괜찮겠냐고 물어왔다.

나는 지구인과 외계인의 경우에는 가치관이 다를 수 있다고 보지만, 서양인과 동양인은 생활 습관이 다른 것 외에 가치관은 거의 비슷할 것이라고 믿는다. 굳이 싸울 필요가 있겠는가.

마지막으로 소위 영향력이라고 하는 문제로 돌아오면, 나는 종종 매우 부끄러워진다. 나는 일개 서생일 뿐이며, 어쩌면 사람들이 내 글을 읽으면서 스트레스를 풀도록 해줄 수는 있겠지만 이것 말고 또 무엇이 있겠는가? 그 허망하고 공허한 영향력 말인가? 중국에서 영향력이란 종종 권력을 가리킨다. 구름과 비를 부리고, 당신을 죽일 수도, 살릴 수도, 죽지도 살지도 못하게 할 수도 있는 그런 사람들, 그들이야말로 진짜 영향력이 있는 사람들이다. 그들이 검색당하는 것을 두려워해서인지 아니면 검색이 되는 상황을 견딜 수 없기 때문인지는 모르겠지만, 검색엔진에서는 종종 그들을 찾아볼 수 없다.

우리는 다만 이 무대 위에 서서 조명을 받고 있는 보잘것없는 인물에 불과하다. 그러나 이 극장은 그들의 소유물이다. 그들은 아무 때나 이 무대에 장막을 내려버리고 조명을 꺼버리고 스위치를 내려버리고 문을 닫고 개를 풀어놓을 수 있다. 마침내 '개가 지나가고 날이 맑아지면'[3] 아무런 흔적도 남지 않을 것이다. 나는 다만 이런 사람들이 스스로의 영향력을 정말로 소중히 여기기를 바랄 뿐이다. 또한 우리 무대 위의 한 사람 한 사람은, 또 예전에 이 극장을 만들었던 사람들은, 사방의 높은 담벼락과 조명들을 천천

---

3. 雨過天晴(비가 지나가고 날이 개다)'의 첫 글자를 '개'를 뜻하는 '狗'로 바꾸어놓았다.

히 없애버리기 위해 노력해야만 한다. 햇살이 쏟아져 들어올 때, 그 광명은 아무도 꺼버릴 수 없을 것이다.

2010년 4월 7일

2부

예
술

학생들의 작문 교육을 폐지해야 한다

　　학교에 다닐 무렵 작문을 잘해서 늘 작문 대회에 참가하곤
했는데, 매번 대회에 참가하기 전에 최근 무슨 구호가 유행하는지
살펴보고는 그에 맞게 스스로를 세뇌시켜야 했다. 예를 들면 언젠
가 '칠불규범'을 강조했을 때는 작문을 할 때 '칠불'을 내걸고 이야
기를 지어내기만 하면 됐다. 이를테면 누군가 함부로 가래를 뱉는
것[1]을 보고서 당장 달려가 손으로 그 가래를 받아냈다는 식이다.
이와 함께 조국을 찬미하는 내용을 곁들이면 무조건 높은 점수를
받을 수 있었다. 하지만 불행하게도 작문 대회에서 나는 늘 2등에

---

1. 칠불규범 중의 하나가 '함부로 가래를 뱉지 말자'다.

그쳤는데, 언제나 나보다 더 듣기 좋게 찬미하는 사람이 있었기 때문이다. 나는 지금까지도 매번 1등을 차지했던 그 사람에게 이렇게 말해주고 싶은 마음을 억누를 수가 없다. 당시 내가 썼던 글만 해도 충분히 뻔뻔했건만, 당신은 어떻게 그보다 더 뻔뻔할 수 있었는가?

최근 몇 년간 자포자기한 사람들이 대학 입학시험의 작문 과목에서 빵점짜리 글을 써내는 경우를 줄곧 봐왔다. 이 빵점짜리 작문을 읽어봤는데, 그들의 공통점이란 바로 자신의 생각을 진실하게 표현했다는 점이다. 우리의 교육은 진실한 생각을 표현하는 것을 허락하지 않으며, 전심전력으로 당신을 생각 없는 사람으로 만들고 있다. 그런 다음에는 수십 년 전의 교재를 사용해 이것은 옳은 것이고 저것은 그른 것이라고 가르친다. 물론 동의하지 않는다 해도 생명의 위협은 없다. 다만 퇴학시키거나 빵점을 줄 뿐이다. 사실 백지를 내지 않는 이상 채점자는 빵점을 주어서는 안 된다. 나는 생각하는 것이 당신과 다를 뿐인데, 어째서 당신이 생각하는 것은 백 점이고 내가 생각하는 것은 빵점이란 말인가. 잘 위안慰安[2] 해주지는 못하더라도 위로상이라도 줘야 할 것 아닌가. 그리고 평가의 기준이 없고 완전히 채점자 개인의 기호에 근거해 점수를 주

---

2. 중국어 '慰安'에는 성적인 뉘앙스가 강하게 담겨 있다.

는 작문과 같은 과목이 소위 공정하다는 대학 입학시험에 포함되어 있다는 사실 자체가 공정하지 못한 것이다.

다행인 것은 학생들이 작문의 점수가 아닌 작문 그 자체에는 그리 큰 관심을 갖지 않는다는 점이다. 반대로 많은 사람들이 쓰레기 문화라고 생각하는 것이 지금 학생들의 그 얼마 남지 않은 상상력과 창조력을 구제해주고 있다.

많은 사람들의 거짓말 경험은 작문 과목으로부터 시작하고, 그리 흔하지 않은 참말의 경험은 연애편지 작성으로부터 시작한다고 말할 수 있다. 어릴 적부터 작문의 모범 예문과 교재를 통해 학생들은 글의 쓰임새란 찬미와 칭송에 있다고 배운다. 반면 폭로와 채찍질은 진취적이지 못하고 소극적이며 어둡고, 극지에 비치는 햇살처럼 따사롭지 못하다고 배운다. 혹 교재에 루쉰이 있지 않냐고 반문할 수도 있겠지만, 교재 속에서 루쉰이 담당하는 역할도 역시 찬미와 칭송이며, 게다가 선창先唱을 맡고 있다. 사실 찬미와 칭송은 좋은 일이다. 누가 찬미와 칭송을 싫어하겠는가? 하지만 중요한 점은 우리에겐 찬미와 칭송의 내용이 무엇인가 하는 것까지 모두 규정이 있다는 것이다. 예컨대 나는 아가씨의 엉덩이를 찬미하거나 창녀의 기술을 칭송해서는 안 된다. 각종 제약이 우리의 작문을 결정짓고 있으며, 결국 끝까지 거짓말만 써내게 된다.

물론 아직 머리가 깨지 않은 수많은 사람들은, 작문이 좋건 나쁘건 간에 그것이 학생들의 어휘 구사력을 길러줄 수 있다고 생각할지도 모른다. 마치 많은 사람들이 수학을 높은 수준으로 숙달한다고 해도 그들에게 실질적인 쓸모는 없지만, 논리적인 사고 능력을 배양할 수는 있다고 생각하는 것과 마찬가지로 말이다. 이렇게 생각하는 사람들이 바로 중국의 교육체계가 가르쳐낸 자랑스러운 저능아들이다. 당신들에게 알려주겠다. 당신들은 스스로의 지능을 과소평가하고 있다. 글을 쓰는 능력과 논리적으로 사고하는 능력은 원래 타고나는 것이다. 글을 배운 후에 스스로 약간의 독서 경험만 쌓는다면 자연스럽게 글을 쓸 수 있게 된다. 말을 할 수 있으면 곧 글도 쓸 수 있는 것이다. 물론 잘 쓰고 못 쓰고는 사람마다 다르며, 이것은 어쩔 도리가 없다. 더욱이 논리적 사고력이란 수학 문제를 몇 개 푼다고 해서 얻거나 배양할 수 있는 것이 아니다. 이는 스스로를 속이고 세상 사람도 속이는 사고방식이다.

사고가 치밀하고 논리력이 탁월한 사기꾼들은 학교도 제대로 다니지 못한 사람들인데, 사기를 당하는 사람들은 대부분 '어두운 부분의 면적'이 얼마인지 도출해낼 수 있는 사람들이 아닌가. 우리의 교육은 인류에게 하늘이 부여한 것은 없으며 모두 교육이 부여한 것이라고 가르치고 싶어한다. 학교를 졸업하고 나면 당신은 자연스럽게, 인류에게 권리란 없으며 모든 것은 국가가 베풀어준 것임을 받아들이게 된다.

사실 수많은 나라가 따로 작문을 가르치지 않는 교육체계를 시행하고 있다. 하지만 그런 나라의 사람들이 학습한 어휘를 배치해 글로 써내지 못한다는 소리는 들어보지 못한 것 같다. 반면 우리나라는 작문을 수십 년이나 가르쳐왔지만 사람들이 점점 글을 못 쓰게 되어가는 것 같다.

본론으로 돌아가자면, 풍부한 독서가 풍부한 작문(사실상 다량의 모범 예문을 준비해서 주어진 제목에 끼워맞추는 것)보다 훨씬 유익하다. 작문은 글쓰기라는 천부적 능력을 약화시킬 뿐만 아니라, 본심을 거스르는 말을 하는 것이 정상적이고 필요한 일이며 생존의 비결이라고 무의식적으로 느끼게 만든다. 후자야말로 작문이 학생들에게 유일하게 도움이 되는 점인데, 현실을 분명히 인식해서 솔직한 말을 하면 결과가 좋지 않다는 것을 학생들에게 미리 알 수 있게 해준다. 하지만 바로 이 작문이 수많은 학생들이 문학에 갖는 흥미를 말살하고 만다.

마지막으로, 내가 반대만 할 줄 알고 건설적인 이야기는 하지 못한다고 지적하는 사람들이 분명 있을 것이다. 아무도 작문을 하지 않게 된다면 이제 무엇을 쓴단 말인가? 이것이 바로 교육의 해악을 입고 난 후의 전형적인 논리적 사유 능력이라는 것이다. 대답은 간단하다. 그렇다면 쓰지 않으면 그만이다. 글을 쓴다는 것은 원래 일종의 취미와 기호이기 때문에 꽃을 심거나 낚시를 하는 것과 마찬가지이며, 억지로 강요해서는 안 된다. 당연히 좋아하는 사람도 싫어하는 사람도 있게 마련이니, 글쓰기를 좋아하는 사람에게는 진실한 글을 쓰도록 하고, 글쓰기를 좋아하지 않는 사람에게는 연애편지나 쓰게 하고, 연애편지를 썼다가 거절당한 사람들에게는 일기를 쓰게 하고, 거짓말, 큰소리, 헛소리로 작문하는 것을 좋아하는 사람들은 지도자가 되게 한다면, 이것이 바로 모두에게 만족스러운 결과일 것이다.

2007년 6월 15일

대학 입학시험과 특권계층의 몰락

충칭重慶[1]에서 가짜 뉴스가 하나 나왔다.

　한한은 어제 기자와의 인터뷰에서, 평소와 다르게 다음과 같은 말을 전했다. "나는 대학 입학시험이나 대학 진학이 나쁘다는 식의 말을 한 적이 없다. 심지어 나는 푸단復旦 대학[2]에 가지 않은 것을 후회하기도 했다. 하지만 이제 이런 것은 중요하지 않다. 나는 다만 사람들은 모두 자신에게 적합한, 혹은 자신을 증명하는 방식

---

1. 4개의 중앙 직할시 중 하나로, 중국 서부에 위치한다.
2. 한한은 명문대인 푸단 대학으로부터 특별 입학 제의를 받았으나 진학하지 않았다. 한한의 최종 학력은 고등학교 중퇴다.

이 있으며, 꼭 대학 입학시험을 통과해야만 하는 것은 아니라고 말했을 뿐이다. 대학 입학시험이 나에게 적합하지 않다는 점은 명백하지만, 이것이 대다수의 사람들에게도 부적합하다는 뜻은 아니다. 인재를 선발하는 더 좋은 방식을 찾아내기 전에는, 대학 입학시험은 그럭저럭 시행할 만하다고 생각한다."

이 기자는 나와 인터뷰한 적이 없다. 자신의 글에 담긴 의견을 증명하기 위하여 정신적 자위를 거쳐 나와의 대화를 상상해낸 것이다. 나는 지금까지 줄곧 내가 대학에 가지 않은 것을 다행으로 여겨왔으며, 대학 입학시험은 반드시 개혁해야 한다고 생각한다. 나는 앞으로도 계속해서 대학 입학시험과 대학에 대한 험담을 아낌없이 퍼부을 것이다.

나는 오래전에 이미 다음과 같이 말했다. 지금의 대학이란 창녀나 마찬가지라서, 돈만 있다면 전국의 모든 대학을 얌전히 일렬로 늘어세워놓고 당신 입맛대로 고를 수 있으니, 가고 싶은 곳이 있다면 마음대로 가면 되고, 심지어 돈을 조금 더 쓴다면 여럿을 한꺼번에 고를 수도 있다고 말이다. 시대가 변했으니 더이상 스스로를 고귀한 신분의 특권계층이라고 생각해서는 안 된다. 10여 년 전만 해도 대학생이 아직 대접을 받았지만, 그 특권계층은 이미 대가 끊어지고 말았다. 그러니 촌음을 아껴 본신의 솜씨와 능력을 배양하는 편이 낫다.

물론 샤먼廈門 대학은 돈만 있다고 갈 수 있는 곳이 아니다. 그곳 학생들은 모두 대단하니까.[3]

이 밖에, 최근 수많은 기자들이 내게 대학 입학시험의 작문에 대한 생각을 묻고 있다. 내 생각은, 작문이란 대단히 멍청한 짓거리라는 것이다. 대학 입학시험의 작문은 분명 세상의 모든 어리석음의 집결체이다. 우리 작문이 중시하는 것은 노예를 양성하는 것이지 참된 성정을 도야하는 것이 아니다. 인간의 지성을 제약하는 논술문 같은 문체 역시 마땅히 작문과 함께 도태될 것이다. 우리 교육의 목적을 이야기하자면, 작문은 한 번도 우리에게 글을 어떻게 쓰는지 가르쳐주기 위한 것이 아니었으며 도리어 어떻게 하면 글을 못 쓰는지를 가르쳐주기 위한 것이다. 작문을 잘할수록 글은 더 못 쓰게 되고, 다른 사람의 글을 이해하는 능력은 더 감퇴하고, 안목은 더 천박해지고, 사유는 더 굳어지고, 식견은 더 좁아진다. 바로 이렇게 교육은 다시 한번 원하는 바를 이루어, 글을 읽을 줄 아는 문맹 한 명을 사회로 배출하는 것이다.

2007년 6월 7일

───────────

3. '샤먼 대학廈大'과 '대단하다牛大'의 음이 같음을 이용한 언어유희. 샤먼 대학은 돈 많은 학생이 많기로 유명하다.

시詩라는 문제

내가 학교에 다닐 때는 많은 사람들이 즐겨 시를 썼다. 오늘날 시가 처한 상황이 갈수록 나빠지고는 있지만, 내 생각에는 아직도 부족하며 '현대시'라는 단어가 없어지는 지경에 이르러야 마땅하다.

내가 쓴 책에는 거의 대부분 현대시에 대한 많은 풍자가 나오며 시인에 대한 내 태도는 대단히 불손했는데, 이는 지금까지도 마찬가지다. 반면 나는 고대 시가의 문체가 무척 훌륭하다고 생각한다. 이 문제에 있어서라면 나는 절대적으로 퇴보주의자이다. 고시古詩 가운데에는 훌륭한 구절이 수없이 많았지만, 현대시에 이르러 완전히 헛소리가 되어버렸다. 그리고 현대시를 쓰는 시인들은 대부분 배가 처부른 작자들이다. 몇십 년이라는 현대시의 역사 속에서 괜찮은 구절을 몇 줄 써낸 사람도 있었지만 그들은 모두 죽었다. 그나마도 늙어 죽거나 병들어 죽은 것도 아니다.[1] 살아 있는 자들은 죄다 멋대로 쓰는 자들이다.

대부분의 현대시란 사실 한 편의 삼류 산문을 한 구절당 한 행으로 나누어 쓴 것이며, 소위 비교적 대가들의 작품이나 전위적인 작품이라는 것들은 삼류 산문 한 편의 각 구절의 순서를 엉망으로 만들어놓은 다음, 그것을 한 구절당 한 행으로 나누어 쓴 것이다.

얼굴이 두꺼운 사람이라면 누구든 하루에 수십 편의 현대시를 써낼 수 있다.

또한 학창 시절에 현대시 쓰기를 좋아한다고 선언하는 녀석들에 대해 말하자면, 사실 그들 중의 대부분은 아직 현대시를 쓰는 수준까지는 타락하지 않았다. 그들은 다만 노래 가사를 쓰는 수준에 머물러 있었을 뿐이다.

오늘 인터넷에서 뉴스 한 토막을 봤는데, 전문은 다음과 같다.

우리 성의 대학 입학시험 어문 답안지 채점 작업이 막바지를

---

1. 중국 현대문학사상 유명 시인인 하이쯔, 구청顧城 등은 자살로 삶을 마감했다.

향해 가고 있는 지금, 기자는 한 응시생이 작문 문제를 풀 때 새로운 길을 개척해 한 편의 현대시를 써냈다는 소식을 접했습니다. 채점을 맡은 교사는 단지 209자(제목과 머리말 포함)에 불과한 이 시 작문이 출제 의도에 부합할 뿐만 아니라 아름다운 시운을 갖추고 있다고 판단해 만점(60점)을 주었습니다. 올해 20여만 명에 달하는 산시陝西 성 응시생 중에서 작문으로 시를 써낸 경우는 대단히 드문 것으로 알려졌으며, 더욱이 이 시는 상당히 깊은 맛이 있어 '봉황과 기린 같은 인재'라 할 만하다고 합니다.

올해 전국의 대학 입학시험 작문 문제는 우선 한비자韓非子의 우언 '지자의린智者疑隣'[2]을 제시한 후 응시생에게 '감정의 친소親疏와 사물에 대한 인식'이라는 주제로 한 편의 글을 써내도록 했습니다. 응시생은 재량껏 문체를 선택할 수 있으며, 글자 수는 800자 이상이어야 합니다. 기자는 어제 몇 단계의 우여곡절 끝에 우리 성 출신의 이 응시생이 쓴 만점짜리 작문을 볼 수 있었습니다. 전문은 다음과 같습니다.

---

2. 내용은 다음과 같다. 송나라에 한 부자가 살았는데, 큰비가 내려 집의 담장이 무너졌다. 부자의 아들은 수리하지 않으면 반드시 도둑이 들 것이라고 말했다. 이웃집 노인도 똑같은 말을 했다. 과연 그날 밤 도둑이 들어 물건을 훔쳐갔다. 부자는 자신의 아들에게 선견지명이 있다고 생각한 반면, 이웃집 노인에 대해선 의심을 했다고 한다.

무제

커튼을 젖히니, 햇살은 한 가지 색깔뿐이다—제기提起³

커튼을 젖히니, 햇살은 한 가지 색깔뿐이다

네가

빨주노초파남보

무엇을 좋아하건

물론 감정은 죄가 없다

하지만 그것은 색깔이 변하는 색안경과도 같아서

온 세상을

희로애락으로 물들인다

모든 얼굴을 일그러트려

네게 보여준다

그래서 무지한 너는 손가락을 내밀어

'이것은 추하고, 저것은 아름답다'

이지理智를 마냥 내버려두지 말라

만약 감정이 안개와 같다면

조심하라 그것이

---

3. 제목과 본문 사이에 쓰는 말.

진리의 피안을 가리지 않을까

만약 감정이 달빛과 같다면

알아야만 한다

그것이 태양의 광선을 표절할 수 없다는 것을

감정이 늘 당신을 속인다고 말하는 것이 아니라

단지 항상 진리를 가리는 일면이 있음을 말하는 것이다

항상 너의 두 눈을 닦아

이지가 몸을 떠나지 않게 하라

커튼을 젖히니

암초가 선명히 보이지 않는가

만약 그렇다면

돛을 펼치고

바람을 타라, 보아라 저기 해안이 있다

듣자니, 이 작문 답안은 발견되자마자 해당 채점관이 고상하다고 여겨 돌려봤는데, 거의 대부분이 잘 썼다고 말해서 채점단의 토의를 거친 후 만점을 주게 되었다고 한다. 하지만 이 작문 답안의 문체가 드문 것이라서 답안을 중앙의 채점단으로 보냈는데, 중앙 채점단에서도 이 글이 대단히 뛰어나다고 생각했으며, 비록 글자 수가 209자에 불과하지만 시라는 형식에서 글자 수의 제한은 상대적으로 융통성을 발휘해야 마땅하다고 판단해 별다른 이견 없이 만점을 주게 됐다는 것이다.

나는 대학 입학시험이라는 이 단계에서 가장 중요한 것은 창의력이 아니라 공평함이라고 생각한다. 더군다나 대학 입학시험에서 시를 쓰는 것은 그다지 창의적이지도 못하다. 그렇다면 왜 쓰는 사람이 드물었는가? 왜냐하면 작문 시험에서 800자 이상을 쓸 것을, 그리고 시를 쓰지 말 것을 요구하고 있기 때문이다. 이 시에 만점을 주는 것은 마치 축구 경기에서 한 선수가 손으로 골을 넣었는데, 이 골이 힘이 넘치고 각도가 절묘하며 대단히 드문 것이라 하여 득점으로 인정하고, 그것도 모자라 2점으로 치겠다는 것과 같다.

그리고 이 시의 작품성을 논하자면, 나는 이것이 단지 한 편의 짧은 산문을 한 구절 한 구절 세로로 늘어놓은 것에 불과하다고 말할 수밖에 없다. 만약 각 구절에 구두점을 붙이고 가로로 썼다면 아마 만점을 받지 못했을 것이다. 그러므로 이것은 다만 형식의 문제에 불과한 것이다. 그리고 모든 현대시는 사실 형식의 문제에 불과하다.

그러므로 이 사건은 기본적으로, 소란을 피워 주목을 끌어보려는 한 학생이, 소란을 피워 주목을 끌어보려는 채점관을 만난 사건이라 할 수 있겠다. 창조와 혁명은 이런 식으로 이루어지는 것이 아니다.

　　내가 헛소리를 하고 있다고 여기는 사람이 분명 있을 것이
다. 이는 당연한 일이다. 하지만 모든 사람이 내가 헛소리를 하고
있다고 여긴다면, 나는 이렇게 결정하는 수밖에……

　　오늘
　　이후
　　로
　　나
　　한한은
　　글을
　　쓸 때
　　그냥
　　이런 식으로
　　쓰겠
　　다

2003년

현대시와 시인들이
어째서 아직도 존재하는가

　며칠 전 이 블로그에서 시가 어쩌고 하는 문제로 싸움이 있었다고 하는데, 읽어보지 않았다. 참 이상한 일이다. 왜냐하면 나는 줄곧 현대시와 시인들은 모두 존재할 필요가 없다는 의견을 밝혀왔기 때문이다. 현대시라는 형식 또한 아무런 의미가 없다. 요즘 종잇값도 비싼데, 멀쩡한 산문을 그냥 한 줄로 써놓으면 안 되는가? 고시의 좋은 점은 율격이 있다는 점이다. 율격은 제약이 아닌데, 이는 차를 지정된 트랙 안에서 몰아야 관중에게 볼거리가 생기는 것과 마찬가지다. 당신이 내키는 대로 차를 아무데로나 몰고 다닌다면, 그건 그냥 우리네 도로의 현실과 다를 바가 없지 않겠는가? 관중이 직접 마음대로 몰아도 그렇게 할 수 있는데, 굳이 당신이 마음대로 모는 꼴을 보러 가겠는가? 이것이 바로 오늘날 현대시가 갈수록 몰락하는 원인이다. 현대시는 이미 시가 아닌데, 시인들은 아직도 자신이 시를 쓰고 있다고 생각하기 때문이다.

산문을 쓰고 싶다면 그냥 산문을 쓰면 된다. '산문가'라는 명칭은 당연히 '시인'처럼 문학소녀들을 꼬드기기에 좋지는 않다. 멀쩡한 문장부호들을 놔두고 기어이 쓰지 않겠다고 우기면서, 우선 스스로의 두뇌에 쥐가 나게 만들고 구절들을 냅다 동강내고 다시 박살을 낸 다음, 마치 복권 추첨하듯 마음대로 골라서 일렬로 세워놓는다. 이래놓고 자신이 정말 예술가라고 생각하는 것이다. 제발 쉬즈모徐志摩의 "가벼이"[1]와 하이쯔의 「대해를 향하니 봄은 따뜻하고 꽃이 피누나」[2]를 들먹이지는 말아주기를. 수십 년 동안이나 시구를 써댔으면 몇 구절쯤 입에 감기는 게 나오는 것도 당연한 일이다. 하지만 전체적으로 보아, 현대시의 최종적 가치는 그저 노랫말의 한 작은 곁다리로서 존재하는 것에 불과하다고 생각한다. 율격에 대한 요구도 없는 마당에 노랫말 쓰는 사람이 있으면 그만이지 시인이 무슨 필요가 있겠는가.

나는 초등학교 시절 도서관에서 현대시집을 봤을 때부터 이

---

1. 쉬즈모의 유명한 시 「케임브리지와 다시 이별하다再別康橋」의 한 구절. 쉬즈모에 대해서는 '쉬즈모를 논하다'를 참고하라.
2. 하이쯔의 유명한 시. '오늘부터, 저속한 사람이 되겠다'의 각주 9를 참고하라.

런 견해를 가졌고, 영원히 변할 일이 없을 것이다. 만약 수학 문제집을 이런 식으로 편집해놓는다면 괜찮을 것 같다. 문제 풀이를 해볼 자리가 남아돌 테니까. 내가 쓴 모든 소설에는 현대시를 풍자하는 장면이 반드시 등장하며, 나중에는 직접 한 편을 쓰기도 했다. 그것이 풍자라는 사실을 이해하지 못하고 내가 현대시를 좋아한다고 생각하는 독자들이 꼭 있다. 그런고로 오늘 조금 직설적으로 이야기했다. 마지막으로 현대시 한 편을 적는다.

작은 시 한 수

비행기에서 자다가 목이 돌아갔다

작은
혹은 시
한 수 아니면 두 수
오늘 저녁에 목이
매
우 아픈 것
은
비행기에서 자다 목이 돌아갔

거나

비행기가 나에 의해서 자다가 목이 돌아갔거나

그는 말했다

앞으로

산문을 쓸 때

다시 산散³

다시 산

하더라도 잊지 말기를

문장부

호를

아

2006년 9월 26일

---

3. 산문散文의 '산'에는 원래 '흩어버리다'라는 뜻이 있다. 현대시인들이 멋대로 행갈이를 하는 것을 '흩어버리는' 행위로 간주해 말장난을 한 것이다.

열받은 시인들,
더이상 시를 쓰지 않게 되었다

솔직히 말해 나는 현대시인을 매우 싫어한다. 현대시인이 갖춘 유일한 능력이라고는 소위 '엔터질'뿐이다. 요즘 시인이라는 자들과 예전의 시인들 사이의 구분이 있다면, 요즘의 시인들은 사회적 책임감조차도 별로 없다는 것이다. '시인'이라는 칭호는 혼란하고 패기 없는 스스로의 생활에 대한 회피다. 어쨌거나 다른 사람들은 대부분 노동이라는 대가를 치르고 능력을 얻게 되는데, 오직 세로로 현대시를 쓰는 일만은 너무나 간단하다.

안

그

래

?

오늘 두 시인의 글을 보았다. 이 글들은, 시인이 일단 현대시 이외의 다른 문체를 쓰게 되면 논리가 난잡해져서 무슨 소리를 하는지도 모르게 된다는 것을 보여줬다. 물론 이는 또한 그들의 글과 그들의 시가 일맥상통함을 잘 설명해주기도 한다. 이 순결한 시인들의 지저분한 용어에 대해서는 신경쓸 것도 없이, 그저 그들의 글솜씨만 감상해보더라도 그들이 왜 시를 쓸 수밖에 없는지 이해할 수 있다. 원래 시 말고는 별로 쓸 줄 아는 게 없는 것이다.

양궁루楊恭如[1]가 왜 음악을 이야기해서는 안 되는가? 그들은 줄곧 음악이나 시와 같은 것은 문외한이나 일반인이 멋대로 이야기하기에 적합하지 않은 것이라고 생각해왔다. 너희 어리석은 민중들은 시를 이해하지 못한다는 식이다. 그들이 보기에 네티즌은 그저 자오리화趙麗華[2]의 표면적인 행갈이만을 모방할 수 있을 뿐, 그녀의 지혜와 철학적 함의까지는 결코 모방할 수 없다. 그녀를 악

---

1. 홍콩의 여자 연예인. 연기가 본업이지만 음악 방송 진행자를 맡은 적이 있다. 시인 선하오보沈浩波가 한한을 비판하면서 "한한이 문학을 논하는 것은, 양궁루가 음악을 논하는 것과 마찬가지다"라는 글을 올렸었다.
2. 이 글이 발표되던 당시 한한과 격렬한 필전을 벌이고 있었던 현대시인 중 한 명.

의적으로 패러디하는 사람들은 모두 수치를 모르는 자들이며 시를 이해하지 못하는 자들이다. 나는 자오리화의 시를 우선 가로로 붙여놓은 다음, 그녀로 하여금 다시 한번 행갈이를 하게 해서 원래 시와 똑같이 나눌 수 있는지 확인해볼 것을 제의한다.

나는 감회를 이기지 못하여 시를 한 수 써야겠다.

된다[3]

너는 된다

너는 행갈이를 한다

안 된다

한번 해보고 괜찮으면 그냥 행갈이 하지 마라

되건 안 되건 그냥 행갈이를 하지는 마라

나누어놓은 행이 또 안 되면 어떡할 거냐

시인이 네가 나눈 행이 되는지 안 되는지 판단한다

되냐 안 되냐

너의 행은 그냥 안 돼 된다고 볼 수가 없어

---

3. 원문인 '行'이라는 글자는 '하다' '되다'라는 뜻이 있지만 시나 문장의 행行이라는 뜻도 있다. '되다' '행' '하다(해보다)'는 모두 '行'의 번역이다.

선沈 시인⁴에 대해서는, 바이두 검색을 통해 한 가지 소식을 알아볼 수가 있다.

양리楊黎가 제시한 초청 명단 중에는 몽롱시의 대표 시인 망커芒克, 량샤오빈梁小斌, 지식인파의 대표 시인 쑨원보孫文波, 사나이파 대표 시인 완샤萬夏, 도시파 대표 시인 장샤오보張小波, 구어파 대표 시인 탕신唐欣, 아젠阿堅, 하반신파의 대표 시인 선하오보, 인리촨尹麗川, 우앙巫昻, 헛소리파 시인 우청烏青, 우유吳又 등 베이징 각 유파의 시인들이 포함되어 있다.

알고 보니 그는 하반신파의 대표 시인이었던 것이다. 나는 언제나 사람은 오직 상반신으로만 대표할 수 있다고 생각해왔었다. 이번에 시가에 이렇게 많은 유파가 있음을 알게 되어 참으로 크게 식견을 넓혔다. 나는 시인들이란 모두 고고한 한 마리 학과 같을 것이라 생각했는데, 토론회를 한번 여니 즉각 전원 출석할 줄은 상상도 못 했다.

그런데 그 사람들은 어디 가서 무엇을 하는 것일까?

어제 '헛소리파'의 발기인인 양리가 성명을 발표했다. 수도

---

4. 현대시인 선하오보를 가리킨다. 그는 자오리화와 함께 한한의 주요 공격 대상 중 하나였다.

각 유파의 시인들이 9월 30일 베이징의 완성서점萬聖書園에 모여 시가 낭송대회를 열고, 자오리화를 '힘껏 지지할' 것을 천명했다.

알고 보니 시 낭송회를 하러 가는 것이었군.

본론으로 돌아가자.

내가 이해할 수 없는 것은, 한 사람의 시인으로서 그들이 나를 욕하고 싶을 때 자신이 가장 장기로 삼는 시를 쓰지 않는다는 점이다. 알고 보면 시인들도 다급해지면 그냥 시쳇말이 튀어나오는 것이었단 말인가, 설마 위대한 현대시로는 부족하단 말인가? 물론 시인들은 잽싸게 머리를 한번 굴려서 이렇게 대답할 수도 있겠다. 위대하고 순결한 현대시로 나를 욕하는 것은 시가를 모욕하는 것이라고. 그렇다고 다른 문학 장르를 모욕하는 것 역시 안 될 일이다. 설사 당신들이 사용한 것이 설명서 따위의 장르라고 해도 말이다. 개인적으로, 시인들이 마땅히 시를 써서 반박함으로써 현대시의 전지전능한 위엄을 보여줄 것을 건의한다.

안

그

래

?

마지막으로, 진정 창조력이 있는 훌륭한 시인은 사실 무수한 네티즌들임을 알게 되었다. 최근 일어났던 사건들을 복습해본 결과 수많은 시 창작의 고수들을 발견했다. 한 네티즌이 훌륭한 현대시를 썼는데, 여기에 빌려 와 시인들에게 바치고자 한다……

　　딸딸이를 쳐서 한 손을 적시는 것은(한 수의 시를 읊는 것은)

　　어렵지 않다

　　어려운 것은

　　이불이 온통 젖도록 딸딸이를 치는 것이다(한평생 시를 읊는 것이

　　다)[5]

2006년 9월 28일[6]

---

5. 원문을 글자 그대로 해석하면 음란한 내용에 불과하지만, 소리 내서 읽으면 괄호 안의 내용으로 이해할 수도 있다. 동음이의어를 이용한 교묘한 말장난이다.

6. 한한이 현대시에 의문을 제기하고 현대시 작가들을 조롱한 일은 적지 않은 논쟁을 유발했다. 그러나 그는 '이유는 잘 모르겠지만, 아무튼 나는 너를 증오한다'를 발표하던 날 '2010년 6월 12일'이라는 글을 발표, 3년 동안의 평론 행위를 정리하고 정식으로 현대시단과 현대시인에게 사과했다.

"내 적수에게 감사한다. 당신들은 나로 하여금 많은 것을 배우게 만들었으며, 갈 길이 멀다는 것을 알게 했다. 이와 비슷한 경우에 있어서 내 생각은 한 번도 변한 적이 없다. 2년 전에 나는 이미 이야기를 했었고, 비슷한 의견을 오늘 다시 이야기하고 싶지 않다. 아무리 이야기해봤자 똑같으며, 거듭 이야기하면 피곤할 뿐이다. 피곤해지기 전에 나는 패배를 인정하고자 한다. 인정하지 않아봤자 마음만 상할 뿐이다. 당신들이 승리했으니, 뜻대로 하시라. 만약 당신이 내 독자라면, 나는 당신이 어떠한 명

188

의로도 다른 종류의 문화를 배격하지 않기를 희망한다. 그 문화의 수용자들을 가르치려 들거나 말살하려 드는 것은 더더욱 안 될 것이다. 문화건 정치건, 설령 그것이 대단히 어리석고 당신의 입맛에 맞지 않다 하더라도, 반反인류적인 것만 아니라면 무엇이든 배타적으로 대해서는 안 되며, 다른 사람을 대신해서 선택해줄 수도 없는 것이다. 나는 예전에 나도 모르는 새 당신들을 이끌고 각종 블로그에 가서 나와 다른 존재들을 압박하곤 했다. 지금 나는 우리가 같이 전진하는 것을 보고 싶다. 4년 전의 나는 결코 오늘의 당신을 이끌 수 없다. 뜨거운 피는 그것이 원래 속하는 곳에서 흘러야 하지, 아무데나 흘리고 다닌다면 그것은 미친 짓雞血, '닭의 피'를 뜻하며 광기, 흥분, 제사, 주술 등과 관련 있는 단어일 뿐이다. 여기서 나는 정식으로 현대시와 현대시인들을 향해 사과한다. 3년 전 내 관점은 잘못된 것이었으며, 당신들에게 끼친 피해와 나로 인해 발생한 오해들에 대해 무척 부끄럽게 생각했으나 체면 때문에 줄곧 말을 못 하고 있었다. 당신들이 용서하고 이해해주기 바란다. 문화와 문화 사이, 세대와 세대 사이, 국가와 국가 사이의 모든 편견이 사라지기를 바란다. 무엇을 위한 것인지는…… 당신도 알 것이다."—원주

쉬즈모를 논하다

다들 교과서에서 쉬즈모를 접해봤을 텐데, 선생님들이 말하기로는 대단한 천재라고 한다. 「케임브리지와 다시 이별하다」는 다들 외워야 했다. 나는 외워야 하는 것을 무척 싫어한다. 어떤 것이 좋은지 나쁜지를 판별하는 기준은 간단하다. 국어 선생이나 교과서에서 외워서 읽고 쓰라고 지시하는 것들은 분명 훌륭하지 못한 것이다.

대부분의 현대인들은 쉬즈모를 그의 시가를 통해 이해한 것이 아니라 연속극 〈인간사월천人間四月天〉을 통해 알게 된 것이다. 황레이黃磊는 코가 쉬즈모처럼 크기 때문에 쉬즈모를 연기할 때 무척 실감이 난다. 나중에 황 씨는 〈나는 바람이 어느 쪽으로 부는지 모른다네〉를 깊은 감정을 실어 부르기도 했다. 한 친구는 노래 제목이 너무 길어서 홍보하기가 어려운데, 왜 '풍향을 알지 못하겠네'라고 하지 않았는지 모르겠다고 했다. 나는 멍청아, 그거 쉬즈모의 시잖아 하고 말해주었다.

쉬즈모의 작품 가운데 내가 개인적으로 별로라고 생각하는 「케임브리지와 다시 이별하다」, 그리고 대단히 수준이 떨어지는 첫번째 케임브리지 본[1] 이외에, 여러분은 아마 「눈꽃의 즐거움雪花的快樂」을 기억할 것이다. 〈인간사월천〉에서 몇 번이고 낭송했기 때문이다. "날아올라, 날아올라, 날아올라." 쉬 씨의 산문 또한 기본적으로 그의 연애편지 수법의 연속이기 때문에, 더더욱 좋다고 말하기 힘들다. 그가 화로 하나를 찬미해야 할 일이 있으면 그는 화로를 린후이인林徽因[2]으로 삼아 써버린다. 마찬가지로, 그가 이 화로의 안 좋은 점을 쓰고자 할 때면 그것을 장유이張幼儀[3]로 삼아 써버리면 된다.

기본적으로 쉬 씨의 필법이란 곧 모든 사물을 대상으로 연애편지를 쓰는 것이다. 그래서 그의 산문은 번잡하다.

---

1. 케임브리지를 첫번째로 떠날 때 쓴 다른 시를 가리킨다.
2. 쉬즈모와 염문을 뿌린 당시의 여성 작가.
3. 쉬즈모의 첫번째 부인. 두 사람은 집안 간의 혼약으로 인해 어린 나이에 결혼하지만 7년 뒤 이혼한다.

쉬 씨는 이전에는 그렇지 않았다. 1921년 유학중 그는 서방의 시가를 접하게 되었고, 서방과 접촉한 지 얼마 지나지 않은 1922년에 귀국했다. 2년이라는 기간은 한참 서방과 열애에 빠져 있었을 시기이니, 만약 쉬 씨를 서방에 20년 동안 살게 했다면 아마 그에게 아무런 느낌도 없었을지 모른다. 서방의 작은 문물들 몇 개를 가지고 돌아온 쉬 씨가 당시의 중국을 받아들이지 못했던 것은 당연한 일이다. 하지만 기본적으로 그는 아무런 일도 하지 않았으며, 그저 서방에서 모방해온 시가 유파를 하나 만들어서 유미주의적인 시를 쓰기 시작했으니, 사람들이 그를 '중국의 셸리雪萊'[4]라 일컬었다. 그런데 중국에 셸리가 있는가? 중국은 중국이고, 셸리는 셸리일 뿐, 중국에 있는 것은 그저 쉐차이雪菜다.[5]

쉬 씨의 시는 사실 최근 시인들의 시보다는 훨씬 낫다. 왜냐하면 그는 유미주의 시를 창작하길 원했지만 당대는 유미주의를 허용하지 않았기 때문에, 이 두 가지가 비정상적으로 결합하면서 독특한 풍격을 이루었던 것이다. 게다가 쉬 씨의 시가에는 사실 여전히 옛 시의 영향이 남아 있어서, 압운, 중요 구절의 중복, 격식에 있어서의 대칭 등 여러 면에서 옛 시로부터 그리 멀어지지 않았다.

---

4. 영국의 낭만파 시인인 퍼시 비시 셸리Percy Bysshe Shelley를 가리킨다.
5. 쉐차이는 식용식물의 하나인 갓으로, 셸리를 음차한 '雪萊'와 쉐차이는 발음이 비슷하다.

생명체라면 모두 기본적으로 이것이 당시 신시新詩가 사랑을 받았던 이유 중 하나임을 알 수 있을 것이다. 만약 쉬 씨가 지금의 신시를 보았더라면, 분명 그가 베이핑北平[6]으로 갈 때 교통수단을 잘 골랐다고 생각했을 것이다.[7]

나는 대부분의 사람들이 "손 한 번 흔들고 구름 한 조각도 데려가지 않는다네"[8]라는 이 구절 말고는 쉬 씨의 다른 작품을 그다지 읽어보지도 않은 채 다른 사람들을 따라서 그냥 그가 대단한 천재라고 말하는 것일 뿐이라고 확신한다. 쉬 씨에게 재능이 있었던 것은 분명하다. 그러나 대단한 천재라고 말하기는 정말로 어렵다. 더군다나 대문호들이 출몰하던 그 시대에 쉬 씨의 그 작은 재주와 유럽에서 며칠 여행하며 가져온 문물들은 정말 별것이 못 된다. 여자를 사귀는 방면에 있어서라면 오히려 대단하다. 하지만 남자에게 있어서 여자를 사귀는 것은 일종의 재주일 뿐 천재성은 아니다.

이것이 내가 그의 작품을 고등학교 때 본, 그리고 최근에 다시 뒤져본 후의 느낌이다. 그가 쉬 씨라고 해서 봐줘야 할 이유는

---

6. 베이징의 옛 이름.
7. 쉬즈모는 1931년에 베이핑으로 가는 비행기를 탔다가 사고를 당해 사망했다.
8. 앞에 언급한 「케임브리지와 다시 이별하다」의 한 구절로, 한한의 인용은 원문과 조금 차이가 있다. 원문은 다음과 같다. "나는 옷자락을 한 번 흔들고, 구름 한 조각도 데려가지 않는다네"

없는 것이다.[9] 하지만 이 사태의 배후에 숨어서 득을 보고 쉬 씨보다 더욱 과대평가되는 사람이 있는데, 그는 바로 린후이인이다. 그녀의 가장 큰 공헌이라면 연속극 〈인간사월천〉에 듣기는 좋으나 무슨 소리인지 알 수 없는 제목을 제공해준 것이다.[10] 그녀가 일세를 풍미한 재녀라고 하는데, 어딜 봐서 재녀라는 건지 모르겠다. 그녀의 재주라면 조충소기彫蟲小技[11]의 어설픈 실력을 갖고 후대 사람들이 그녀를 인정하도록 만들었다는 점이다.

그녀는 권세와 현실에 밝았다. 나는 이런 여자를 좋아하지 않는다. 쉬 씨는 그녀의 뜻에 따라 본처와 이혼했지만, 그녀는 결국 량치차오梁啓超[12]의 아들에게 시집가버렸다. 리자신李嘉欣[13]이 잘나가는 집안에 시집갈 거라고 말하는 것을 보고 모두들 비루하다고 하지 않았던가. 리자신이 시 같은 것을 쓴다고 했을 때 진작 알아봤어야 했다. 아무튼 시 쓰는 일은 정말로 쉬우니까.

린후이인은 이 밖에 '건축학자'이기도 한데, 그녀의 시문 나부랭이가 쉬 씨의 공으로 이룬 것이라면, 건축학 분야에서의 작은

---

9. 한한의 절친한 친구인 쉬징레이를 염두에 둔 발언인 듯하다.
10. 린후이인의 대표작 중 한 편의 제목이 「당신은 인간적사월천이에요你是人間的四月天」다.
11. 다른 사람의 문장의 일부를 따다가 맞추는 서투른 솜씨.
12. 청나라 말기의 개혁 사상가.
13. 1970년생 유명 여배우. 2009년 홍콩의 재벌과 결혼했다.

성취는 량쓰청梁思成[14]의 공으로 이룬 것이다. 게다가 당시에는 어떤 학문이건 입문하기가 비교적 쉬웠다. '여보 여보 사랑해요, 당신과 함께 천재녀로 변할래요'[15] 하는 식이니 어려울 것이 없었다. 그녀의 시와 산문은 이야기도 꺼내지 말아달라. 쉬즈모가 서방의 시를 모방한 것만 해도 이미 왜곡된 것인데 또다시 이 '중국의 쉐차이'를 모방했으니, 우리가 오늘날 말하는 '쉐리雪梨'[16]인 것이다. 그녀의 수준이 어떤지는 자연히 알 수 있다. 남녀가 평등해야 하지 않은가, 우리는 그녀가 여자라는 이유로 기준을 낮춰서는 안 된다. 글자를 제대로 쓸 줄 안다고 해서 대단한 천재라고 부를 수야 없지 않겠는가.

그 시대에는 여자가 재능이 없는 것이 덕이었다. 하지만 아무리 그래도 여자가 덕이 없는 것을 재능이라고 할 수는 없는 노릇이다.

그들은 이미 죽었고, 남겨진 이야기들도 참인지 거짓인지 알 수가 없다. 당시 그들 대여섯 사람 사이에 무슨 일이 있었는지는 하늘만이 알 것이다. 그리고 당시에는 이런 혼외정사, 권세가의 집

---

14. 량치차오의 아들.
15. 영화배우로도 활동하는 여가수 셰위신謝雨欣의 유행가 〈여보 여보 사랑해요〉의 가사를 패러디한 것.
16. 과일의 일종인 배, 혹은 홍콩의 유명 여자 연예인을 가리킨다. 발음이 비슷한 단어를 이용한 언어유희다.

에 시집가는 일, 아내와 자식을 버렸다가 결국 자기 자신도 버림을
받는 일, 거물급 인사들 사이의 은원관계, 복잡한 연애관계 등이
모두 좋은 이야깃거리였다. 하지만 지금 이런 일이 일어난다면 분
명 더욱 통속적인 세인들에게 죽도록 욕을 먹을 것이다. 노이즈 마
케팅이다! 이는 루샤오만陸小曼[17]의 소속사에서 신인을 띄우기 위해
저지른 짓으로, 차이이린蔡依林[18]의 후계자로 칭해지는 루샤오만의
자작극이다! 쉬즈모가 시집을 출판하려 하는데, 그와 린후이인이
파파라치에게 찍혔다! 하지만 독자들은 쉬 씨의 출판사측에서 보
낸 사람이 찍은 것이라고 의심하고 있다! 노이즈 마케팅이다……
이렇게 된다면 얼마나 재미없는 일인가!

그들을 그들의 시대에 남겨두도록 하자. 그들은 모두 걸출한
인물들이 배출되던 시대의 작은 재주꾼들에 불과하다.

"이야기가 시요, 거동이 시요, 평생의 궤적이 또한 시인 것을.

시의 뜻이 스며들면 어디서나 즐거움을 찾을 수 있다네.

배를 타도 죽고, 차를 타도 죽고, 방에 누워서도 또한 죽을 수

---

17. 쉬즈모가 장유이와 이혼한 후 결혼한 두번째 부인. 1922년 쉬즈모의 친구인 왕경
王庚과 결혼했으나 1925년 이혼하고 이듬해 쉬즈모와 결혼했다. 앞서 본문에 언급된
것처럼, 쉬즈모는 린후이인의 청에 따라 본처와 헤어졌으나, 린후이인은 량쓰청과
결혼해버렸다.
18. 1980년생의 타이완 출신 유명 여가수.

있는 것을. 비행기 사고로 죽는다 하더라도 기구하다 탓하지 말지

어다."¹⁹

2006년

---

19. 당시의 저명한 교육자이자 학자인 차이위안페이蔡元培가 쉬즈모를 위해 쓴 만련輓
聯. 죽은 사람을 애도하며 쓰는 대구의 글귀.

만약 루쉰이 지금 살아 있었더라면

이것은 예전에 한 기자가 나에게 물어봤던 문제인데, 당시에는 대답하지 않았다. 멋대로 가설을 세우는 것은 재미없는 일이라 생각했기 때문이다. 공룡이 지금까지 살아 있었다면 어땠겠는가 하는 문제와 다를 바가 없다. 하지만 루쉰이 정말로 지금 살아 있었다면, 어땠을까?

1. 때로는 가장 급진적인 사람이 가장 수구적일 수도 있다. 루쉰은 아직 컴퓨터를 다루지 못하고 인터넷도 쓸 줄 몰라서, 다른 사람과 필전이 벌어졌을 때 여전히 잡지 『서우휘收獲』[1]에 달거리하는 식으로 문장을 발표, 승기를 놓치고 다른 사람들의 비웃음을 살

가능성이 크다.

2. 루쉰이 벌인 가장 큰 필전 중 하나는 분명 인민문학출판사[2]와 벌인 싸움일 것이다.

3. 루쉰은 각종 오락 프로그램에서 가장 정치를 잘 이용해 자신을 위해 자작극을 벌이는 사람으로 뽑힐 것이다. 매번 루쉰이 붓을 들 때마다 오락 프로그램에서는 "루쉰이 방자하게 자작극을 벌여, 이러이러하다고 선포를……" 운운할 것이다.

4. 마찬가지로 량스추梁實秋[3], 후스胡適[4] 등이 지금 살아 있어서 루쉰이 이들과 필전을 벌인다면, 그후 각 언론과 네티즌은 루쉰을 '제2의 쑹쭈더宋祖德[5]'라고 여길 것이다.

5. 사실은 보다 나중에 등장한 쑹쭈더가 '제2의 루쉰'으로 불릴 가능성이 더 크다.

6. 루쉰은 국민들을 대변해 목소리를 높이고 주목을 끌어 거액의 인세를 거머쥔다. 우리 서민들은 이것이 무척 눈에 거슬려서

---

1. 중국의 유명 문학잡지.
2. 국무원 산하의 출판사로 루쉰의 책을 많이 펴냈다.
3. 자유주의 성향의 문학평론가이자 영문학자. 문학이 정치의 도구가 되어서는 안 된다는 주장을 편 량스추는 루쉰과 논쟁을 벌이기도 했다.
4. 문학자이자 사상가. 국공내전 막바지인 1948년에 미국으로 망명해, 이후 타이완과 미국에서 활동했다.
5. 중국 문화계의 유명인사. 루쉰과 마찬가지로 의학을 공부한 적이 있으며 문학에 관심이 많다. 하지만 사기꾼 기질이 농후하고, 함부로 사람을 비방하는 일이 많아 세간의 구설에 오르곤 한다.

'반反루쉰 연맹'을 조직하고 '루쉰이 우리를 이용해 매체를 조작하는 것에 반대한다'라는 표어를 내건다. 동시에 루쉰은 정부가 추진하는 '개인소득세를 공제한 개인 수입의 개인소득세 및 개인소득세에 대한 세금' 징수에 반대했다는 이유로, '인민을 엿 먹이는 신문'[6]의 논설위원에 의해 올림픽 전야에 고의로 화합을 해치는 분위기를 조성한다고 비판당한다.

7. 루쉰의 문집이 상하이문예출판사에서 출판되자, 각계 인사들이 루쉰처럼 사람을 보기만 하면 물어뜯는 미친개는 자신의 문집을 출판할 자격이 없는 것 아니냐며 의문을 제기한다. 바이예는 루쉰이 자격 미달이라고 생각하는데, 왜냐하면 루쉰은 예능계의 인사일 뿐 문단에 진입하지 못했기 때문이다. 오직 문단에 진입한 사람만이 문집을 낼 수 있다.[7]

8. 루쉰이 중국 작가 수입 순위에서 위추위餘秋雨[8]를 제쳤다는 소식은 발표 직후 사람들의 공분을 불러일으키고, 각계에서는 연이어 사설을 발표한다. 어떻게 한 마리 미친개의 수입이 중국

---

6. 원래 명칭은 '런민르바오人民日報'이지만 이를 '日人民報'로 바꾸어 썼다. '日'에는 '성교하다'라는 뜻도 있다.
7. 바이예가 인터넷상에서 한한과 충돌한 이 사건은 '한백논쟁'으로 알려질 정도로 유명하다. 바이예는 한한이 아직 문단에 들어올 수준이 되지 않는다고 주장했으며, 한한은 블로그에 글을 쓸 수 있는 사람은 모두 문단에 속한다고 반박했다.
8. 중국의 베스트셀러 작가.『중국문화답사기』 등의 책이 국내에도 출판됐다.

의 문화를 묘사하고 인문적 지식을 보급하는 저명한 위추위 선생님의 수입보다 많을 수가 있단 말인가. 아울러 이들은 우리 사회 독자들의 심리 상태가 매우 경박함을 책망할 것이다. 각 대형 서점의 입구에는 '루쉰, 당신은 왜 그렇게 많은 돈을 버는가?' '루쉰, 당신은 왜 모든 수입을 희망공정[9]에 기부하지 않는가?' '루쉰의 책을 사지 말자, 그가 돈을 벌게 놔둬서는 안 된다' 등의 표어가 걸린다.

9. 루쉰이 저우쉰周迅[10]과 열애를 시작했다가 텅쉰망騰訊網[11]에 의해 폭로당한다. 연예계에서는 이것이 '3쉰'이 공모한 자작극이라고 비난한다.

10. 루쉰은 『3쉰성휘저우칸三訊生活週刊』을 창간하지만, 도서번호를 받아 책으로 출판한다.[12]

11. 그다음 달에 잡지 고유번호를 부여받지 못해 정간停刊당한다. 『3쉰성휘저우칸』은 겨우 한 권의 창간호만을 남겼다. 도서번호로 잡지를 출판하는 꼼수는 정부에 의해 전면적으로 금지

---

9. 오지에 초등학교를 보급하고, 학비를 대지 못하는 초등학생들을 지원하는 사업.
10. 1974년생 유명 여배우이자 가수, 환경운동가.
11. 중국의 거대 인터넷 기업 텅쉰 사에서 운영하는 포털 사이트. 유명한 메신저 프로그램 'QQ'도 텅쉰 사에서 운영한다.
12. 한한은 2010년 『두창환獨唱團』이라는 잡지를 만들었으나 잡지로 인가받지 못해 단행본 형태로 출판했다. 그나마도 한 권에 그쳤다. 중국은 잡지번호와 도서번호가 구별되어 있으며 사전 검열 및 허가를 받아야만 출판이 가능하다.

된다.

12. SMG[13]의 요청으로 루쉰은 처음으로 텔레비전 프로그램 〈루쉰의 약속〉을 맡게 된다. SMG에서는 이 프로그램이 평황鳳凰 위성방송의 〈루위의 약속魯豫有約〉[14]을 견제할 수 있을 것으로 본다.

13. '인민을 엿 먹이는 신문'에서 '아홉 가지 영예와 아홉 가지 수치'[15]라는 구호를 발표하는데, 마지막 조항은 '위추위를 읽는 것을 영예로 여기고 루쉰 읽는 것을 수치로 여긴다'이다. 루쉰의 책 판매는 정체 상태에 접어들고, 독자들은 연달아 환불을 요구한다.

14. 루위가 『마음의 약속』[16]을 출판했는데, 루쉰도 때마침 『새로운 약속』을 출판한다. 루쉰은 창작력이 고갈되어 맹목적으로 유행만을 좇는다는 비판을 받는다. 또 『새로운 약속』은 프로그램에 참가했던 유명인사들을 이용해 과대 포장한 책으로 지목된다. 동시에 일부 유명인사들은 루쉰이 그들의 서면 동의를 얻지 않고 인터뷰를 책으로 출판해 이득을 취했다고 고소한다. 법원에서는 이 책의 발행을 중지하고, 루쉰에게 대략 800만 위안의 배상금을 수십 명의 유명인사들에게 지급하라고 판결한다.

---

13. 상하이미디어그룹Shanghai Media Group. 상하이 방송을 소유하고 있다.
14. 유명 방송인 천루위陳魯豫가 진행하는 홍콩의 토크쇼.
15. 원래는 '여덟 가지 영예와 여덟 가지 수치八榮八恥'로, 2006년 후진타오가 제창한 구호다.
16. 천루위가 실제 펴낸 책.

15. 루쉰은 염량세태炎涼世態를 탄식하지만 항소하지는 않을 것이라고 밝힌다. 그는 그가 인터뷰했던 유명인사 중 많은 사람들이 그와의 우정을 생각해 배상금을 포기할 것으로 믿으며, 따라서 그가 가진 돈으로도 충분히 배상할 수 있을 것이라고 한다.

16. 이 유명인사들은 단체로 변호사를 선임해 항소하는데, 한 사람이 겨우 20만 위안밖에 받지 못하니 판결이 너무 가볍다는 뜻을 밝힌다. 아울러 자신이 이 프로그램에 출연했던 것은 그때만 해도 루쉰이 비교적 인기가 있었기 때문이고, 또한 소속사에서 결정한 일이지 자신이 원했던 것은 아니라고 말한다. 지금은 자신이 루쉰보다 더 인기가 많은데 루쉰이 인터뷰 내용으로 책을 내는 것은 심각한 권리침해 행위라는 것이다.

17. 〈루쉰의 약속〉 방송은 중단되고, SMG는 즉각 루쉰과 선을 그어 루쉰이 우리를 실망시켰다고 말한다.

18. 루쉰은 거액의 배상금을 감당하지 못하게 되고, 저우쉰은 자신의 저축을 모두 연인 루쉰의 배상금에 털어넣은 후 루쉰과의 감정에 문제가 생긴다.[17] 뒤이어 『난징옌이저우칸南京演藝週刊』에서 폭로 기사를 발표, 루쉰과 저우쉰이 이미 별거에 들어갔음을 밝

---

17. 저우쉰의 불우한 연애사는 잘 알려져 있다. 그녀는 타이완의 유명 디자이너 리다치李大齊, 베스트셀러 작가 왕쉮王朔 등 유명인사들과 염문을 뿌렸으나 모두 결실을 맺지 못했다.

힌다. '쉰쉰 커플'은 깨진다. 하지만 아무도 이 기사에 관심을 주지 않아서 이번 호의 잡지 판매량은 신통치 않다. 이때 SMG의 최고 경영자가 루쉰의 프로그램은 시청율이 계속 저조해 예전부터 접을 생각을 하고 있었다고 밝힌다. 루쉰은 '박스오피스의 독약票房毒藥'[18]인 것이다.

19. 얼마 남지 않은 루쉰의 팬들이 나서서 SMG 사장이 토사구팽의 심보로 어려운 사람에게 돌을 던지고 있다고 주장한다.

20. SMG 사장은 "물에 빠진 개는 모질게 패야 한다"[19]고 말한다. 이 말이 알려지자 각계에서는 연이어 탄성을 터트리며, 간략한 말로 핵심을 드러냈으며 기백이 비범하다고 칭찬한다. SMG 사장은 "물에 빠진 개는 모질게 패야 한다"는 이 한마디로 인해 2008년의 주목받는 인물로 선정된다. "물에 빠진 개는 모질게 패야 한다"는 발언은 올해의 어록으로 선정되고, 모두들 이 말을 루쉰에게 사용한 것은 더이상 적절할 수 없다는 반응을 보인다.

21. 새해의 〈화이팅! 호남아〉[20]에 한 선수가 출연하는데, 루쉰과 동명이인이다. 그의 팬들이 바이두 백과사전의 루쉰 항목[21]으

---

18. 실력은 있지만 흥행에는 참패하는 배우나 연예인 등을 일컫는 말이다.
19. 루쉰의 잡문 「페어플레이는 아직 이르다」에 나오는 유명한 구절이다. 적에게 어줍잖은 관용을 베풀지 말고 단호한 태도를 보여야 한다는 내용을 담고 있다.
20. 2006년 이후 방영이 시작된, 멋진 남자를 뽑는 텔레비전 오디션 프로그램.
21. 바이두는 위키피디어나 엔하위키처럼 사용자 스스로 정보를 편집할 수 있는 참

로 침입해 들어간다. 작가 루쉰의 팬들이 사수하고 있던 마지막 보루가 함락되고, 루쉰 항목은 '응원합니다, 나의 백마 탄 왕자님' 따위의 댓글로 가득해진다.

22. 루쉰의 생활이 곤궁하다는 사실이 알려지자, 루위가 동정심에 루쉰을 방문한다.

23. 바로 이때, 루쉰이 14년간 키워온 개가 늙어 죽는다.

24. 루쉰은 그 자리에서 개를 끌어안은 채 통곡하고, 루위는 모성이 발현되어 루쉰에게 애정을 품게 된다.

25. '루루 커플'의 열애 소식이 공개되자, 언론계는 모두 루쉰이 잘나가는 여자를 이용해 기사회생하려 한다고 비난한다. 아울러 루위에게 허상에 미혹되지 말 것을 잇따라 권고한다. 어느 날 또 루쉰을 대신해 빚을 갚게 될지도 모른다면서 말이다.

26. 루위와 저우쉰이 한 파티장에서 만나서 깊이 포옹한다. 언론에서는 '한물간 남자 배후의 잘나가는 두 여인'이라는 글을 발표하고, 이 한차례의 포옹은 '루-쉰魯迅의 포옹'으로 불리며, CCTV에서 '너 감동 먹었니?'라는 제목으로 거행한 '중국을 감동시킨 10대 장면 선정 행사'에서 시청자 투표 부문 1000위에 등극한다.

여형 백과사전 서비스를 제공한다.

27. 루쉰은 향년 54세로 병사한다. 구시대에서 누렸던 인생보다 한 살 덜 살았다.

2007년 7월 25일

우리는 대가님들께
무조건 복종하겠습니다!

최근 한 기자가 나에게 물었다. 사람들이 내가 여러 문학의 대가들을 공격하고 모욕했다고 하는데 어떻게 생각하느냐고.

기억을 더듬어보았다. 내가 언제 그랬단 말인가? 무슨 대가들 말인가? 내가 언제 이태백, 소동파 같은 사람들을 공격하고 모욕했다는 거지? 나중에야 비로소 무슨 일을 말하는 건지 기억해낼 수 있었다. 내 생각에, 소위 공격이니 모욕이니 하는 것은 자극적인 표현을 쓰지 않으면 보는 사람이 별로 없을까봐 기자가 가져다 붙인 제목인 것 같다. 그건 마치 내가 당신 어깨를 툭 치면서 형씨, 오늘 옷 입은 게 별로 맘에 안 드는데 하고 말한 것이 결국에는 내가 사람을 흠씬 두들겨 팬 것으로 와전되는 것이나 마찬가지이다.

실은 이렇게 된 사건이다. 나와 천단칭陳丹靑[1] 둘이서 텔레비전 대담 프로그램에 나왔던 적이 있는데, 내가 말하고자 했던 요지는 다음과 같았다. 즉 신중국 이후 중국문학은 필치와 글솜씨를 너무 등한시했으며, 교과서에 실린 글들과 우리가 달달 외워야 했던 그 글들은 모두 글솜씨가 형편없다는 것, 라오서老舍[2]니 마오둔矛盾[3]이니 하는 사람들의 필치가 형편없다는 것이었다.

그러자 천단칭이 바진巴金[4]도 있다면서 보충해주었다.

나는 적극 동의했다. 왜냐하면 라오서는 내가 말실수를 한 것이고, 원래 말하고 싶었던 것은 바로 바진이었기 때문이다.

우리는 또 빙신冰心[5]이 쓴 것들은 도무지 끝까지 읽어내려갈 수가 없다고 생각했다.

마지막에 나와 천단칭은 대충 이렇게 말했다. 이봐, 우리 두 사람이 이런 말을 했으니 방송국에서 분명 무척 기뻐하고 있을 거야. 그 사람들이 기다리고 있는 게 바로 우리가 이런 말을 하는 것이거든. 여기에 대해서 사람들이 몰려와서 욕을 퍼부을 것이기 때

---

1. 유명 화가이자 문예계 인사.
2. 1900년대 초중반에 활동한 현대문학 작가.
3. 소설가 겸 평론가로, 공산당 정부 수립 후 문화부 부장을 역임했다.
4. 장편소설의 대가라 불리는 소설가. 문화대혁명 이후 중국작가협회 주석으로 선출됐다.
5. 중국의 여성 작가로, 시와 소설을 두루 썼다.

문에, 이걸 가지고 일을 꾸미기가 참 좋지. 결국 사람들은 우리 둘이 이 작가들을 빌려서 유명해지려고 한다면서 자작극을 벌인다고 말할 거야. 하지만 우리는 정말 이렇게 생각하는 것뿐인데. 정말이지 마음 편하게 말을 할 방법이 없군.

여기서 내가 범했던 유일한 실수는 라오서와 바진을 혼동한 것이다. 라오서의 필치는 그래도 괜찮다. 내 본뜻은 바진과 마오둔의 필치가 열악하다는 것이었는데, 바진, 라오서, 마오둔, 빙신 이 네 작가가 중국의 정치적, 문학적 시스템 속에서 흔히 하나로 묶여 있기 때문에 잠시 착각했던 것이니, 이 자리를 빌려 라오서 선생께는 사과를 드린다.

하지만 나는 바진, 빙신, 마오둔 세 사람의 필치와 글솜씨는 정말 별로라고 확신하고 있다.

위화余華[6]나 쑤퉁蘇童[7]에 대해서라면 나는 언급한 적이 없다.

내가 이해할 수 없는 것은, 세 작가의 필치가 별로라는 평가를 내리는 것, 내가 개인적으로 이런 글쓰기 수법을 좋아하지 않는다는 평가를 내리는 것이 어째서 대가를 모욕하고 청소년들에게

6. 사회 비판적인 성향의 베스트셀러 소설가로, 우리나라에는 장편소설 『허삼관 매혈기』와 에세이집 『사람의 목소리는 빛보다 멀리 간다』로 널리 알려졌다.
7. 역사적 인물을 다룬 소설부터 현대사회를 비판하는 소설까지 다양한 작품을 써온 소설가이다. 우리나라에 출간된 작품으로는 『다리 위 미친 여자』 『눈물』 등이 있다.

해악을 끼치는 일로 변해버렸는가 하는 점이다. 오늘 런민왕人民網[8]에서 한 평론을 보았는데, 내용은 다음과 같았다. 문화계의 유명인들은 미디어를 통해 책임질 수 없는 발언을 해서는 안 되며, 특히 함부로 입을 놀리면 여론을 잘못된 방향으로 인도하게 되고, 이런 불경한 언사는 우리 민족 전체의 문학적 존엄성을 해치는 결과를 낳는다는 것이다.

어떻게 몇 마디 말이 우리 민족 전체의 문학적 존엄성을 해칠 수 있다는 말인가? 그 작가들의 이름이 혹시 '민족'이었던가? 왜 이를 '책임질 수 없는 발언'이라고 부르는가? 나는 당연히 내가 한 말에 책임을 진다. 나는 흥분해서 막말을 한 것이 아니며, 초등학교 시절 국어 교과서를 보았을 때부터 그렇게 생각해왔다. 게다가 어떻게 이것이 여론을 '잘못' 인도하는 것이 되나? 뭐가 '올바른' 것인지 오직 귀하만이 마음대로 정할 수 있다는 말인가?

중국 초기의 이런 작가들 중 그 누구에 대해서라도, 우리는 개인적인 취향에 따라 평가를 내릴 수 있다. 예를 들어 나는 개인적으로 량스추나 린위탕林語堂[9], 루쉰, 첸중수錢鍾書[10] 등의 글솜씨와 글이 비교적 천부적인 재능이 있다고 여겨 좋아했으며, 바진, 빙

8. 중국공산당 기관지 런민르바오에서 운영하는 포털 사이트.
9. 언어학자, 평론가, 소설가, 번역가로, 중국 문화를 서양에 소개하는 일에 힘썼다.
10. 1900년대의 소설가로, 현대 문명사회의 한계를 다룬 『포위된 성』이 유명하다.

신, 마오둔 등의 글솜씨는 별로라고 생각한다.

나는 개인적으로 한 사람의 작가에게 가장 중요한 것은 작품에 표현된 감정, 글솜씨, 그리고 진실된 이야기라고 생각한다.

그리고 우리에게 줄곧 강요되어왔던 '문이재도'나 '사상성'과 같은 것은 가장 마지막에 두어야 한다고 생각한다. 왜냐하면 문학은 아주 쉽게 정치의 시녀가 될 수 있기 때문이다. 그 결과로 줄을 잘 서면 숭고하고 양심적인 사람이 되며, 줄을 잘못 서면 완전히 똑같은 글을 써도 반동과 독초가 되고 마는 것이다. 또 나는 사람들이 흔히 이야기하는 '진지한 감정'에 대해서도 동의하지 않는다. 어떤 작가가 가진 것이 진지한 감정밖에 없다면, 그는 차라리 심야 토크쇼에 가서 고민 상담이나 해주는 것이 좋을 것이다.

그러니까, 딱 글 자체만을 놓고 말하자면, 나는 개인적으로 빙신, 마오둔, 바진 세 사람의 글솜씨가 정말 떨어진다고 생각한다. 물론 사람마다 글솜씨에 대한 생각이 다르기 때문에, 여러분은 당연히 이 세 사람이 비단 사상이 비범할 뿐만 아니라 글솜씨 역시 비범하다고 생각해도 괜찮다. 이 문제에 대해서는 각기 자신의 생각을 말하면 그만인 것이다.

하지만 초등학교 교과서에 그들의 글을 수록하는 것에는 문제가 있다. 우선, 그것이 진짜로 대가급의 작품들이라면, 이제 막 글자를 익히기 시작하는 초등학생에게 보여주는 것은 적절하지 않다고 생각한다. 이것이야말로 대가들을 모욕하는 행위다. 당연히, 여기서 백거이白居易[11]가 옆집 할머니가 이해할 때까지 시를 읽어 줬다느니 하는 이야기는 접어두기 바란다. 하지만 정치와 사상적인 측면에서의 절박한 필요성 때문에 초등교육 단계에서부터 이를 교재에 수록하고 외우게 한다면, 이 교재를 보는 초등학생들은 글이란 원래 이렇게 써야 하는 것이구나 하고 생각하게 된다. 더군다나 후세의 사람들이 이 작가들을 숭상하는 이유는 수십만 자로 이루어진 총체적인 작품 때문인데, 우리가 기를 쓰고 배웠던 것은 겨우 한 단락의 말에 불과하다. 그리고 바로 이것, 즉 한 단락 안에서의 글솜씨가 이 작가들이 가장 취약한 부분인 것이다.

어쨌거나, 예를 들어 내가 훌륭한 작가인데 내 창작 기법을 초등학생들이 가져다 분석하고 모방한다면, 적어도 나는 무척이나 부끄러울 것 같다.

런민왕의 평론은 계속해서 이와 같이 말했다. 문학의 대가들에게 존경과 추도의 마음을 품는 것은 한 민족의 기본적인 품격이며 책임감 있는 문화인의 기본적인 소양이므로, 대가들을 폄훼하고 불경한 언사를 일삼는 것은 이미 문학적 논쟁의 범주를 벗어나는 것이라고.

---

11. 당나라 때의 시인으로, 그의 시는 한국에서도 널리 애송되었다.

나는 이 말에 전혀 동의할 수 없다. 우선 그들은 당신에게나 대가이지 나한테는 대가가 아니다. 다음으로 마오둔, 빙신, 바진의 글솜씨가 훌륭하지 못하다고 말하는 것이 그들에게 불경한 언사라고 생각하지 않는다. 인신공격이 아닌 다음에야, 대중이 정한 대가건 정부 공산당이 정한 대가건 상관없이 아무리 위대한 대가라 해도 자유롭게 평가할 수 있는 것이다. 중국이라는 이 나라에서 우리는 정치를 이야기할 수 없고, 관료를 이야기할 수 없고, 제도를 이야기할 수 없고, 부패를 이야기할 수 없다. 이제는 심지어 책 쓰는 사람들 이야기도 해서는 안 된다는 말인가? 더군다나 나는 사람들이 중요시하는 '사상과 주제'에 대해서는 말도 꺼내지 않았고 순전히 글솜씨만을 이야기했을 뿐이다. 심지어 봉건사회에서도 어떤 대시인이 글을 잘 못 써서 나와는 잘 맞지 않는다고 평하는 것은 별로 문제가 되지 않을 것이다. 그런데 '천년이 지나도록'[12] 나아지는 것이 없다니.

물론 혹자는 다음과 같이 생각할 수도 있겠다. '너 말 못하게 한 적 없어. 너 지금 신나게 말하고 있잖아. 우리는 단지 네 말에 동의하지 않을 뿐이야. 그분들의 글솜씨는 훌륭해. 아니면 '문체가 소박하고 주제가 심원하다'고 하는 거야.' 이런 경우라면 나도 할

---

12. 유명한 유행가 가사를 패러디한 것.

말이 없다. 이런 사람은 괜히 과장된 말을 늘어놓는 평론가들보다 훨씬 낫다.

다음으로, 책임감 있는 문화인의 기본적 소양이란 줏대를 가지는 것, 진실된 말을 하는 것, 잘 보이려 하거나 아부하지 않는 것 등이지, 결코 문학의 대가들에게 존경과 추념의 마음을 품는 것이 아니다. 문화인은 분향焚香[13]이나 하러 다니는 사람이 아니다. 또 나는 이것이 한 민족의 기본적 품격이라고도 생각하지 않는다. 만약 한 민족의 모든 사람이 반드시 이들 몇 사람의 작가가 쓴 것이면 무조건 좋고, 전부 좋고, 안 좋은 것이라고는 하나도 없다고 생각해야 한다면, 또 그렇게 생각하지 않으면 품격이 없는 것이라고 한다면, 이게 북한이 아니고 뭐란 말인가.

또 그때 말했던 "빙신의 책은 도무지 끝까지 읽어내려갈 수가 없다"고 한 것 역시 나와 천단칭의 솔직한 생각이다. 모든 사람에게는 다른 사람의 책이 자신의 심미적 취향에 맞지 않아서 끝까지 읽을 수 없다고 생각할 권리가 있다. 만일 여러분이 내 책을 끝까지 읽을 수 없다고 한다 해도 별문제가 되지 않는다. 그런데 왜 몇몇 평론가들이 보기에는 빙신의 작품을 끝까지 못 보겠다고 말하는 것이 인격과 문학적 품격의 문제를 의미하는 것이란 말인가?

---

13. 중국어 '焚香'에는 뇌물을 준다는 뜻도 있다.

나로 하여금 억지로 빙신의 책을 흥미진진하게 보게 만들어야 직성이 풀릴 것인가. 나는 진짜로 빙신을 싫어하며, 다만 이런 내 진심과 솔직한 생각을 말했을 뿐이다. 만약 당신이 내게 기어이 빙신의 책을 읽혀야 하겠다면, 내가 당신에게 내리는 처벌 역시 당신에게 기어이 빙신의 책을 읽도록 만들어서, 당신이 빙신을 진짜로 좋아하는지 가짜로 좋아하는지 한번 확인해보는 것이다.

인터넷에서 신나게 욕설을 해대는 사람들을 보면 그 언사와 표현의 격렬함이 리위춘의 팬[14]보다 더욱 심하다. 하지만 바진, 마오둔, 빙신 이 세 노작가가 그들의 마음속에서 차지하는 위치가 정말로 리위춘이 팬들의 마음속에서 차지하는 위치만큼 중요한가 하면, 전혀 그렇지 않다. 나는 심지어 라오서와 마오둔과 바진 세 사람을 그들 앞에 세워둔다면 과연 그들이 누가 누군지나 알아볼 수 있을지 의심이 든다. 물론 당신들은 이렇게 반론할 수 있다. 우리는 작품만 알지 얼굴은 모른다고. 하지만 내게 감히 문학의 대가를 존중하지 않는다고 그토록 소란을 떨어대는 사람들이, 과연 모두 그들이 '존중'하는 대가들의 책을 처음부터 끝까지 읽었는지도 의심이 든다.

빙신, 라오서, 마오둔, 바진의 본명이 무엇인지나 알고 있는

---

14. 리위춘의 팬클럽은 열성적이기로 유명하다. 리위춘에 대해서는 '짠지 좀 드시라'를 참고하라.

가? 만약 리위춘의 본명이 리춘보李春波[15]라면 그녀의 팬들은 모두 알고 있을 것이다. 결국 많은 사람들은 바진, 빙신, 마오둔의 가짜 팬들인 셈이다. 당신들은 그저 내가 눈에 거슬리고 마음에 들지 않아서, 당장 이 대가들의 충실하지 못한 독자 노릇을 한번 해보려는 것일 뿐이다. 정말 제멋대로다. 적어도 내가 학교를 다닐 때는 우리 반, 심지어 온 학교를 통틀어도 이 세 사람의 작품을 그렇게 좋아하는 사람이 있다는 소리는 들어보지 못했다. 그런데 지금 갑자기 이렇게 많은 가짜 독자들이 나서서 입바른 소리를 해대니, 아마 마오둔, 빙신, 바진의 가짜 팬들은 곧 '둔사모'니 '빙신짱'이니 '바진사랑'이니 하는 팬클럽을 만들지 않을까 싶다.

만일 그들의 진짜 독자들이 사실 바진은 글을 참 잘 쓰며, 왜 잘 쓴다고 생각하는지, 어느 단락의 어느 부분이 훌륭한지 내게 가르쳐준다면, 나 역시 그들을 깊이 존중할 것이며 직접 읽어보고 감상해볼 것이다. 이는 정상적인 문학적 관점의 차이이며, 이 '대가' 세 사람을 핑계삼아 다른 사람에게 어떤 딱지를 붙이고 입바른 척 욕설을 던지는 짓이 아니기 때문이다. 그러나 나는 지금도 다른 것 말고 단지 글솜씨만을 논했을 때 바진, 라오서, 빙신, 마오둔 이 네 사람 중 라오서만 뛰어나고, 나머지 셋은 가장 열악한 순서대로 꼽

자면 빙신, 바진, 마오둔 순이 된다고 생각한다.

작가에게 있어 필치와 글솜씨는 대단히 중요한 것이다. 작가는 반드시 개성 있고 뛰어난 글쓰기 능력과 풍격을 갖춰야 한다. 이는 사상성이니 진지한 감정이니 하는 것으로 대체할 수 없는 것이며, 또한 한자의 매력 역시 바로 여기에 있는 것이다. 중국의 역대 작가들은 모두 이를 중시했다. 시경으로부터 시작해 당시唐詩 송사宋詞, 사대기서四大奇書[16]에 이르기까지 모두 그러하다. 이후 백화문白話文[17]을 보면 첸중수, 량스추, 린위탕, 후스, 루쉰, 선충원沈從文[18], 그리고 장아이링張愛玲[19] 등이 모두 훌륭한 성취를 거두었다. 하지만 신중국 시기에 이르러 글 자체의 매력이 사상적인 올바름과 이데올로기적 필요로 대체되고 말았으며, 매우 오랜 기간 동안 정부와 인민은 글솜씨가 훌륭한 진정한 문학의 대가를 만들어내지 못했다.

그런데 지금, 일부 평론가들의 의견을 보자면 바진, 빙신, 마

---

16. 『삼국지연의』와 『수호전』 『서유기』 『금병매』를 통틀어 부르는 말.

17. 19세기 말에서 20세기 초에 난해한 고문투를 버리고 쉬운 구어체로 쓴 문장을 일컫는다.

18. 1902년생의 중국 소설가로, 낭만적이고 향토적인 작품으로 일가를 이루었다. 대표작 『변성』 등이 한국어로 번역되었다.

19. 중국의 유명 여성 작가. 상하이와 홍콩 등에서 주로 활동하였고, 중화인민공화국 수립 이후에는 타이완, 미국 등지를 전전하였다. 국내서도 주목을 끌었던 영화 〈색, 계〉의 원작자다.

오둔 등 원로 작가들을 대할 때 우리는 반드시 다 훌륭하다고 느껴야만 한다고 주장하는 것 같다. 여기에 이의가 있으면 곧 내 인격과 품격에 문제가 있다는 것인가? 개인의 문학적 취향이 어떻건, 글을 읽을 때의 기호를 모조리 포기하고 무조건 그들에게 복종해야 한다는 것인가?

2008년 6월 20일

개인적 취향을 발표하는
행위를 엄금한다

나는 바진, 마오둔, 빙신 세 사람의 글솜씨가 훌륭하지 못하고, 빙신의 책은 끝까지 못 보겠다고 말했다. 선배 작가들에게 분향하는 일이 한 작가에게 있어 최우선의 직업적 도덕이라고 생각하는 수많은 문학평론가들이 앞다퉈 내게 말하기를, 네가 감히 대가를 욕하고, 대가를 모욕하고, 대가를 타도하고, 대가들에게 구정물을 뒤집어씌웠다고 했다.

정말이지 굉장히 이상한 일이다. 나는 다만 내 개인적인 심미관과 독서 습관을 이야기했을 뿐이다. 얼마나 정상적인 일인가? 여기에 무슨 죄악이 그토록 많이 담겨 있단 말인가? 내가 그 사람들의 글솜씨가 훌륭하지 못하다고 말하면 평론가들은 응당 내게 바진, 마오둔, 빙신의 글솜씨가 사실은 훌륭하다는 것을, 또 그것이 왜 훌륭한지, 어디가 훌륭한지를 말해줘야 할 것이다. 설령 내가 동의하지 않는다 해도 괜찮다. 그저 우리의 심미관이 다를 뿐이니 각자 갈 길을 가면 되는 것이다. 이래야 정상이다. 아니면 차라리, 이 멍청한 놈아, 너는 심미관이 형편없구나 하고 말한다 해도 문제될 것은 없다. 하지만 그들은 지금 대가는 평가할 수 없으며, 네 행위는 근본을 잊은 것이고 인격에 문제가 생긴 것이니 필히 역사의 '수치의 기둥'[1]에 매달아야 할 것이라는 등의 말만 해대고 있다.

알고 보니 빙신의 책을 끝까지 읽어내지 못하는 것이 수치의 기둥에 매달아야 할 죄였나보다. 평론가들은 자기네 집의 기둥을 역사의 '수치의 기둥'이라고 부르는 것은 아닌지? 마음에 안 드는 녀석이 있으면 거기에 사진을 못 박고? 그렇다면 이 기둥은 제법 커야 할 것이다. 나는 이제야 깨닫게 되었다. 원래 이 세상에서는 개인적인 취향으로 인해 어떤 작가의 글솜씨와 그 책을 좋아하지 않으면 곧 인류도덕에 위배되고 민족에 해를 끼치며 교양이라고는 없는 사람이 되는 것이었다.

나는 당연히 내 마음속으로 대가라고 생각하는 사람들을 평

---

1. pillar of shame. 몬테네그로 코토르의 시계탑 아래에 있는 기둥으로, 죄인을 거기 세워두어 사람들이 그의 얼굴을 쳐다보도록 했다.

가할 수 있다. 당신네의 대가는 나의 대가가 아니며, 그들은 내가 보기에 기껏 작가, 혹은 성공한 작가일 뿐이다. 그러니 나는 당연히 내가 그들의 글을 좋아할지 말지를 결정할 수 있다. 이는 한 사람의 도덕과는 아무런 관계가 없다. 설령 내가 대가라고 생각하는 사람들이라 해도 나는 그들에게 이렇게 말할 수 있다. 대가님, 나는 대가님의 이런저런 부분은 별로 좋아하지 않아요. 예전에 한 말을 되풀이하자면, 이는 우리의 가장 기본적인 권리이다. 우리는 사실 모두 이러한 권리를 가지고 있는 것이다. 물론 당신은 자신에게 이런 권리가 없다고 생각해도 괜찮다.

스스로의 권리를 포기하는 것 역시 권리다. 이 권리는 사실 우리가 가장 즐겨 행사하는 권리가 아니던가.

평론가들과 네티즌들이 쓴 글 가운데 일부를 여기에 옮긴다.

• 수많은 작품을 남겨 세계적으로 명성을 누리는 대가들에게 감히 함부로 이러쿵저러쿵하다니, 참으로 제 분수를 모르고 까부는 격이다.

• 유명한 작가에게 가장 중요한 일은 바로 겸손을 배우는 일이다.

• 그들의 지위는 역사의 결정이자 인민의 선택이며, 문학사의

검증과 평가를 거친다. 대가들을 타도하고 폄하하려는 것은 가소로울 뿐 아니라 헛된 짓이다.

• 대가를 폄하하고 조롱하는 것은 무식한 짓이다.

• 대중에게 꼬리를 치거나 아니면 유명세를 타려고 하는 것. 이것이 한한 등이 문학의 대가를 공격한 사건을 바라보는 필자의 기본적인 견해다. 여기에 반영된 역사적 허무주의와 문화적 광기에 대해서 사회적으로 주목할 필요가 있다.

• 감히 대가조차 공격할 수 있다면, 당신들 둘이 못할 짓이 또 뭐가 있단 말인가?

• 한한이 바진, 빙신, 마오둔의 글솜씨가 훌륭하지 못하다고 말했는데, 그 숨은 뜻은 그 자신의 글솜씨가 매우 뛰어나다는 것이다.

• 한 사람의 공인으로서, 당신의 기호나 개인적 심미관을 매체를 통해 대중에게 발표해서는 안 되는 것이다.

• 대가들에 견주어볼 때, 한한과 같은 자들에게 결여되어 있는 것은 '글솜씨'뿐만이 아니다. 그들에게는 문학적 소양도, 개인으로서의 수양도, 나아가 문학적 전통에 대한 사명감과 책임감도 없다.

• 한한이 또 천단칭인지 뭔지 하는 화가 녀석이랑 어디서 방귀 뀌는 소리를 했다. 그들은 "사실 우리가 외웠던 글은 모두 묘사력이 대단히 떨어지는 것이다. 그런 글들만 외우니 글을 쓸 때 애초에 그런 식으로 쓰게 되는 것이다. 만약 처음에 첸중수의 글 몇 편을 배우게 했다면, 중국 학생들의 작문 수준이 지금과 같은 꼴이 되지는 않았을 것이다"라고 말했다.

• 다른 사람을 욕하고 수치를 모르기로 이름을 떨친 사람은 민국 시기[2]에도 매우 많았다. 그러나 철저하게 수치를 모르고 타락해 자기 조상을 욕하는 것으로 이름을 떨치는 애송이들은 오직 우리 시대에만 존재한다. 한한이 바로 그중의 한 명이다.

• 결코 근본을 잊어서는 안 되며, 자신의 근본을 욕하는 것은

---

2. 신해혁명으로 청조가 타도된 후 중화인민공화국 수립에 이르는 시기, 즉 1911년부터 1949년까지를 흔히 중화민국 또는 민국 시기라 부른다.

더욱 안 될 일이다. 이것은 인류도덕이며, 중화민족이 수천 년간 이어온 정신적 지주이다. 이 정신세계를 벗어나는 자는 반드시 사람들의 손으로 역사의 수치의 기둥에 매달아야 한다.

• 대가들은 멋대로 의심하고 평가할 수 없는 존재다. 우리에게는 그럴 자격이 없다.

• 대가와 그들의 걸작을 감상하는 일은 사실 개인의 기본적인 문화적 교양이다. 걸작을 감상하기 싫어하는 사람은 천박하고 공허하다.

• 대가의 가치를 업신여기고 폄하한다면 그 결과는 대단히 두려운 것이다. 그 부도덕함과 해악은 무척 크다.

• 라오서, 마오둔, 바진 등 중국 현대문학사상의 유명인사들을 작가 취급하지 않고, 심지어 그들의 글솜씨를 의심하기에 이르렀다.

• 중국인이 공인한 대가들을 폄하하고 조롱하는 것은 우리 민족의 문학적 존엄성을 훼손하는 짓이다. 문학의 대가들에게 존경

의 마음을 품는 것은 한 민족의 기본적인 품격이며 문인으로서의 기본적인 소양이다. 우리는 이러한 심각한 잘못에 대해, 또한 여론을 오도하는 언론의 출현에 대해 깊은 유감을 표명한다.

2008년 6월 21일

문인은 몇 문文[1]인가

세상의 많은 순위표 가운데, 작가들의 인세 순위표는 작성하기 비교적 쉬운 편에 속할 것이다. 책 쓰는 사람은 상업적 활동이 그다지 많지 않으므로, 뻔히 보이는 인쇄 부수와 인세 그리고 판매량으로 계산하면 된다. 물론 판매 부수는 매우 측정하기 어렵다. 기자가 모르는 것은 물론 작가도 잘 모르고, 가장 골치 아픈 것은 출판사도 잘 모른다는 것이다. 오직 인쇄소에서만 알고 있는데, 내 책『장안란長安亂』이 바로 이런 상황이다. 한 작가가 돈을 얼마나 받았는지 통계를 내는 데 가장 확실한 방법은 세무국을 통해서 조사하는 것이

---

1. 옛날에 쓰이던 화폐단위로, 1000문이 모이면 1냥이 된다.

다. 작가가 받는 돈은 모두 세금을 제한 금액이기 때문이다. 예를 들어 내 인세는 14퍼센트에서 15퍼센트 정도인데 세후에는 아마 12퍼센트가 조금 넘을 것이다. 이것이 제일 확실한 방법이니 다음번 순위표는 세무국을 통해서 결정할 것을 건의한다. 이후에 어느 출판사가 순식간에 100만 부를 팔아치웠다고 큰소리를 치거든, 작가의 인세에서 제한 세금 납부 증명서를 대중에게 공개하는 것부터 시작하도록 하자. 화합된 사회에서는 뻥을 칠 때도 세금을 내야 한다.

올해의 통계에 의하면, 나에게 380만 위안의 수입이 있다고 한다. 나는 내 돈이 모두 정정당당하게 번 것이라고 생각하므로 이야기하지 못할 것이 없다. 기본적으로 이런 수치는 위추위와 같은 베스트셀러 작가에 대해서는 부풀려지는 경향이 있다. 그리고 대부분의 작가들은 이렇게 말할 것이다. 모르겠는데, 그렇게 많았어? 안 세어봐서.

작가들은 정말 기분파라서 계산 같은 것은 잘 안 한다.

내 경우 380만이라는 수치는 확실히 부풀려진 것이다. 나는 올해 『영광의 날光榮日』 한 권만을 출판했고, 인세는 190만 위안이 조금 넘었으며 세금을 제하고 난 다음에는 160만이 조금 넘었다. 앞서 낸 다른 책들의 판매로 수십만 위안의 수입이 더 생겼으니 세금을 제한 다음 다 합치면 아마 200만 위안 정도가 될 것이다. 보아하니 올해는 영광스럽게 세금 신고를 하러 갈 수 있겠다. 이야기하자면 부끄러운 일인데, 작년에 나는 세금 신고를 할 자격조차 되지 못했다. 카레이싱을 해서 얻은 수입은 불행히도 신고 기준에 미달했고, 『한 도시—座城池』는 재작년에 출판한 것이었으니까.

내가 카레이싱 참가비가 모자라서 책을 써서 보충한다는 말이 있던데, 너무 쉽게 생각한 것이다. 나는 차를 타고 놀러 다니는 것이 아니다. 놀러 다니는 거라면 내가 돈을 쓰겠지만, 당신네가 벤츠건 BMW건 포르쉐건 간에 내게 차를 빨리 몰게 하고 싶다면 돈을 줘야 하는 것이다. 그러니 올해 총 선수권대회의 베스트 드라이버로서 카레이싱을 통해서도 인세의 10분의 1정도의 수입은 있어야 마땅하다. 이참에 노파심에서 충고해주겠는데, 국내 정상급 드라이버가 가장 우수한 성적을 거둔 해에 벌 수 있는 수입도 100만 위안을 넘지 못한다. 반면에 랠리와 포뮬러[2] 경기에서 우승하기 위해 온 힘을 다해야 하며, 생명의 위험도 다소간 감수해야 하는 의무를 지게 된다. 돈벼락을 맞고 싶은 사람이라면 이 직업을 선택하지 말 것을 권한다.

이 순위표를 통해 보건대, 현재의 작가들은 모두 양으로 승부를 보려는 것 같으며 또한 갈수록 산업화되고 있다. 올해 돈 벌기 챔피언이자 중국작가협회의 회원인 궈징밍은 지난 1년간 자신

2. 랠리는 비교적 장거리를 운전하는 경기이고, 포뮬러는 정해진 트랙을 도는 경기이다.

이 출판한 책과 인세를 받는 문학잡지를 합하면 대략 14종 정도가 된다고 한다. 자신이 쓴 것으로 300만을 벌고 편집을 통해 다시 800만을 벌고 있으니, 자신의 특기를 충분히 발휘한 사례라 하겠다. 이 1100만 위안에서 그의 회사 운영비를 제해야 하는데, 이 운영비가 무척 비싸다. 왜냐하면 사장님이 황푸黃浦 강을 바라봄으로써 자신이 진짜 상하이에 있음을 확인해야 하기 때문이다.[3] 비록 그가 고용한 사람들이 모두 가난하기는 하지만, 옛말에 '문인은 가난뱅이들을 고용한다文人雇窮'[4]고 했으니 크게 탓할 일은 아닌 성싶다. 그러나 최고 갑부의 팀치고는 아무래도 좀 심하게 가난해서, 몇몇 사람들은 가난을 못 이겨 변절해야만 하기도 했다.

정위안제鄭淵潔[5]의 전집은 거의 50권이나 되고, 위단于丹[6]도 대여섯 권이며, 라오쉐만饒雪漫[7](내 첫번째 소설은 당시 그녀가 편집자로 있던 『소년문예』에 발표된 것이었다. 특별히 축하의 인사를 전한다)도 많은 책을 썼다. 이를 통해 우리네 독서 환경이 그다지 좋지 못하다는 것을 알 수 있다. 전체적으로 보아, 나는 한 해 동안 지나치게 많은

---

3. 궈징밍은 상하이 출신이 아니지만 줄곧 상하이의 도시 풍경을 묘사해왔다. 상하이 출신인 한한과 이 문제를 놓고 미묘한 신경전이 벌어진 바 있다.
4. '문인은 가난함을 당연한 것으로 여겨 잘 견딘다文人固窮'라는 말에서 '固'를 고용한다는 뜻의 '雇'로 슬쩍 바꾸어놓았다.
5. 아동문학 베스트셀러 작가.
6. 한국어로도 번역된 『위단의 논어심득』의 지은이.
7. 청춘문학 작가.

책을 쓰는 것은 한 작가에게 있어서 장기적인 대책이 될 수 없다고 생각한다. 하지만 글을 써서 가세를 일으키는 일이 요 몇 년 사이 가능해진 것 같다. 이를테면 나는 이 순위표를 만든 사람에게, 목록에 오른 사람들을 인터뷰해서 『작가들이 알려주는 돈 버는 법』이나 『집에 앉아서 순위표 작가 따라잡기坐家傍上榜上作家』[8] 따위의 책을 써보라고 권하고 싶다. 만일 아주 잘 팔린다면 다음해 순위표의 1위는 그 사람이 될지도 모를 일이다. 그렇게 된다면 얼마나 재미있는 꼴이 되겠는가. 내년 순위표의 1위, 아무개의 작품은 베스트셀러 순위표 1위에 오르는 법을 가르쳐주는 책이 되는 것이다. 이는 진정한 언행일치의 표본이요, 온 세계의 귀감이라 할 것이다.

이 수치를 통해 보자면, 중국의 작가들이 벌어들이는 돈은 아직도 너무 적다. 게다가 인구가 10억 명이 넘는 나라에서 슈퍼 베스트셀러가 나오지 않고 있다. 나는 앞으로 중국에서 한 권으로 1000만 위안, 미화 100만 달러를 벌 수 있는 베스트셀러가 배출되기를 바란다. 사실 이것이 이루어진다 해도 세계 평균에 미달하는 것이다. 왜냐하면 우리 스스로가 문화 대국이라고 큰소리를 쳐온 지 이미 셀 수도 없는 세월이 지났기 때문이다. 그런데 문화 대국의 사람들이 책 읽기를 별로 좋아하지 않는다니? 아니면 해적판만

8. 첫 세 글자의 발음이 '작가 순위표作家榜'의 발음과 동일하다. 또한 '上' 자를 각각 결과보어와 전치사로 다르게 사용하면서 말장난을 시도했다.

즐겨 읽는다니? 정품이 너무 비싸다는 소리는 하지도 말라. 냉정하게 말해 책은 우리나라에서 비교적 저렴한 상품에 속하며, 돼지고기 가격이나 유가의 상승도 책값을 끌어올리지는 못하는 것으로 보인다. 나는 8년 전 내 책 한 권이 20위안 정도 했던 것을 기억하는데, 아직도 기본적으로 한 권에 20위안꼴이다.

2058년 우리가 다시 한차례 올림픽을 개최하게 된다면, 매년 통화팽창을 고려하더라도, 베스트셀러 한 권을 써내면 인세로 200만 위안 정도는 받아서 비행기를 타고 베이징에 한 번 다녀올 수 있었으면 좋겠다. 물론 나는 그때가 되면 비행기 표가 한 장에 50만 위안이 되고, 유류할증료와 부가세가 150만 위안이 될 것이라고 믿는다.

또 중국에 조속히 슈퍼 베스트셀러가 등장하기를 바란다. 단행본으로 1000만 부 이상을 팔 수 있는 소설이면 가장 좋겠다. 당연히 실제 판매량을 말하는 것이고 출판사가 입으로 판 수치를 말하는 것이 아니다. 이는 곧 130명당 한 명이 이 책 한 권을 산다는 의미다. 이것이 지나친 요구는 아닐 것이다. 비록 그 주인공이 내가 될 것 같지는 않지만, 그래도 나는 이런 베스트셀러가 나타나기를 희망한다.

2007년 11월 8일

이 글은 대필자가 쓴 것이니,
신중하게 클릭하시라

오늘 뉴스를 보았는데, 한 네티즌이 내가 3년 동안 대필자를 썼으며 이 대필자는 바로 내 블로그에 링크된 친구 마르라馬日拉[1]라고 추측했다고 한다. 이 뉴스들은 죄다 '폭로되다'라는 제목을 달고 있었다. 나처럼 글 쓰는 스타일이 분명한 사람도 대필자가 있다는 소리를 듣는다면, 스타일이 두드러지지 않는 위대한 작가들은 어쩌란 말인가.

이에 나는 누가 폭로한 것인지 찾아가보기로 하고 그 친구의 시나닷컴 블로그를 방문했다. 블로그 제목부터가 '광상狂想'이라서

---

1. 한한과 절친한 사이이며, 한한의 책에 실린 사진은 대부분 그가 촬영한 것이라고 한다.

232

이 친구가 어떤 종류의 인간인지를 보여주고 있었다. 첫 글이 바로 내가 대필자를 두고 있다는 글이었는데, 그는 자신이 출판계 내부의 베테랑이라고 주장했다. 두번째 글은 '나는 우리 반 여학생들의 겨드랑이 털 모으는 것이 너무 좋은데, 어쩌면 좋을까?'였다. 출판계의 베테랑이 아직도 학교에 다니고 있다니 정말 대단하다. 아래로는 또 '우리 아름다운 외국인 여교사가 내게 약을 먹여서 강간하려는 것 같지 않아?' '린즈링의 팬미팅에 갔는데, 그녀가 나를 보고 반해버린 것 같아, 어떻게 하지?' '제타존스가 남편 몰래 중국에 와서 나를 찾은 적이 있어' '난 반 여학생들의 팬티를 훔쳐서 뒤집어쓰고 자는 게 좋아' 등의 글이 있다. 내가 별로 변명할 필요가 없을 것 같다.

그러니 기자들은 반드시 소설과 뉴스의 구분을 명확히 해주기 바란다. 마음대로 인터넷에서 게시물 하나를 찾아서 뉴스로 삼고, 마지막에 네티즌이 폭로한 것이라고 무책임하게 쓰는 것으로 자신의 책임을 면하려 해서는 안 된다. 이래도 된다면 기사 쓰기가 너무 쉬운 것 아닌가. 아이디를 하나 만들어서 온 세상의 작가들이 모두 대필자를 두고 있다고 말하고는, 하루에 한 명씩 작가를 바꿔가면서 폭로한다면, 컴퓨터로 글을 쓰는 작가들이라 해도 로그 기록을 내놓으며 반박하지는 못할 것이다. 작가가 글을 쓰는 것은 무척 머리를 굴려야 하는 일이다. 반면 기자는 인터넷에서 마음대로 게시물 하나를 정리해 뉴스인 것처럼 만들어내기만 하면 당사자가 황허 강에 뛰어들어도 오명을 씻어내지 못할 지경까지 밀어붙일 수 있다. 게다가 요즘 독자들은 이런 '폭로'를 대단히 신뢰하는 편이라, 당사자는 어디를 가건 이 누명을 짊어지고 다녀야 한다. 이는 이미 기자 정신과는 관계가 없는 것이다. 중국 작가들이 앞으로 오직 공증 사무소에서만 소설을 써야 하는 지경에 이르도록 하지 말라.

다행인 것은, 하이옌海岩[2]이 1000만 자에 달하는 자필 원고를 기자에게 제시해 대필자가 없음을 증명한 것과 마찬가지로 내게도 증거가 있다는 점이다. 나는 조만간 이런 날이 올 줄 알고 매번 글을 쓸 때가 되면 뒤쪽에 캠코더를 놓고 촬영을 했다. 지금까지 내가 녹화한 분량이 이미 1000여 개의 테이프를 가득 채웠다. 황젠중黃健中[3]과 같은 꼴이 되는 것을 막기 위해, 앞으로 1년 정도에 걸쳐 글을 쓰다가 아가씨들이 놀러왔던 장면이 있는지 없는지 확인한 후에 기자들을 초대해 영상 감상회를 열겠다. 감상회에 참가하는 기자들은 텐트와 건량을 준비해오기 바란다. 선의의 충고를 하나 드리자면, 이번 감상회에 참가하기 전에는 전자 제품이나 자

---

2. 전 연령층에 걸쳐 폭발적인 인기를 얻고 있는 작가. 그의 작품은 영화와 드라마로도 여러 편 제작됐다.
3. 중국의 유명 영화감독. 성추문과 관련하여 곤욕을 치렀다.

동차를 사지 않는 편이 좋을 것이다. 끝나고 나면 아마 새 제품이
나와 있을 테니까.

2007년 6월 26일

이 글은 자작극이니,
신중하게 클릭하시라

우리나라의 기자들은 대부분 생각하는 것이 너무 뻔하다. 누군가가 아예 죽어버리지 않는 한, 그가 작품을 발표할 계획이 없을 때 관련 뉴스가 나오면 그저 사람들의 주목을 끌려는 것이고, 발표 계획이 있을 때 나오는 뉴스는 무조건 자작극이라고 말하는 식이다. 아무리 가십이라 해도 이런 식으로 쓰는 법이 어디 있는가?

나는 휴식 시간이 비정상적이라서 때로는 잠에서 깨보면 이틀이 지나 있는 경우도 있다. 내가 깊이 잠들어 있던 이틀 동안 많은 곳에서 내가 자작극을 벌였다고 말했다. 나는 종종 내 스스로에게 감탄한다. 예컨대 이번 대필자 사건이 일어난 것은 새 책이 발표되기 며칠 전의 일이므로, 분명 상상력이 결여된 언론에서 내가 자작극을 벌인다고 말할 것이 뻔하다. 하지만 아무도 헛소문을 퍼트린 장본인에게 책임을 묻지는 않을 것이다. 나는 영문도 모른 채 일어나서 MSN을 열고 첫 페이지의 뉴스에서 내가 대필자를 썼다는 기사를 보게 되었다.

이런 일이 일어나면 오랜 기간 누명을 뒤집어쓴 채 살아야 한다. 왜냐하면 '한한이 3년 동안 대필자를 쓴 사실이 폭로되다' 따위의 뉴스는 대단히 눈에 잘 띄는 곳에 놓이지만, '한한의 대필자가 없음이 증명되었다'라는 기사는 보는 사람이 당연히 적을 거라 생각돼 구석에 놓이기 때문이다. 내가 머리에 총이라도 맞았는가? 이처럼 누명을 쓰고 명예를 더럽히는 일을 골라서 자작극을 벌이게? 그러니 언론은 제발 언론다운 모습을 보여주기 바란다. 애초에 그 게시물은 당신들이 각 사이트에서 긁어온 것이 아니었던가.

나 한한은 1999년부터 지금까지 한 번도 내 쪽에서 언론을 찾아가 무슨 보도를 해달라고 요구한 적이 없으며, 또한 한 번도 시나닷컴의 편집자에게 내 글을 추천해달라고 요구한 적이 없다. 일부 매체는 부디 트집을 잡아 내 명예를 훼손한 후에, 어쩌면 내가 대필자 사건을 터트려 새 책을 위한 자작극을 벌이는 것인지도 모른다면서 잘못을 다시 내게 뒤집어씌우지 말기를 바란다. 언젠가 당신들이 책을 낼 때는 그런 짓을 해야 할지도 모르겠지만 나는 그럴 필요가 없다.

중국에서는 헛소문을 퍼트리는 사람이 되는 것이 가장 행복하다. 누구나 멋대로 한 성의 바나나를 모조리 팔리지 않게 만들거나[1] 간단히 한 사람의 명예를 훼손해버릴 수도 있지만, 잘못은 결국 무고를 당한 사람에게 있으니까.

이미 내가 부하를 시켜 자작극을 벌이고 있다고 주장하는 사람이 있는 마당이니, 나는 그 부하의 정체를 폭로해버리도록 하겠다. 그는 바로 출판계 내부의 베테랑 인사이며, 같은 반 여학생들의 '겨털' 수집을 취미로 삼는 사람이다.

http://blog.sina.com.cn/mengqishang[2]

(어제 언급한 이후, '나는 우리 반 여학생들의 겨드랑이 털 모으는 것이 너무 좋은데, 어쩌면 좋을까?'나 '우리 아름다운 외국인 여교사가 내게 약을 먹여서 강간하려는 것 같은데, 어쩌면 좋을까?' 등 10만 편의 '어쩌면 좋을까' 시리즈는 이미 삭제되었다. 그가 내 부하라고 주장하는 언론에서는 이 사람을 찾아내기 바란다. 나는 이 출판계 베테랑 겸 '겨털' 수집가가 어느 도시에서 어느 학교를 다니고 있는지 정말 궁금하다.)

2007년 6월 27일

---

1. 2007년에 중국 최남단에 있는 하이난海南 성의 바나나에 사스SARS와 비슷한 병균이 들어 있다는 유언비어가 돈 적이 있었다.
2. 현재 이 블로그는 접속이 제한된 상태여서 아무런 글도 읽을 수가 없다.

나는 졸라 쿨하고,
그는 짱 잘생겼다

내가 썼다는 가짜 책이 한 해에 수십 권씩 출간되기 때문에, 최근에 한번 내 가짜 책들을 정리해서 몇 가지 시리즈로 분류해보았다. 분명히 해둘 것은, 이 책들이 해적판이 아니란 점이다. 해적판은 아무리 불법적이라고는 해도 결국 내가 쓴 것이다. 하지만 이번에 내가 여러분께 소개해드릴 돈 버는 아이템은 중국의 불법 도서업계에서만 찾아볼 수 있는 것이다. 불법 음악계와 불법 영화계에서는 그저 부러워하는 수밖에 없다. 우선 내 상품을 소개하도록 하겠다.

'천박' 시리즈: 『천한 사람, 천한 사건』 『검劍』[1]

'쿨' 시리즈: 이게 좀 많다. 『쿨』 『나는 졸라 쿨하다』 『누가 나보다 쿨하랴』 『조금 더 쿨해지자』 『백 년간의 쿨함』 등이 있다. 『끝까지 쿨하게』가 없는 것이 아쉽다. 보아하니 불법 상인들이 생각하기에 나는 정말 쿨한가보다.

'미치광이' 시리즈: 『미치광이』 『미친 자유』 『나는 나를 위해 미친다』 『어릴 때 미쳐라』와 『나는 미치광이』 등이 있다. '미친 자유'란 대체 무슨 뜻일까? 미친 듯이 방탕하라는 뜻일까? 사실 이 시리즈는 '쿨' 시리즈와 대응시켜야 제맛이다. 이를테면 『나는 졸라 미쳤다』라거나.

'잘생겼다' 시리즈: 『잘생겼다』 『짱 잘생겼다』. 그중 『짱 잘생겼다』는 『나는 졸라 쿨하다』와 더불어 내가 제일 좋아하는 작품이다. 이 시리즈가 발표될 때면 그야말로 깜짝 놀라지 않을 수 없다.

'풋내기' 시리즈: 여기에는 『십칠 세의 해후』 『다짜고짜』 『천사의 미몽』 『난세에 뛰어드니 그 정 끝이 없어라』 『연기는 어지러이』 등이 포함된다. 그중 내가 가장 보고 싶은 것은 『난세에 뛰어드니 그 정 끝이 없어라』다.

'변태 음란' 시리즈: 『춘심春心의 동요』 『불한당의 노래』 『여

240

섯 베이비』『청춘의 꿈』『아픔』

'류샹劉翔'² 시리즈:『청춘의 허들』과 그 자매편『청춘은 무죄』.

'삼중문三重門'³ 주변 시리즈:『삼중문 안』『삼중문 밖』『삼중문 뒤』『삼중문 앞』『삼중문 가운데』『삼중문 전집』『삼중문을 열다』『삼중문 속편』『삼중문 특별편』『삼중문으로 들어가다』『삼중문을 나서다』등 삼중문의 전후좌우.

쩡쯔모曾子墨⁴에게 바치는 시리즈:『모墨』

공산당에 바치는 시리즈:『붉은 출발점』⁵『수정의 맹세』『양광소년』

'대련' 시리즈:『배반의 계절』과『혼란의 시대』, 횡축橫軸⁶으로는『세월을 깨트리다』.

과학의 영역으로 들어서는 시리즈:『삼중문의 미스테리』『고민折騰』⁷『생명력』『칠색의 창』

---

2. 세계적인 육상 선수. 허들이 주 종목이다.
3. 『삼중문』은 한한의 첫 장편소설이자 최고의 인기작으로 중국의 교육관을 비판하는 내용을 담고 있다.
4. 펑황 위성방송의 여성 아나운서.
5. '출발점起點'은 중국 최대의 인터넷 소설 사이트 이름이기도 하다.
6. 대련對聯과 짝을 이루도록 가로로 쓰는 글. 앞서 두 책의 제목이 모두 세월과 관계된 것을 노린 말장난이다.
7. 후진타오는 2008년 '흔들리지 않고, 태만하지 않고, 고민하지 않는 것'을 강조한 바 있는데, 한한은 이중 '고민'을 후진타오의 또다른 표어 중 하나인 '과학적 발전'과

자오중샹趙忠祥[8]의 세월 시리즈:『세월의 변두리』그리고 라오잉饒穎[9]의 화답 소설『변두리의 세월』.

『영광의 날』 시리즈:『영광의 날』의 출판이 지연된 관계로 두 종류의 가짜『영광의 날』이 나돌고 있다. 최근에는『영광의 날光榮日』의 키가 작은 자매품이 출시되었는데, 제목은『영광의 말光榮曰』[10]이다.

'불법 상인들이 제목을 생각해내지 못했음' 시리즈:『바로 한한이다』『한한이 최근 바치는 글』

그 밖에 별로 재미없는 위작들은 일일이 열거하지 않았다. 100여 편 정도 되는 것 같다. 조화사회가 이루어진 것에 감사한다. 덕분에 나는 등신대等身大의 저작을 갖게 되었다. 표지를 보고 싶은 사람은 http://post.baidu.com/f?kz=257856171이나 http://www.twocold.org/bbs/viewthread.php?tid=1506&extra=page%3D1를 방문하기 바란다.[11] 하지만 그중『소년』이라는 만화는 내가 허락한

관련짓고 있는 것이다.
8. 저명한 방송인. 1942년생으로 40여 년간 중앙방송에서 근무했다.
9. 2005년 여성 보건의인 라오잉이 자오중샹의 변태적 기질을 폭로해 이슈가 된 적이 있었다.
10. '曰'은 '日'에 비해 납작하기 때문에 키가 작다고 표현했다.
11. 두번째 링크는 이미 끊어졌지만 첫번째 링크에서는 아직도 제법 많은 표지 사진을 볼 수 있다.

만화이므로 가짜 책이 아니다. 다른 판본을 가지고 계신 분은 글을 써서 사진이라도 한 장 올려주시라. 내가 예전에 또 무슨 책을 출판했는지 알 수 있게 말이다.

갑갑하게도 뜻을 펴지 못하고 있는 친구들, 펀드라도 들고 싶은데 종잣돈이 없는 친구들, 부자가 되고 싶은가? 인쇄소를 하나 찾아서 동업을 하라. 인터넷 소설들을 긁어오고, 책이 잘 팔리는 작가를 하나 고르고, 제목을 하나 생각해서 출판하는 거다. 만약 당신이 게으르다면 인터넷 소설이나 긁어다가 작가에게 빌붙어서 출판을 하는 일보다 효율이 높은 사업은 없을 것이다. 안전하게 계산하더라도 한 달에 15권은 출판할 수 있으니, 한 권당 5만 부씩 팔 수 있고 권당 2위안씩 이윤이 남는다고 친다면 한 달에 150만 위안을 벌 수 있다. 1년에 열한 달만 일하고 나머지 한 달은 라스베이거스에 가서 휴가를 보낸다 해도 1년에 1650만 위안을 벌 수 있다. 자그마치 1650만 위안이란 말이다. 게다가 절대로 안전하며, 거의 합법이나 마찬가지다. 아무도 조사하러 오지 않을 것이다. 명성을 얻을 수도 있다. 친구와 이야기를 할 때, 당신은 문화 산업에 종사하고 출판업을 하는 사람인 것이다. 요즘은 마약을 팔아도 그만큼 벌기가 쉽지 않으며, 게다가 붙잡히면 총살을 당한다. 이는 문자 그대로 '끝장나게' 쿨한[12] 것이니, 그렇게까지 할 필요는 없겠다. 은행을 털거나, 약을 팔거나, 납치를 하거나, 사기를 치

거나 하려는 사람들은 모두 와서 출판을 하도록 하자. 그러나 나
처럼 이렇게 범죄를 부추기다가는 자칫 잡혀갈지도 모른다. 그러
니 시간이 촉박하다, 요 몇 년 새 아무도 신경쓰지 않은 틈을 노
리자. 이중톈易中天[13], 위단, 위추위, 궈징밍 등의 책이 모두 대단히
잘 팔린다.

　　이 정보는 공짜다.

2007년 9월 3일

---

12. 강조의 의미로 많이 쓰이는 비속어 '逼'와 죽다는 뜻을 가진 '斃'의 음이 같음을
이용한 말장난이다.
13. 샤먼 대학 인문대학원의 교수로, 우리나라에도 널리 알려진 인문학 필자다. 주요
작품으로 『이중톈 중국사』 『이중톈의 미학강의』 『이중톈 중국인을 말하다』 등이 있다.

나는 바로 이 세상과 같다

며칠 전 티베트에서 행사를 마치고 돌아왔다. 서쪽에 있을 때 만나는 사람들마다 반응이 있느냐고 내게 물었다. 처음에는 그 말을 이해하지 못해서, 이곳 사람들은 모두 참 직설적이구나, 풍속이 개방적이구나 하고 생각했었다.[1]

상하이에 돌아온 후 두 가지 출판 소식이 있었다. 하나는 서역으로 불경을 취하러 가는 것보다 훨씬 더 어렵게 출판이 이뤄진 잡문집으로 제목은 『잡스러운 글雜的文』이다. 수록된 글은 대부분 내 개인 블로그에 발표했던 내용 중에서 선택한 것이다. 이 책은

---

1. '반응이 있다'라는 말은 남자가 성적으로 흥분하는 것을 암시하기도 한다.

원래 작년에 출판할 계획이었지만, 출판하기 전에 스캔들이 조금 돌기도 했고 판권 쪽으로도 문제가 좀 생겨서 출판할 기분이 나지가 않았다. 그래서 지금까지 미뤄졌다. 어떤 사람들은 이것이 독자에게 사기를 치는 것이 아니냐고 한다. 이 글들은 이미 인터넷에 공짜로 발표했던 것이기 때문이라는 것이다.

나는 그들에게 이렇게 말하고 싶다. 이 개 같은 자식들아. 나는 온 중국의 베스트셀러 작가들 중에서 블로그에 자기의 원본 작품을 무료로 공개하는 유일한 작가다. 이렇게 무료로 글을 공개하는 것은 글 써서 먹고사는 사람의 입장에서 보자면 엄청나게 자원을 낭비하는 셈인데, 돈 한 푼 안 들이고 다 봐놓고서, 덕 볼 것은 다 봐놓고서 마치 선심이라도 쓰는 척을 하다니. 내가 책을 내는 것은 안 된다고 하고 해적판으로 내 책이 한 권씩 나오는 것은 괜찮다고 하니, 당신들은 대체 무슨 심보인가? 나는 당연히 내가 쓴 글을 사용할 권리가 있다. 이는 종종 신문의 전문 칼럼에 글을 쓰는 사람이 책을 출판할 때 그 글들을 수록해서는 안 된다는 소리나 마찬가지가 아닌가? 더군다나 내 글의 조회수는 10만 정도지만 내 책의 판매량은 50만 정도이므로, 당신이 본 글이라 해도 별일은 아니다. 아직 40만 명이나 못 본 사람이 있지 않은가. 본 사람은 사지 않으면 되는 거다. 네 엄마가 사라고 시키기라도 했냐?

이 밖에 『아들 한한兒子韓寒』이라는 제목의 책이 또 출판될 예

246

정인데, 우리 아버지가 2000년에 출판한 책이다. 이 책은 재판을 찍지 않아서 2003년에 이미 시중에서 구할 수가 없게 되었다. 이번에 다른 출판사에서 새로 증보판을 출판하기로 했다. 이 일에 대해서는 이미 분명히 설명한 바 있다. 원래의 책이 다 팔렸을 때 새로운 판본을 찍어내는 것은 너무나 당연한 일이다. 만약 끝끝내 내가 옛날 책을 새 책인 것처럼 독자들에게 사기를 치고 있다고 말한다면, 이는 당신 스스로 뭔가 꿍꿍이가 있음을 드러낼 뿐이다.

어느 '다른 속셈이 있는' 기자는 글을 써서 이렇게 말했다. "적지 않은 팬들이 인터넷상에서 한 씨 부자가 '새 부대에 헌 술'을 담고, 억지로 책의 종수를 늘려 팬들의 돈을 갈취하려 한다고 격렬히 비난하고 있다."……요즘 네티즌들도 참 불쌍하다. 무슨 일이건 끌려들어가니 말이다. 기자 양반, 그렇게 생각하고 싶으면 그냥 자신의 생각이라고 쓰면 되지, 꼭 내 독자들에게 잘못을 덮어씌워야 하겠는가? 만약 진짜로 이 기자의 글처럼 생각하는 독자나 팬이 있다면, 부디 꺼져주시라. 가서 인심 좋은 귀징밍의 팬 노릇이나 하시라.

나는 매사를 광명정대하게 처리한다. 이 두 책은 비닐 포장도 하지 않았으며, 대부분의 글은 내 블로그에서 무료로 읽을 수있다고 명시해두었다. 공짜 밥을 먹고 싶은 사람이나 최근의 통화팽창 때문에 극히 가난해진 사람은 인터넷으로 보면 된다. 앞으로도 나는 계속해서 내 진정한 독자들과 지금 언급한 이런 사람들을 위해 무료로 볼 수 있는 글들을 제공할 것이다. 이 사회는 당신에게 원조를 해주지 않을지라도 나는 당신에게 원조를 해주겠다.

'극소수'의 사람들아, '다른 속셈을 갖지 말아라'.[2] 당신들은 내가 책을 한 권 낼 때마다 책값을 낮추기 위해서 어떤 노력과 희생을 하는지 알지 못한다. 다른 사람들의 책이 25, 28, 30위안 할 때 내 책은 아직 19, 22위안만을 받는다. 당신들은 내가 요즘 유행하는 '잡지'에 내 이름을 빌려주지 않으려고 얼마나 많은 개인적 이익을 포기했는지도 알지 못한다. 내 책 가운데 가장 싼 것은 9위안을 받은 적도 있다. 글자 수는 적었지만 그림을 좀 넣어서 15위안, 20위안을 받는 것도 문제가 없었다. 그런데 이 책이 오히려 10만 부 정도로 판매량이 가장 낮았다. 게다가 가격이 너무 낮아서 떨이를 해도 이윤이 아주 적었으므로 책을 파는 측에서도 적극적으로 나서지 않았다. 난 정말 쿨하고, 당신들은 정말 잔혹[3]하다.

이 밖에, 내 진짜 독자들에게는 항상 감사한다. 당신들에게는 선물이 있을 것이다.

---

2. 원문인 '別有用心'은 원래 '다른 꿍꿍이, 속셈을 품다'는 뜻이지만, '別'를 '별도로' '따로' '다른'으로 풀지 않고 '하지 마라'라는 금지의 뜻으로 해석할 수도 있다.
3. '쿨하다'는 뜻의 '酷'는 '쿠'라고 읽는데, 원래 뜻은 '잔혹하다'이다. '쿨하다'는 뜻으로 쓰일 때는 영어 'cool'의 음역이다.

하지만 이런 일은 중요하지 않다. 나는 여전히 내 방식대로 일을 처리할 것이다. 설령 당신들 중 누구도 내 심정을 이해하지 못한다 해도. 당신들은 나와 다르다. 나는 이 세계와 같다. 이 세계는 변하는 법이 없다.

2008년 1월 18일

'산자이'가 없으면 신중국도 없다[1]

    며칠 전에 기자가 내게 산자이山寨[2] 문화를 어떻게 보느냐고 물었다. 누군가가 산자이 문화에 관한 법률을 제정하려 한다는 것이었다. 나는 다른 사람이 구체적으로 어떻게 생각하는지 몰랐으므로 말하기가 어려웠고, 그저 산자이에 대한 내 생각을 한번 이야기해보는 수밖에 없었다.

---

1. 이 제목은 1943년 차오훠싱曹火星이 작곡한 유명한 노래의 제목을 패러디한 것이다. 원래 제목은 〈공산당이 없으면 신중국도 없다〉이다. 중국이 공화국 선포를 한 뒤 중국공산당의 정식 당가로 채택되었다.
2. '산자이' 즉 '산채'는 원래 도적 소굴을 일컫는 단어였으나 최근에는 중국산 '짝퉁'을 지칭하는 뜻으로 많이 사용된다. 도적 소굴이라는 원의를 남기기 위해 원음으로 표기했다.

내 생각에는, 사실 산자이와 해적판을 구분하기만 하면 이 문제는 해결하기 쉬워진다고 본다. 예를 들어 내가 책을 한 권 출판했는데 어떤 사람이 똑같이 생긴 것을 만든다면 이것은 해적판이다. 어떤 사람이 책에 멋대로 제목을 붙이고 내 이름을 내건다면 이는 권리침해 행위다. 물론 그의 어머니가 그에게 애초에 나와 같은 이름을 붙여주었다면 예외겠지만. 그러나 제목을 『나의 나라』나 『두 도시』[3]로 붙이면 문제가 없으며 일종의 산자이로 볼 수 있다. 나는 개인적으로 전혀 개의치 않는다.

어떤 사람은 산자이 문화가 보급되고 나면 중국은 철저하게 산자이 국가로 추락하고 말 거라 걱정한다.

내 생각에는 이런 걱정을 할 필요가 없는 것 같다. 왜냐하면 우리는 원래 산자이 국가이며 산자이에 대해 칼을 빼드는 것은 단물만 빨아먹고 헌신짝처럼 내버리는 배은망덕한 짓이기 때문이다.

경제와 문화와 정치의 시작은 모두 산자이로부터 시작하는 것이라서 산자이를 잊는 것은 근본을 잊는 것이다. 정협[4] 위원부터가 산자이의 산물이다. 그들은 국회의원의 산자이판版이며, 게다가 대단히 산자이스럽다. 우리의 국가는 건국 초기에는 산자이 소련

---

3. 각각 한한의 소설 『그의 나라』와 『한 도시』의 패러디다. 『한 도시』는 우리나라에 『연꽃도시』라는 제목으로 출간됐다.
4. 중국인민정치협상회의의 약어이다.

이었으며, 예전 우리의 ×× 사상은 산자이 ×× 사상이다. 또 우리의 ×× 이론은 산자이 ×× 이론이며, 우리의 ×××도 역시 산자이 ×로부터 발전한 것이다. 가히 산자이가 없으면 신중국도 없다고 말할 수 있다.

산자이는 역사 발전이 필연적으로 거치는 단계이며, 산자이는 신문화를 건설할 수 있다. 하지만 산자이에 의거해서 앞날이 창창해지기는 비교적 어렵다. 이에 우리는 ×× 특색의 ××××를 이룩했으며 ××××를 만들어 천천히 산자이로부터 벗어났다. 누군가가 산자이로부터 벗어나기 시작할 때 다른 누군가가 반드시 그 뒤를 따르게 마련인데, 예를 들어 지금의 북한은 예전 우리의 산자이판이다.

입법이란 상당히 복잡하고 오래 걸리는 과정이다. 해적판과 지적재산권 보호에 관련된 입법은 반드시 이루어져야 하는 것이지만 우리는 이 방면에 대단히 취약하다. 하지만 산자이는 그저 하나의 신기한 현상, 어쩌면 하나의 유행어에 지나지 않는다. 당신네들이 법률과 규칙을 제정해내고 나면 이미 유행이 지나버려서 아무도 이 세 글자를 입에 담지 않고 있을지도 모른다. 사람들이 돈을 많이 벌고 생활이 진정 편안해진 연후에 산자이 상품은 저절로 없어질 것이며 산자이 문화는 더더욱 코미디가 될 것이다.

어쩌면 어떤 정치가들은 이런 글을 보고 불쾌해할지도 모르겠다. 우리는 원래 대단히 고상한 사람들로 대단히 진지하게 이 산자이란 것에 대해 토론하는 것이며, 혁명 원로들이 새로운 문제에 직면한 것이다. 어떻게 갑자기 우리들이 산자이로 변해버렸단 말인가? 대체 무엇이 산자이인가? 산자이를 말살해야 하는 것 아닌가?

사실 이 문제는 대단히 이해하기 쉽다. 당신 마누라가 곧 산자이의 여두목壓寨夫人[5]이며, 당신의 첩이 산자이판 마누라이니, 어떻게 해야 되겠는가.

2009년 3월 7일

---

5. 산채 두목의 여인을 일컫는다. 두목에게 든든한 여인이 있어야 산채가 안정이 된다는 뜻이다.

문화 대국

　　최근 기자들이 내게, 구글 도서관 프로젝트[1]에서 나를 포함한 수백 명의 작가들의 책을 스캔한 다음 인터넷에 올려 무료로 열람하게 할 계획을 갖고 있는데, 여기에 대해 어떻게 생각하느냐고 묻는 경우가 잦았다. 당시 나는 기자에게 그렇게 해서는 안 된다, 이는 대기업이 취할 태도가 아니다 하고 대답했다.

　　나중에 뉴스와 신문에 소개된 내용을 자세히 살펴봤지만 나 스스로도 내가 얻은 정보가 충분한지 판단할 수가 없다. 그래서 이 문제에 대한 대답은 두 종류로 나누도록 하겠다.

---

1. 지금은 이미 '구글 도서'라는 이름으로 서비스에 들어갔다.

첫째, 만약 구글이 진짜로 책을 전부 스캔해서 이를 인터넷에 올려 무료로 열람하고 다운로드받을 수 있게 한다면 이는 명명백백한 불법이다. 사전이나 사후에 돈을 지불하건 말건 중요하지 않다. 이는 특히 전통적인 책을 쓰는 작가들에게 매우 큰 손해를 끼친다.

둘째, 만약 구글이 도서의 일부분이나 몇몇 단락만을 뽑아서 스캔하는 것이고, 전문을 열람할 수 있게 하는 것이 아니라면, 즉 열람할 수 있는 글자 수가 상당히 적은 비율로 제한될 수 있다면 나 개인적으로는 이것이 불법이라고 생각하지 않는다.

나는 구글이 어느 쪽에 속하는 행동을 하는지 알지 못한다. 만약 전자라면 엄벌에 처해야 할 것이고, 후자라면 다른 사람들에게 무고를 당한 것이다.

전통적으로 중국 도서의 판권에 대한 보호는 매우 취약한 실정이다. 중국의 100대 부호 명단 중 대부분은 부동산업자이며, 인터넷을 제외하고는 문화산업 종사자가 한 명도 없다. 중국에서 제일 크고 제일 수준 높고 제일 돈을 잘 버는 출판사가 1년간 죽도록 일해서 벌어들이는 이윤이 부동산업자가 집 한 채 팔아서 남기는 이윤보다 못하며, 출판업계 전체의 이윤은 상하이 민항閔行 구[2]에

---

2. 주거 시설이 밀집해 있는 곳이다. 2009년 6월, 이곳에서 건설중이던 아파트가 쓰러지는 사건이 발생해 국제적인 망신을 산 적이 있다.

서 아파트 한 채를 자빠뜨려서 얻는 이윤보다 못하다. 우리나라는 문화를 유린하는 데 있어서나 대국이지 절대로 문화 대국이 아니다. 지금 누군가가 문화인이라 자칭한다면 그는 분명 공항에서 문화 포럼이나 몇 번 본 것이 전부인 벼락부자이다.

모두들 미래에는 전자책 판권에 의존하게 될 거라 말하지만 나는 책임지고 이렇게 말할 수 있다. 내가 쓴 모든 책을 통해 얻은 전자책 판권의 수익은 10년 동안 번 것을 모두 합해도 1000위안이 넘지 않는다. 말하자면 연평균 100위안이니 책 한 권을 쓰면 전자책 판매를 통해 평균 10위안을 벌 수 있다. 해적판 전자책은 전통적인 해적판보다 작가의 수입에 더 심각한 영향을 미치는데, 만약 모든 독자들이 자신이 보는 글의 작가가 무료로 공개한 글을 보면서 즐거워한다면(이를테면 당신이 이 블로그를 보고 있는 것처럼), 당신은 머지않아 이 작가가 직업을 바꿔 더이상 글을 쓰지 않게 되는 모습을 볼 수 있을 것이다. 많은 독자들은 기꺼이 200만 위안을 들여 집을 한 채 사서 개발상에게 100만 위안을 벌게 해주며, 2000위안에 옷을 한 벌 사서 제조업자에게 1800위안을 벌게 해주며, 4만 위안에 번호판을 사서 정부에게 4만 위안을 벌게 해준다. 왜 20위안을 주고 책을 한 권 사서 작가로 하여금 1.6위안을 벌게 해주려고는 하지 않는가?

중국 도서의 가격은 언제나 매우 저렴한 편이었다. 가장 중요한 원인은 출발점이 너무 낮았다는 것이다. 최초의 도서는 정치사상을 선전하고 사람들을 세뇌하는 역할을 수행했으므로 국가가 생산비의 상당 부분을 담당했으며, 엄밀한 의미에서 상품이 아니었다. 이로부터 비롯된 상황이 지금껏 이어져오고 있다. 정상적인 시장에서라면 책값은 영화 관람료보다 비싸야 마땅하다. 맞다, 나는 당연히 내가 더 많은 인세를 받고 책값을 더 높게 받을 수 있기를 희망한다. 당신이 월급을 더 받기를 희망하는 것과 마찬가지로 말이다. 중국의 정상급 베스트셀러 작가는 세 권의 정상급 베스트셀러를 내야 상하이 네이환內環[3] 안쪽에 아파트 한 채를 살 수 있다. 나는 미국의 정상급 베스트셀러 작가가 한 권의 정상급 베스트셀러를 낸다면, 뉴욕 중심부에 최소한 아파트를 50채는 살 수 있을 것이라고 생각한다.

그러니 이 나라의 문화 시장과 부동산 시장은 모두 극히 기형적이라 할 수 있다.

내가 책을 출판하기 시작한 2000년부터 2009년에 이르기까지 종잇값과 인건비는 대폭 상승했으나 책값의 상승폭은 대단히 제한적이었다. 당시 처음 나왔던 『삼중문』은 16위안이었고 지금은 26위안이다. 2003년 작 『장안란』은 20위안이었는데 지금은 25위

---

3. 내부 순환도로 안쪽, 도시 중심부를 일컫는다.

안이다. 2000년경 도서의 가격은 사실 이미 20위안 근처를 왔다갔다했지만, 2009년에도 겨우 25위안 근처를 왔다갔다하고 있을 뿐이다. 책값을 조금 올릴 때면 매번 많은 사람들이 출판사와 작가들은 정말 탐욕스럽다고 말한다. 사실 중국에서 가장 탐욕스러운 출판업자도 1년에 1000만 위안 정도밖에 벌지 못하며, 그 정도면 업계 최고의 인재라 불릴 것이다. 하지만 1년에 수백억 위안을 벌어들이는 부동산업자와 똑같이 욕을 먹어야 한다. 출판업은 거대한 산업이지만, 지금 대형 출판사가 버는 돈은 평범한 발 마사지 가게보다 적다. 이런 마당에 문예가 어떻게 부흥할 수 있겠는가? 돈과 문화가 서로 관련이 없다거나 심지어 반대되는 것이라 생각해서는 안 된다. 오직 극도로 열악한 문화 시장만이 이토록 근시안적이고 이익만을 좇는 문화적 쓰레기를 생산할 수 있다.

2009년 10월 23일

나는 구글의 60달러를 받을 것이다

　　나는 구글 도서관 프로젝트에서 내 모든 책을 스캔하는 것을 기꺼이 받아들이며, 목록과 개요를 게시하는 대가로 권당 60달러를 지불한다는 조건에 흔쾌히 동의한다. 이전에 구글을 비난했던 것은 인터뷰 당시 일부 언론이 나를 오해하게 했기 때문이며, 당시 외지에서 경기를 하고 막 돌아온 터라 시간과 조건을 분명히 알아보지 못한 상태였기 때문이다. 이 자리에서 비난 발언을 취소한다.

　　비교해본 결과 나는 이것이 대단히 적절한 조건이라는 사실을 알게 되었다. 구글은 다만 내 책의 목록과 개요만을 보여주면서도 60달러를 지불하는 것이다. 고개를 돌려 조국의 상황을 보자면, 무수한 사이트에서 내 책의 전문을 다운로드받을 수 있지만 1999

년부터 2009년까지 나는 돈을 한 푼도 받은 적이 없다. 지금 구글은 그저 내 책의 목록만을 올리고도 60달러를 지불한다 하니, 나는 대단히 만족스럽다. 최근 10년 동안, 인터넷을 통해 거의 원고료를 받을 뻔한 적이 딱 한 번 있었다. 2000년경 나는 중국의 어느 사이트와 처음으로 어떤 책의 전자책 판권 계약을 체결했다. 조회수와 다운로드 횟수로 계산한 인세가 마침내 1만 위안에 근접할 무렵, 갑자기 모든 수치가 0으로 변해버렸으며 나중에는 아무도 이 일을 다시 꺼내는 사람이 없었다. 중국에서 오직 치덴[1]만이 내게 인터넷 연재 비용을 지불하기는 했지만, 그것은 아직 출판되기 이전의 새 소설에 대한 것이었다.

반면 구글이 지불하는 60달러는 단지 목록에 대한 비용일 뿐이며, 전체를 다운로드받고자 하는 사람에게는 별도로 요금을 부과한다. 만약 내가 7, 구글이 3을 가져간다면 대단히 합리적인 것이다. 왜냐하면 전통적인 출판계에서 나는 겨우 1만을 가져가고, 서점에서 4 또는 5를 가져갔기 때문이다.

구글 도서관 프로젝트가 있기 전, 나는 내가 이 업계에 발을 담그고 있는 사람임에도 불구하고 중국에 중국문자저작권협회China Written Works Copyright Society라는 것이 존재하고 있다는 사실조차 몰

---

1. 치덴중원왕起點中文網. 창작 작품을 연재하고 열람할 수 있는 사이트다.

랐다. 나는 줄곧 중국에서 판권 보호를 책임지는 사람들은 이미 죄다 멸종해버린 줄로만 알고 있었다. 아마 국내 해적 사이트를 단속하는 일은 작업량은 많은데 벌어들일 수 있는 돈은 그다지 많지 않아서인지, 그들은 계속 몸을 숨긴 채 활동하지 않고 있었던 것이리라. 아니면 중국문자저작권협회가 돈을 뜯어낼 수 있는 상대만을 적으로 삼는지도 모르겠다. 이미 이런 협회가 있다고 하니 나는 그들에게 내 권리를 보호해줄 것을 요청한다. 즉 구글을 제외하고, 내 장편소설 전문을 무료로 다운로드받을 수 있게 해놓은 모든 문학 사이트들을 단속해줄 것을 요청한다(나는 내 잡문, 산문, 단편소설은 인터넷상에 무료로 공개하고 싶다. 하지만 장편소설과 단행본 전체를 공개하는 것은 아무래도 무리다. 부디 내게도 생계를 유지할 방법 하나쯤은 남겨주기 바란다. 그러나 만약 당신이 기어이 공유해야 하겠다면, 내가 쓴 글을 검색해서 찾아봐도 아무런 문제는 없다).

구글은 이미 출판된 도서에 대해 내게 돈을 지불하고자 하는 최초의 사이트다. 선구자에 대한 우대 정책으로 나는 그들에게 50퍼센트를 할인해주고자 한다. 즉 한 권에 30달러면 내게서 권한을 위임받을 수 있을 것이다.

이 자리를 빌려 천명하는 바이다.

2009년 11월 23일

중국 영화

　　며칠 전 추이융위안崔永元[1]이 이렇게 말하는 것을 들었다. 어릴 적에 영화를 즐겨 봤는데, 저녁 7시에 영화를 상영하기로 되어 있으면 점심 때 미리 도착해 아무도 없을 때부터 운동장 한가운데의 가장 좋은 자리를 잡고 기다렸다. 몇 시간을 기다리고 나면 사람들이 속속 도착하는데, 그가 이렇게 좋은 자리를 잡고 있는 것을 보고는 매우 부러워했다. 마침내 영화가 상영될 때가 되었는데, 덩치가 커다란 사람 몇이 와서 여기는 영사기 놓는 자리라고 말하면서 추이 씨를 쫓아내버렸다.

---

1. CCTV의 유명 사회자.

내가 어릴 때도 적지 않은 영화를 보았는데, 마찬가지로 야외 상영이었으며 인산인해를 이룬 탓에 볼 수 있는 것이라고는 아버지의 어깨 위에 올라탄 아이의 엉덩이밖에 없었다. 당시 상영했던 영화는 죄다 액션 영화였는데, 날아다니는 장면에서는 걸핏하면 와이어가 그대로 보이곤 했다. 또 날아다니다 사고가 나는 것을 막기 위해서 한 명씩 따로따로 날았으며, 과학기술이 발달한 지금처럼 떼로 날아다니지도 못했다. 보고 난 다음에는 매번 3일 동안 토론을 했으며, 주변에는 흉내를 내다 피를 보는 사람들이 날로 늘어갔다.

이는 당시 사람들의 생활이 얼마나 고되고 재미없었는지를 보여준다.

내가 학교에 다닐 때 학교에서 단체로 〈타이타닉〉을 관람한 적이 있었다. 나는 매우 놀랐는데, 왜냐하면 주인공 로즈의 노출 장면이 있다고 들었기 때문이다. 하지만 선생님은 괜찮아, 학생주임이 이미 편집한 거야 하고 말했다. 나는 매우 놀랐다. 알고 보니 우리 학생주임은 필름 편집도 할 줄 아는구나.

앞쪽에 앉은 친구들은 대단히 몰입하여 감상하고 있었는데, 로즈가 소파에 드러누워 그림을 그려달라고 강하게 요구하는 장면에 이르러서는 다들 숨도 감히 쉬지 못했다. 로즈의 옷이 바닥으로 떨어져내리기 시작할 무렵, 스크린이 온통 깜깜해지면서 한 쌍의 커다란 손이 필름을 가려버렸다. 학생들은 한바탕 법석을 떨었다. 이제 보니 편집했다는 게 이런 거였구나, 게다가 현장에서 편집을 하는 것이었구나! 진짜 대단하다. 로즈가 옷을 입고 나자 스크린이 다시 밝아졌다. 타이밍 맞추는 솜씨가 천의무봉한 것으로 보아 이 학생주임은 몇 번이나 슬쩍 돌려봤음이 분명했다.

물론 가장 괴로웠던 것은 화면은 나오지 않는데 소리는 계속 나왔다는 점이다.

나는 개인적으로 영화를 즐겨 보기는 하지만 보는 시간이 항상 심야라서 건물이 좀 무너져내리고 비행기가 좀 터지지 않으면 금세 잠들어버린다. 〈포레스트 검프〉는 3일 밤에 걸쳐 봤는데 매번 깃털이 땅에 떨어지기도 전에 잠들어버렸다. 그해 겨울 시장에는 VCD가 대세였는데, 이야기가 갑자기 끊기기 때문이건 추위 때문이건 간에 디스크를 갈아끼우는 것[2]이 가장 귀찮은 일이었다.

나중에 베이징에 가서 영화를 제법 많이 보았다. 가장 인상 깊었던 것은 왕샤오솨이王小帥[3]의 〈북경 자전거〉다. 영화를 볼 때 왕씨가 그 자리에 있었다면 그를 붙들고 이야기를 좀 빨리 진행시키면 안 되느냐고 말하고 싶은 심정이었다. 영화를 본 회의실은 냉기

---

2. VCD는 용량의 한계로 한 장에 영화 한 편이 다 저장되지 않는 경우가 많았다.
3. 해외에서 여러 상을 수상한 영화감독이다. 그가 연출한 〈북경 자전거〉는 베를린영화제 은곰상, 전주국제영화제 전주시민상을 받았다.

가 가득했는데, 그날 바깥 기온은 40도였다. 그 에어컨이 어느 회사 것이었는지는 모르겠지만, 온몸에 닭살이 돋을 정도로 춥게 만들었다. 다 보고 나서는 심하게 앓아누웠으며, 그 이후로 누군가 〈북경 자전거〉나 왕샤오솨이, 가오위안위안高圓圓[4] 이야기를 꺼내기만 해도 덜덜 떨게 되었다.

이 영화는 놀랍게도 지하영화[5]로 분류되었다. 상영이 금지되었기 때문이다. 금지된 이유는 해외 영화제에 출품하는 과정에 문제가 있었기 때문이다. 그러나 이 일은 왕샤오솨이에게 전화위복이 되는데, 사람들로 하여금 이 사람은 분명 사상이 대단히 특출할 거야, 그가 찍은 영화는 오직 해외에서만 상영할 수 있고 중국에서는 감상이 허락되지 않으니 하고 생각하게 만든 것이다. 만약 영화 상영이 금지되는 일이 없었다면 정신없이 뛰어다니기만 하고 너무 길어서 아무런 인상도 남기지 못하는 영화에 불과했을 것이다.

올해도 극장에 가서 적지 않은 영화를 봤는데 모조리 엉망진창이었다. 우선 〈연애하는 베이비戀愛中的寶貝〉[6]가 있는데, 영화가 시작할 때는 그래도 관객이 몇 있었지만 끝나고 나니 나 혼자밖에

---

4. 〈북경 자전거〉의 여주인공.
5. 실험영화, 독립영화 등 비주류 영화를 일컫는 말이지만, 여기서는 금기시되는 소재를 다뤄 일반적인 상영을 할 수 없는 영화를 뜻한다.
6. 여성 문제를 주로 다루는 여성 감독 중 한 사람인 리사오훙李少紅의 작품이다.

없었다. 영화의 주요 광고 포인트는 저우쉰의 나체와 컴퓨터 특수효과였다. 설마 나처럼 극장에 가서 영화를 보는 사람들이 저우쉰의 나체 같은 것을 보고 싶어한단 말인가. 설령 내가 나체가 보고 싶다 하더라도 꼭 저우쉰의 나체를 봐야 하는 것은 아니며, 또 극장에 가서 봐야 하는 것도 아니다.

이 영화는 매우 못 만든 작품인데, 각본과 감독의 책임이다. 특히 리듬감을 전혀 살리지 못했다.

왕페이王菲[7]의 〈대도시의 작은 이야기〉인지 〈소도시의 큰 이야기〉인지를 봤는데, 제목도 잘 기억나지 않는다. 무슨 이야기였는지도 죄다 잊어버렸다.[8]

〈펭귄: 위대한 모험〉은 괜찮은 영화다. 보는 동안 찍는 사람들이 얼마나 추웠을까 하고 생각했다. 또 제작진의 각종 장비의 배터리가 곧 다 닳아버리지 않았을까 하는 생각도 했다. 하지만 이 다큐멘터리는 펭귄에게 너무 많은 의미를 부여한 것 같다. 어떤 부분은 분명 펭귄 몇 마리를 잡아다 놓고 얼음 동굴을 뚫어서 찍은 것이 틀림없다.

나중에는 미국 감독 천카이거[9]의 애국 대작 〈무극〉를 보았

7. 가수이자 영화배우이다. 우리나라에서도 큰 인기를 끈 〈중경삼림〉에 출연하여 스톡홀름영화제 여우주연상을 수상하기도 했다
8. 〈대도시의 작은 이야기〉가 맞다. 상하이를 배경으로 한 멜로물이다.

다. 아무 말도 않겠다.

다만 영화를 보는 사람이 적었다고만 해두자.

이는 우리 시대 사람들의 생활이 너무 고되고 재미가 없다는 것을 보여준다.

짧게 쓰자. 중국 영화는 상상력이 결여되어 있고 유머 감각이 없으며, 많은 천박한 자들이 죽어라고 심각한 영화를 찍어내려 하고 있다. 영화의 흥행 성적이 부진한 것에는 모두가 책임이 있다. 물론 중국인은 본래 생활 속의 정취가 없는 사람들이다. 중국인에게 정취란 크리스마스에 밤 10시까지 줄을 서서 사이비 양식을 한 끼 먹는 것이다. 그러고 나서 올해는 생활 속의 정취를 만끽할 수 있는 일을 했다고 치고 다시 무미건조한 생활을 시작하는 것이다. 이런 상황은 이 나라가 수천 년 동안 계속해온 습관이다. 아무도 이를 바꿀 수가 없다. 우리의 영화가 가까운 시일 내에 번영하는 것은 불가능하다.

우리의 감독은, 자기만족만을 찾네.

우리의 작가들은, 죽자고 써도 이름을 날리지 못하네.

우리의 영화는, 아무리 해도 이 정도 수준에 불과하네.

---

9. 천카이거는 미국 영주권 소유자다. 중국은 이중국적을 허용하지 않으므로 사실상 미국인이라고 봐야 하지만, 천카이거는 공개 석상에서 이를 부인한 바 있다.

우리의 관중은, 또한 이 정도 행실이네.

우리의 투자자들은, 수입이 기본적으로 0이네.

우리의 국민은, 영원히 가난에서 벗어나지 못하네.

2008년

중국 영화
황금 닭대가리상과 최고 변태상[1]

　　최근 두 친구에게서 열정적인 초대를 받았다. 내게 1000자에 달하는 문자를 보내왔는데, 중국 영화 백화상의 대중 평가단을 맡아달라는 것이었다. 하지만 나는 금계상, 백화상, 루쉰문학상, 마오둔문학상 등을 정말 싫어하는 관계로 그냥 인터뷰만 한 번 하고 영화제에는 참석하지 않기로 했다.

　　인터뷰 중에 나는 몇 가지 문제에 대답했는데 여기에 한번

---

1. 원문은 '金雞巴獎'과 '百花癡獎'으로, 중국 최고 권위의 영화상인 '금계상'과 '백화상'을 비틀어놓은 것이다. 금계상은 전문가가 선정한 최고 영화상이며 백화상은 관중이 선정한다. '금계' 뒤에 '巴' 자를 붙이면 '황금 雞巴(남자의 성기를 일컫는 비속어)'가 된다. 여기서는 '닭대가리상'으로 순화해 의역했다. 마찬가지로 '백화'는 원래 온갖 종류의 꽃이라는 뜻이지만, '화' 뒤에 '癡' 자를 붙이면 '색정광'이라는 뜻이 된다.

정리해보도록 하겠다.

첫번째는, 〈집결호〉[2]와 〈크레이지 스톤〉[3]이 모두 인기인데 내 표를 누구에게 줄 것인가 하는 문제였다. 나는 이런 무슨 시상식 따위에 있어서 사실 보통 사람들의 표는 기본적으로 어차피 총알받이에 지나지 않는다고 생각하므로 투표를 하지 않을 생각이라고 했다.

하지만 〈크레이지 스톤〉이 상을 받게 하고 싶지는 않다. 원인은 사실 매우 개인적인데, 〈크레이지 스톤〉은 분명 재미있는 영화지만 내가 생각하기에 훌륭한 영화는 아니기 때문이다. 그리고 〈크레이지 스톤〉의 성공은 중국의 일부 영화계가 또하나의 좋지 않은 생각에 몰두하게 만들었다. 이를테면 내 젊은 친구들 몇 명이 투자자를 찾을 때, 투자자들이 노상 100만 위안을 줄 테니 〈크레이지 스톤〉 같은 영화를 한 편 만들어오라고 한다는 것이다. 사실 중국에 닝하오 같은 감독이 없는 것은 아니며, 앞으로도 〈크레이지 스톤〉 같은 영화가 없을 리 없다. 중국에 없는 것은 쿠엔틴이나 코엔 형제 같은 유형의 감독이다. 이 밖에 〈크레이지 스톤〉은 수백만

---

2. 배우이자 시나리오 작가로도 활동한 펑샤오강馮小剛 감독의 2007년 작이다. 한국에서도 2008년에 개봉됐다.
3. 해외 유수 영화제에 여러 번 초청된 닝하오寧浩 감독의 2006년 작이다. 원 제목은 〈미치광이 석두瘋狂的石頭〉로, 부산국제영화제 폐막작으로 상영되기도 했다.

위안의 투자를 받아서 수천만을 벌었는데, 이는 물론 좋은 일이기는 하지만 그 성공의 원인은 영화 자체가 괜찮아서지 투자를 적게 받았기 때문은 아니다.

두번째는 왜 중국에 훌륭한 감독이 없느냐 하는 문제였다. 사실은 원래 없는 게 아니라 훌륭해질 수가 없는 것이다. 훌륭한 감독이 중국에 오면 8할은 정치범이 되고 말 것이다. 물론 내가 이야기하는 것은 러우예婁燁[4]가 아닌데, 러우예는 훌륭한 감독으로 칠 수 없기 때문이다. 그러니 많은 경우 책임은 감독에게 있지 않은데, 왜냐하면 그들의 생존 환경이 상당히 열악하기 때문이다. 젊었을 때는 투자자들의 눈치를 봐야 하고, 자그마한 성공을 거두어 마침내 자신이 찍고 싶은 것을 찍을 수 있게 된 후에는 또 영화국의 눈치를 봐야 하며, 마침내 성공한 후에는 고서古書 읽는 것을 가장 싫어하면서도 고서에 근거하지 않은 대작을 찍으면 돈을 내고 영화를 보러 오지 않는 관객의 눈치를 또 봐야 한다.

이 자리에서 영화국이 영화 검열에 적용하는 기준을 완화해줄 것을 희망한다. 옛 소련이 하던 것을 더이상 따라할 필요가 없는 것이, 그들은 이미 망해버렸지 않은가. 그리고 요즘 대중이 조

---

4. 수차례 상영 금지 처분을 받은 바 있는 영화감독이다. 그의 2006년 작 〈여름 궁전〉은 톈안먼사건을 시대적 배경으로 하여 젊은이들의 방황을 다루고 있다. 이 영화는 중국 정부의 심사를 통과하지 못해 상영이 금지되었다.

금 개방적인 영화(여기서 '개방'은 여배우를 뜻하는 것이 아니다)를 봤다고 해서 사회가 뒤흔들릴 지경에 이르지 않는다. 그러니 이런 상황에서는 감독들도 쉽지 않을 것 같다.

하지만 쌤통이다.

세번째는 저우싱츠周星馳[5]에 관한 이야기가 나왔다. 저우싱츠는 내가 매우 높게 평가하는 배우다. 그는 대단히 훌륭한 배우일 뿐만 아니라 연기자로서 창조력과 상상력을 지녔다. 나는 사실 중국 영화 가운데 〈서유기〉[6]가 〈햇빛 쏟아지던 날들〉[7]보다 앞에 와야 한다고 생각한다. 그리고 그의 초기 영화들은 모두 굉장히 재미있다. 〈녹정기鹿鼎記〉이고 〈당백호점추향唐伯虎點秋香〉이고 간에 다 훌륭한 영화다. 그러나 유감스럽게도 그가 감독을 맡은 이후의 세 영화는 내가 보기에는 그리 훌륭하지 못하며, 매번 더 나빠지고 있다. 그러므로 나는 그가 훌륭한 배우이기는 하지만 적어도 아직까지는 좋은 감독이 아니라고 말할 수밖에 없다. 사람이 하늘로 날아오르는 것을 무조건 상상력이라고 부를 수는 없으며, 상상력과 특수효과 사이에는 아무런 필연적 관계가 없다.

---

5. 〈쿵푸 허슬〉〈소림 축구〉로 유명한 영화배우 겸 감독.
6. 원제는 〈헛소리 서유기大話西遊〉. 1편이 〈월광보합月光寶盒〉이고 2편이 〈선리기연仙履奇緣〉이다.
7. 배우로 활동하던 장원姜文의 감독 데뷔작으로, 1995년 발표됐다. 왕쉬의 소설 『동물흉맹動物凶猛』을 원작으로 했으며 상업적, 예술적으로 높은 성취를 이루어냈다.

네번째는 국내 영화제에 관한 것이다. 국내 영화들 중 좋은 영화를 뽑는 것은 정말로 힘이 들지만 못 만든 영화를 뽑는다면 경쟁이 치열할 것이다. 그러니 나는 앞으로 금계백화영화제에서 중국 영화 중 최악의 작품을 전문적으로 선정할 것을 건의한다. 그리고 이름을 바꾸면서도 또한 전통을 이어서, 전문가가 뽑는 영화상은 황금 닭대가리상, 일반인이 뽑는 것은 최고 변태상이라고 부르자. 이렇게 하면 다시 한번 번영이 찾아올지도 모른다.

중국 영화의 출로는 매우 간단하다. 두 군데에서 찾아볼 수 있는데 첫째는 영화 등급 제도의 시행이요, 둘째는 영화 검열 제도의 폐지다. 매우 안타깝게도 우리는 이 두 가지를 시행하지 못할 것이다.

2008년 9월 3일

중국 영화에 대한
열 가지의 총알받이식 의견

며칠 전에 글을 한 편 썼더니, 누군가 내게 말하길, 너는 왜 만사를 다 망쳐놓지 못해서 안달이냐, 건설적인 의견을 좀 제시해봐라 하고 말했다. 하지만 나는 당신이 누군가의 지도자가 아닌 이상, 당신의 건설적인 의견이라는 것에 아무도 신경쓰지 않는다는 것을 항상 알고 있었다. 중국에서는 어떤 일을 할 때, 대체 무엇을 꺼리는지도 모르고 꺼려야 할 부분이 뭐가 있는지도 모르겠지만 아무튼 사람들은 무척 꺼리는 것이 많다. 그러니 보통 영화 관객의 한 명으로서, 나는 스스로 총알받이가 되어 건설적 의견을 제시해보고자 한다. 나는 중국의 영화가 발전하려면 다음과 같은 일들을 해야 한다고 생각한다.

1. 영화 등급 제도를 실시해야 한다. 이는 사람들이 노상 하는 상식적인 이야기다.

2. 영화 검열 제도를 폐지하거나 개혁해야 한다. 인터넷, 도서, 텔레비전, 영화 중 영화의 검열이 가장 엄격하지만 그 실질적인 영향력은 종종 가장 적다. 아마 누군가는 다른 나라에 나쁜 인상을 주지 않을까 우려하는 것 같은데, 해외 영화제 관계자들이 보지 못한 꼴이 뭐가 있겠는가. 다 뻔한 일이 아니던가. 지금 당신들이 찍지 못하게 하니까 어떤 사람들은 갖가지 수를 다 동원하고 꼼수를 부려서라도 찍으려 하는 것이다. 한편으로는 외국인들의 입맛을 고려하고, 다른 한편으로는 자신이 대단한 감독이라도 된 것처럼 생각하고, 또 한편으로는 외국인과 사통하는 재미를 만끽하고 있으니 차라리 그냥 개방해버리는 것이 낫다. 인터넷이 발달해서 농민에 불과한 사람들도 최소한 현성縣城의 모습 정도는 이미 본 적이 있으니 말이다. 공황 상태와 동요는 절대로 문화로부터 일어나는 일이 없다.

요컨대, 뭔가 하려고 하면 앞뒤 사정을 꼼꼼히 살펴야 하고, 손발이 묶여 있고, 제한과 속박으로 가득차 있고, 하루종일 이런저런 것은 건드리면 안 되는데 하고 꺼리기만 하고 있고, 투자자가 아닌 일개 관료 기구가 아무 때나 내용을 수정하라고 요구할 수 있는 그런 문화 영역에 앞으로 진정한 번영이 찾아올 리는 결코 없는 것이다. 이는 창작자들의 상상력 문제가 아니라 그들이 감히 할 수 있느냐 없느냐의 문제다.

영화란 사람의 꿈이다. 꿈을 절반쯤 꿨는데 누군가가 당신에게 이렇게 꾸면 안 된다고 말한다면, 어떻게 이를 견딜 수 있단 말인가.

3. 영화인협회를 폐지하거나 개혁해야 한다. 나는 영협이 무엇을 하는 곳인지는 모르겠지만 작가협회가 무엇을 하는 곳인지는 알고 있다. 우리나라에서 협회라는 조직은 종종 사교邪敎 집단에 맞먹는 해악을 끼친다. 수많은 협회가 해당 분야 자체의 건강한 발전을 엄중히 제약하고 있다. 협회의 규모가 클수록 그것이 담당하는 분야의 발전은 더욱 힘들어진다. 만약 협회가 정부에서 만든 것이라면 차라리 좀 낫다. 주인이 어릴 적부터 개를 기르는 것과 마찬가지니까. 하지만 소위 민간 협회라는 것들은 더욱 무서운데, 정부에 아첨하고 복종하려는 태도가 더욱 심하다. 이는 주인이 길을 가다 개 한 마리를 주운 것과 마찬가지다.

무슨 작가협회니 영화인협회니 촬영기사협회니 희극인협회니 등은 모두 해체해버리는 것이 좋겠다. 다른 나라의 협회는 회원들의 복리를 쟁취하고, 사업 자체와 젊은이들의 발전을 지원하고, 필요한 때에는 심지어 공권력과 맞서기도 한다. 우리네 협회는 무엇을 하는가? 주인과 문제가 생기지 않도록 회원들을 가두어놓고,

젊은이들을 억압하고 스스로의 발전을 제약하며, 마침내는 스스로가 공권력이 되고 스스로에게 가장 큰 장애물이 되어버린다.

이를테면 영화인협회랍시고 수많은 사람들이 모여 있는데, 누군가 내게 이 사람들이 대체 무엇을 하고 있는지 가르쳐줄 수 있는가?

그러니 다시 한번 밝히겠다. 내가 보기에 중국에 있는 모든 예술 부문의 협회들은 해당 예술의 발전에 중대한 장애물이므로 마땅히 모조리 해산시켜야 한다. 다만 중국 예술가양로협회를 조직해서 노인들을 수용하는 것은 가능하다.

4. 해적판을 제대로 처리해야 한다. 이미 중국에서 해적판은 많은 부문의 비호를 받고 있기 때문에 완전히 통제하는 것이 어렵다고 한다면, 해적판에 대해 마땅히 세금을 걷어야 한다. D5는 한 장에 1위안, D9은 1.5위안[1]을 받으면 되겠다. 비록 이 비용은 소비자에게 전가되겠지만, 해적판을 사는 주제에 불평을 하지는 못할 것이다. 이 돈으로 기금을 만들어서 주로 젊은 감독들을 지원하고 젊은 감독들의 처녀작을 제작하는 데 사용해야 한다. 지원의 역량은 모조리 젊은이들, 젊은이들, 그리고 또 젊은이들에게 집중해야 한다.

---

1. D5와 D9은 모두 DVD의 규격이다. D5보다 D9이 용량이 더 크다.

5. 영화 관람료를 내려야 한다. 현급과 진급의 극장을 지원해야 한다.

6. 정품 디스크의 가격을 내려야 한다.

7. 중국'대'학생영화제, 백'화'상, 금'계'상을 하나로 합쳐 '대화계상'으로 만든다. 마오둔문학상처럼 하지 말고 제대로 해야 한다.

8. 중고등학교의 정치 과목을 폐지하고 영상 과목을 개설해야 한다. 아무리 생각해봐도 오직 정치 과목만이 아무것도 가르쳐주지 못하는 것 같다. 만약 폐지하는 것이 불가능하다면, 인품 과목으로 정치 과목을 대체하면 되겠다. 우리나라에 정치는 합격이지만 인품은 갖추지 못한 쓰레기가 얼마나 많던가.

9. 중국의 대형 외국 기업과 국내 기업을 통틀어서 수십 개의 기업들로 하여금 거액의 젊은 영화인 지원 계획 찬조금을 내게 한 후, 이를 해적판에서 걷은 세금과 합해 5만 위안짜리 단편, 100만, 300만, 500만 위안짜리 장편 등 몇 개의 등급으로 나누어 투자하게 만든다. 이 정도의 투자 규모라면 수백 편의 신인 영화를 지원할 수 있을 것이고, 예술학원에서 영화를 전공하는 모든 학생들과 사회의 뜻있고 재능 있는 사람들 모두를 포용할 수 있을 것이고, 또 능력이 있는 사람들 모두에게 영화를 찍을 여건을 마련해줄 수 있을 것 같다. 물론 우리는 수많은 머저리도 발견하게 될 것이

다. 하지만 몇 년 동안 이런 식으로 발전시킨다면 지원 규모는 대략 매년 영화 50편 정도면 충분하게 될 것이다.

주의할 점은, 내가 여기서 말하는 것은 영화이지 CCTV 6번에서 노상 틀어주는 '텔레비전 영화'가 아니라는 것이다. 텔레비전 영화는 연속극보다 더 저질스런 물건이라 결국에는 망하게 될 것이다.

10. 하하……

물론, 물론, 누군가는 중국 영화를 발전시키기 시작해야 한다는 말이 무슨 소리냐, 함부로 지껄이는 말에 불과하다, 우리네 영화는 썩 훌륭하게 발전하고 있지 않느냐, 흥행 성적을 봐라, 영화 편수를 봐라, 모두 지금이 중국 영화의 전성기임을 보여주고 있지 않느냐 하고 말할 수도 있다. 그럼 좋다, 나는 진심으로 지금이 중국의 옛 영화의 전성기이기를 희망한다. 새로운 영화가 도래하게 하자.

2008년 9월 13일

건국대업建國大業[1]

오늘 〈건국대업〉 출연진의 국적을 정리해놓은 표를 보았다.

천카이거, 미국 / **천훙**陳紅, 미국 / 류이페이劉亦菲, 미국 / 천충陳沖, 미국 / **우쥔메이**鄔君梅, 미국 / 구창웨이顧長衛, 미국 / 장원리蔣雯麗, 미국 / 후징胡靜, 미국 / 왕지王姬, 미국 / 랑랑郎朗, 홍콩 / 리윈디李雲迪, 홍콩 / **장원**, 프랑스 / 장쯔이章子怡, 홍콩 / **후쥔**胡軍, 홍콩 / 탕웨이湯唯, 홍콩 / 류쉬안劉璿, 홍콩 / 퉁안거童安格, 캐나다 / 쉬판徐帆, 캐나다 / 천밍陳明, 캐나다 / 장톄린張鐵林, 영국 / **쉬칭**許晴, 일

---

1. 2009년 중화인민공화국 건국 60주년을 기념하여 개봉한 영화의 제목이다. 유명 배우들이 총출동했다.

본 / 웨이웨이韋唯, 독일 / 선샤오첸沈小岑, 호주 / 쑤진蘇瑾, 뉴질랜드 / **리롄제**李連杰, 싱가폴 / 쓰친가오와斯琴高娃, 스위스 / 후빙胡兵, 타이(실제로 출연한 배우는 굵은 글씨로 표시했다. 사실 이 국적표는 일부에 불과하다.)

이토록 많은 스타들이 외국 국적을 가지고 있다는 사실이 많은 논란을 일으키리라는 것은 당연한 일이다. 많은 사람들이 궁금해하고 있다. 무엇 때문인가? 중국의 텔레비전과 영화, 그리고 중국의 관객이 당신을 인기 스타로 떠받들어주었는데, 당신은 어째서 외국 국적을 취득했는가?

하지만 나는 이렇게 생각하지 않는다. 나는 다만 후빙이 무슨 생각으로 타이 국적을 취득한 것인지 잘 이해할 수 없을 뿐이다. 다행인 것은 3년 후 우리에게 후빈胡斌[2]이라는 사람이 생겼다는 것이다. 설령 그 사람이 가짜라 해도 우리에게는 또 후옌빈胡贋斌[3]이 있다.

주제와 관련된 이야기로 돌아오자면, 일단 출국의 편리함,

---

2. 가수의 이름이기도 하고 항저우에서 교통사고를 낸 범죄자의 이름이기도 하다. 다음 문장에서 진짜, 가짜를 운운하는 것은 후자가 재판 과정에서 사람을 바꿔치기해 처벌을 피하려 한다는 의혹이 제기되었기 때문이다.
3. 1984년생의 유명 가수. 원래 이름은 '胡彦斌'이지만, 한한은 일부러 발음이 같은 '贋(거짓이라는 뜻)' 자를 썼다.

개인의 자유, 감세 및 탈세 등은 차치하고서라도, 나는 한 국가가 이토록 많은 예술계 인사들의 국적을 바꾸게 만들었다면 이 국가에도 분명 나름의 책임이 있는 것이라고 생각한다. 개인의 책임과 의무에 대해서 이야기할 때, 우리는 또한 국가의 책임과 의무에 대해서도 이야기해야 한다. 이 시대를 살아가는 사람들은 국가의 이익이 모든 것에 우선하지 않음을 기억해야 한다. 국가의 합리적인 이익은 특정한 때에만 모든 것에 우선할 수 있다.

이토록 많은 사람들이 달아났다는 것은 건국 이후 많은 대업이 아직 완수되지 않았음을 뜻한다. 그렇지 않다면 중국 국적을 가진 외국인이 대거 제작에 참여했거나 당시의 악역을 연기했을 것이다. 그들이 국적을 바꾼 것은 그들의 선택이다. 이 선택은 이혼과 비슷해서 어쩌면 감정의 충돌이 있었을 수도 있고 어쩌면 더 좋은 사람을 만났을 수도 있는 것이니, 도덕적인 차원에서는 비판할 수 있겠지만 인격적인 차원에서는 아무런 문제가 없다. 당신 스스로도 장담하기 어려울 것이다. 그렇지 않은가? 지금 컴퓨터 앞에 앉아 있는 당신, 미국 국적을 준다면 받아들일 것인가 말 것인가?

아무튼 나 개인적으로는 내 국적이 무척 좋다고 생각한다. 물론 세금은 조금 더 내면서 복지는 조금 덜 누리고, 외국 나가기가 조금 귀찮기는 하지만, 이외에는 별다른 문제가 없다.

일반 서민들의 입장에서 보자면 자신들은 먹지도, 집을 사지도, 놀지도, 결혼을 하지도, 자식을 낳지도, 병에 걸리지도, 죽지도 못하고, 가장 결정적으로는 이민도 못 가는데, 당신들이 도망가는 모습을 보고 기분이 좋지 않은 것은 당연한 일이다.

가까운 미래에 내가 국적을 바꾸는 일은 없을 것이다. 하지만 컴퓨터 앞에 앉아 있는 여러분은 잊지 마시라. 이 나라가 당신에게 조건을 제시했으니 당신도 역시 이 나라에 조건을 제시할 수 있다는 것을. 내 조건은 다음과 같다. 나는 내가 사랑하는 우리나라가 나와 같은 직종에 종사하는 사람들의 권리를 거의 보호해주지 못하더라도 상관하지 않는다. 나는 또한 이 나라에서 집 한 채로 얻는 이익이 중국 최대 출판사의 1년 총수입을 능가한다 해도 상관하지 않는다. 하지만 나는 아이들을 무척 좋아하기 때문에 산아제한 정책을 준수하지 않을지도 모르며, 산아제한위원회의 사람들이 내 여자를 건드리는 것[4]은 더더욱 받아들일 수 없다. 그러니 내가 부주의하게 아이를 많이 낳게 된다면 나는 이 나라, 혹은 적어도 대륙의 국적을 유지하지는 않을 것이다.

아마 많은 사람들이 이렇게 말할 것이다. 흥, 누가 신경이나 쓴다고. 맞는 말이지만, 나는 더더욱 신경쓰지 않는다. 서로 아무

4. 1가구 1자녀 정책을 집행하는 과정에서 두번째 아이를 임신한 여성에게 강제로 낙태 수술을 시행하는 경우가 종종 있었다.

도 신경쓰지 않는다면 떠나면 그만 아니겠는가. 앞에 나온 명단에

있는 사람들을 보라. 다들 잘 먹고 잘살지 않던가.

2009년 8월 12일

몸에 묻은 흙을 털다

오늘 오전에 친구가 문자를 보내왔는데, 〈트레저 헌터〉가 개봉했으니 시간이 있으면 한번 보라고 했다.

오늘 오후에는 다른 친구가 문자를 보내왔는데, 〈풍운 2〉가 개봉했으니 시간이 있으면 한번 보라고 했다.

그래서 나는 극장에 가서 〈삼창박안경기三槍拍案驚奇〉[1]의 표를 샀다.

나는 〈인생〉[2]을 찍은 감독에 대해서 그래도 희망을 품고 있

---

1. 장이머우張藝謀 감독이 코엔 형제의 처녀작 〈분노의 저격자Blood Simple〉를 리메이크해서 만든 코미디 영화.
2. 장이머우 감독의 대표작으로, 원작인 위화의 소설 『인생』도 유명하다.

었다고 말할 수밖에 없다. 특히 이 감독이 이토록 촌스러운 제목을 고르고 이토록 촌스러운 배우들을 기용했으니, 나는 그가 유행에 반해 뭔가 재미있는 것을 보여줄 것이라고 생각했다.

관람 후 나는 이 영화 자체가 정말 촌스럽다는 것을 알게 되었다. 게다가 나는 제작진의 실제 속마음은 유행을 좇으려는 것이었다고 생각한다. 아마 그들은 이것이 최신 유행이라고 생각했을지도 모른다.

내 추측으로, 이 영화의 탄생은 다음과 같지 않을까 싶다. 번산미디어의 자오번산趙本山[3]이 장이머우를 찾아간다. 두 사람은 몸에 묻은 흙[4]을 털고 온돌 위에 앉는다. 번산이 말한다. 이머우, 우리 힘을 합쳐서 영화 하나 찍자. 봐봐, 샤오선양小瀋陽[5]이 이렇게 잘나가고 있으니 네가 그 애를 쓰기만 하면 흥행은 보장된 거야. 내 밑에 있는 연기자들도 예술성을 좀 끌어올릴 수 있고 말이야.

장이머우가 대답한다. 그거 좋지, 하나 만들어보자고. 나는

---

3. 중국의 유명한 표현예술가로 '동북이인전東北二人轉'이라는 전통적 만담 형식의 대표적 전승자다. 동북 지방 특유의 민속극으로 대개 두 사람이 공연하기 때문에 이와 같은 이름이 붙었으며, '이인전'이라고도 한다. 번산미디어는 그가 만든 회사다.
4. 흙은 중국어로 '土'인데, 형용사로 쓰이면 촌스럽다는 뜻이 된다. 두 사람 모두 향토적인 소재나 분야로 이름을 얻었으나, 최근에는 상업주의의 영향을 강하게 받고 있다. 즉 흙을 터는 동작은 촌스러움을 벗으려는 행위가 된다.
5. 자오번산의 제자인 샤오선양은 최근 독특한 입담과 노래 솜씨로 엄청난 인기를 누리고 있다.

코엔 형제를 좋아하니 이번에는 좀 HIGH 하게 놀아보자고.

그래서 그들은 극본을 만들게 되는데, 작업 도중 장이머우는 걱정하기 시작한다. 이거 너무 촌스러운데, 우리 젊은이들이 좋아할 만한 최신 유행 요소를 반드시 좀 집어넣어야 해. 그래서 장이머우는 주변 사람들에게 요즘 뭐가 유행하는지 묻기 시작한다.

장이머우 주위의 사람들은 몸에 묻은 흙을 툭툭 털고는, 최근 〈무림외전〉[6]이 유행하는데, 거기에 인터넷 유행어가 많이 나와요 하고 대답한다.

장이머우는 대번 인터넷 좋지, 그런 게 바로 최신 유행이지 하고 생각한다.

이 사람들이 영화를 찍을 때 화학자와 비슷하게 가장 중요시하는 것은 '요소'[7] 두 글자라고 보면 된다. 온 제작진이 몸에 묻은 흙을 툭툭 털고는 코미디 요소, 서구적 요소, 최근 유행 요소, 설날 특별 방송 요소, 이인전 요소, 인터넷 요소 등이 다 갖춰졌다고 생각한다. 이에 그들은 서북 지방의 토지 속으로 돌진해 이 영화를 찍기 시작한다.

보고 난 후에는 이렇게 말할 수밖에 없다. 소품小品은 때로 그

---

6. 유명 드라마로, 후에 동명의 영화로도 제작되었다.
7. 원문은 '元素'로, 중국어로는 '화학원소'와 '요소' 둘 다 가리킨다. 앞에서 화학자 이야기를 한 것은 그 때문이다.

냥 소품일 뿐이라서, 그것을 영화처럼 길게 만들어놓으면 기껏해야 하나의 대품大品이 될 뿐 여전히 영화는 아니다. 연속극은 때로 연속극일 뿐이라서, 아무리 영화인 척해봤자 기껏해야 '텔레비전 영화'일 뿐이다. 장이머우가 줄곧 고속촬영기에 집착해왔다는 점만 봐도 그가 왜 아직도 이미 10년이나 낙후된 미술적 풍격을 고수하고 있는지 이해할 수 있다. 나는 장이머우와 그의 제작팀이 계속 보수적 태도를 취해야지, 절대 시대와 발맞춰 진보할 생각을 해서는 안 된다고 권고하겠다. 어쩌면 어느 날 유행이 돌고 돌아 다시 그들의 스타일이 유행하게 될지도 모르는 일 아닌가.

영화 전체에 대한 내 점수는 1점이다. 이 1점은 장이머우가 인해전술을 포기한 것, 그리고 영화 속 일부 배우들의 연기가 괜찮았다는 점에 대한 격려다. 이는 삼선도시三線城市[8]의 현성 정도에서 틀어주기에 적합한 영화다. 그리고 영화를 본 후 유일한 느낌은 자오번산이 키워낸 배우들은 죄다 걸음을 잘 못 걷는다는 것이다.

오늘은 〈공자〉를 보러 갔다. 상영관에 들어가려다 다시 입구로 나왔는데, 내 자리가 어디인지 분명히 확인하고 들어가서 다른 사람들에게 방해가 되지 않으려는 것이었다. 입장한 후 나는 후회했다. 극장 안에 관객이 열 명도 채 안 돼서 자리를 거의 마음대로

---

8. 어느 정도 발달한 중소도시를 삼선도시라고 부른다. 일선도시는 베이징, 상하이, 광저우, 선전 등이고, 이선도시는 부성급副省級 도시와 연해지역의 도시들을 포함한다.

고를 수 있었던 것이다. 고대 중국에서는 한 무더기의 '자子'들이 나왔다. 비록 그들이 오늘 가론 이야기와 어제 가론 이야기가 서로 모순되기는 하지만, 그들의 의의는 그들의 말이 훌륭한 데에 있는 것이 아니다. 그들이 말을 충분히 많이 했다는 것이 중요한 것이다. 여러 시대의 정치가들은 그중에서 자신에게 필요한 것을 골라서 추종하거나 비판하면 된다. 공자가 그중에서 가장 대표적인 인물이다.

2009년 12월 12일

당신에게 감사한다, 공자여

　　오늘 극장에 가서 원래는 〈금의위錦衣衛〉를 볼 생각이었으나, 우리나라 고대를 배경으로 한 대작들에 이제는 정말로 흥미가 없어졌나보다. 그래서 한국 영화 〈마더〉 표를 한 장 산 후 돌아왔다. 하지만 〈공자〉가 이미 종영되었다는 것을 발견하고는 기뻤다. 이는 이 영화가 상업적으로 완전히 실패했음을 의미한다.

　　공자의 실패는 필연적인 것이었다. 〈아바타〉를 강제로 끌어내린 것부터 시작해서, 감독의 수많은 망언―"〈아바타〉는 특수효과를 제외하고는 볼 것이 별로 없다" "요정 한 무리가 이리저리 날아다니는 것" "당연하다, (내가 국내 최초로 관객수 1억을 넘기는 여자 감독이 되리라는 것에) 무슨 의문이 있겠는가?" (역사적으로 자로子路와 남자南子¹는 그런 식으로 죽지 않았다는 지적에 대해) "이 사람은 영화를 전혀 모른다. 전문가는 무슨 전문가인가, 순 엉터리다. 이 사람은 척 봐도 문외한이며, 이런 식으로 수작을 부려 이름을 날리려고 해서는 안 된다" "중국인은 모두 〈공자〉를 봐야 한다" "나는 사람들이 정확한 선택을 하리라고 믿는다" 등—에 이르기까지, 또 시나리오 작가가 비판에 대해 내놓은 반박(사실상 작가의 실패야말로 이 영화 최대의 실패다), 악평은 다른 국내 영화 쪽에서 돈을 주고 계획적으로 무고한 것이라고 하는 제작자측의 주장, 흥행 성적 부풀리기, 그리고 마지막으로 영화의 촬영과 제작 수준에 대해 의문을 제기하는 관중들을 죄다 옛 성인께 불경하고 전통문화를 업신여기는 사람으로 몰아 기사멸조欺師滅祖²와 도덕적 패륜이라는 누명을 뒤집어씌운 것에 이르기까지, 모두 중국 건국 이후 수준이 가장 떨어지고 관중을 가장 업신여기고 홍보를 가장 못하고 가장 유교적 품격이 없는 제작진의 모습을 보여주었다 하겠다. 제각기 마음속에 다른 꿍꿍이를 품은 사람들이 어찌어찌 한데 모여 〈공자〉를 찍은 것이다. 아마 그들은 공자를 주로 지배계급을 도와 인민을 교화한

---

1. 자로는 공자의 유명한 제자이며, 남자는 위나라 임금 위령공衛靈公의 부인으로 품행이 방탕하기로 유명했다. 공자가 그녀를 만난 일을 두고 자로가 화를 냈다고 한다. 영화에서는 이 두 사람의 죽음을 극적으로 각색했다.
2. 스승이나 선조를 모욕하고 능멸함을 의미한다.

사람으로 이해한 것 같다. 제작진이 실제로 한 일도 이와 다를 바가 없다.

이 영화를 평하면서 나는 최대한 공자라는 인물 본인에 대한 평가를 피하고 있는데, 이는 이 인물에 대해 분명하게 말할 수가 없기 때문이다. 그는 햄릿보다 더 분명하게 말하기 어려운 인물임에 틀림없다. 다만 이 영화 자체를 본다면 배우들의 연기가 그럭저럭 괜찮았다는 점을 제외하고 다른 측면에서는 모두 엉망진창이었다. 만약 이런 영화가 성공했다면 당연히 〈노자〉〈장자〉〈맹자〉〈묵자〉 등을 찍는 일이 크게 유행했을 것이다. 이런 영화들은 분명전혀 재미가 없을 뿐 아니라 막대한 자원을 소모해 발전중인 중국 영화산업에 막대한 손해를 끼쳤을 것이다.

〈공자〉의 실패는 의심할 여지 없이 중국 영화계의 낭보이며, 중국 영화의 일대 전환점이 될 가능성이 크다. 공자 제작진들이여, 당신들에게 감사한다.

영화란 마땅히 상상력을 이용해 만들어내는, 인류의 이상을 대표하는 것이어야 한다. 하지만 우리나라의 영화는 정부의 이상을 대표하는 것 같다. 물론 언젠가 양자가 하나로 통합될 수 있다면 이는 영화의 성공일 뿐 아니라 정부의 성공이기도 하다. 아마 고대를 소재로 한 영화는 전통적 의미에서의 흥행이 가능하고 정치적인 측면에 있어서 비교적 안전할지도 모르지만, 나는 질려버린 지 오래다.

어느 나라의 영화산업도 중화인민공화국의 영화처럼 중화인민공화국 성립 이전의 일들을 찍기 좋아하는 경우는 없으며, 어느 나라의 영화도 우리나라의 영화처럼 대부분 제목만 들어도 찍기 전에 이야기의 결말과 등장인물의 운명을 알 수 있는 경우는 없다. 서사시적인 대작들은 항상 걸작 영화의 아주 작은 구성 요소일 뿐이었다. 또 나는 인류가 자유를 추구하고 운명에 저항했기 때문에 명작의 반열에 오른 서사시적 대작에 대해서는 들어본 바 있지만, 황제를 보좌하고 우민을 교화하는 데 뜻을 두고, 가족과 부인을 내팽개침으로써 명작의 반열에 오른 서사시적 대작에 대해서는 여태껏 들어본 바가 없다. 자꾸 고대로 돌아가려고 하는 것이 중국 영화 최대의 고질병이다.

서양의 오락 영화들이 갈수록 인문적 정취를 갖추어가는 마당에, 아직도 무덤이나 뒤지고 있는 우리 영화가 어떻게 그들과 겨룰 수 있겠는가. 미래에 대한 감각을 품고, 인문적 정취를 갖춘 우수한 국산 문예 영화로 미래의 수입 대작에 맞서는 것만이 중국 영화의 진정한 출로이다.

2010년 2월 8일

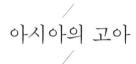

아시아의 고아

　이 제목은 타이완의 우줘류吳濁流[1] 선생이 1945년에 쓴 소설에서 따온 것이다. 당시 타이완은 일본의 통치하에 있었는데, 소설은 당시의 한 타이완 지식인이 타이완에서 일본인들에게 괴롭힘을 당하고, 중국에서 또다시 백안시당하는 일을 묘사하고 있다. 나중에 이 명사는 국민당 제8군 709부대와 제26군 278부대가 중국-미얀마 국경 지역에서 겪었던 일을 묘사하는 데 사용되었다.[2] 홍콩

---

1. 일제강점기에 태어나 기자로 활동했던 소설가.
2. 국민당의 패잔 부대가 버마(지금의 미얀마)에 머무르면서 해당 지역의 골칫거리가 되었다. 그들은 소위 '골든트라이앵글Golden Triangle의 무국적 부대'로 불리며, 장병들은 어느 나라에도 완전히 귀속되지 못한 채 평생을 떠돌아다녔다. 나중에는 양귀비 재배에 관여, 세계 최대의 아편 공급 지역을 형성하기도 했다.

에서는 이를 다룬 영화가 나오기도 했으며, 뤄다유羅大佑³도 노래 한 곡을 썼다. 듣기로는 당시의 인도차이나반도, 즉 우리가 말하는 윈난 성-미얀마-라오스 일대를 묘사한 것이라 한다. 물론 뤄다유가 그런 가사를 쓴 것은 당시 국제무대에서 타이완의 애매한 지위와도 관계가 있는 것이었다. 하지만 지금은 위에서 거론한 나라와 지역들은 사실 모두 아시아의 문제아로 볼 수 있을 뿐이며, 심지어 아시아의 착한 아이나 아시아의 진정한 고아(북한)가 된 경우도 있다.

지난주에 나는 북한과 브라질의 월드컵 경기를 보았다. 나는 이 경기를 무척 기대하고 있었는데, 한편으로는 개인적으로 남미 축구를 좋아하기 때문이며 다른 한편으로는 북한이 너무 신비하기 때문이다. 나는 친구들과 농담조로 이렇게 이야기하곤 했다. 북한의 선수들은 귀국한 후 총살당하지 않겠는가, 이 세계를 봐버렸으니까 하고. 북한팀의 전반전 경기를 보고 난 후 나는 어떻게 된 것인지 깨닫고 친구에게 농담을 건넸다. 원래 북한팀은 언제나 월드컵 본선에 진출할 실력을 갖추고 있었지만 역대 월드컵이 모두 선진국에서 개최됐기 때문에 출전이 용이하지 않았던 거야. 이번에는 남아공에서 열렸는데 여기는 빈부격차가 심하잖아. 북한 정부는 자기네 팀을 남아공 빈민굴에 던져넣고는 다음과 같이 이야

---

3. 타이완 출신의 남성 가수로, 특히 영화 주제가를 많이 불렀다.

기할 수 있는 거지. 봐라, 이것이 사회주의를 저버린 나라의 실상이다라고. 그래서 김정일 장군께서 이번에는 출전해도 괜찮다고 결정하신 거지.

첫번째 경기에서 북한팀은 굉장히 감동적인 경기를 펼쳤으며 경기 내용도 매우 깔끔했다. 건드리기만 해도 넘어지거나 하는 일이 없었고, 질질 끌지도 않았으며, 넘어져 구르게 되더라도 즉각 일어났다. 약자에 대한 동정심에서였건, 아니면 같은 아시아인으로서의 감정 때문이었건 간에 나는 남의 일이 아닌 것처럼 느껴졌으며, 그들이 마침내 한 골을 넣은 후에는 매우 기뻐했다. 물론 친구들에게는 이렇게 말했다. 북한 축구팀과 북한 인민들을 좋아하게 되었다고 해서 함부로 그 사랑을 확대해 김정일과 주체사상을 사랑하게 되어서는 결코 안 된다고.

이후 두번째 경기 때는 많은 친구들이 북한팀을 좋아하게 되어서, 북한이 실력을 폭발시켜 심지어 포르투갈을 눌러버릴지도 모른다고 생각하게 되었다. 하지만 역사의 경험은 우리에게, 이와 비슷한 나라들은 무슨 일을 하건 일단 흔들리면 철저히 무너지는 것 역시 한순간이라는 것을 가르쳐주었다. 7 대 0이 된 이후에는 여러 친구들이 북한팀 선수들의 귀국 후 운명을 걱정하기 시작했다.

이웃 나라로서 북한은 줄곧 대단히 처치 곤란한 존재였다.

많은 사람들은 유치하게도 북한이 영원히 우리의 친구일 것이라고 생각한다. 우리 두 나라가 제창하는 신념이 일치하기 때문이라는 것이다. 이런 관점은 대단히 이상한 것인데, 이를테면 너와 내가 모두 아르헨티나 축구의 팬이기 때문에 너와 나는 반드시 좋은 친구여야만 한다는 것이나 마찬가지다. 물론 마지막에는 모두들 알게 될 것이다. 이 둘은 실제로는 모두 아르헨티나 축구의 가짜 팬이며, 팬인 척 가장하는 방법이 달랐을 뿐이라는 것을.

또 어떤 친구들은 유치하게도, 설사 또 전쟁이 발발한다 해도 우리는 반드시 북한을 도와야 한다고 생각한다. 자본주의 국가가 우리와 직접 국경을 맞대게 놔둘 수는 없으며, 또 예전의 전쟁 당시 우리가 북한 인민을 위해서 대단히 큰 대가를 치렀다는 것이 그 이유다. 이런 관점도 무척 이상한 것이다. 예전에 '춘이 오빠'를 믿은 적[4]이 있다고 해서 그들끼리 싸우지 말라는 법이 있다고 누가 그러던가.

게다가 북한 인민들이 우리에게 감사할지도 확신하기 어렵다. 만일 남북한 사이에 전쟁이 발발해서 북한 녀석들이 남한에다 핵폭탄 몇 개를 날렸는데도 북한이 결국 패전하고 남한은 방사능에 오염된다면, 자칫 축구 경기처럼 두 나라는 삼팔선을 기준으로

---

4. '짠지 좀 드시라'의 각주 2를 참고하라.

코트를 바꾸게 될지도 모르는 일이다. 사실 우리나라가 어떤 정치적 신념을 가진 국가와 국경을 맞대고 있느냐 하는 문제는 전혀 중요하지 않다. 현대전現代戰에서는 이미 오래전에 그런 것에 신경 쓰지 않게 되었다. 중요한 것은 우리 주변의 국가가 문명화되어 있느냐, 우리 스스로가 문명화되어 있느냐 하는 문제다.

북한은 나름 풍부한 천연자원을 보유하고 있으며 총 인구수가 합리적이며, 나름 훌륭한 민족정신을 갖고 있다. 순리대로라면 이런 국가가 이처럼 가난하게 되는 것도 쉽지 않은 일이다. 일부 사람들은 북한의 빈곤을 국제사회, 특히 미국의 영향력 탓으로 돌리는데, 이런 사람들은 이 나라를 제대로 이해하지 못하고 있는 것 같다. 물론 우리도 이 나라를 제대로 이해하고 있지는 못할 것이다. 하지만 정보가 이렇게나 발달한 시대에, 한 나라가 이토록 이해하기 어려우며, 또 그 나라의 국민은 총살당할 위험을 무릅쓰지 않고서는 이 세계를 이해하는 것이 그토록 어렵다면, 이 나라는 무조건 가난할 수밖에 없다. 정보를 봉쇄하면 할수록 나라는 낙후되게 마련이다. 이는 당연한 것이다.

비교적 재미있는 것은, 극도의 독재하에 있으며 국민들이 고도로 세뇌당하고 있는 이 나라의 이름이 '조선민주주의인민공화국'이라는 점이다. 이는 지난 세기 80년대에 피의 독재를 통해 불과 4년 동안 자국 인구의 5분의 1을 학살한 크메르루주Khmer Rouge[5] 정권이 스스로를 '민주 캄보디아'라고 부른 것과 비교할 만하다. 아마도 자기 나라의 이름을 읽을 때가 유일하게 그 나라 국민들이 '민주'라는 말을 입에 올릴 수 있을 때일 것이다.

다른 나라의 내정에 우리는 간섭할 수가 없으며, 우리나라의 내정에 대해서 우리는 이야기할 수가 없으니, 이에 우리는 그저 다른 나라의 내정에 대한 이야기나 해볼 수밖에 없다. 나는 항상 오십보백보라는 심정으로 북한이 더이상 아시아의 고아가 아니라 이 세계에 융화하는 나라가 되길 기대하고 있다. 설령 우리처럼 못 이기는 체하고, 차마 거절하지 못하는 체하고, 이리저리 눈치를 보고 빙빙 돌려 말하는 식이더라도, 적어도 우리는 이 세계에 속해 있다. 또 우리는 이제 더이상 지도자의 그림이 들어간 배지를 쓰다듬으면서 눈물을 흘리고 춤을 추지 않는다. 모든 사람이 한 개인이나 하나의 관점에 복종하느냐의 여부는 결코 한 국가와 정권의 좋고 나쁨을 판단하는 기준이 될 수 없다.

사실 오늘날에 이르기까지 무슨 주의니 정신이니 기치니 하는 것들은 모두 한바탕의 장난이자 꿈에 불과했다. 수십 년 전, 우리는 늘 권력이 대체 어떤 계급의 수중에 들어가야 하느냐를 놓고 엎치락뒤치락하고 있었다. 사실 권력이 어느 계급 사람들의 수중

---

5. 캄보디아의 급진 무장단체. 지도자였던 폴 포트Pol Pot는 150만 명 이상의 캄보디아인을 학살했다.

에 들어가느냐는 중요하지 않다. 권력을 획득한 사람들은 모두 또 하나의 새로운 계급으로 변하기 마련이며, 그들이 당연히, 마땅히 자신의 출신 계급의 이익을 보호할 것인지는 아무도 증명할 수 없는 일이다. 당신이 무슨 계급에 속하건, 당신이 아무리 훌륭한 사상가, 정치가, 군사 전문가일지라도, 권력을 획득하는 방법을 연구해내는 사람이 위대한 것이 아니라 권력을 어떻게 제한할 것인가를 연구해내는 사람이 바로 위대한 인물이다.

마지막으로 여러분께 내가 늘 좋아했던 뤄다유의 노래, 〈아시아의 고아〉의 가사를 바친다. 나는 북한 인민이 보다 더 나은 생활을 누릴 수 있기를, 적어도 다시는 기아를 겪지 않기를 희망한다. 우리는 또한 우리 스스로에게도 이렇게 경고해야 한다. 고해苦海에는 결코 끝이 없으며, 고개를 돌린다고 해도 피안에 다다르지 못한다고.[6]

아시아의 고아가 바람 속에서 울고 있다
누런 얼굴에 붙은 붉은 진흙
검은 눈동자에 어린 백색의 공포
서풍은 동쪽에서 처절한 노래를 부른다

6. 불교의 잠언인 '고해는 끝이 없으나 고개를 돌리면 곧 피안에 다다를 수 있다'를 패러디한 것.

아시아의 고아가 바람 속에서 울고 있다

아무도 당신과 평등한 게임을 하려 하지 않는다

모두들 당신이 아끼는 장난감을 원한다

사랑하는 아이야 너는 왜 울고 있느냐

얼마나 많은 사람들이 그 풀 수 없는 문제에 매달리는가

얼마나 많은 사람들이 깊은 밤 부질없이 탄식하는가

얼마나 많은 사람들의 눈물이 소리 없이 닦여나가는가

사랑하는 어머니

이것이 무슨 진리입니까

2010년 6월 24일

3부

공민

애들아, 너희가
어르신의 흥을 깨는구나

타이싱泰興[1] 유치원의 아이들이 칼부림을 당해서 32명이 부상을 입었으며 사망자 관련 소식은 아직 전해지지 않고 있다. 이 뉴스는 저번 난핑南平[2] 유치원의 습격 사건과 시간적으로 너무 가까워서, 나는 처음에 같은 유치원으로 오해하기도 했다.

최근 변태들이 벌인 살인 사건에서 범인들은 모두 유치원과 초등학교를 선택했다. 사회에 복수하려는 사람들이 유치원과 초등학교로 가서 살인을 하는 것이 유행하는 듯해 보인다. 왜냐하면 살

---

1. 황해를 사이에 두고 남한과 마주한 장쑤江蘇 성의 타이저우泰州에 있는 현급 시.
2. 난핑은 푸젠 성에 위치한 진급 시다. 2010년 3월에 벌어진 사건은 난핑 초등학교에서 벌어진 일로, 한한이 착각한 듯하다.

인 과정중에 맞닥뜨리는 저항은 가장 적으면서도 죽일 수 있는 사람 수는 가장 많으며, 사회에 가장 큰 고통과 공포를 안겨줄 수 있어서, 사회에 복수하는 가장 효율적인 방법이라 여길 만하기 때문이다. 양자楊佳[3]를 제외한 거의 모든 살인자들은 약자에게 손을 쓰는 것을 선택했다. 이 사회에는 이미 출구라고는 없어서, 오직 그들보다 더 약한 사람들을 살해하는 것이 그들의 유일한 출구가 된 것이다. 나는 전국 지방정부 경비실의 보안요원들을 모두 유치원 경호에 투입할 것을 건의한다. 아이들을 보호하지 못하는 정부는 그렇게 많은 사람의 보호를 받을 필요가 없다.

이런 살인 사건이 발생하는 중요한 원인 중 하나는 이 사회가 공정하고 공평하지 못하기 때문이다. 그렇다, 공평과 정의가 태양보다 더 밝게 빛나도록 만들어야 한다.[4] 하지만 태양은 매일 뜨고 지는 것 아니던가. 우리에겐 흐린 날과 어두운 밤이 너무 많은 것 같지 않은가? 그러니 공평과 정의가 태양보다 더 밝게 빛나도록 만드는 것은 전혀 위대하지 못하다. 태양이 언제나 우리 머리 위에서 빛나게 만들어야만 비로소 위대하다고 할 것이다.

---

3. 베이징 출신의 살인범. 2008년 상하이의 경찰서를 습격, 6명의 경관을 살해하고 5명의 경관 및 보안요원에게 중경상을 입혔다. 그는 평소 경찰에 대해 불만을 품고 있었던 것으로 알려졌다.
4. 2010년 3월에 있었던 원자바오의 발언을 인용한 것.

타이싱 유치원의 살인 사건과 관련된 뉴스는 통제되고 있다. 이 아이들은 태어날 때를 잘못 골랐고, 죽을 때는 더더욱 잘못 골랐다. 관련 부처가 보기에 이토록 경사스러운 분위기[5] 속에서 터진 이번 사건은 분명 잡음에 속하는 것이다. 우리는 다만 타이싱 유치원 칼부림 사건의 부상자가 32명이라는 것만 알 뿐이고, 정부와 병원에서는 한 명의 사망자도 없다고 재삼 강조하고 있다. 다만 항간에 도는 소문으로는 적지 않은 아이들이 죽었다고 한다. 어느 쪽 말을 믿어야 한단 말인가?[6]

정부를 믿자니, 왜 가족들에게 아이를 보지 못하게 하는지 이해가 안 간다. 아직도 병원과 뉴스를 봉쇄하고 있으며 아이들의 사진이나 영상이 전혀 방송되지 않고 있다. 더군다나 범인이 칼로 32명을 난도질했는데도 결국 한 명도 죽지 않았다고 하니, 그는 대체 사람을 죽이려 한 것인가, 아니면 수술을 한 것인가? 너무나도 조심스럽다.

소문을 믿자니, 원래 소문이란 더 과장되게 마련이다. 실제 자료 화면을 보기 전에는 아무것도 믿을 수가 없다. 그래서 '타이

---

5. 당시 중국에서는 상하이엑스포가 진행중이었다.
6. 아직도 정확한 사망자 수를 확인하기는 힘들다. 바이두에서는 몇 가지 견해를 같이 소개하고 있는데, 한 명도 죽지 않았다는 공식 입장부터 24명이 넘게 사망했다는 설까지 다양하다.

저우'를 한번 검색해봤더니, 화면에 나오는 뉴스는 놀랍게도 '타이저우 시에 최근 세 가지 경사가 찾아오다'였으며, 날짜는 4월 30일[7] 이었다.

나에겐 정말 이상하게 느껴질 뿐이다. 타이저우 정부는 소식을 봉쇄하고, 병원을 봉쇄하고, 언론을 통제하고, 수소문을 금지하고, 시선을 돌리는 등등의 수단을 동원해 마침내 살인범에 대한 분노를 자기 자신에게로 전이시키는 데 성공했는데, 그래야 하는 이유가 무엇인가? 당신은 그들에게 무슨 목적이 있을 거라고 생각하겠지만 사실은 그렇지도 않다. 엑스포의 〈화합과 기쁨의 노래〉[8]에 분위기를 맞추는 것 말고는, 이는 그저 타성에 젖은 반응에 불과하며 정부가 이러한 사건을 처리하는 습관이다.

이 습관은 칠부곡七部曲으로 구성되어 있다. 밥 먹고 술 마시는 도중에 사건이 발생하면─숨기고, 격리하고, 언론을 쫓아버리고, 금지령을 발표하고, 공식 발표문을 돌리고, 배상금을 지불하고, 시체를 화장한다─그리고 계속해서 밥 먹고 술을 마신다. 그들이 문제를 처리하는 방식은 살인범보다 그다지 고상하지도 못하다. 인터넷상에서 '복수를 하려면 원수를 찾아야 하고, 떼인 돈을 받으려면 빚쟁이를 찾아야 한다, 나가서 좌회전하면 정부 청사가 있다'

---

7. 타이싱 유치원 사건이 발생한 4월 29일 바로 다음날이다.
8. 중국 국민가수인 쑹쭈잉과 청룽이 상하이엑스포의 개막식에서 부른 노래.

라는 플래카드가 유치원 바깥에 내걸린 모습을 찾아볼 수 있는 것도 이상한 일이 아니다.

1개월이라는 짧은 기간 내에 다섯 개의 학교와 유치원에서 살인 사건이 발생하고, 두 건은 일주일이라는 짧은 기간 내에 발생했다. 4월 29일 타이저우, 그리고 4월 30일 웨이팡潍坊[9]. 나는 그 사회적 원인에 대해서는 이야기하고 싶지 않다. 다만 여기서 여러분에게 다음과 같이 말해주고 싶을 따름이다. 한 사람이 유치원에 쳐들어가서 32명의 아이들을 난도질한 것은 사회 뉴스에 오르지도 못한다. 32명의 나이를 다 합쳐도 겨우 100살을 넘을 뿐이니, 너희들이 난도질을 당했다손 치더라도 신문지상에도 오르지 못한다. 왜냐하면 몇백 킬로미터 바깥에서 한 가지 성대한 행사가 열리고 있으며, 거기서 터트린 폭죽값만 해도 1억 위안이 넘기 때문이다. 그리고 너희의 고향인 타이저우에서도 국제 여행 축제, 경제 무역 상담회, 화교성 개업 축하식 등을 개최해야 하니, 이것이 바로 세 가지 경사가 찾아온다는 것이다.

아마 그 어르신들이 보기에, 너희는 흥을 깨는 존재일지도 모른다.

하지만 우리 불쌍한 아이들아, 분유의 독성에 해를 입는 것

---

9. 중국 동부에 위치한 산둥山東 성의 중동부에 있는 도시.

도 너희요, 예방접종을 잘못 맞아 고생하는 것도 너희요, 지진이 나서 깔려 죽는 것도 너희요, 불에 타 죽는 것도 너희로구나. 어른들의 규칙에 문제가 생겼는데도, 어른들의 칼에 보복을 당하는 것은 역시 너희로구나. 나는 정말 타이저우 정부의 발표처럼 너희가 다만 부상만 입고 한 명의 사망자도 없기를 바란다. 나이 많은 사람들은 책임을 저버렸지만, 너희는 자라서 너희의 아이들을 보호할 뿐만 아니라 이 사회가 모든 사람의 아이들을 보호할 수 있도록 하거라.

2010년 5월 2일[10]

10. 이 글은 유치원에서 발생한 폭력 및 살인 사건에 대한 평론이다. 발표된 후 얼마 지나지 않아 삭제되었다. 그는 뒤이어 제목 없는 글을 발표했는데, 내용은 고작 몇 자에 불과했다. "어르신들, 흥취를 다 즐기시기를."—원주

어서 오세요, 어서 가세요

　최근 언론에서 계속 엑스포에 대한 인터뷰를 하려고 해서 무척 곤란하다. 만약 내가 엑스포를 찬미한다면 양심에 거리낄 것 같고, 비판한다면 먹고사는 일이 불편해질 것이다. 엑스포가 곧 개막하려 하는 마당이니, 나는 이 블로그에서 한꺼번에 엑스포와 상하이에 관한 모든 문제를 대답해서 이후 내 태도로 삼고자 한다. 앞으로 비슷한 문제는 내게 묻지 말기를.

　Q. 엑스포가 상하이와 중국에 무엇을 가져다줄 수 있다고 생각하는가? 엑스포를 무엇에 비유할 수 있겠는가?
　A. 나는 엑스포가 중국에 뭔가를 가져다주는 것이 아니라 중

국이 엑스포에 무엇인가를 가져다주고 있다고 생각한다. 왜냐하면 원래 엑스포는 이렇게 규모가 큰 행사가 아니기 때문이다. 정보의 유통 속도가 갈수록 빨라지면서 엑스포는 점점 쇠퇴중이었지만, 중국이 엑스포를 업그레이드한 것이다. 굳이 비유를 해야만 한다면, 이와 조금 비슷하지 않을까. 국내에서 매우 잘나가는 브랜드가 있는데 선전을 하도 많이 해서 당신은 그 옷을 입으면 정말 끝내준다고, 호화롭기 그지없다고 느끼게 되었다. 그런데 외국에 나가서 한번 사정을 알아보니 이류에 지나지 않았다.

Q. 그렇다면 당신은 엑스포의 마스코트 하이바오海寶[1]를 어떻게 평가하는가?

A. 하이바오는 정말 사람을 골치 아프게 만드는 물건이라고 생각한다. 하이바오의 이미지가 어떤지에 대해서는 잠시 이야기하지 말기로 하자. 하지만 당시 모두가 보았던 하이바오는 이차원이었다. 이는 하이바오를 입체로 만들어야 하는 사람들에게 대단히 곤란한 문제를 제기했다. 이를테면 하이바오의 등은 대체 어떤 식으로 생겼는가? 하이바오에겐 꼬리가 있는가 없는가? 엉덩이가 있는가 없는가? 엉덩이 골이 있는가 없는가? 이런 것들이 모두 불명확했기 때문에 시내에 세워진 하이바오 조각들을 우리가 볼 때면,

---

1. 세계(4해)의 보물四海之寶'이라는 뜻. '사람 인人' 자를 형상화한 캐릭터로, 푸른 몸에 큰 눈이 특징적이다.

정면은 모두 같은 모습이지만 등은 제각기 다르다는 것을 발견할 수 있다. 어떤 하이바오는 엉덩이 골이 없고 어떤 하이바오는 엉덩이 골이 있다. 하지만 최근에는 엉덩이 골이 없는 하이바오가 대세인데, 구글이 이미 중국을 떠난다고 선언했기 때문이다.[2]

Q. 엑스포의 전시관 등은 행사가 끝난 이후 철거할 예정인데, 이것이 낭비라고 생각하는가?

A. 낭비가 아니라고 본다. 당시 강제 이주를 시행하면서 정부는 우리나라 전시관을 짓고, 다른 나라에서 전시관을 짓는 것을 도와주고 하느라 이것저것 적지 않은 돈을 썼다. 이 전시관들은 상하이에 남겨둬도 쓸데가 없으며, 정부의 사무실로도 쓸 수가 없다. 깔끔하게 철거해버린다면 이 넓은 땅덩어리를 부동산업계에 팔아넘기기 좋지 않겠는가. 그러니 결국 이번 엑스포는 정부가 개최한 것도, 기업이 개최한 것도 아니며, 사실 집값에 목을 맨 자들과 부동산 브로커들이 개최한 것이다.

Q. 실상이 그렇다면, 왜 정부는 그래도 몇 개의 전시관을 남겨두고 철거하지 않으려는 것인가?

A. 당연히 모두 철거할 수는 없다. 모두 철거해버린다면 이 동네를 '엑스포 구역'이라고 부를 수가 없게 되므로, 때가 왔을 때

---

2. '엉덩이 골'을 뜻하는 '구거우股溝'와 '구글'을 뜻하는 '구거谷歌'는 발음이 상당히 비슷하다.

좋은 가격을 받을 수가 없다.

Q. 어떤 사람은 엑스포 기간에 외부 차량이 상하이로 들어올 때 줄을 서서 검사를 받아야 하는데, 걸핏하면 몇 킬로미터나 꽉꽉 막힐 것이고 두세 시간은 줄을 서야 할 것이라고 반발한다. 더 좋은 방법이 있는가?

A. 여기에 대해서는 나도 방법이 없다. 왜냐하면 정부는 도둑을 막고, 테러리스트를 막고, 반동분자들을 막고, 그리고 국민을 막는 네 가지 방어 시스템에 있어서 동일한 안전 표준을 적용하기 때문이다. 비록 모든 차량과 모든 사람에 대해 검문을 실시하는 것이 대체 누구를 막겠다는 것인지는 나도 딱히 말하기 어렵지만, 적어도 내가 나쁜 놈이라면 절대 얌전히 검문소 입구에서 폭탄을 들고 검사받기를 기다리지는 않을 것이다. 도시와 도시 사이의 경계는 국경선처럼 엄밀하지 않아서 한 뙈기 논밭이 경계를 이루고 있는 경우도 많다. 마음만 먹는다면 쉽게 드나들 수 있으며, 나는 이런 식의 검문이 나쁜 짓을 저지르기로 결심한 사람들을 색출해낼수 있을 거라고 생각하지 않는다. 하지만 정부는 이렇게 하면 비교적 위협의 효과가 있으리라고 확신하는 것 같다. 나쁜 사람으로 하여금 소문만 듣고도 생각을 접게 만들 수 있다면, 우리 모두는 당연하게도 줄이나 서야 하는 것이다.

하지만 어찌 됐건 나는 보다 확실한 안전 보장을 지지한다.

우리 정부가 득실을 잘 계산하기만 한다면 나는 어떠한 검문도 받아들일 용의가 있다. 간접적이기는 하지만 엑스포를 위해서 이 도시의 적지 않은 사람들이 이미 작업용 차량에 의한 피해를 입었다. 그러니 나는 그 어떤 생명도 이번 일로 인해 다시금 위협받지 않기를 바란다.

Q. 엑스포로 인해 상하이에 얼마나 많은 관광객이 유치될 것이라고 생각하는가?

A. 이 문제는 확실히 이야기하기 어렵다. 오직 엑스포를 위해서 오는 사람들과 오는 김에 한번 들르는 사람들은 서로 다르다. 주최측에서는 반년 동안 6000만 명이 상하이를 방문할 것이라고 말하지만, 내 생각에 상하이는 원래 굉장한 흡인력을 지닌 도시다. 엑스포가 열리지 않는다 해도 5900만 명 정도는 다른 일 때문에 상하이에 올 것 같다. 어쨌거나 내가 외국으로 여행을 간다면, 그 나라에서 엑스포가 열리는지의 여부는 내 일정에 결정적 영향을 미치지 못할 것 같다. 어쩌면 외국인들은 세상 구경을 별로 해본 일이 없으니 와서 보고 싶어할지도 모르겠다.

물론 내 주위에도 이번 엑스포를 기다리는 친구들이 적지 않다. 그들은 다들 한번 구경해보고 싶어하는데, 나도 이들의 심정을 전적으로 이해한다. 엑스포 현장은 대단히 성대할 것이고, 중국 사람은 천성적으로 시끌벅적 일을 벌이는 것을 좋아하기 때문이다.

모터쇼만 해도 그토록 많은 사람들이 구경을 가지 않던가. 물론 나는 수많은 상하이 사람들이 엑스포가 조속히 거행되기를 바라는 것도 완전히 이해할 수 있다. 왜냐하면 수많은 외국인이나 타 지역의 관광객들이 온다면, 상하이 사람들은 그들에게 우리 상하이가 얼마나 대단한 도시인지 보여줄 수 있기 때문이다. 집값은 1제곱미터에 5만 위안이나 하고, 주차비는 한 시간에 20위안이며, 기름값은 1리터당 1달러를 넘으며, 병원비, 밥값, 교통비, 물건값 등등 뭐든지 다 비싸서, 생활하는 데 드는 비용은 당신들의 다섯 배지만 월급은 당신들의 5분의 1이야. 하지만 그래도 우리는 살아남았어. 거기다 희희낙락 기분좋게 방방곡곡에서 온 관광객들을 맞이하고 있지. 이들 상하이 사람들이야말로 이 도시에서 가장 대단한 전시품이다. 나는 몇몇 시민 대표를 뽑아서 중국관에 예술품으로 전시할 것을 건의한다.

Q. 상하이라는 이 도시를 어떻게 평가하는가?

A. 나는 이곳에서 태어났고, 줄곧 이곳을 열렬히 사랑했으며, 이 도시가 진정 아름답기를 바란다. 비록 내 고향은 이미 심각한 오염으로 뒤덮여버렸지만 말이다. 객관적으로 말해서, 만약 당신이 돈이 많다면 상하이는 살기 좋은 곳이다. 쇼핑, 도시의 규모, 소비, 오락 등에 있어 상하이는 모두 훌륭하다. 경제적인 측면에서 보자면, 대체로 이곳은 모험가들의 낙원이자 일반 서민들의 지옥

이라 할 수 있다.

하지만 상하이는 별다른 문화가 없는 곳이다. 다른 나라의 대도시 주민들은, 우리 도시에는 이런저런 건축물이 있고, 호텔이 있고, 유명한 거리가 있고, 호화 주택이 있다고 말할 수 있다. 이런 것에 대해서라면 상하이의 지도자도 자랑스럽게 우리에게도 다 있는 것이라고 선포할 수 있을 것이다. 하지만 그들이 우리 도시에는 이런저런 작가가 있고, 감독이 있고, 예술가와 전시회, 영화제가 있다고 말한다면, 상하이의 지도자는 할말이 없어질 것이다.

Q. 왜 이런 상황에 이르게 되었는가?

A. 진정으로 문화를 발전시키기 위해서는 반드시 규제를 완화해야 하고, 규제를 완화하기 위해서는 반드시 여러 사람이 자유롭게 자기 생각을 말할 수 있어야 하고, 또 이를 위해서는 반드시 시민들을 계몽해야만 하는데, 이는 얼마나 골치 아픈 일인가.

Q. 정부에서는 유전자 조작 식품GMO이 무해하다고 말하면서 다른 한편으로는 엑스포 구역에 유전자 조작 식품이 유통되어 외국인이 잘못 먹게 되는 것을 엄금한다고 말하는데, 이는 스스로에 대한 차별 대우인가?

A. 헛소리하지 마라. 이는 분명 일종의 자신감, 즉 우리 중국인의 튼튼한 신체에 대한 자신감이다. 우리는 모두 매일같이 이런 공기를 호흡하고 이런 물을 마시면서 격렬한 투쟁을 거치고 살아

온 사람들이다. 외국인들은 농약을 한 모금만 마셔도 죽지만 우리
는 세 모금 정도는 마셔야 죽는다. 그러니 당신의 발언은 잘못된
것이다.

2010년 4월 19일

안전한 날인지 묻지 않는 것이
바로 교양文化 없는 짓이다

　　어제 저녁 나는 스누커[1] 명인전의 결승전을 시청했다. 중앙방송 5번에서 놀랍게도 전례를 깨고 처음으로 중계방송을 해줬는데, 유일하게 아쉬웠던 점은 해설자가 상하이 방송의 스누커 해설위원 장쉰張迅이 아니었다는 것이다. 그랬다면 경기가 더욱 재미있었을 것이다. 그래서 나는 경기를 보는 내내 이어폰을 끼고 음악을 들었다.

　　딩쥔후이丁俊暉[2]와 설리번[3]은 내가 무지무지무지무지무지무

---

1. 당구 경기의 일종으로 중국과 유럽에서 인기가 많다.
2. 당구의 천재로 불리는 중국 선수.
3. 스누커 챔피언이었던 영국 선수 로니 오설리번Ronnie O'Sullivan을 말한다.

지하게 좋아하고 숭배하는 선수들이다. 나는 책 쓰는 사람들을 좋아하고 마음에 들어하기는 하지만, 개중 내가 숭배한다고 말할 수 있는 사람은 하나도 없다. 하지만 이 두 사람은 모두 천재이고, 나는 모든 천재를 열렬히 사랑한다. 만약 글쓰기의 천재를 발견하게 된다면 나는 나 자신의 미력한 힘을 아끼지 않고 그를 떠받들 것이다. 하지만 결국 천재는 다른 사람이 떠받들어줄 필요가 없는 사람들이며, 아니꼽게도 하늘에서 뚝 떨어진 사람들이다. 그리고 머저리들은 아무리 붙잡아줘도 비뚤어지게 마련이다.

딩 선수는 결국 패배했다. 한 팬이 몇 시간 동안 뒤에서 욕을 하고 있었다. 만약 성격이 좀 사나운 선수였다면 큐대로 후려쳐버렸을 것이다. 당구를 할 때는 큐대를 하나 주는데, 이는 공을 치는 데 쓸 뿐 아니라 사람을 칠 때도 쓸 수 있는 것이다. 만약 딩 선수가 내 블로그에 와서 댓글을 좀 많이 살펴보고 각양각색의 기기묘묘한 악질적 욕설을 충분히 봤더라면 심리적으로 영향을 받는 일은 없었을 것이다. 욕하는 사람을 대하는 가장 좋은 방법은 그 사람들보다 더 잘 지내는 것이다. 나를 욕하면 할수록 내가 더 잘 된다면, 욕하는 쪽은 아마 맛이 가버릴 것이다. 이를테면 내가 어느 날 노벨 평화상이라도 받게 된다면 수많은 사람들이 맛이 갈 것이다.

나는 딩 선수와 그의 부친을 정말 많이 좋아한다. 랑랑朗朗[4]과 그의 아버지와는 전혀 다르다. 딩 선수가 세계 챔피언이 되기까지 국가의 돈이라고는 한 푼도 쓰지 않았다. 국내의 많은 사람들이 그가 교양이 없다고 욕하는데, 욕하는 사람들은 모두 멍청이들이다. 당신들은 대학 졸업장을 하나 따내면 교양이 생긴다고 생각하는가? 대학생이 지하철에서 자리를 양보하지 않으면 똑같이 교양이 없는 것이다. 박사가 밤에 차를 몰 때 앞차에다 상향등을 쏘는 것이 교양 없는 것이다. 대학 교수가 여학생이랑 할 때 콘돔도 끼지 않고 안전한 날인지 묻지도 않고 안에다 싸버리는 것이야말로 교양 없는 짓 중에서도 가장 교양 없는 짓이다.

하지만 만약 어떤 문맹자가 물에 뛰어들어 사람을 구해낸다면 이는 교양이 있는 것이다. 교양文化과 졸업장文憑[5]은 아무런 관계가 없다. 한 사람의 지식에는 언제나 한계가 있다. 자동차의 기울기와 토인toe-in[6]이 자동차의 조작에 어떤 영향을 미치는지 묻는다면, 칭화 대학[7]자동차학과를 다니는 사람도 말문이 막힐 수밖에 없다. 엔진 미스파이어링 터보 래그Engine Misfiring Turbo Lag가 뭐냐고 물어보면 영어가 10등급[8]인 사람에게 사전을 준다고 해도 찾아내

---

4. 유명 피아니스트. 류위안쥐劉元舉라는 사람이 『아버지의 마음은 이토록 높다: 피아노 천재 랑랑과 그의 부친』이라는 책을 쓴 적이 있다.
5. '文'이 반복된다.
6. 자동차의 양 앞바퀴를 약간 안쪽으로 향하게 하는 것.
7. 베이징에 있는 국립대학으로, 베이징 대학과 함께 중국 최고의 명문으로 손꼽힌다.
8. 중국 국가 영어 시험의 최고 등급은 실제로는 8등급이다. 한한이 10등급이라고 말한 것은 과장법이다.

지 못할 것이다.

　이런 것들은 전공이 맞아야만 알 수 있는 것이다. 내가 위추위에게 자동차의 '마력'과 '슈퍼마리오'[9]가 어떻게 다른지 물어본다면, 위추위는 〈청년가수텔레비전대상대회〉[10] 출연자와 같은 최후를 맞이할 것이다. 지난번 내가 읽었던 글에서 왕싼뱌오가 〈청년가수대상〉에 대해 이야기했던 것[11]과 마찬가지다. 위추위가 양치기[12]에게 문제를 냈는데 그 사람이 대답하지 못하자 위 씨는 이렇게 말했다. 이렇게 기초적인 교양 지식을 몰라서는 안 되죠. 사실 공평하게 하자면, 양을 치는 사람도 위추위에게 문제를 하나 낼 수 있어야 한다. 어미 양은 임신한 지 몇 개월 후에 새끼 양을 낳습니까? 당신, 교양 있는 사람 아니었습니까. 대답을 하세요, 대답을.

　교양이란 곧 생식기이며, 사람이라면 모두 가지고 있지만 사용할 때만 꺼내는 것이다. 하지만 요새는 이상한 사람들이 좀 있다. 제대로 된 사람들과 달리, 그들에게는 갑자기 없던 생식기가 하나 돋아난 것이다. 그래서 하루종일 생식기를 바깥에 내놓고 다

9. 중국어 발음은 각각 '치처마리汽車馬力'와 '차오지마리超級瑪麗'로 비슷하다.
10. CCTV에서 1984년부터 방영된 프로그램으로, 2년마다 한 번씩 열린다.
11. '왕싼뱌오'는 왕샤오펑의 별명이다. 그는 '기술에도 전공이 있다'는 글을 써서, 연예인이나 양치기에게 불필요한 '상식'과 '교양'을 요구하는 풍조를 비판한 적이 있다. 왕샤오펑에 대해서는 '중앙방송은 참 야하고 참 폭력적이에요'를 참고하라.
12. 〈청년가수텔레비전대상대회〉에 한 양치기가 출연한 적이 있는데, 중국의 국기를 알아보지 못해서 논란을 일으켰다.

니면서 모든 사람이 자신을 쳐다보고 있다고 생각하고는 득의양양해한다. 그리고 거리로 나가서 생식기를 숨기고 있는 사람들에게 이렇게 묻는다. 어이, 친구, 그거 있어? 왜 안 보이지.

이봐, 겨우 그 사이즈로 뭘 하겠는가, 그만둬. 이리 와서 한번 봐봐. 내 목에 두르고 있는 게 목도리인 줄 알았지?

스포츠에는 스포츠만의 교양이 있다. 그러니 어떤 종목의 세계 챔피언은 그 교양을 집대성한 사람이다. 당신이 읽은 그 너절한 교과서를 교양이라 부르는가. 추태 부리지 말라. 겨우 그 정도 생각만 가지고 있다면 교양이고 나발이고 그냥 화장터로 직행하시라.

대학에 다니는 것이 대수인가. 게다가 지금은 대학에서 정원을 확대하는 중이니, 내가 졸업장을 하나 가짜로 만들고 싶다면 내 풍부하지 못한 경제력으로도 국내외 대학을 창녀들처럼 줄 세워 내가 마음대로 고르기만을 기다리게 할 수 있다. 반쯤 다니다 입맛에 맞지 않으면 바꿀 수도 있다. 그러니 대학 다니는 게 무슨 영광스러울 것이 있단 말인가. 대학과 교양을 그만 좀 들먹이자. 지금이 어떤 시대인데. 인생은 좀 터프하게 살아야 하는 것이며, 너무 소심하게 살 필요는 없다. 터프한 사람은 가짜로 졸업장을 만들 필요가 없으며, 졸업장이 오히려 그의 이름을 도용하려 들 것이다. 딩 선수는 결국 상하이 교통대학에 입학했다. 하지만 다행히 아직 어느 대학도 나를 꼬드겨 입학하게 만들지 못했다. 대학들아, 내게 돈을 얼마나 줄 텐가? 나도 대학 한번 가보자.

세계의 논리는 두 가지로 나뉘는데, 하나는 그냥 논리고 다른 하나는 중국식 논리다. 아무것도 이루지 못한 자들이 도리어 세계 챔피언의 교육 방식에 문제가 있다고 비난을 하고 있으니, 이것이 바로 중국식 논리다. 어제 만약 교양이 있다고 떠벌리고 다니는 사람이 출전했다면 줄곧 뒤에서 욕을 하던 관중은 아마도 그를 응원했을 것이다. 딩 선수는 이번에 한차례 147점 만점을 기록했으며 50만 위안에 가까운 상금을 획득했다. 그런데 인터넷에서는 놀랍게도 그를 욕하는 사람이 있다. 147분만 연습하면 147점을 기록할 수 있는 줄 아는가? 누구든지 심리적으로 균형을 잃을 수는 있지만 이렇게 변태적으로 균형을 잃다니, 이것은 설마 정말 중국의 교육이 인류를 기형적으로 배양시킨 결과란 말인가? 딩 선수와 그의 가족은 아무런 희망도 없는 상황에서도 당구를 위해서 집을 모조리 팔아버리고 광저우로 이사를 갔다. 이런 기백도 없고 돈도 벌지 못한다면 그냥 입을 다물라.

중국인은 항상 이런 식이다. 운동선수들과 글쟁이들이 모두 죽을 만큼 가난하지 않다고, 가난해서 길거리에서 구걸을 하고 정부의 보조금을 받아 하루하루 근근이 살아가지 않는다고 난리다. 그래야 나중에 한 달에 몇천 위안 받는 사람들이 그들을 동정하는 척, 위로하는 척 할 수 있으니까. 반면 무슨 국장이나 하는 사람들의 재산이 1000만 위안이 넘는다 해도 아무도 이상하게 생각하지 않으며, 모두들 당연하다고 생각한다. 이 얼마나 무서운 중국식 논리인가? 딩 선수가 수십만 위안의 상금(게다가 외국 상금이다. 만약 우리나라에서 주는 것이었다면 분명 어떤 머저리는 왜 그 돈을 희망공정에 지원하지 않느냐고 소리쳤을 것이다)을 타는 것을 보고는, 그가 무엇 때문에 저렇게 많은 돈을 타느냐고 공론이 분분하다. 무엇 때문이냐고? 바로 당신이 할 수 없는 일을 해냈기 때문이다. 당신은 왜 할 수 없는가? 바로 당신이 오늘 죽는다 해도 내일이면 무수한 사람들이 당신을 대신할 수 있기 때문이다.

하지만 어제 비로소 딩 선수가 쿨한 척을 하고 있었다는 것을 알게 되었다. 그는 사실 아직 아이에 불과하다.[13] 나는 그 모습을 보면서 가슴이 찢어지는 것 같았다. 나는 딩 선수의 경기 스타일을 정말로 좋아한다. 설리번 또한 베테랑 천재 선수다. 그 정도 되면 이제 명예도 아무런 의미가 없으며, 순수하게 게임을 즐길 뿐이다. 게다가 어제 설리번은 대단히 품격과 매력이 있었다. 나는 이 두 천재를 너무나 좋아한다.

2007년 1월 23일

---

13. 딩쥔후이는 1987년생으로, 당시 스무 살이었다.

중화를 모욕하다

우리 민족은 굉장히 모욕당하기 쉬운 것 같다. 뉴스에서 걸 핏하면 다른 나라의 상점 간판이나 티셔츠나 어떤 문학작품 등이 중화를 모욕했다는 이야기를 듣게 된다. 며칠 전에 어떤 뉴스를 봤 는데, 어느 나라의 한 애완동물 가게에서 톈안먼광장을 악의적으 로 패러디한 간판을 내걸어서 우리나라 외교부가 즉각 교섭에 나 섰으며, 이 상점은 곧바로 간판을 내렸다고 한다.

이는 대단히 극진한 대우를 해준 것이다. 나도 이 가게 주인 과 마찬가지로 강대국의 국민이지만, 내가 가게를 하나 열고 백악 관이나 크렘린을 악의적으로 패러디한다 해도 아마 평생을 기다 려도 미국이나 러시아의 외교부와 접촉할 수 없을 것이다.

우리 국민은 대단히 경직된 상태라서 농담, 조롱, 다른 생각 등 점잖지 못한 언론 보도를 전혀 받아들이지 못한다. 그리고 이런 보도를 접할 때 우리는 그들이 중화를 모욕했다고 말한다. 그러니 영화에는 중화를 모욕하는 장면이 매우 많을 수밖에 없다. 〈미션 임파서블〉이 모욕 사건에 연루되었던 것을 기억하는데, 베란다에서 빨래를 말리는 장면이 있기 때문이라고 했다. 이런 일을 가지고 뉴스거리를 만드는 것을 보고 있노라면, 우리 중국 사람은 한 번도 베란다에서 빨래를 말린 적이 없는 것 같은 느낌이 든다. 그런 일은 인도 사람이나 하는 짓인데, 영화에서 억지로 이를 중국인의 습관인 양 덮어씌우기라도 한 것처럼 말이다. 죄송, 내가 방금 인도를 모욕했다.

〈캐리비안의 해적〉도 이번의 〈러시 아워 3〉도 모두 중화를 모욕했다는 혐의를 받고 있다. 중화 모욕 장면이 들어갔다는 영화가 나올 때마다 나는 무삭제판을 찾아서 본다. 보고 나서는 종종 갑갑한 마음이 든다. 이게 어딜 봐서 중화를 모욕한 것인가. 오히려 매번 적지 않은 미국인이 스스로를 모욕하고, 중국의 쿵푸가 양놈을 모욕하는 장면을 목격하게 될 뿐이다. 게다가 요즘은 대작을 만들 때, 중화민족은 농담조차 받아들이지 못하는 민족이기 때문에 중국의 둥팡밍주東方明珠[1]

---

1. 상하이를 상징하는 유명한 건축물.

가 무척 아름답다고 찬미할 것이 아니면 아예 이야기를 꺼내지 말아야 한다는 사실을 깨달은 사람이 점점 늘어가고 있다. 농담을 한 번 할 때마다 이쪽에서 어린아이처럼 울고불고 한참을 난리 치니 모두들 정말 우리를 무서워하기 시작했다. 이는 존중과는 아무런 관련이 없다.

어쩌면 내가 너무 민감하지 못한지도 모르겠다. 한 사람의 중국인으로서 경직성과 민감함, 그리고 나약함은 반드시 갖춰야 할, 그리고 다른 민족과 우리를 구분해주는 품성들이다. 나는 이런 쪽으로는 늘 많이 모자란다. 누군가 내게, 너희 고향은 이러저러한 단점이 있다고 말할 때, 나는 거의 한 번도 화를 내본 적이 없는 것 같다. 나는 그저 그 사람에게, 당신이 말하는 것들은요, 이런 것들은 진짜고, 저런 것들은 특수한 경우고, 또다른 것들은 어디를 가나 똑같은 것이거든요 하고 말해주고 거기다 몇 마디 덧붙여주기까지 한다.

하지만 내가 다른 사람의 고향에 무슨 문제가 있다고 이야기를 하면, 그의 반응은 마치 내가 그의 어머니를 어떻게 하기라도 한 것처럼 극성맞다. 예를 들어 당신 고향 출신 사람들은 왜 매일 욕을 하느냐고 말하면, 상대방은 곧 만 가지 더러운 말로 내가 헛소리를 한다고 욕할 것이다. 이 점이 나는 잘 이해가 가지 않는다. 대부분의 경우 우리가 어떤 장소에서 태어나고 살게 되는 것은 우리가 그곳을 열렬히 사랑해서가 아니라 그저 선택할 수가 없었기 때문이고, 어쩌다보니 그곳에 태어났기 때문인 것이다. 열렬한 사랑 때문이 아니라고 한다면, 그토록 조급한 반응을 보이는 것은 다들 지나치게 경직되어 있는 까닭에 그의 고향을 건드리면 마치 그 자신을 건드린 것처럼 느끼기 때문이다. 비록 사적인 자리에서는 이들이 자신의 고향, 자신의 회사, 자신의 학교에 대해 누구보다 더 많이 불만을 표할지라도, 외인들이 입을 놀리는 것은 참을 수가 없는 것이다. 비록 우리 동네에서 내가 주인 노릇은 못 하더라도, 당신이 우리 동네에 대해 이러쿵저러쿵하는 것은 바로 나를 욕하는 것이다. 이런 사람들이 당신에게 목숨을 걸고 달려드는 모습을 보자면, 당신은 마치 그들의 신앙을 건드리기라도 한 것처럼 느끼게 될 것이다.

하지만 만일 내가 그들에게, 사실 내가 신인데 말야, 미안하게도 너희가 열렬히 사랑하는 고향에 대해 몇 마디 안 좋은 소리를 했더니 너희가 목숨을 걸고 자신의 고향을 지키려는 행동을 보이는 것에 감명을 받았어, 그래서 내가 지금 너희에게 상을 내려 다시 태어날 수 있는 기회를 줄게 하고 말한다면, 나는 그들 중의 8할은 쌩하니 미국으로 다시 태어나러 갈 것이라고 생각한다. 나머지 사람들은 유럽의 어느 나라가 좋을지 비교하느라 머뭇거리는 사람들일 테고.

게다가 이런 논리는 마음대로 확대할 수도, 축소할 수도 있는 것이다. 그러니 어느 날 유럽 사람이 아시아 사람들이 나쁘다고 말했을 때, 일본인이나 한국인이 대단히 경직된 반응을 보일 것이라고 생각해서는 안 된다. 가장 격렬히 반응하는 것은 우리 중국인이다. 더 크게 보아, 외계인이 우리 지구인에게 매우 멍청하다고 말한다면 가장 격렬히 반응할 것도 역시 중국인이다. 그리고 이 경우 우리는 분명 중국적 특색을 살려 10만 명을 조직, 초원에서 다음과 같은 글자를 만들 것이다. '우리는 바보가 아니다.' 한편으로는 외계인에게 시위를 하는 것이지만, 가장 중요한 목적은 기네스 세계신기록 등재를 신청하는 것이다.

우리가 그토록 많은 중화 모욕 사건을 겪는 것은 우리 자신이 스스로를 너무 비하하고 있기 때문이다. 얼핏 보기에는 우리가 무척 위세당당한 것처럼 느껴질 것이다. 누구든 감히 우리를 모욕할 생각은 말아라! 너희 외국의 작은 가게의 일에도 우리 외교부가 나서고, 몇 줄의 간판 문구가 국내에서 대규모의 비난 여론을 만들어내고, 몇 편의 영화는 우리네 영화국이 나서서 수입을 금지하게 만들 수 있다! 이렇게 한다고 그들이 우리를 존중할 것 같은가? 사실 그들은 우리의 멍청함을 비웃을 뿐이다. 게다가 우리에게는 일관된 태도도 없어서, 어떤 나라가 우리를 찬미하기만 하면 우리의 형제라고 생각하고, 어떤 나라가 다른 건 다 좋더라도 만약

'중화를 모욕'한다면 모든 유도탄을 이 나라를 향해 조준하지 못해 안달한다. 그리고 우리는 '모욕'의 기준이 매우 낮아서, 찬미하는 것이 아니면 곧 모욕하는 것이다.

　　우리 스스로를 돌아보자. 국내의 사이트들을 한번 살펴보라. 일본 사람 이야기가 나오면 바로 '소일본'이라 하고, 한국 사람 이야기가 나오면 바로 '가오리방쯔高麗棒子'[2]라 하고, 인도 사람 이야기가 나오면 바로 '아삼'이라 하니, 우리나라의 인터넷, 가게 간판, 뉴스 등등에서 '한국을 모욕'하고 '미국을 모욕'하고 '일본을 모욕'하고 '인도를 모욕'한 경우가 적지 않다. 하지만 이런 사람들은 종종 민족의 작은 영웅 대접을 받고, 게다가 1년 내내 모욕을 해도 무사한 것 같다. 아직 한 번도 다른 나라의 네티즌이나 언론매체나 외교부에서 교섭해오거나 이들을 토벌하러 나서는 것을 보지 못했다. 그러니 우리네 국민은 대국의 국민이 되기에는 아직 멀었으며, '인민'[3]의 근처에도 이르지 못했다. 이를 응집력이 강하다거나 일치단결해 외세에 맞서는 태도라고 착각해서는 안 된다. 저들 미국인이 중국 인민 개새끼라고 한마디한다면, 나는 우리 중국의 국

---

2. 중국인이 한국인을 비하할 때 사용하는 말. 한국에서 사용하는 '짱깨'나 '쪽발이' 정도에 상응한다고 보면 된다.
3. 중국어에서 '국민國民'과 '인민人民'은 어감이 조금 다르다. '국민'은 단순히 중국 국적을 가진 사람을 뜻하는 반면, '인민'은 그보다 더 긍정적이고 적극적인 함의를 갖는다.

민들이 대단히 신속히 거대한 대오를 형성해 미국을 타도하러 나설 것이라 믿는다. 하지만 미국인이 몇 명의 첩자를 파견해 이 거대한 군대 내부에 상하이 인민 개새끼, 베이징 인민 개새끼, 허난 인민 개새끼, 둥베이東北[4] 인민 개새끼, 광저우 인민 개새끼 등의 몇 마디 말을 퍼트리게 한다면, 이 대오는 미국에 도착하기도 전에 완전히 궤멸되고 말 것이다.

　우리가 매일같이 다른 나라 사람이 중화를 모욕했느니 어쨌느니 울고불고 떠들지 않게 될 때에 이르러서야 우리는 내전을 그칠 수 있을 것이다.

2007년 8월 11일

---

4. 중국 북동부의 랴오닝 성, 지린 성, 헤이룽장黑龍江 성을 통틀어 부르는 말이다. 북한의 북쪽에 위치한다.

아, 어떻게 해야 하는가

우리는 어떤 나라의 생산품을 보이콧한다, 그들이 우리의 자존심을 상하게 했기 때문이다.

우리는 어떤 나라의 생산품을 보이콧한다, 그들이 우리의 감정을 상하게 했기 때문이다.

우리는 어떤 나라의 생산품을 보이콧한다, 그들이 우리의 체면을 상하게 했기 때문이다.

우리는 중국의 생산품을 지지한다, 그랬더니 그것이 우리의 건강을 상하게 하였다.

2008년 9월 15일

어느 민주주의적인 장보기

　이 문제에 대해서는 모두들 충분한 이유가 있다. 우선 까르
푸의 사장이 어떠어떠했고, 그리고 프랑스 정부가 어떠어떠했으
며, 다음으로는 누가 어떠했건 간에 우리의 목적은 국제사회에 우
리의 태도를 알리는 것이며, 어떤 국가에 우리의 역량을 알리는 것
이며, 어떤 사람들로 하여금 사과하게 만드는 것이다. 나는 그들로
하여금 사과하게 만드는 것은 쉽지만 우리에 대한 다른 나라 사람
들의 태도와 생각을 바꾸는 것은 대단히 어려우며, 이번 사건이 생
긴 후에는 더더욱 어려워졌다는 점을 말하고 싶다.

　왜 꼭 까르푸여야 하는가?[1] 여기에 꼭 그래야 할 이유는 없
는데, 왜냐하면 다른 것을 골라도 되기 때문이다. 다른 것을 고른

다고 해도 우리는 왜 꼭 그것이어야 하냐고 반문할 수 있다. 하지만 우리 정부가 '전형적인 모델을 만드는' 것을 좋아하기 때문에, 이에 점점 교화된 우리 백성들 역시도 이미 '전형적인 모델을 만들' 수가 있게 된 것이다.

나는 까르푸를 보이콧하는 것은 사실 정말 못난 짓이라고 생각한다. 진정한 애국적 행동이란 마땅히 어떤 대가를 치러야 하는 것이다. 당신이 경제적 손실이나 생명의 위협을 무릅쓰고 당신 가슴 속의 신념을 위해 무엇인가 내놓으려 할 때, 이는 진실한 것이다. 그러나 까르푸에 가서 법석을 떠는 것은 정말 품위 없는 짓이다.

다른 나라가 당신을 모욕했는데, 당신은 자기 나라에서 일개 슈퍼마켓을 못살게 굴고 있다. 이 슈퍼마켓 하나를 놓고 어떤 사람은 불매운동을 벌이고, 어떤 사람은 플래카드를 내걸고, 어떤 사람은 데모를 하자고 하고, 어떤 사람은 재미있다며 구경을 하고, 또 어떤 사람은 100위안[2]짜리 지폐를 내고 조그만 물건을 사서 그들의 잔돈을 모조리 긁어오려고 하고, 어떤 사람은 본인이 직접 까르푸에 걸린 중국 국기를 밑으로 내린 다음 사진을 찍어서 까르푸가

---

1. 프랑스에서 올림픽 성화 봉송이 진행중이던 2008년 4월 8일, 한 티베트 독립 지지자가 장애인 성화 봉송자 진징金晶의 성화를 끄려 하는 장면이 찢어진 중국 국기와 함께 보도되었다. 이에 격분한 중국인들은 곧 대대적인 까르푸 불매운동을 벌였다.
2. 중국에서 액면가가 가장 큰 지폐이다.

중국에게 조기를 내걸었다고 말한다. 나는 이런 행위들이 남 보기에 부끄럽다고 생각한다. 특히 마지막에 말한 것은 저속할뿐더러 온 천하를 어지럽히려는 심보가 보인다. 애국이란 때로 스스로를 돕는 일이다. 하지만 다른 경우에는 일종의 품위이기도 한데, 이번에 우리는 정말 품위 없는 짓을 하고 있다.

물론 당신은 나를 비난하면서 이렇게 말할 수도 있다. 그럼 네가 제대로 된 방법으로 한번 해봐. 프랑스 대사관을 포위하고, 프랑스로 가서 항의해. 빨리 가, 가서 A380³을 폭파하란 말이야. 문제는, 내가 왜 그렇게 해야 하느냐는 것이다. 나는 애초에 그런 생각을 해본 적도 없다. 나는 계속 내 본업에 충실할 것이다. 좋은 글을 쓰고, 차를 잘 몰고, 매년 더 나아질 것이다.

지금 우리나라 랠리 분야는 아시아에서 경쟁해볼 만한 수준이다. 자동차경주의 수준이 대단히 높은 일본인이나, 상대적으로 높은 말레이시아인이 우리를 괄목상대하게 하자. 그리고 그들에게 지지 않을 뿐만 아니라 심지어 승리를 거둘 수도 있게 하자. 조금 더 시간이 주어진다면 국내의 드라이버와 자동차경주의 수준이 유럽의 이류 수준에 이를 수 있을 것이라고 나는 생각한다. 최고의 고수가 등장해 유럽의 정상급 드라이버와 겨룰 수 있으면 좋겠

---

3. 프랑스 에어버스 사에서 생산하는 초대형 항공기.

다…… 최종 목표는 프랑스의 세계 랠리 챔피언십 우승자 세바스티앙 로브Sebastien Loeb다. 가능성이 있건 없건 간에, 이것이 우리가 하고 있는 일이다. 하지만 지금 일부 사람들이 하고 있는 짓은 그저 슈퍼마켓 하나를 손봐주는 것일 뿐이며, 이 일에 참여하지 않는 사람을 간첩이고 매국노라고 욕하는 것이다.

외국인이 우리에 대해 이러쿵저러쿵하고, 욕을 몇 마디 한 것을 가지고 전 국민이 이토록 열을 내고 있다. 게다가 한편으로는 분노하면서 다른 한편으로는 만족스러워하기도 하는데, 만족스러워하는 이유는 우리의 '민족적 응집력'이 드러났으며 '조국이 마침내 강성해져서 일부 국가에서 우리를 두려워하기 시작했고 우리를 분열시키려' 하고 있기 때문이다.

하지만 나는 왜 세계를 두려움에 떨게 하는 국가와 민족의 국민이 마땅히 가져야 할 기세를 찾아볼 수가 없는 것일까? 당신들은 까르푸를 손봐주면서 까르푸에서 일하는 중국 직원들을 진퇴양난에 빠트리고, 그런 다음에는 더 많은 중국인들이 이들을 에워싼다. 개중 나쁜 짓을 즐기는 중국인이 다시 몇 번 뭔가를 박살낸다. 그러자 이번에는 중국의 대對테러부대가 출동한다. 눈에 보이는 것은 죄다 중국 언론의 보도요, 당연히 이 과정중에는 단 한 사람의 프랑스인도 등장하지 않는다.

우리를 지지하고 칭찬하는 나라는 곧 우리의 친구고, 우리에 반대하고 우리를 폄하하는 나라는 곧 우리의 적이라고 생각한다. 시비를 이런 식으로 판단하는 것은 너무 단순하고 자기 체면만 중시하는 것이 아닐 수 없다.

우리의 민족적 자존심은 어째서 그렇게도 나약하고 표면적인가? 누군가 당신을 폭도라 말하면 당신은 그에게 한바탕 욕을 퍼붓고, 한바탕 두들겨주지 못해 안달한다. 그래 놓고는 우리는 폭도가 아니라고 말한다. 이건 샤오밍小明[4]이 너를 바보라고 하자, 네가 샤오밍의 여자친구의 동생의 개를 향해 이렇게 쓰인 팻말을 들어 보여주는 것과 같다. "나는 바보가 아니다." 이 소식은 분명 샤오밍의 귀에 들어가기는 하겠지만, 샤오밍은 여전히 네가 바보라고 생각할 것이다. 너는 네가 억울한 일을 당했으며 멍청한 놈은 샤오밍이라고 생각하겠지만 말이다.

오늘날 나를 몹시 괴롭게 만드는 분위기가 하나 있는데, 바로 우리에게 찬성하는 편과 반대하는 편을 선택할 권리가 거의 존재하지 않는다는 점이다. 너는 무조건 태도를 확실히 해야 한다, 보이콧을 할 것인가 하지 않을 것인가? 만약 보이콧을 한다면, 장하다, 너는 중국인이 맞고, 편을 잘 고른 것이 된다, 만약 보이콧을 하지 않는다면, 너는 무조건 매국노가 된다, 만약 태도를 밝히지

---

4. 우리나라의 철수, 영희 정도에 해당하는 흔한 이름.

않는다면 역시 못난이에 불과하다. 지금 이 순간 프랑스 정부가 까르푸를 보이콧하는 중국인들에게 귀화를 허가해준다면 얼마나 많은 사람이 프랑스에 가서 간첩 노릇을 하려 할지 궁금하다.

나는 지금 상황이 다음과 같다고 생각한다. 까르푸는 바람을 채운 성인용 인형과 같아서, 한 무더기의 사람들이 이 풍선을 끌어안고 정욕을 해소하고 있다. 한편으로 이 사람들은 평소에 지나치게 억압된 삶을 살아왔기 때문에, 큰 대가를 치르지 않아도 되는 해소 대상을 찾아야만 한다. 하지만 다른 한편으로 이들은 정욕을 해소하면서 이 성인용 인형과 인형 제조업자에게, 나 대단하지? 나 대단하지? 하고 묻는다. 그리고 인형이랑 하는 것에 흥미를 못 느끼는 주변 사람들을 보고는 오히려 발기부전이라고 비난한다.

5월 1일[5]에 무슨 일이 발생할지는 나도 당신도 알지 못한다. 하지만 나는 사람들이 정말로 그렇게 분노한 것인지, 아니면 너무 오랫동안 시위와 집회를 못 해본 것일 뿐인지 잘 모르겠다. 시위에 참여하니까 참 재미있지 않은가? 집회를 해보니 참 신나지 않은가? 게다가 애국주의라는 보호막을 치고 하는 시위와 집회는 안전하기도 하지 않은가? 하지만 만약 당신이 정말로 참을 수가 없고, 지금의 상황이 팔국연합군 침략과 맞먹고, 국난이 눈앞으로 다가

5. 노동절. 중국의 최대 명절 중 하나이며, 경기가 가장 활발해지는 중국의 대목이기도 하다.

온 것이고, 형세가 위급하고, 사면초가라고 느끼지만 이를 해결하는 방법은 바로 일개 슈퍼마켓을 찾아가 항의하는 것이라고 생각한다면, 나는 당신을 존중하기로 하겠다. 나는 마침내 당신의 심정을 이해할 수 있겠다. 그저 당신이 재미삼아 일을 벌이러 온 사람이 아니기만을 바랄 뿐이다.[6]

2008년 4월 20일

6. 이 글의 제목에도 포함되어 있는 '趕集'라는 단어에는 '장을 보다'라는 뜻 이외에 '구경거리를 보러 가다' '일을 벌이다'라는 뜻도 있다.

나라를 사랑하지만,
체면을 더 사랑해요

우선, 중국의 교육 환경하에서 나는 나 자신의 신념을 갖지 못했다. 아마 여러분도 대부분 그러할 것이라고 생각한다. 하지만 다행인 것은, 내게는 나 자신의 이상이 있다는 것이다. 나는 단지 인도주의자일 뿐이며, 애국정신과 한 사람이 인류로서 가져야 할 도덕 간에는 아무런 관계가 없다고 늘 생각해왔다. 나는 또한 자신이 어떤 곳에서 태어났다고 해서 무조건 그곳을 사랑해야 한다고도 생각하지 않는다. 만약 그렇게 해야만 한다면 이는 최악의 도덕적 타락일 뿐이다.

하지만 나는 그래도 우리나라를 무척 좋아하며, 심지어 외국에도 나가고 싶지 않다. 도저히 피할 수 없는 경기를 제외하고, 나는 외국에 나가 각종 활동에 참가할 기회를 1년에 열 몇 차례나 사양해야만 한다. 또 나는 내 의지로 해외여행을 해본 적도 없으며, 이민할 생각을 품어본 적은 더더욱 없다. 나는 이 나라에 머물러 있는 것이 좋다. 물론 이는 내가 우리나라의 아가씨들을 좋아하기 때문이다. 나는 그들 없이는 못 산다.

나는 아가씨들에게 이렇게 말하고 싶다. 거리로 나가 시위 같은 것을 하지 말라고. 만약 정말 보이콧을 하고 싶어 못 살겠다면 까르푸의 물건을 사지 않는 것은 괜찮다. 이 말은 내 독자들에게도 들려주고 싶은 것이다. 거리로 나서지 말고, 시위하지 말고, 집회하지 말고, 멍청한 짓을 하지 말라. 지금은 목을 내걸고 피를 쏟을 때가 결코 아니다. 이 나라가 우선 좀 안정될 수 있게 하자. 올림픽을 멋지게 개최해내고, 더이상 말썽을 일으키지 말자. 애국의 갑옷을 몸에 두른 청년들도 제발 말썽을 일으키지 말자. 정부의 말을 잘 듣자. 시위와 집회에는 결코 앞날이 없으며, 근본적인 대책도 아니다.

일부 네티즌들은 이렇게 말하고 있다. 봐라, 우리가 보이콧을 한번 하니까 프랑스인들이 우리에게 사과하고 프랑스 대통령이 우리에게 굴복하지 않느냐, 이를 보면 애국주의 운동이 효과가 있다는 것을 알 수 있지 않느냐, 중국인이 또 한번 허리를 꼿꼿이 세울 수 있게 되지 않았느냐. 알았다, 당신들 체면이 섰다.

사실 많은 경우 우리는 다만 체면을 구겼다는 기분이 들 뿐이다. 당신이 개인적인 입장이건 국가의 입장이건 간에, 잘못된 보도나 성화 봉송 방해나 티베트, 타이완 독립 지지나 우리 민족을 모욕했다는 것이나, 모두 근본적인 원인은 그들이 우리의 체면을 구겼다는 것, 자존심에 상처를 입혔다는 것이다.

우리는 이 성화를 지나치게 중시해서, 봉송 과정중에 마치 옛 제후국들에게 조공을 받는 것과 같은 대접을 받기 원했다. 하지만 우리는 우리에게 반대하는 사람들이 이렇게 많다는 것을 알게 되었다. 더군다나 그들도 CCTV와 마찬가지로 말도 안 되는 소리를 한다는 것도 알게 되었다. 사실 이런 반대자들은 언제나 존재해왔지만 평소에 우리가 보지 못했을 뿐이다. CCTV와 신화통신은 세계의 인민들이 우리에게 매우 우호적이라고 말해왔다. 이번에야말로 도저히 진상을 숨길 수가 없게 되어, 모두가 깜짝 놀랄 일이 생긴 것이다. 사실 이는 좋은 일이다. 정부가 진보할 수 있도록 압력을 가하는 하나의 계기가 될 수 있다.

이 나라의 뉴스 처리는 점점 진보하고 있다. 10년 전이었다면 당신은 티베트에 무슨 문제가 생겼다는 것도, 성화가 꺼졌다는 것도 알지 못했을 것이다. 많은 일들이 이처럼 더이상 숨길 수가 없게 되었으니, 그냥 열어두도록 하자. 사실 다들 이미 상당한 수용력을 갖추었다. 만일 우리가 사사건건 보이콧을 한다면, 나중에 중국이 뭔가를 할 때 다른 나라에서 아무런 반대의 목소리도 내놓지 않고 우리를 신경조차 쓰지 않게 될 것이고, 이로써 결국 골치가 아프게 될 것은 국내의 언론 분위기다.

예전에 인도네시아에서 중국인 배척 운동[1]이 일어났을 때나, 대사관이 폭격을 당했을 때처럼 우리가 생명과 존엄의 손실을 입었을 때, 우리나라의 분노한 애국 청년들이 지금보다 더 큰 에너지를 터트리지는 않았던 것 같다. 하지만 이번에 우리는 단지 약간의 언어적 업신여김을 당했을 뿐이다. 한편으로, 우리는 예전에 비해서 정말 돈이 많아졌다. 멍청하게도 스스로가 이미 대단히 강력해졌다고 생각한다. 돈 많은 멍청이들과 돈 많은 체하는 작자들은 다른 사람이 자신에 대해 왈가왈부하는 것을 절대 좋아하지 않는다.

다른 한편으로 보자면, 대사관이 폭격을 당하는 것은 국가의 일이고 동포가 살해당하는 것은 그 사람의 일이지만, 이번에 그들이 이야기하는 것과 행하는 바는 모두 중국인 한 사람 한 사람을 향한 것이다. 염병할 것들이 이 어르신을 욕하다니! 이 어르신이 네놈들에게 끝까지 책임을 묻도록 하겠다! 성화를 꺼버림으로써 너는 내 존엄을 훼손했다. 네가 멀쩡이서 나를 모욕했으니, 이 어르신이 멀쩡이서 너로 하여금 내가 그리 만만하지 않다는 것을 알

---

1. 1998년 인도네시아에서 화교를 배척하는 폭동이 일어나 많은 인명 피해가 생겼다.

344

도록 해주마.

만약 CNN의 한 진행자가 수류탄을 들고 아무 말도 없이 우리나라에서 안전핀을 당겨 몇 명을 폭사하게 만든다고 해도, 그 진행자가 중국인을 욕하는 말을 한 마디 하는 것에 비하면, 분명 후자가 더 큰 분노와 보이콧을 유발할 것이며 또 사과를 요구하는 목소리가 더욱 결연할 것이다. 우리가 국내의 수많은 동포들의 처지에는 무심하면서 외국인들의 반대에는 이토록 예민한 이유는 역시 체면 때문이다. 국내에서 죽을 놈은 죽고, 상처 입을 놈은 상처를 입고, 뇌물 먹을 놈은 뇌물을 먹고, 나쁜 짓 할 놈은 나쁜 짓을 하라, 내 체면과는 관계없는 일이다. 하지만 외국의 도발은 우리 대국 국민의 체면과 위엄을 상하게 한다. 평화로운 시대의 애국이란 바로 체면을 사랑하는 것이다.

일부 애국자들은 이번 일을 팔국연합군의 침입이나 영국·프랑스 연합군의 침입, 혹은 당시의 항일 전쟁과 나란히 논하지 않기를 바란다. 이것이 같은 일인가? 당신들은 적을 두려워한 나머지 온 산의 초목까지도 모두 적군으로 보이는 지경에 이르렀으며, 괴롭힘을 당할까봐 두려움에 떨게 된 것이다. 중국인의 체면이 상했다고 느껴진다면 가서 체면을 살릴 만한 일을 하라. 다만 더 크게 체면을 잃는 일이 없도록 조심하라. 나는 우리의 체면이 상했다고 생각하지 않는다. 내 생각에 우리나라에서는 개인이건 정부건 종종 이런 식으로 다른 사람에 대해 왈가왈부하고 있지만, 아무리 설왕설래 이야기를 해도 별문제 없었다. 이번 일은 무장 병력이 침범해온 것이 아니며, 다만 어느 한쪽이 갑자기 더이상 같이 못 놀겠다고 나선 것에 불과하다.

나는 여러 나라에서 지금 성화 봉송을 거행한다면, 오직 우리나라만이 일사천리로 순조롭게 진행할 수 있을 뿐, 다른 모든 나라는 수많은 저항에 부딪힐 것이고 어쩌면 우리보다 더 많은 저항을 마주하게 될지도 모른다고 생각한다. 성화 봉송 과정에서 드러난 이 목소리들이 사실이건 아니건, 우리를 모욕한 것이건 아니건, 이는 단지 하나의 의견일 뿐이다. 우리는 다른 목소리를 수용할 수 있어야 한다. 설령 그것이 사실을 왜곡하는 것이거나 좋지 않은 의도를 품고 있는 것이라 해도 말이다. 자기와 다른 사람이라 해서 한 번도 본 적 없는 사람처럼 과잉 반응을 보여서는 안 된다. 그렇게 하지 못한다면 대단히 체면을 구기는 일이다.

나라가 강대해지고 개방됨에 따라, 우리는 나라 안에서건 나라 밖에서건 이번 사건보다 더욱 악독한 일이 있음을 보거나 알게 될 것이다. 돌이켜 생각하면 그때의 자신이 부끄럽게 느껴지지 않을까? 만약 당신이 인류는 속마음 깊은 곳에 반드시 애국심을 가져야 한다고 생각한다면, 좋다. 애국자가 되도록 하라. 하지만 패트리엇 미사일[2]이 되어서는 안 된다. 다원화된 목소리가 필요하다고 호소하다가, 다른 데서 듣기 싫은 소리가 들려오자 자기와 관계된 일이라고 해서 또 자동적으로 수십 년을 퇴보해서는 안 된다. 그러지 않는다면, 마지막에 이르면 결국 ……한 일이 일어날지도 모르니.

2008년 4월 23일

---

2. 중국어로는 '애국자 유도탄愛國者導彈'이라고 한다.

성금은 결혼식 축의금이 아니다

계속해서 기자들과 독자들이 내게 전화를 걸어와, 성금을 얼마나 낼 거냐고 묻는다. 지진이 막 발생했을 때, 그러니까 베이징 시각 3시에 지진 규모가 9.0이라는 보도가 나오고 중앙방송에서는 기자가 아직 인명 손실은 없다는 보도를 했을 때, 청두成都 시의 면모가 아직 그대로였을 바로 그때, 나는 이 지진의 등급으로 보아 큰 피해가 있을 거라고 생각했다.[1] 물론 이렇게까지 클 줄은 몰랐다. 당시 나는 우선 5000위안을 기부할 생각이었는데, 타지에서 내

---

1. 청두는 2008년에 대지진이 발생한 중국 남서부 쓰촨四川 성의 성도이다. 쓰촨 대지진은 사망자 약 7만 명, 실종자 약 1만 8000명의 큰 피해를 남겼다. 당시 진앙지가 청두 북서쪽에 위치한 원촨汶川이기 때문에 '원촨 지진'이라고도 부른다.

카드로 인출할 수 있는 현금 한도액이 5000위안이었기 때문이다. 지금 생각해보면 처음에 5000위안을 기부하지 않은 것이 다행스 럽다. 잘못했으면 사람들이 지금 죽어라 나를 비웃고 있었을 것이 다. 돈을 기부하고도 평생 따라다닐 오점을 남길 뻔했다.

사실 나는 이런 분위기가 그다지 좋지 않다고 생각한다. 일 부 스타의 팬들은 자신이 좋아하는 스타가 돈을 더 많이 내기 바 라고, 그보다 돈을 적게 낸 사람들을 비난하고 있다. 작가들까지 포함해서 모두 이런 식이며, 최근에는 심지어 얼마를 내야 하는지, 어떤 기준이 있는지 묻는 전화도 걸려온다. 마치 남의 결혼식에 축 의금을 내는 것 같은 기분이 들어서, 원래 좋은 마음으로 성금을 낸 사람들을 포함한 모든 사람들을 불편하게 만들고 의미가 퇴색 되게 한다. 게다가 기준이 선 뒤로는, 이 기준보다 적게 낸 사람들 은 쩨쩨하거나 도덕적으로 문제가 있다는 인상을 주기 십상이다. 작가와 레이서의 수입은 모두 적은 편이므로, 작가와 레이서의 기 준을 세우는 데 일조하지 않기 위해서 나는 관련 부처에 0위안의 성금을 낼 것을 선포한다.

물론 나는 많은 성금을 내놓은 작가들에게 경의를 표한다. 위단, 이중톈, 츠리池莉[2], 궈징밍, 류허핑劉和平[3], 위추위 등은 모두 매

---

2. 1990년대 신사실주의의 대표 작가.
3. 외교 전문 기자.

우 훌륭한 귀감이 되었다. 그러나 다른 작가들은 자신의 능력껏 하면 그만이다.

오늘 이 글은 매우 급하게 쓴 것이며 오탈자도 교정하지 않았다. 인터넷에서 사람들을 비교하고 비난하는 자들은 정말 반감을 불러일으킨다. 기껏 성금을 내놓았던 사람들도 이런 기분일 것이다. 당신들, 아직도 인터넷 할 시간이 있는가. 다른 문제에 대해서는 사람들이 이미 많은 이야기를 했기 때문에, 나는 여기서 급박하게나마 약간 다른 이야기를 써보려 한다.

이번에 우리는 크나큰 재난을 경험하고 있으며, 이는 이전의 탕산唐山[4] 대지진보다 더 큰 재난인 것 같다. 그리고 구조활동이 벌어지고 있는 구역에도 상당한 위험이 존재하고 있다. 베이징에서 경기가 끝난 후, 뉴보왕牛博網[5]의 뤄羅 씨가 내게 전화를 해서 청두로 가야겠다고 말했다. 당시 나도 가야 하나 말아야 하나 고민하고 있었던 터라 당장 같이 출발했다. 나는 급히 필요한 곳에 직접 돈을 쓸 것이며, 이미 쓰촨에 이틀간 머물렀다. 일손이 부족하다고 생각되어 베이징의 친구 둘에게 약간의 물자를 가지고 내려오라

---

4. 베이징과 톈진을 둘러싸고 있는 허베이河北 성의 탕산에서 1976년 대지진이 일어나, 공산당 공식 통계로 15만 명가량의 사망자가 발생했다.
5. 정치적, 사회적으로 민감한 주제를 토론하는 논객이 많았던 인터넷 사이트. 2009년에 검열로 인해 폐쇄당했다.

고 부탁했다. 우리는 사람을 구하려다 오히려 구조받게 되는 일이 없도록 할 것이며, 일거리를 더 만들거나 길을 막지도 않을 것이고, 현장에서 어떻게 하면 제한적이나마 도움을 줄 수 있을지 고민하고 있다. 나는 집이 있는 상하이가 아니라 베이징에서 출발한 터라 베이징에 있는 쉬징레이, 량차오후이梁朝輝 등의 친구들이 고맙게도 어느 정도의 물자를 준비해줬으며, 상하이다중上海大衆[6]의 선룽申蓉자동차에서 자동차를 제공해주었다. 감사드린다. 우리 독자들도 내게 성금을 보낼 필요가 없다. 작은 팀 하나를 문제없이 유지할 정도의 돈은 있다. 떠난 뒤에도 위성전화 등의 물자는 재해 지역에 남겨두고 갈 것이다. 우리는 오전에 인창거우銀廠溝[7]에서 조난당한 작가를 구조하려던 계획을 포기했다. 고민해본 결과 우리로서는 구조할 능력이 없음을 알았다. 구조대와 기중기가 조속히 도착하고 도로도 곧 뚫리기를 바란다.

청두에는 이미 물 부족이 심각하다. 유언비어가 퍼져서 청두 시민들이 물을 대량으로 사재기했다. 재해 지역에서 가장 가까운 대도시 시민으로서, 유언비어가 사라진 이후 스스로 사재기했던 물을 재해 지역에 기부해주기 바란다. 또한 많은 물이 청두에 도착하기를 바란다.

---

6. 상하이자동차가 독일 폭스바겐과 합작 설립한 자동차 제조업체.
7. 청두 시에 속하는 펑저우彭州의 소도시.

그럼 이만.

최신 업데이트

1. 텐트가 필요하다. 온 청두에 이미 텐트가 동이 났다. 여진이 있을까 걱정하는 일부 청두 시민들도 앞다퉈 텐트를 구매하고 있는데, 텐트는 재해 지역에 더 필요하다. 지금 상황으로 보건대, 상당히 많은 사람들이 꽤 긴 시간을 텐트 속에서 보내야 할 것이 분명하기 때문이다. 나는 청두에서 텐트를 구입할 수가 없었다. 그러니 텐트가 있는 사람들은 미리 준비해주기 바란다. 주소는 저녁에 여러분에게 공개하겠다. 감사드린다.

이 밖에 청두 시 지구에는 이미 페트병에 담긴 식수가 공급되기 시작했는데, 이를 보면 물류가 시기적절하게 공급될 수 있는 상황임을 알 수 있다.

2. 여러분은 되도록 재해 지역으로 오지 않기 바란다. 한 가지 이유는, 분명히 위험이 존재하기 때문이다. 재해 지역에는 물탱크들이 아직 건물 위에 매달려 있고 산사태가 날 가능성이 상당하며, 길에는 진흙과 모래와 물이 뒤섞여 흐르고 있으며 산에서 굴러온 바위가 있고, 여진이 계속해서 빈번히 발생하고 있으며, 대재해

후라서 역병이 돌 가능성도 있다. 또다른 이유는, 이미 교통이 통제되고 있어서 사람들이 모두 몰려오면 폐만 끼치게 되기 때문이다. 내가 폐를 끼치고 있다고 판단된다면 나도 돌아갈 것이다.

   3. 나는 개인적으로 성금을 직접 현지에서 물자로 바꿀 계획이며, 베이징에 있는 뤄 씨 등 친구들의 책임하에 현장에 직접 운반되도록 할 것이다. 나는 또 현지에서 해결이 불가능한 물자가 무엇인지(예를 들자면 텐트 따위)에 주의를 기울일 것이다. 그때는 여러분의 도움이 필요하다.

2008년 5월 15일[8]

---

8. '성금은 결혼식 축의금이 아니다'의 원제목은 '2008년 5월 15일의 일기(업데이트)'였다. 한한이 언급한 원문의 오탈자는 이미 수정했다.—원주

옷은 새것이 좋지만
사람은 옛 사람이 좋다

　쓰촨, 원촨 지역에 막 지진이 났을 때 나는 관련 부처에 0위안의 성금을 낼 것이라고 말했었다. 내가 하려 했던 말은 적십자에 성금을 내지 않겠다는 말이었는데, 그때 나는 그들이 매우 높은 수수료(나중에 받지 않겠다고 선언했다)를 받고 있다는 것을 알고 있었기 때문이다. 하지만 당시 수수료 이야기를 명확히 설명하지 않았기 때문에 "중요한 순간에 시대적 요구에 협조하지 않음으로써 성금에 대한 대중의 열정에 악영향을 미쳤다"는 비판을 받았던 것 같다. 나중에는 단장취의斷章取義[1]하는 식으로 '0위안을 성금으로 냈

---

1. 다른 사람이 쓴 문장의 일부를 토막 내어 본뜻과 무관하게 인용하는 것.

다'고 오해받기도 했다. 물론 그래도 상관없다.

이제 겨울이 되어 의복과 이부자리를 기부할 때가 되었다. 옷이 조금 있는데, 이중 많은 것은 다른 사람들이 보내준 것이고, 내가 한 번도 입지 않았거나 딱 한 번 입은 것이다. 생각해보니 기부하는 것이 좋을 것 같아서 알아보았는데, 놀랍게도 한 번이라도 사용한 것은 받지 않으며 완전한 새 물건만 받는다고 한다.

내가 보기에는 정말 이상한 일이다. 우선, 나는 정부 부처에서 기부금과 구호물자를 내놓으려는 우리의 열정을 전시행정의 대상으로 삼고, 이를 통해 우리 국민의 높은 교양과 높은 각오와 높은 단결력과 높은 수입 수준을 보여주려 한다는 사실을 잘 알고 있다. 하지만 내가 99퍼센트 새것인 옷과 이불을 한 수레나 들고 갔음에도 받지 않겠다고 하고는, 나더러 새 옷을 사서 재해 지역 사람들에게 기부하라고 한다. 솔직히 말해 나는 이럴 각오는 되어 있지 않다.

우선, 내가 쓰기 위해 옷이며 이불을 살 때 품질이 떨어지는 것을 사지는 않을 것이며, 기부하기 위해 일부러 산 새 옷과 이불보다는 품질이 좋은 것을 살 것이다. 이 점에서 나는 이기적이다. 이를테면 똑같이 500위안을 들여 신발을 산다 해도 내가 쓸 것이라면 한 켤레를 사겠지만 긴급 구호물자를 사는 경우라면 다섯 켤레를 사서 물자를 지원받는 범위가 최대한 넓어지도록 할 것이다.

왜냐하면 내가 쓸 것을 살 때는 500위안을 가지고 운동 성능, 무게와 편안함, 디자인, 보온, 브랜드 등을 고려해야 하지만 긴급 구호 물자라면 단순히 보온 기능만을 고려할 것이기 때문이다. 재해 지역에 루이뷔통 백팩을 하나 기부하는 것보다는 200개의 책가방을 기부하는 것이 낫다. 이 점은 모두들 이해하고 있을 것이다. 게다가 나는 우리의 각오로 미루어 보건대 우리가 닳아빠진 물건을 기부하지는 않을 것이라고 믿는다. 기부하려는 물건은 분명 디자인이 좋지 않거나 마음에 들지 않지만, 품질에는 아무런 문제가 없는 옷가지일 것이다. 기운 것만 아니라면 기부해도 된다고 생각한다.

다음으로, 일부 지역에서는 상표와 태그가 붙어 있어야 한다는데, 이것도 이해할 수가 없다. 태그를 가지고 무엇을 하려는 것인가? 다시 내다 팔려고?

그리고 가장 중요한 점인데, 예를 들어 내가 1000위안짜리 옷을 사서 재해 지역에 기부했다 치자. 나처럼 가격 흥정을 못하는 사람의 경우 여기에는 최소 500위안의 중개상 이윤이 포함되어 있을 텐데, 이 돈은 영문도 모르게 쓰는 것이 아니겠는가? 내수는 이런 식으로 진작시키는 것이 아니다.

마지막으로, 이런 방침은 사람들로 하여금 의욕을 상실하게 만든다. 내가 99퍼센트 새 옷을 한 무더기 들고 기부하러 갔다가 거절당했을 때, 적어도 나는 그분들의 뜻을 받들어 다시 새 옷을 사서 돌아가지는 않을 것이다. 물론 어떤 네티즌은 이렇게 말할 수도 있겠다. 나는 쓰촨 재해민을 대표해서 네가 가져온 이 쓰레기 같은 옷을 거부한다. 마치 얼마 전에 성금을 낼 때, 일부 기업이나 개인이 성금으로 낸 돈이 생각만큼 많지 않다고 해서 어떤 네티즌이 쓰촨 시민을 대표해 네놈들의 쓰레기 같은 돈을 받지 않겠다 하며 거부했던 것처럼 말이다.

여러분께 한마디하겠다. 사람들이 본래 품었던 선의는 이런 머저리들에 의해 천천히 감소하게 된다. 원래 1000명이 손을 내밀고자 했으나 당신들의 대표 한 명이 돈이 적다고 모욕을 준 후 천천히 800명으로 줄고, 500명, 100명으로 줄어들게 된다. 100명을 놓고 또 기준을 세우고, 마지막으로 도태시키고 남은 50명이 하나의 통일된 가격을 제시해야 당신들은 만족할 것이다.

물론 어떤 사람은 이렇게 변명할 수도 있을 것이다. 새 옷만 받으려는 이유는 오래된 헌옷에 세균이 있을 수 있기 때문이라고. 이런 이유는 전혀 말이 되지 않는데, 지폐가 옷이나 이부자리보다 훨씬 더럽지 않은가. 인민폐를 받을 때는 왜 거기에 세균이 있을까 봐 걱정하지 않는단 말인가? 헌옷에 병균이 있다면 꺼내서 구호물품 수집처에 보내기 전에 주인이 먼저 병에 걸렸을 것이다. 설령 진짜 병균이 있다고 해도 한 번 소독하면 그만 아닌가. 세균은 그나마 낫지, 요즘 국내 생필품의 위생 상태로 보자면 새 옷과 이불에도 아마 독이 있지 않을까 싶다.

옷가지를 기부하는 것이 이토록 번거로우니, 그냥 돈을 내놓도록 할까? 이러면 다시 아까의 성금 문제로 되돌아가게 된다. 성금 모금 및 구호활동 담당자측에서 가장 힘을 써서 모으고 있는 것은 당연히 돈이다. 유감인 것은, 나는 아직도 지난번 모금된 수백억 위안이 구체적으로 어떻게 사용됐는지 알지 못한다는 점이다. 나는 그들이 다들 좋은 사람일 거라 믿지만, 국내에서 가장 큰 금액의 성금을 앞에 두고서라면 적어도 한 달에 한 번씩은 기본적인 내역서를 내놓아야 하지 않겠는가.

상황이 이러니, 그냥 돈을 낼까? 저번에는 춘계 성금으로, 이번은 추계 성금으로 치면 되겠다. 하지만 현재의 경제적 상황은 정말 좋지 않다. 비록 금융위기가 아직 내게는 영향을 미치지 않았지만, 내 친척과 친구 중 많은 이가 심각한 영향을 받았다. 나는 이 사람 저 사람에게 긴급 지원을 해주느라 수중에 남은 돈이 정말로 얼마 되지 않는다. 나라에서 올림픽을 거행할 때 체면과 겉치레를 중요시하니, 서민들이 성금을 낼 때도 체면과 겉치레를 중요시하게 되었다. 내가 몇천 위안을 내놓는다면 나라의 체면을 구기는 일이 되고 수많은 비난을 당하게 될 것 같다. 이번 추계 모금활동에는 그냥 참가하지 않기로 하겠다. 물론 나는 참가할 의향이 있었지만 퇴짜를 맞은 것이다. 나는 또 주위의 몇몇 친구들에게도 권유해

보았다. 하지만 대부분은 지난번 경우에서 교훈을 얻었다고 했다. 적게 내면 욕을 얻어먹고, 많이 내면 연말에 쪼들리게 되니, 일단 좀 두고보자는 태도를 보였다. 원래 가벼운 마음으로 즐겁게 좋은 일을 하는 것인데, 지금 이토록 큰 부담이 되어버린 데에는 "쓰촨 재해민을 대표해 네 더러운 돈을 거부하겠다"던 친구들의 공이 적지 않다 하겠다.

　　새 옷을 사주기 싫다는 것이 아니라, 아무래도 불합리하다는 생각이 드는 것이다. 그리고 내 진실한 마음을 증명하기 위해서 올해는 나도 옷을 사지 않겠다. 최근 텔레비전을 보니 기쁘게도 우리나라는 금융위기의 영향을 전혀 받지 않았고 국민들은 여전히 편안한 생활을 하며 생업에 종사하고 있다는 소식이 들린다. 또한 국가는 더욱 번영하고 부강해져서, 심지어 미국을 구해주러 갈 생각까지 하고 있단다. 그러니 곰곰이 생각해본 결과, 이번 재해민들의 겨울나기를 돕는 임무는 국가에 위임하는 게 좋겠다. 봄이 오면 나도 쓰촨 사람을 대표해서, 우리네 강대한 모국에 한 잔의 우유와 두 개의 삶은 달걀을 바치도록 하겠다.[2]

2008년 10월 30일

---

2. 이 책 원서에는 삭제되어 있지만 블로그 원문에는 '딱 100점이 된다'라는 부연 설명이 있다. 우유잔이나 우유갑 모양이 1, 계란 두 개가 00을 나타내는 것이다.

걸핏하면 온 나라가 분노하는
일은 없도록 하자

올해는 시시비비가 대단히 많은 해였다. 우리 국민도 그에 따라 여러 차례 분노를 터트려야만 했다. 물론 많은 경우 우리는 내부적으로 분노를 터트릴 수 없으므로, 아무런 대가를 지불하지 않아도 되는 기회, 즉 대외적으로 분노를 터트릴 수 있는 기회는 단 한 차례라도 놓칠 리가 없다.

당시 샤론 스톤의 발언을 들었을 때 나도 그녀가 인간성이 결핍되었다고 생각했으며, 불교의 업보 개념을 전혀 이해하지 못하고 있다고 생각했다. 왜냐하면 국내의 어떤 언론을 뒤져봐도 "나는 이것이 응보라고 생각해요"와 "재미있네요"라는 말, 그리고 여기저기에 나돌고 있던 인터뷰 캡처 화면, "나는 이것이 응보라고 생각해요"만 볼 수 있었기 때문이다.

　나중에 홍콩 언론의 영상을 통해서 겨우 그녀의 전체 발언을 보게 되었다. 사실 원래 발언만 놓고 본다면 우리가 국민적인 분노를 터트릴 만한 일은 아니었다. 이는 비유하자면 다음과 같은 상황이다. 기자가 당신에게 묻는다. 인도네시아의 쓰나미에 대해 어떻게 생각하느냐고. 당신은 "인도네시아 사람들은 내게 못되게 굴었어요. 그래서 처음에는 기뻤어요. 응보라고 생각했지요. 하지만 나중에 쓰나미의 참상을 목격하게 되었고, 친구들도 내게 우리 뭔가 해야 하지 않겠냐고 말했어요. 나는 생각하다 말고 그만 울어버렸지요. 내가 처음에 가졌던 생각에 문제가 있다고 느꼈어요. 이번 일은 내게 매우 큰 교훈을 주었어요"라고 대답한다. 하지만 다음 날, 당신은 처음 인터뷰했던 매체를 제외한 다른 매체들이 당신의 말 중 몇 마디만을, 즉 기뻤다는 말과 응보라고 생각했다는 말만을 편집하여 실었다는 것을 알게 된다. 기분이 어떻겠는가.

　그러므로 나는 이것이 사실 일종의 비인도주의적 행위라고 생각한다. 우선, 많은 국내의 매체들은 분명 그녀의 말 한두 마디만을 보도해 고의로 나를 포함한 국민들의 공분을 불러일으켰다. 아울러, 이번 일은 우리가 이토록 주의를 기울여서는 안 되는 일이었으며, 그녀가 대체 무슨 말을 했는지에 지나치게 신경을 써서는 안 되는 일이었다. 하지만 우리는 과하게 주의를 기울이고 말았는데, 이는 이것이 최근 전해진 좋지 않은 소식들 중에서 유일하게 사람들이 스트레스를 풀고 쾌감을 얻을 수 있는 것이었기 때문이다. 그녀가 실제로 무슨 말을 했는지는 중요하지 않았다. 하지만 지진이 났을 때 그토록 생명을 중시하여 설사 이론적인 생환 가능 시기가 지났음에도 불구하고 포기하지 않고 한 명이라도 더 구해보려 했던 우리가, 최소한 자신을 돌아볼 줄 아는 이들 외국인에 대해서는 왜 무조건 반대편으로 밀어내려고만 하고 한 명이라도 더 구해보려고 하지 않는 것일까?

인도주의란 자기의 동포에 대해서만 적용되어서는 안 된다. 여럿이 동시에 재난을 당했을 경우에는 당연히 우리 동포를 도와야 하겠지만, 진정한 인도주의란 모든 생명체에 대해 적용되는 것이다. 비록 한 마리 개의 생명에 대해서라도 말이다. 솔직히 말해서, 예전에 일본과 인도네시아가 중대한 재해를 입었을 때 나도 '응보'라는 단어를 떠올렸다. 이 글을 보는 사람들 중에서도 이 단어를 떠올렸던 사람이 적지 않을 것이라 생각한다. 그리고 국내의 많은 주류 언론들이 미국의 허리케인을 보도할 때, 남의 불행을 고소해하는 분위기가 그대로 제목에 묻어나기까지 했다. 물론 나는 곧바로 내가 잘못 생각했다고, 이렇게 생각해서는 안 된다고 느꼈다. 하지만 인도네시아 쓰나미 때 성금을 조금 보낸 것 말고 나는 아무런 일도 하지 않았다. 나는 깊은 부끄러움을 느낀다. 다행히 이 두 나라에서는 '일본 혹은 인도네시아의 중국 기업 성금 순위 표' 같은 것도 만들지 않았고, 그들에게 성금을 내거나 도움을 제 공하지 않은 사람들의 도덕적 책임을 추궁하지도 않았다.

하지만 나는 계속 내 생각에 문제가 있다고 느껴왔다. 그래 서 이번 쓰촨에 지진이 일어났을 때 바로 재해 지역으로 가서 나 의 미약한 힘을 보태주었다. 물론 구경하는 분들은, 내가 집에 있 었다면 아무런 행동도 하지 않는다고, 재해 지역으로 갔다면 폐만 끼치고 있다고 비난했을 것이다. 하지만 실제로 우리 몇 사람은 쓰 촨에 머무르던 8일 동안 아무런 폐를 끼치지 않았으며 조금이나마 도움도 제공했다. 그리고 매체들로 하여금 과장되고 조작된 사진 같은 것은 한 장도 건지지 못하게 했다. 하지만 돌아와서 겨우 인 터넷에 접속할 틈이 났을 때, 매일매일 인터넷이나 하고 있었던 시 간 많은 구경꾼들이 말도 안 되는 비방을 적지 않게 늘어놨음을 알게 되었다. 솔직히 말해, 이런 일은 앞으로 내가 생각하는 방식 을 바꾸어놓지는 못한다 하더라도 무척 김이 빠지게 만든다.

이번 재난을 맞아 가장 못난 꼴을 보인 것은 인터넷에서 구 시렁거리며 잘잘못을 따지고 들었던 일부 구경꾼들이다. 그들은 때로는 이 사람에게 아무것도 못 하게 만들고, 때로는 저 사람의 온 가족을 싸잡아 욕했으며, 때로는 어떤 스타에게 '도덕적으로' 금품 강탈을 자행했고, 때로는 어떤 기업을 향해 구걸했다. 중요한 점은 그들이 선의로 이러한 일을 하는 척했다는 것이며, 자신이 재해 지역의 사람들을 위해 이러한 일을 하고 있다고 생각했다는 점이다. 더욱 중요한 점은, 그들이 진짜로 그렇게 믿고 있었다는 점이다.

샤론 스톤을 찍소리 못 하게 만든 일과 저번 까르푸 사건 때문에, 나는 난동을 일으키는 것이 사람들 가슴속의 자연스러운 감정이 아닌가 생각하게 되었다. 지금이 옛날보다 좋은 것은, 법적 제약이 생겼고 대가를 지불해야만 하게 되었다는 점이다. 이들 가짜 도덕군자들이 가장 무서워하는 것이 바로 대가다. 겨우 100위안을 부과한다고 해도 절반도 넘게 달아나버릴 것이다.

샤론 스톤이 만약 앞부분의 발언만을 했다면, 이는 그녀에게 문제가 있음을 의미하는 것이며, 진짜로 욕을 먹어 싸다. 하지만 실제로는 그녀의 발언에 뒷부분이 더 있었다. 그런데 국내의 매체에서는 전혀 본 적이 없는 것 같다. 물론 이것이 모두들 바라는 것이기도 하다. 한편으로 연예계란 모두 스타들이 꾸며내는 소식들이므로, 이런 뉴스가 보도되면 모두들 숭고한 명분을 내걸고 사람을 사지로 밀어넣는 쾌감을 맛볼 수가 있다.

어떤 사람들은 샤론 스톤이 달라이 라마의 친구라는 점을 직접 겨냥해, 그녀가 무슨 말을 하든 억눌러버려야 한다고 말한다. 하지만 리롄제도 달라이 라마의 친구다. 달라이 라마에게는 많은 친구가 있고, 그중의 몇몇은 우리의 친구이기도 하다. 가장 이상적이고 국가에도 가장 좋은 결과는, 달라이 라마도 우리의 친구가 되어 티베트가 안정을 찾는 것이다. 정부도 줄곧 이런 개방적이고 협상 가능한 태도로 이 문제를 대하고 있다. 하지만 우리는 걸핏하면 국민적으로 분노를 터트려서 사람들을 억누르고, 기업들을 보이콧하고, 외국의 국제적 이미지에 항의하고 있으니, 설마 이것이 우리가 생각하는 '강대함'이란 말인가?

이번 재난을 맞아 우리들 중 대부분은 넓은 아량과 선량함, 열정을 보여주었다. 하지만 외국의 한물간 여배우의 한마디 말, 그것도 많은 매체들이 앞뒤를 잘라버린 한마디 말 때문에 우리는 순식간에 흉악한 모습으로 변했다. 죽여라! 강간해서 죽여라! 연예인으로서의 생명을 끝장내버려라! 더군다나 지금과 같은 긴급한 상황에서라면 절반의 노력만으로도 큰 성과를 거둘 수가 있다.

다른 게시판에 가서 몇 년 전 다른 나라의 쓰나미와 지진에 관한 게시물들을 뒤져보라. 응보를 받았다고 말하는 네티즌이 절대다수를 차지하며, 곳곳에 '겨우 6000명밖에 안 죽었네. 60만 명은 죽었어야지' 운운하는 의견을 찾아볼 수 있다. 자기가 원하지 않는 바를 타인에게 시키지 말라 했거늘, 우리 중 많은 사람들은 진정한 인도주의와는 아직 거리가 멀다. 다른 나라의 재난을 보면서 고소해했던 수많은 사람들, 하지만 지금껏 반성해본 적이 없는 중국인들, 당신들은 샤론 스톤보다 못하다. 그런데 당신들은 지금 그녀를 욕하고 끝장내는 쾌감을 누리고 있다.

그녀는 적어도 자신의 생각을 반성할 줄 알며, 잘못했다고 생각할 줄도 안다. 당신들은 어떤가? 다른 사람에게 지나치게 엄격하고, 스스로에게 지나치게 관대해서는 안 된다. 이번 재난을 통해, 우리가 한 걸음 전진해, 재난을 당한 인류의 고통을 체험하고, 민족주의적 인도주의에서 수식어가 없는 그냥 인도주의로 올라설 수 있기를 바란다.

내가 이상하게 여기는 것이 또 있다. 왜 다른 나라 사람들은 당시 우리 네티즌의 발언을 정리해서 본보기로 삼아, 거국적으로 우리에 대해 반대와 압력을 행사하지 않았던 것일까? 아, 그들의 응집력이 부족해서 이토록 통일된 목소리를 내지 못했던 것이겠군.

국가에도 친구는 필요하다. 하지만 우리 국민들은 단지 듣기 좋은 말만 하는 친구만을 원하는 것 같다. 정말 친구가 필요해졌을 때, 친구들이 모두 우리에게 짓눌려버렸고 국제사회에 남아 있는 친구들은 모두 우리보다 더 속이 시커먼 녀석들이라는 사실을 알게 된다면 곤란한 일이다. 비록 샤론 스톤이 한 개인일 뿐이며, 우리가 그녀를 배척하는 일이 미국 전체를 배척함을 뜻하지는 않지만, 그녀의 발언 전체를 보고 난 후 나는 그녀가 이토록 비난받아야 한다고는 생각하지 않게 되었다. 현재 그녀에 대한 비난의 정도는, 지진 당시 두부 찌꺼기 같은 학교와 병원의 건설 과정[1]에 책임이 있는 자들에 대한 비난보다 훨씬 더 심하다.

이를 통해 우리는, 우리가 큰 모욕을 참고 무거운 짐을 질 수 있는 능력을 지녔음을 다시 한번 확인할 수 있다. 우리는 자연재해의 고통을 견딜 수 있고 인재의 쓰라린 상처를 견딜 수도 있지만, 외국인이 우리에 대해 입을 놀리는 것은 견디지 못한다. 우리나라는 집안의 수치를 밖에서 거론하지 않는 것을 대단히 중시하는 나라다. 고통을 견뎌내는 것은 다른 사람이 감탄해주기를 바라기 때문이며, 다른 사람이 감탄해주지 않을 때는 허세를 부리다 받은 스트레스를 죄다 또다른 사람에게 풀어야만 한다.

사실 내가 가장 보고 싶은 것은, 어느 날 어떤 외국인이 정말로 기분 나쁜 말을, 우리를 모욕하는 말을 내뱉었을 때, 우리나라가 위로는 외교부로부터 아래로는 동네 구멍가게에 이르기까지 모두 입장을 표명하고, 국민들은 더더욱 흥분해 날뛰며 난리법석을 떠는 일이 없어지는 것이다. 내 입장은 여전히 그대로다. 즉 그들이 당신과 다퉈서 얻어내려는 것은 모두 실질적인 이익인데, 당신은 그들 앞에서 오직 체면을 한번 세우려고만 할 뿐이다. 우리가

---

1. 쓰촨 대지진 당시, 몇몇 학교와 병원은 부실 공사로 인해 너무 쉽게 무너져서 많은 인명 피해를 초래했다.

그 허망하고 쓸데없는 체면을 필요로 하지 않게 되었을 때, 또 그들이 우리에게 무슨 소리를 하건 신경쓰지 않게 되었을 때, 우리는 제대로 된 나라가 될 것이다.

우리의 공식 언론에 실렸던 미국 허리케인에 대한 보도를 여기에 옮겨본다.

- 쌍둥이 빌딩으로부터 뉴올리언스에 이르기까지, 미국의 안전 신화가 무너지다
- 허리케인이 미국의 치부를 가리고 있던 장막을 걷어내버리다
- 허리케인이 미국 신화를 박살내다
- 허리케인 카트리나가 '문명의 충돌'을 가르쳐주다
- 허리케인이 미국의 얼굴을 쥐어뜯다
- 허리케인이 미국에 정치적 폭풍을 일으키다
- 미국은 스스로 반성해야 하는가? 허리케인 '카트리나'와 이산화탄소 정책
- 허리케인이 지나간 후 미국인들은 왜 재난을 틈타 도적질을 하는가
- 허리케인 카트리나는 정녕 하늘이 내린 911인가
- 부시는 이라크는 점령할 수 있으면서 왜 뉴올리언스는 구해

368

내지 못하는가

- 허리케인은 왜 부시에게 시위를 하고 있는가
- 정치적 허리케인이 부시 2세를 향해 불어닥칠 것이다
- 뉴올리언스는 폭행 속에 절망하고 있다
- 무엇이 초강대국을 이렇게 나약하게 만들었나

2005년 신×바오新×報는 미국의 허리케인 카트리나가 대자연의 보복이라고 주장하였다. 신×바오는 또한 "오늘날 우리가 직면하는 자연재해들 중, 인류가 지나치게 '쾌락'을 추구하고 자연을 '정복'하려 하기 때문에 발생하는 것들이 점점 많아지고 있다"고 주장하였다. ×콰이바오×快報는 막대한 인명 피해를 낸 허리케인 카트리나는 부시를 향해 시위를 하는 것이라고 주장했다. 또 상하이청년×上海靑年×는 허리케인 카트리나가 인류의 자업자득이라는 견해를 밝혔다(네티즌 여러분이 자료를 정리해준 것에 감사드린다).

한편, 내가 저번 글에서 국내 언론들이 단장취의를 하고 있다고 말하자마자 또다른 사람이 자기 마음대로 단장취의를 하고 나섰다. 이번에는 왕이와 같은 무리들이 머리를 싸매고 단장취의를 하지 않아도 되도록, 내 자신이 스스로를 단장취의하여 폭발적인 비난과 욕설을 불러일으킬 만한 몇 가지 제목을 뽑아보도록 하겠다. 그들은 재해민을 위해 분노한다는 핑계를 대지만, 속으로는

드디어 네놈의 꼬투리를 잡을 수 있게 되었다고 기뻐하고 있을 것
이다. 사실 나도 다른 사람에게 누명을 덮어씌울 줄 아는 사람이
며, 우리 모두 그러하다. 내가 왕이측에 정리해서 제공해줄 꼬투리
는 다음과 같다.

- 한한—인도네시아의 쓰나미는 응보라고 생각한다
- 한한은 달라이 라마가 우리의 친구라고 선언했으며, 네티즌
들은 연이어 그와 선을 그었다(왕이도 그와 선을 분명히 그었다고 선
언한다)
- 한한, 또다시 샤론 스톤을 극력 두둔, 중국 언론이 인도주의
적이지 못하다고 주장
- 한한이 네티즌을 폭도라고 주장, 네티즌들은 한한을 퇴출할
것을 건의하다
- 한한이 아프리카의 친구들이 시커멓다고 발언했으며 전문가
들은 이것이 인종차별이라고 지적하였다
- 왕이에서 한한이 저능아라고 생각하는지에 대해 설문조사를
시행한 결과 94퍼센트의 네티즌이 그렇다고 대답

왕이는 괄호를 친 다음 또 강조할 것이다. 두번째 것은 단지
외부 기고자의 의견일 뿐, 왕이에서 그 의견에 동의한다는 뜻은 아

닙니다. 만약 문제가 있으면 직접 기고자를 찾아주세요. 왕이는 관계가 없습니다. 왕이는 제목을 하나 달았을 뿐입니다.

2008년 6월 4일

악한 짓과 선한 일

최근 널리 알려지고 있는 글이 있는데, 제목은 '서남부 재해 지역에 물을 기부해서는 안 된다'이며, 한한이라는 이름으로 서명이 되어 있다. 이 글은 결코 내가 쓴 것이 아니다. 내 모든 잡문의 출처는 내 블로그이기 때문에, 만약 내 블로그에 올라왔던 적(올라왔던 '적'이라는 표현에 유의하라. 나는 글이 올라온 이후 삭제당하지 않을 것이라고 보장할 수가 없다)이 없다면 내가 쓴 적도 없는 글이다. 문제의 그 글은 나도 대충 보았는데, "나는 예전에 내가 원하기만 하면 당신들이 20년 넘게 형성해온 가치관을 뒤집어버릴 수 있다고 말한 적이 있다. 왜냐하면 살아가면서 당신들이 보기에는 당연해 보이는 많은 관념들이 실은 잘못된 것이기 때문이다" 운운하는 구절은 절대 내 글에 나올 리가 없는 것이다.

이 글의 실제 저자의 관점에 대해 나는 일부 동의하는 점도 있지만, 주된 관점은 받아들일 수가 없다. 쓰촨 지진이 일어나기 전에, 나는 적십자에서 소위 수수료라는 것을 받고 있으며 이 수수료의 비율이 제법 높다는 사실을 이미 알고 있었다. 쓰촨에 도착해서 우리는 적십자사에 찾아갔고, 당시 뤄 씨와 나는 이 문제를 거론했었다. 나와 뤄 씨는 또, 만약 성금이 매우 많이 모인다면 수수료만 해도 몇십 억을 거둬들일 수 있는 것이 아니냐고도 말했다. 나는 이에 관한 글을 써야 할지 고민하다가 결국에는 쓰지 않았다. 왜냐하면 그런 시기에 사람들이 성금을 내놓고자 하는 열의를 꺾어버릴 수 없었기 때문이다. 최근 계속해서 이기적이고 무관심한 모습만을 보여왔던 우리 민족이, 정말 간만에 이처럼 단결해 좋은 일을 해내고 있는 시기였으니 말이다. 나중에 나는 단지 공식적 기구에 성금을 내지 않겠다는 발언만을 했다. 수수료도 하나의 원인이지만, 다른 한 원인은 내가 성금이 최종적으로 어디에 쓰이게 되는지 전혀 알지 못했기 때문이다. 다행히 적십자에서는 결국 수수료를 받지 않기로 선언했다.

아직까지 한 가지 의문점이 있다. 만약 어떤 곳에서 재해가 발생해 피해 복구에 1억 위안이 필요하다고 치자. 이때 국민이 적극적으로 성금을 내놓아서 5000만 위안이 모였다면, 이는 피해 복구 금액 총액이 1억 5000만 위안이 되었다는 것을 의미하는가, 아니면 복구 금액은 여전히 1억 위안이며 다만 우리가 정부에 5000만 위안을 기부했다는 것을 의미하는가? 이 문제로 나는 오랫동안 골머리를 앓았는데, 해결하는 방법은 결국 각자 알아서 자기 할 일을 하는 것이었다.

　서남부에 심한 가뭄이 들었는데, 천재와 인재가 겹친 것이었다. 하지만 정부가 얼마나 말도 안 되는 짓을 했건, 그것이 당신이 개인적으로 선행을 하려는 결심을 내리는 데 방해가 되어서는 안 된다. 사실 원촨 지진을 겪고, 또 지진 후에 실망스러운 소식이 몇 가지 전해지면서 사람들의 착한 마음은 더욱 강한 내진성耐震性을 갖추게 되었다. 그 이후 몇 차례의 자연재해에 대해 국민들의 열정은 줄곧 그리 뜨겁지 않았으며, 이번 서남부 가뭄의 경우에도 마찬가지였다. 하지만 당신은 알아야 한다. 어쩌면 오직 당신만이 알고 있을지도 모른다. 당신은 살아가면서 반드시 죄악을 저지르게 되어 있다는 것을. 우리 사회처럼 답답한 곳에서 살아가자면 누구든지 자신이 도움을 받는 대상이 되기를 간절히 바라겠지만, 자신의 능력 내의 자선 행위는 단지 이 세계에 더 많은 희망이 존재할 수 있도록 하기 위해서뿐만 아니라 당신 자신의 죄악을 덜어내기 위해서라도 꼭 필요한 것이다. 이 일은 정부와는 관련이 없으며, 사회와 관련된 것이다.

이런 말이 있다. 악한 짓이라면 무엇이든 하지 말 것이며, 선한 일이라면 모두 행할지어다. 만약 당신이 계속해서 악한 짓이라면 뭐든지 해왔고, 심지어 갈수록 더 심하게 저질러서 옳고 그름이 뒤집어지는 데 이른다 해도, 이는 뒤에 나오는 두번째 구절에 영향을 미치지 못한다. 선한 일이라면 모두 행할지어다.

선한 일의 무게가 충분히 무거울 때에만, 악한 짓이 세상에서 없어질 것이다.

2010년 4월 14일

성매매 합법화

　우리는 올림픽을 맞아 우리의 도시를 일신했다. 하지만 내가 고민하는 문제 하나는, 2008년 올림픽이 거행되면 수많은 외국인이 중국으로 들어올 것인데, 그들의 성욕 문제를 어떻게 해결할 것인가 하는 점이다. 우선, 외국인들은 이발소는 이발을 하는 곳이 아니고, 회의소會所[1]는 회의를 하는 곳이 아니며, 사우나는 목욕하는 곳이 아니라는 점을 전혀 모를 수도 있다. 하지만 우리나라는 이 문제를 직접 언급하는 것을 몹시 꺼려왔기 때문에, '안내서'에 결코 이런 중요한 문제를 명시할 리가 없다. 그러면 이 수많은 손

---

1. '會所'는 우리의 '비즈니스 클럽'에 해당하는 유흥업소이다.

님들은 어떻게 하란 말인가.

이 문제는 역대 올림픽이나 월드컵 때마다 언제나 발생했는데, 독일월드컵 당시에도 유럽의 수많은 창녀들이 경기장 부근으로 몰려들었다. 하지만 내년 베이징올림픽이 열리는 동안 이들은 베이징으로 들어오기가 매우 어려울 뿐만 아니라, 어쩌면 많은 수가 베이징을 떠나야 할지도 모른다. 그렇다면 외국인 친구들의 성욕 문제를 해결하는 것은 대단히 시급하고 현실적인 문제가 된다.

우리나라에서는 성매매가 불법이다. 그러니 우리 자신은 성매매를 하지 않는 척할 수 있겠지만, 손님 맞기를 그렇게 좋아한다는 우리는 결국 책임과 문제를 모두 외국인에게 덮어씌우는 수밖에 없을 것이다. 국내 윤락산업에 대해서는 내가 더이상 말할 필요도 없다. 어느 정도 규모가 있는 도시라면 어느 곳에서건, 돈만 충분히 많다면 1만 명의 창녀를 소집하는 것도 그다지 어려운 일이 아닐 것이다. 국내의 사우나와 KTV에 아가씨 없는 곳이 어디 있는가? 우리는 1000위안이 넘는 돈을 써가면서 그저 노래하고 목욕하러 다니는 사람들인가? 공무원 중 성접대 안 받아본 자가 있는가? 물론 여러분은 오해해서는 안 된다. 이는 의문문이므로, 만약 그렇지 않은 경우가 있다면 대답해주기 바란다.

사실 우리나라의 윤락산업은 이미 반쯤, 아니면 4분의 1쯤 합법화되었는데, 이 때문에 한 가지 문제가 생겼다. 간혹 대대적으로 폼을 잡아야 할 때가 있는데, 이러면 경찰측이건 성매매자건 간에 모두들 괴로워진다. 이를테면 시도 때도 없이 불시 단속을 해서 본을 보이는 식이다. 이런 식의 불시 단속은 체포당한 사람에게 대단히 불공평하다. 경찰이 뻔히 보는 앞에서 1만 명이 성매매를 하고 있는데, 왜 한 놈만 벌을 받아야 하는 것인가. 그리고 윤락산업의 분포에 대해 경찰측은 당연히 일반인보다 훨씬 더 잘 알고 있을 것이다. 나는 정말 모범 시민이 한번 되어보고자, 인터넷에서 '사우나+상하이'로 검색해서 나오는 수천 개의 업소를 모조리 신고해보고 싶다. 말해보시라, 출동할 것인가 말 것인가. 그리고 경찰과 정부는 윤락산업 업주들이 누구의 '백'이 더 센지 실험해보는 대상이 되어버렸다.

여러분은 창녀를 합법화하는 것이 성매매자에게 좋은 일일 거라고 생각해서는 안 된다. 사실 이것은 어마어마한 악재다. 우선, 창녀가 합법화된다면 창녀들을 데리고 영업하는 데 들어가는 비용이 올라가게 된다. 영업 허가증이며 세금, 그리고 관리 비용 등이 당연히 화대의 상승을 일으킬 것이다. 이것도 한 가지 이유지만, 가장 중요한 것은 창녀가 합법화된 이후에는 사창가가 생기게 된다는 점이다. 만약 당신이 사우나나 퇴폐 안마 시술소에 갔을 경우라면, 당신은 목욕을 하거나 안마를 받으러 간 것뿐이라고 딱 잡아뗄 수 있으며 아무도 당신을 어떻게 할 수가 없다. 우리나라에서

건 세계의 다른 어떤 곳에서건 성매매는 그다지 자랑스러운 일은 아닌 것이다. 하지만 당신이 사창가에 갔다가 걸렸을 경우에는 사업 이야기를 하러 왔다고 말할 수 없게 된다. 그러나 우리나라에서 아마 합법화되는 것은 창녀일 뿐 영업장소는 아닐 것이다. 그러니 영업장소는 지금 그대로일 것이며 단지 사람들이 그것을 다른 이름으로 부르게 될 뿐이다.

창녀를 합법화하는 것은 사회에 무척 도움이 되는 일이다. 우선 모두들 알면서도 쉬쉬해온 일을 계속해서 숨기고 감추는 것은 우리 정부를 무척 위선적으로 보이게 만드니, 아예 우리에게도 개방적이고 솔직한 면이 있음을 보여줄 수 있을 것이며, 또한 노상 재수없는 놈을 잡아다 본을 보일 필요도 없어져 사회가 더욱 조화를 이룰 것이다.

둘째, 정찰제가 시행되고 이 산업에 대한 감시가 이루어져서, 바가지 가격을 요구하거나 서비스 내용이 구두계약 조건과 부합하지 않는 상황이 없어지니, 시장이 더욱 조화를 이룰 것이다.

셋째, 국가의 세수가 대폭 증가하니, 증가된 세수를 사용해 복지사업을 진행하면 서민들이 더욱 조화를 이룰 것이다.

넷째, 창녀 합법화 혹은 준합법화가 이루어진 이후에는 성매매를 하는 사람의 수효가 지금에 비해 늘어나지 않고 줄어들 것이 분명하다. 최소한 중국인의 경우에는 그렇게 될 테니, 가정이 더욱 조화를 이룰 것이다.

다섯째, 정부나 협회에서 관리를 시작하면 성병과 에이즈의 전염을 방지할 수 있을 것이다. 창녀들에게 한 달에 한 번 검사를 받게 하여, 매달 합격증을 발부받은 다음에야 일을 할 수 있게 한다면 국민 건강이 더욱 조화를 이룰 것이다.

여섯째, 지금 합법화를 시행한다면 올림픽 개막 후 많은 외국인 친구들이 가슴속에 등대가 밝혀진 것처럼 느낄 것이며, 올림픽의 분위기가 더욱 조화를 이룰 것이다.

일곱째, 창녀가 합법화된 이후에는 미성년자들의 성매매 행위를 더욱 용이하게 관리할 수 있을 것이다. 물론 학생증을 들고 가면 30퍼센트 할인해준다는 뜻은 아니다. 학교가 더욱 조화를 이룰 것이다. 아이들아, 좋아하는 여자아이나 쫓아다니도록 해라.

여덟째, 준합법화 정도만 이루어지더라도 등록 제도가 시행될 것이기 때문에 창녀나 성매매자의 안전이 크게 보장될 것이다. 창녀를 살해하거나 성매매자에게 사기를 치는 일이 발생하는 것을 막을 수 있다. 업계가 더욱 조화를 이룰 것이다.

기타 등등. 한마디로 말해서, 이는 조화사회의 요구에 대단히 잘 부합하는 것이다. 사회가 조화를 이룬다! 사정을 해야 비로소 사회가 조화를 이룰 수 있다![2] 이미 이 문제는 다들 속으로 알고 있던 것이며, 또한 어느 국가, 어느 시대에도 이와 마찬가지였으니 아예 쌍방의 음란한 행위를 통해 쌍방이 이득을 얻도록 하자. 그리고 올림픽이라는 계기를 맞아 서로 다른 나라의 문화적 수요를 만족시킨다는 기치를 내걸고 순풍에 돛 단 듯順水推舟, 노인이 수레를 밀듯老漢推車[3] 자연스럽게 이 문제를 해결해버린다면, 정부와 국민에게 모두 이익이 되고 진보를 가져오는 일이라 하겠다.

물론 합법화되지 않는다 하더라도 사실 상관없다. 지금의 상황은 합법화된 것과 별다를 바가 없으니까. 체면을 위해 고통을 감수하고, 좋은 평판을 위해 세금을 걷지 않는다면 손해를 보는 것은 정부일 뿐이다.

2007년 10월 5일

---

2. '社會'의 중국어 발음은 '서후이'이다. '사정하다'의 '射'와 '할 수 있다'의 '會'의 음을 합해도 '서후이'가 된다는 것을 이용한 말장난이다.
3. '順水推舟'와 '老漢推車'는 모두 성교시의 특정 체위를 암시하는 용어다.

통일의 대업

최근 올림픽 위원회에서 올림픽 응원용 손동작을 발표했다.

• 손동작 1단계: 두 차례 박수를 쳐서, '다섯 대륙의 귀빈들이 사해의 친구들과 교류함을 환영한다'는 뜻을 나타낸다.

• 손동작 2단계: 두 손의 주먹을 쥐고, 엄지를 치켜세우면서 양팔을 앞쪽 위로 뻗는다. 이로써 '우리는 오륜기 아래에 모였다'는 뜻을 나타낸다.

• 손동작 3단계: 두 차례 박수를 쳐서, '건아의 풍채를 드러내고, 올림픽 정신을 고양한다'는 뜻을 나타낸다.

• 손동작 4단계: 두 손의 주먹을 쥐고 양팔을 앞으로 뻗는다.

이로써 '우리는 더 빨리, 더 높게, 더 강하게'라는 올림픽 정신을 위해 갈채를 보낸다'는 뜻을 나타낸다.

알려진 바에 따르면 올림픽 기간에 베이징의 조직위원회는 자원봉사자 담당 부서의 총괄 책임하에, 각 종목 경기가 시작되기 전과 경기 사이의 쉬는 시간에 현장에서 '올림픽 파이팅, 중국 파이팅'이라는 경기장에서의 교양 있는 손동작 선전 영상물을 방영할 계획이며, 또한 여러 명의 자원봉사 통솔자가 경기 현장에서 관중들의 응원을 통솔하여 그 기세를 북돋울 것이라고 한다.

이와 동시에 베이징올림픽 조직위원회에서 지정한 30개의 응원단이 각 경기장에서 공연할 것이며, 이들과 '교양 있는 응원용 손동작 보급 대사'들이 함께 현장의 모든 관중들을 이끌고 손동작으로 선수들을 응원할 것이다.

또, 교육부도 올림픽 경기장에서 경기를 관람하게 될 전국 초중고교 및 대학의 80만 학생 관중에 대해 훈련을 실시하여 경기장에 교양 있는 손동작을 널리 퍼트릴 계획인 것으로 알려졌다.

나는 이 손동작 자체를 생각해내는 것은 어렵지 않다고 보지만, 각각의 손동작 뒤에 붙은 '~의 뜻을 나타낸다'를 생각해내는 일의 어려움은 정말 나를 탄복케 한다. 이를테면 내가 엄지를 치켜세우면 당신을 칭찬한다는 뜻을 나타내는 것이고, 가운뎃손가락을 치켜세우면 당신을 멸시한다는 뜻을 나타내는 것이다. 하지만 내가 두 손의 주먹을 쥐고, 엄지를 치켜세우면서 양팔을 앞쪽 위로 뻗으면 우리가 오륜기 아래에 모였다는 뜻을 나타낸다고 하니, 나로서는 도무지 이해할 수가 없을 따름이다.

만약 이것이 단지 이번 올림픽에서 중국 공식 응원단의 손동작일 뿐이라면 크게 비난할 것은 못 된다. 응원단이란 보통 정연하고 획일적이게 마련인 것이다. 하지만 만약 획일적일 뿐만 아니라 약간 멍청해 보일 정도로 형식적인 짓을 억지로 널리 보급한다면 스포츠 경기를 관람하는 재미를 크게 떨어뜨릴 수 있다.

관련 부처에서는 이것이 교양을 이끌어내는 일이며 이러한 손동작이 있다면 욕설과 같은 교양 없는 행동을 근절할 수 있다고 생각한다. 나는 이렇게 말하고 싶다. 우선 당신들 한 사람 한 사람이 다 똑같은 손동작을 한다 해도 교양 없는 짓은 여전히 교양 없는 짓이다. 그렇지 않다면 수십 년 동안 방송체조[1]를 실시해온 우리는 진작에 극도로 교양 있는 나라가 되었을 것이다. 다음으로, 나는 올림픽 기간에 관중들이 교양 없는 일을 저지르지는 않을 것이라고 믿는다. 중국인들은 대국적인 입장에서 문제를 바라보는 데 있어서는 그럭저럭 봐줄 만하다. 중국 축구의 관중 분위기를 통

---

1. 1951년부터 실시된 체조. 우리나라의 국민체조와 비슷하다. 지금도 정해진 시각에 온 국민을 대상으로 음악과 구호를 방송하고 있다.

해 올림픽의 관중 분위기를 추측해서는 안 된다. 이 점은 관련 부처에서도 잘 알고 있을 것이라고 생각한다.

그러니 나는 이번에 통일된 응원용 손동작을 내놓은 데는 사실 아부하려는 의도가 있지 않은가 의심해보게 된다. 관련 부처가 다른 관련 부처에게 보여주는 홍보 활동인 것이다. 주제는 다음과 같다. 당신들은 통일된 사상을, 우리는 통일된 손동작을.

중국은 결코 이런 식으로 통일의 대업을 완성한 것이 아니다. 비록 우리가 줄곧 대외적으로 올림픽과 정치는 구분해야 한다고 강조해오기는 했지만, 실제 상황이 어떤지는 모두들 분명히 알고 있다. 지금 우리에게는 자연재해와 인재가 끊이지 않고 있으니, 올림픽은 정말 정치와 구분할 필요가 있다. 왜냐하면 우리가 올림픽과 정치를 이토록 단단히 결부시키면 더더욱 스트레스를 받게 되기 때문이다. 올림픽이란 마땅히 한차례의 PARTY(지금 도저히 이 영어를 대신할 수 있는 중국어를 생각해내지 못함을 용서해주기 바란다. '모임'이나 '연회'는 모두 부적절한 것 같다)여야만 한다. 물론 이 손동작을 강제로 보급하고 있는 것은 아니지만, 만약 강제로 보급한다면 스포츠 경기 감상이 주는 매력을 감소시킬 것이다.

어떤 사람들은 구호를 바꿔 붙일 수 있는 이 손동작과 사람이 기쁠 때 미소 짓고 슬플 때 눈썹을 찌푸리고 고개를 끄덕여 찬성을 표시하고 고개를 저어 반대를 표시하는 등의 행위를 동일 선상에 두고 이야기한다. 그들은 이를 광범위하게 보급하면 국제적으로 통용되는 하나의 유행 손동작이 될 가능성이 있다고 말한다. 이것을 표시하고, 저것을 표시하고…… 대체 무엇을 표시하는 건지 알 수 없는 이 손동작이, 마치 승리의 V나 OK를 나타내는 손동작처럼 될 수 있다고 말하는 것이다.

나는 절대 불가능하다고 말해주고 싶다. 우선 이는 하나의 손동작이 아니라 한 세트의 손동작이며, 거의 한 편의 방송체조에 육박할 지경이다. 또한 다른 사람들은 간단한 것으로 복잡한 것을 나타내는 데 반해 우리는 복잡한 것으로 간단한 것을 나타내고 있다. 하지만 가장 중요한 것은, 우리의 이 체조는 독창적이기는 하나 미적 감각이 없다는 점이다. 만약 나중에 누군가가 나를 만나자마자 한참 동안 이 체조를 하면서 한한, 안녕하세요, 한한, 파이팅 하고 외친다면…… 나는 분명 그 사람을 못 알아본 체할 것이다.

이 밖에, 이 손동작에는 두 가지 검토해볼 문제가 있다. 첫째, 이 동작은 분명 실수로 주변 사람에게 상처를 입힐 가능성이 크다. 둘째, 이 동작이 사용하는 근육들의 조합이 합리적이지 않기 때문에, 여러 차례 실시하면 손이 저리거나 심지어 쥐가 나기 쉽다. 결정적인 순간에 선수들은 아무렇지도 않은데 관중들이 죄다 쥐가 나는 사태는 만들지 말아야겠다.

굳이 어떤 동작이 필요하다면, 게시판에서 한 네티즌이 건의

한 것처럼 포권包拳을 하는 것 정도는 괜찮지 않은가 싶다. 그들은 우리의 무술에 대해 신비로워하는 마음을 품고 있으며, 또 한편으로 이 동작은 힘들지가 않다. 이렇게 해보는 것이 어떨까. 어떤 경기에서건 선수가 금메달을 따면, 관중이 전부 기립하여 포권 동작을 취하며 한꺼번에 외치는 것이다. 양보해주셔서 감사하오!

하지만 나는 관중들이 이 손동작을 기억해두면 그래도 쓸모가 있을 것이라 생각한다. 우리나라 선수들과 외국 선수들의 경쟁이 막바지에 이르렀을 때 우리가 온 경기장에서 이 손동작을 시행하고 입으로는 뭔가를 중얼거리면, 이런 모습을 본 적이 없는 외국 선수들은 분명 깜짝 놀라서 우리가 술법을 부린다고 생각할 것이며, 분명히 경기의 형세에 영향을 미칠 것이다. 이렇게 된다면……

2008년 6월 13일

살림살이를 팔아서라도
올림픽에 협조할 것을 요구한다

　최근 몇몇 뉴스를 보았는데, 올림픽이 다가오면서 우리나라는 돌연 지적재산권 보호를 대단히 중시하기 시작했다고 한다. 우리나라가 예전에는 지적재산권을 중시하지 않았다는 말이 아니다, 지금껏 계속 완전히 무시해왔던 것뿐이지. 올림픽을 맞아 지적재산권 보호를 시작하게 되었다니 내게는 큰 위안이 된다.

　전해지는 바에 의하면, 올림픽 기간에 자신의 휴대전화를 이용해 찍은 경기 동영상을 자신의 블로그에 올릴 수 없다고 하며, 직접 찍은 경기 사진도 자신의 블로그에 올릴 수 없다고 한다. 이것은 올림픽 위원회의 지적재산권을 침해하기 때문이며 위반자는 벌금형에 처해질 수 있다. 그리고 올림픽 경기장 주변 일정 범위

내에는 올림픽 협찬사와 관계된 실외 광고를 내걸 수가 없다. 이는 국가의 대사니, 일체의 이견은 대국大局을 중시한다는 말 한마디로 억눌러버리면 된다. 또 최근 듣기로는 류샹을 포함한 운동선수들의 광고는 앞으로 거의 한 달 동안 방송에 내보낼 수 없게 된다고 한다. 해당 업체가 올림픽 협찬사가 아니라면 말이다. 예를 들어 캐딜락 사에서 류샹을 후원했는데, 당연히 이 돈은 류샹 혼자 가져간 것이 아니며 체육총국體育總局[1]에서도 적지 않은 금액을 가져갔다. 하지만 마찬가지로 방송 금지를 면하기 어렵게 되었다. 많은 선수들이 개인적으로 찍은 광고 역시 한 달 동안 방송이 금지될 것이다.

올림픽과 그 물주에 대한 우리나라의 지적재산권 보호는 참으로 철두철미해서, 나는 감동해버렸다. 나는 작가들의 책이 금지되고, 감독의 영화가 금지되고, 탕웨이[2]가 금지되는 것으로도 모자라, 운동선수들의 광고까지 금지될 수 있을 것이라고는 생각도 해보지 못했다.

올림픽에 자동차경주 종목이 없는 것이 다행이다. 그렇지 않았다면 나는 분명 국가를 대표해 올림픽 자동차경주 종목에 참가

---

1. 체육 분야를 관장하는 중국의 정부 기관.
2. 1979년생의 유명 여배우. 큰 논란을 일으킨 영화 〈색, 계〉에 출연했다가 중국 정부에 의해 활동 금지를 당한 적이 있다.

해야만 했을 것이며, 경기 1개월 전부터는 내가 올림픽의 덕을 보지 못하도록 나의 책들이 판매 금지되었을 것이다. 하지만 나는 중국에서 지적재산권 보호가 이루어지기를 오랫동안 바라왔으며, 여러 해가 지난 다음에야 서광을 보게 되었다. 비록 이 서광이 지적재산권을 누려야 하는 모든 사람들의 몸에 비치는 것은 아니지만, 나는 대국을 중시하고 국가의 이익을 중시하기 때문에 국가에 내 지적재산권을 보호해달라고 요구하지 않을 것이며, 내 이름을 사칭한 100여 종의 가짜 책과 수천 종의 해적판을 단속해달라고 요구하지도 않을 것이다. 올림픽에 비하면 내 보잘것없는 손해가 뭐 중요할 것이며, 협찬사에 비하면 내가 내는 보잘것없는 세금이 뭐 중요할 것인가. 내게는 꿈이 있는데, 바로 올림픽에 협찬을 제공하는 것이다.

만약 내가 이번에 판권을 팔고 차를 팔고 집을 팔고 몸을 팔아서 올림픽의 작은 협찬인이 될 수 있다면, 그리고 국가에서 마침내 일개 글쟁이에게도 원래 지적재산권이 있다는 것을 알게 된다면, 그래서 해적판을 강력하게 단속해준다면, 나는 곧 중국에서 유일하게 지적재산권을 누리는 작가가 될 수 있을 것이다.

2008년 7월 17일

예쁘냐

최근 올림픽 개막식과 폐막식에 사용될 유니폼을 보게 되었는데, 과연 여러 사람이 지적했듯이 토마토 계란 볶음과 매우 흡사하다. 이 옷이 과연 예쁜지 그렇지 않은지는 당연히 개인적 심미안의 문제다. 내 개인적 심미안으로 보기에는 굉장히 보기 싫다.

올림픽과 관련된 디자인 중 개인적으로 올림픽 로고와 메달이 예쁘다고 생각하며, 푸와福娃[1]와 유니폼은 보기 싫다.

푸와가 보기 싫은 것은, 우리가 올림픽 관련 디자인을 처음 하는 것이라 애초에 중국을 대변할 수 있는 마스코트여야만 한다

---

1. '복스러운 인형'이라는 뜻으로, 베이징올림픽의 공식 마스코트이다.

는 조건이 있어서 선택의 폭이 좁았던데다, 상징적 의미를 지나치게 많이 부여하려 했기 때문이다. 개인적으로 마스코트란 주로 나라의 특징을 나타내면 되는 것으로 귀엽고 기억하기 좋아야 한다고 생각한다. 만약 중국 특유의 것이어야만 한다면, 비록 아시안게임에 써먹은 것이기는 하지만 판다를 다시 사용하는 것도 무방할 것이며, 판판²을 변형시켜도 좋을 것이다. 그리고 2008년에는 소재도 부쩍 늘어났다. '정룽正龍의 호랑이'³나 '굳센 돼지堅强猪'⁴도 푸와보다는 낫다. 푸와가 머리통 위에 대체 무엇을 이고 있는지⁵ 누가 기억할 수 있단 말인가.

하지만 유니폼이 보기 싫은 이유는 아무래도 우리의 상상력이 과감하지 못하기 때문인 것 같다. 중국 국기의 색으로 유니폼의 배색을 맞추는 것은 사실 매우 부적절하다. 빨강과 노랑의 조합은 정말 어울리게 만들기 어려운 것이며, 국기를 이 정도로 디자인해 낸 것만 해도 무척 훌륭한 것이다. 예컨대 A1 그랑프리⁶에 출전하

---

2. 1990년 베이징아시안게임 당시의 마스코트로, 판다를 의인화했다.
3. '화남 호랑이 사건華南虎'의 범인 저우정룽周正龍이 조작해낸 호랑이를 뜻한다. 자세한 사항은 '중앙방송은 참 야하고 참 폭력적이에요'의 각주 7을 참고하라.
4. 태어날 때부터 뒷다리가 없어서 앞다리 두 개만으로 물구나무를 서듯 살아가는 돼지가 있어 중국 네티즌 사이에서 화제가 되었다. 네티즌들은 이 돼지를 일컬어 '굳센 돼지'라고 불렀다.
5. 푸와는 모두 다섯 마리인데, 대체로 비슷한 모양이며 머리 위의 뿔 모양과 색깔로 구분된다. 각각 물고기, 판다, 올림픽 성화, 티베트 영양, 제비를 소재로 삼았다.
6. 국가 대항전 형식으로 치러지는 국제 모터스포츠 대회. '모터스포츠 대회의 월드

는 우리나라의 차도 빨강과 노랑의 디자인인데, 개인적인 심미안으로 보자면 이 또한 예쁘지 않다. 나는 이 두 색이 어울리게 조합되어 있는 뛰어난 디자인을 거의 본 적이 없으며, 옷에 사용할 경우 싸구려로 보이기 십상이다.

출전 의상을 이 색상으로 디자인한 것은 정치적인 각도에서 보자면 분명히 안전한 선택이다. 하지만 융통성 없게 국기와 똑같은 색깔을 고를 필요는 사실 전혀 없다. 최고의 유니폼이란 올림픽이 끝난 후에도 유행이 되어 중국 사람들이 모두 한 벌씩 갖고 싶다고 생각하는 옷, 거리에 나갈 때나 각종 행사에 참가할 때 입어도 부끄럽지 않을 만한 옷이다. 지금 해놓은 디자인으로 보건대, 이 옷의 수명은 겨우 십수 일에 지나지 않을 것이다. 올림픽이 끝난 다음에 누가 이 옷을 입고 거리로 나설 수 있을지 궁금하다.

물론 이렇게 말하면 다른 사람들이 내게 정치적인 누명의 모자[7]를 뒤집어씌우기 쉽겠지만, 그 사람들이 즐겨 쓰는 모자도 빨강과 노랑은 아닐 것 같다.

2008년 8월 4일

컵'이라는 별명이 있다.
7. 중국에서는 누명을 쓰는 것을 '모자를 쓴다'라고 표현한다.

점화식에 대한 추측

올림픽 개막식에서 어떤 식으로 점화를 할 것인가. 이것은 대단히 큰 비밀이다. 하지만 우리에게도 추측을 해볼 권리는 있다. 내 추측은 다음과 같다.

1. 특정 인물 전문 배우들이 점화하게 한다. 몇 명의 배우들이 마르크스, 엥겔스, 레닌, 마오쩌둥, 체 게바라 등으로 분장한 후 힘을 합쳐 점화한다면 상징적인 의미가 매우 클 것이다.
2. 우리나라에는 인재가 너무 많아서 공평한 인선이 너무나 어렵고 이 사람 저 사람을 골라봤자 불만이 나오게 마련이다. 그러니 아예 '사람이 근본이다'라는 정신을 관철하여, 한 사람이 복면

을 쓰고 등장해 점화하게 하고, 사람이라는 사실을 강조한다.

3. 아무래도 위에 거론한 원인을 고려해, 그냥 사람을 선발하지 않는 것이 좋겠다. 용이나 봉황, 혹은 불을 뿜을 수 있는 동물 중 아무거나 골라서 성화를 점화하게 하자.

4. 아무래도 공평을 기하기 어려우니, 아예 장이머우[1] 본인이 점화하게 하여, 모두 감독의 말을 들어야 한다는 것을 알게 한다.

5. 좀 일반적인 추측으로는 지진 피해 지역의 한 아이가 점화하게 하는 것인데, 성화대 앞에 섰을 때 너무 높아서 손이 닿지 않음을 알게 된다. 그래서 덩야핑鄧亞萍[2]이나 리닝李寧[3] 등이 올라가서 아이를 안아올려 같이 점화한다.

6. 휴대전화 번호 뒷자리가 특정한 숫자로 끝나는 현장의 관중이 점화하게 한다. 물론 사전에 문자를 보내야 한다.

7. 각 민족마다 한 명씩 나서서, 56개 민족의 사람들이 함께 점화한다.

8. 일반인들 사이에서 논쟁이나 불평이 생기는 것을 막기 위해, 아예 후진타오가 점화한다.

---

1. 베이징올림픽 개막식 연출을 담당했다. 장이머우에 대해서는 '몸에 묻은 흙을 털다'를 참고하라.
2. 1992년 올림픽 금메달리스트인 여자 탁구 선수.
3. 1984년 올림픽 금메달리스트인 남자 체조 선수.

9. 한 쌍의 칠면조[4]가 점화한 다음, 한 쌍의 봉황이 날아오른다.

10. 영원히 풀리지 않는 미스터리! 관중이 입장했을 때 성화는 이미 타오르고 있다.

2008년 8월 7일

---

4. 중국어로는 '훠지火雞'라고 한다.

립싱크

최근 사람들은 올림픽에서 발생했던 쌍황雙簧[1] 사건에 많은 관심을 보이고 있다. 린먀오커林妙可가 노래를 불렀지만 사실 그 목소리는 일곱 살 소녀 양페이이楊沛宜의 것이었다. 이 일은 올림픽 음악 총감독 천치강陳其鋼[2]이 어느 인터뷰 도중에 누설한 것이다.

천치강의 뜻은 대체로, 목소리가 비교적 아름다운 아이가 한 명이 있고, 겉으로 드러나는 이미지가 비교적 좋은 아이가 한 명

---

1. 한 사람은 무대에서 동작을 맡고, 다른 한 사람은 뒤에 숨어서 무대 연기자의 동작에 맞춰 대사와 노래를 맡는 설창說唱 문예의 일종이다. 숨어서 노래를 부른 사건을 풍자한 것이다.
2. 세계적으로 인정받는 클래식 작곡가. 중국 출신이나 프랑스에 귀화했다.

있으니, 국가의 이미지를 고려해 린먀오커의 외모를 사용하고 거기에 양페이이의 목소리를 더했다는 것이다.

물론 이 발언은 온당하지 못했고, 수많은 불만을 일으켰다. 어쨌거나 양페이이 어린이도 분명 나라의 이미지에 악영향을 미칠 정도로 못생기지는 않았을 것이고, 린먀오커 어린이도 나라의 이미지에 악영향을 미칠 정도로 노래를 못 부르지는 않았을 것이다. 하지만 나는 그런 상황에서라면 모든 인터뷰가 어느 정도 국가 편향적이어야 하며, 인터뷰를 하다보면 저도 모르게 그런 쪽으로 이야기가 흐르게 마련이라는 것을 이해하고 있다. 그러니 이번 일은 기껏해야 표현이 부적절한 것에 불과하다.

하지만 더 중요한 점이자 내가 탄복했던 점은, 천치강이 사실을 이야기할 수 있었다는 점이다. 비록 이 사실이 조만간 사람들에게 탄로 나게 되어 있기는 했지만, 천 씨가 입을 열지 않았다면 최소한 몇 개월이 지난 후에야 사람들이 비로소 알게 되었을 것이다. 적어도 먀오커 어린이의 가족은 말할 리가 없다. '이루 말할 수 없을 정도로 훌륭하다妙不可言'[3]는 말도 있지 않은가. 양페이이 어린이의 가족도 당분간은 말할 리가 없고, 관련 부처에서는 더더욱 말할 리가 없다. 더욱이 이번 일은 그리 엄청난 사건도 아니다. 립싱

---

3. 이 사자성어의 '먀오妙, 훌륭하다, 오묘하다' 자를 린먀오커의 먀오를 의미하는 것으로 해석한다면 '먀오커는 말할 수 없다'는 뜻이 된다.

크 한 번 한 것에 불과하지 않은가. 우리가 허위로 날조하고 양심을 속인 일이 한두 번도 아니어서 다들 단련이 되어 있을 테니, 중요한 무대에서 발생한 일이라고 해서 너무 괴로워할 필요는 없다. 우리는 중요한 무대일수록 여러 측면에서 더더욱 가식적이 되지 않았던가. 이와 관련된 이야기는 모두 참으로 '진부한 말'[4]이다.

따라서 나는 천치강을 공격하는 것은 현명하지 못한 일이라고 생각한다. 이는 '정치적 강령과 노선에 따라 기계적으로 비판하는'[5] 오류를 또 한차례 저지르는 것일 뿐이다. 왜냐하면 바른말을 하는 사람이 진실을 이야기할 때 시원스럽게 하지 않았다고 해서, 이 나라 스스로가 누적시켜온 악습 때문에 일어난 잘못을 이 한 사람에게 쏟아붓는 것은 매우 맹목적인 짓이기 때문이다.

어디를 가든 가짜가 난무하는 이 나라에서, 기술만 중시하고 예술은 중시하지 않는 개막식에서 쌍황을 한차례 공연했다 해도 사실 별문제 될 것은 없다. 린먀오커의 외모는 다들 이미 기꺼이 인정했고, 또 양페이이의 목소리도 다들 대단히 아름답다고 느꼈으니, 이걸로 좋은 것이다. 린먀오커는 마땅히 얻어야 할 영예를

---

4. 중국어로는 '陳說'라고 하는데, 이는 '천 씨의 말', 혹은 '천 씨가 말하다'라는 뜻이기도 하다.
5. 자주 쓰이는 성어는 원래 '上綱上線'이다. 한한은 이 성어에 '그'라는 뜻의 지시대명사 '其'를 넣어 上其綱上其線(블로그 원문에는 두번째 '其'가 없지만 이 책 원서에는 들어 있다)으로 만들어서, 천치강의 이름인 '陳其鋼'을 이용한 말장난을 하고 있다.

얻었다. 다만 양페이이 어린이는 아직 얻지 못했으나 천치강이 앞
장서서 이 어린이가 마땅히 얻어야 할 몫을 얻게 해주었으며, 어려
운 고백을 해주기도 했다. 특히 이런 시기에, 이런 제도하에서, 이
번 일은 얼마나 칭찬할 만한 것인가.

2008년 8월 14일

불쌍한 선수들

중국의 금메달 수가 드디어 세계 1위가 되었다. 이는 그야말로 엄청난 호재다. 어떤 사람들은 이를 위해 우리가 돈을 너무 많이 썼으며, 체육을 이용해 강대국의 이미지를 만들려는 정치적 공작이고, 진정한 국민 체육과는 아직도 큰 차이가 있다고 말한다. 사실 이런 지나친 질책은 필요 없는데, 왜냐하면 당신들이 말하는 것이 모두 옳기 때문이다. 더 빨리 이 목표를 이루어낼수록 더 빨리 이 죄업에서 벗어날 수 있고, 그렇지 않을 경우 매번 올림픽 때마다 이 목표를 이루기 위해 일로매진해야 하기 때문이다. 이제 드디어 세계 1위를 차지했으니 머리를 좀 비우고 다른 일을 생각해볼 수 있게 되었다.

이제 1위를 차지했으니 우선 감사해야 할 대상은 운동선수 개개인이다. 왜 운동선수들을 개인으로 취급해야 하느냐면, 우리나라 사람들은 많은 경우 선수들을 한 명의 개별적인 인간으로 바라보지 않기 때문이다. 국가 시스템의 특성상 선수들을 육성하는 데 들어가는 돈은 분명히 나랏돈이다. 우리가 생각하기에 나랏돈이란 당연히 납세자의 돈이니, 여기서 다시 한번 연상 작용을 거치면 우리 스스로가 우리나라에서 육성해낸 모든 선수들의 지분을 소유하고 있다고 느끼게 된다. 그래서 납세자의 돈을 낭비하는 일이 한 가지 새로운 비난거리가 되었다.

실제로 두 명의 아이가 잡담하는 것을 들은 적이 있는데, 류샹에 관한 문제였다. 대체적인 내용을 보자면, 한 아이는 류샹이 길 수 있다면 기어서라도 결승선을 통과해야 한다고 말했다. 패잔병처럼 굴어서야 되겠는가. 다른 한 아이의 입장은, 류샹은 납세자의 돈으로 육성해낸 사람이니 그가 기권하려면 그 전에 다수의 국민들에게 동의하는지 물어봐야 한다는 것이었다.

물론 이런 종류의 관점을 가진 사람들은 기본적으로 한 번도 세금을 내본 적이 없다.

그리고 시류에 편승해 야단법석을 떠는 사람들은 마치 우리나라에서 운동선수들을 제외하고는 나랏돈을 낭비하는 경우를 한 번도 못 본 것처럼 굴고 있다.

그러니 운동선수들의 불쌍한 점은, 사실 그들은 애초에 국가와 납세자의 돈을 얼마 쓰지도 않았다는 데 있다. 우리는 노상 어떤 운동선수를 키워내는 데 수백만 위안을 썼노라고 말하곤 한다. 마치 항공사에서 파일럿이 다른 곳으로 옮겨가려 할 때 파일럿 한 명을 키우는 데 돈이 얼마나 드는지 아느냐고 하는 것이나, 레이싱 팀에서 젊은 레이서가 팀을 옮기지 못하게 하고 싶을 때 너를 키우는 데 돈을 얼마나 썼는지 아느냐고 말하는 것과 같다. 우리 쪽의 젊은 레이서 한 명이 다른 팀으로 가고 싶어하면 우리는 이렇게 말한다. 넌 몸이라도 팔아야 해. 널 키우는 데 우리는 1000만 위안을 썼단 말이야. 물론 우리는 경주 트랙을 닦는 비용과 트랙 주위의 화장실 건설비까지 모조리 네 앞으로 달아놓은 것이지. 그리고 네가 이 금액을 전부 배상한다 해도 그 화장실은 철거하지 않을 거야.

그리고 많은 운동선수들은 성공한 이후 광고를 찍어서 소속 기관에 돈을 벌어다주며, 이때 소속 기관이 갈취하는 돈은 분명 포주가 갈취하는 돈보다 많다. 하지만 그들은 스포츠 이외의 다른 것들까지 책임지고 있기 때문에 특정 시기에 받게 되는 압력이 엄청나다. 많은 경우 일부 탐관오리들이야말로 대놓고 세금을 낭비하는 사람들이고, 낭비하는 금액도 엄청난 거액이라서 수백 명의 국가대표급 선수들을 키워낼 수 있을 정도다. 우리 납세자들은 이를 지켜보면서도 격렬하게 반응하지 않지만, 일단 운동선수들이 실수로 금메달을 놓치고 은메달이나 그보다 못한 성적을 기록하면, 수많은 사람들이 자기가 낸 세금을 낭비했으며 육성한 보람이 없다고 그들을 질책한다.

우수한 운동선수라면 실수를 했을 때 조금 질책을 받는 것도 당연한 일이다. 하지만 이런 종류의 질책이어서는 안 된다.

오늘 남자 10미터 다이빙에서 우리는 은메달을 획득했다. 비록 많은 국내 언론이 가식적이게도 젊은 선수들을 위로하긴 했으나, 기사 제목은 죄다 '중국 다이빙 선수들이 금메달 8개의 꿈을 이루지 못하다' '중국이 안타깝게 50번째 금메달을 놓치다' 따위였다. 나는 금메달을 싹쓸이하는 것은 분명 좋은 일이 아니라고 말하고 싶다. 우리가 계속 다이빙이나 탁구 등의 종목에서 금메달을 싹쓸이한다면, 언젠가 다른 나라 사람들이 훈련의 흥미를 잃는 날이 와서 다이빙과 탁구는 소프트볼이나 야구처럼 올림픽 종목 중에서 사라지게 될 것이다. 비록 '모든 국민에게 건강한 육체를' 준다는 취지에 벗어나는 것은 아니지만, 금메달과 체면을 사랑하는 국민들에게는 분명 국가적 재난이다. 그러니 우리가 다수의 금메달을 가져가고 다른 나라들도 조금 가져갈 수 있게 해주는 것이 우리에게든 이 종목의 선수들에게든 모두 유익한 일이다.

이 밖에, 금메달 50개나 총 메달 수 100개를 얻기 위해 일로

매진하느냐 마느냐 하는 것은 사실 별 의미가 없는 짓이다. 만약 우리가 이런 것을 너무 중시하게 된다면, 당장 내일 은메달에 머무르거나 4위를 기록한 선수 등 선수 개개인이 불공평한 대우를 받게 될 수 있다.

우리는 선수들이 은메달을 따면 좋지 못한 일이고, 기권을 하면 두려워하는 것이고, 광고를 찍으면 쓸데없는 일을 많이 하는 것이고, 오직 금메달을 따야만 문제없는 일이라고 생각해서는 안 된다.

또 한 가지, 나는 자신의 자녀를 체육계로 보내기로 마음먹은 비교적 경제적으로 부유한 가장들에게, 가능하면 스스로 경비를 부담하라고 권고하고 싶다. 이러면 걸핏하면 국가가 너를 키웠느니, 납세자들이 너를 키웠느니 하며 질책당하는 일을 막을 수 있다. 한편으로는 나중에 탁월한 성취를 이루었을 때 영문도 모른 채 다른 사람에게 돈을 뜯기는 일이 없어질 것이고, 다른 한편으로는 운동을 하다가 기분이 나빠지면 언제든 그만둘 수 있으며, 성적이 나빠도 수억 명의 출자자들에게 질책을 받을 일이 없다.

올림픽이 폐막을 앞둔 이 시점에, 나는 모든 선수들이 기뻐하기를 희망한다. 그들은 너무도 고생이 많았다. 이런 평화로운 시대에 우선 그들이 그들 스스로를 위해 개인적 영예를 거둔 것을 축하한다. 그다음으로 겸사겸사 국가를 위해 영예를 거둔 것을 축하해야 한다. 오직 독립된 개개인이 모두 자기에게 돌아와야 마땅한 영예를 거둘 수 있을 때만 국가에도 진정한 영예가 돌아올 수 있을 것이다.

2008년 8월 24일

하긴 뭘 해

오늘 뉴스를 하나 보았는데, 축구협회 회장이 올림픽 대표팀의 실패를 총결하면서 창끝을 한 대표팀 선수에게로 돌리는 내용이 나왔다. 왜냐하면 올림픽 기간에 방을 하나 잡았기 때문인데, 이 선수가 9시 50분에 입실한 후 10시 20분에 체크아웃을 했으니 비록 시간은 조금 짧지만 목적은 명약관화하다는 것이다.

사실 이 선수는 대단히 운이 없다. 우선 우리 모두는 대표팀이 실패한 것과 그가 여자랑 잔 것 사이에 별 관계가 없다는 것을 알고 있다. 선수들에게 한 달 동안 사랑을 나누지 못하게 한다고 해서 경기장에 도착하자마자 슛을 잘하게[1] 되는 것도 아니니까.

축구협회 지도자가 부각하고 싶었던 것은 다름이 아니라 조직력과 기강이었을 것이다. 사실 특정 운동에 있어서, 특히 단체 운동에 있어서 조직력과 기강을 최우선에 두는 것은 온당하지 못하다. 축구를 잘하느냐 못하느냐의 판단 기준은 축구를 잘하느냐 못하느냐일 뿐, 방을 잡지 못하게 한다거나, 머리를 기르지 못하게 한다거나, 문신을 하지 못하게 한다거나, 튀는 옷을 입지 못하게 한다거나 하는 데 있는 것이 아니다. 물론 다시 원점으로 돌아가서, 우리 축구 선수들이 이런 방면에서 모두 통일된 행동을 보여준다 하더라도 축구 실력은 여전히 개판일 뿐이다.

중국의 축구 경기장에서 가장 찾아보기 어려운 것은 바로 개성이 넘치는 선수다. 물론 개성이 넘치는 선수가 되기 위한 전제조건은 축구를 충분히 잘해야 한다는 것인데, 만약 그렇지 않다면 그 개성이란 것은 혐오감을 일으키는 요소밖에 되지 못한다. 그러나 우리 축구협회의 지도하에서는 이런 개성 있는 선수가 나올 수가 없는데, 왜냐하면 지금의 축구 시스템은 중국의 교육 시스템과 비슷해서 전면적 발전과 공동체 의식만을 지나치게 강조하기 때문이다. 사실 중국 국가대표팀과 같은 축구팀은 아예 패스를 하지 않는 것이 좋다고 본다. 선수가 공을 차기 전에 우리 엄마도 몇 번 선수가 몇 번 선수에게 패스할지 다 알 수 있는데, 브라질 선수들이

---

1. '훗하다術'에는 '사정하다'라는 뜻도 있다.

야 어련하겠는가. 그러니 아예 다음 세대부터는 모조리 드리블만을 연습하게 해서, 도저히 안 되겠다 싶을 때에만 패스를 하게 하는 것이다. 이런 축구팀은 성적이 그다지 좋을 리는 없겠지만, 적어도 사람들의 인상에는 깊이 남을 수 있을 것이다.

방을 잡는 문제로 돌아가자면, 사실 운동선수가 경기 전에 방을 잡는 것은 무척 정상적인 것이며 운동 실력이 조금 떨어진다고 해서 방을 잡지 못하는 일이 있어서는 안 된다. 내가 아는 카레이싱의 경우를 보면 국내건 해외건, 고수건 하수건, 방을 잡는 일은 너무나 당연한 것이다. 해외의 우수한 카레이서 다수와 일부 국가에서는 경기 전에 반드시 여자와 자야만 경기를 무사히 치를 수 있다고 믿는다. 그런 까닭에 나는 경기 전날 새벽 3시에 길거리에서 아가씨를 찾고 있는 레이서를 본 적도 있다. 나는 레이싱 경기한 번에 소모되는 체력이 구기종목 경기 한 번에 비해 결코 적지 않다고 생각한다. 우수한 축구 선수와 농구 선수들 중 먹고 마시고 여자와 놀고 도박하기 좋아하는 사람 또한 적지 않다. 그러니 내 생각은 예전부터 이러했다. 즉 당신의 실력이 충분히 뛰어나다면 마음대로 방을 잡도록 하라. 하지만 운동 실력이 뛰어나지 못하다해도 그 원인이 방을 잡은 데 있지는 않다.

올림픽 국가대표팀은 사실 매우 정상적인 경기를 펼쳤다. 중국 축구의 수준이 딱 여기까지인 것이다. 중국에 필요한 것은 선수들의 개혁이 아니라 지도자의 개혁이며, 선수들 개개인에게는 성생활이 필요하다. 올림픽 선수촌에 준비된 10만 개의 콘돔은 자원봉사자들 쓰라고 나눠준 것이 아니다. 이번에 수많은 외국인들이 베이징을 찾았다. 비록 베이징에 합법적인 창녀는 없지만 올림픽이 열리는 17일 동안 성생활을 한 적이 있는 사람의 수는 운동선수를 포함해 결코 적지 않을 것이다. 결국 이것이야말로 모든 운동선수들이 다 할 줄 아는 운동이 아닌가. 그러니 해외 선수들이 중국 여자와 하는 것은 정상적인 일이라고 생각하면서, 중국 선수가 중국 여자와 하는 것은 그들의 실패의 원인이라고 생각하는 일은 옳지 못하다.

일주일 전에 한 기자가 내게, 이번 베이징올림픽이 중국에 무엇을 가져다줄 수 있는지 물었다. 그에게 이렇게 대답하고자 한다. 바로 수많은 혼혈이라고.

2008년 8월 29일

성화 소화에 대한 추측

올림픽이 마침내 성공적으로 폐막을 맞이하고 있다. 어떻게 성화를 끌 것인지에 대해서도 한번 추측해봐야 할 것 같다.

1. 리닝이 여전히 줄에 매달린 채[1] 경기장을 한 바퀴 돈 후, 성화를 향해 입김을 불어서 끈다. 우리 중국인이 시종 변함없음을 보여준다.

2. 양대 국유기업인 중국석유천연가스中石油와 중국석유화공中石化의 로고가 서서히 솟아오르고, 성화는 저절로 꺼진다. 중국산

---

[1] 베이징올림픽 성화 점화식에서 리닝이 줄에 매달린 채 날아올랐다.

기름을 사용하면 불이 꺼지는 것[2]은 종종 있는 일임을 보여준다.

3. 류샹이 주 성화대 위에 나타나자, 성화는 중국인들이 욕하느라 뒤긴 침에 의해 저절로 꺼지고 만다.[3]

4. 중국 축구팀이 축구공을 단번에 성화대로 차 보내자 성화가 꺼진다. 하지만 이렇게 했다가는 폐막식이 제시간에 끝나지 못할 가능성이 크다.

5. 저절로 꺼진다. 공연을 하면 할수록 불이 줄어든다. 하지만 이렇게 했다가는 관중들의 분노[4]가 갈수록 커질 것이다.

6. 국내의 수많은 '월드 스타'들이 등장한다. 그들은 모두 최근 가장 불같은 인기를 누리고 있는 스타다. 성화가 그들 앞에서 빛을 잃고 말 것이다.

7. 국내의 수많은 '월드 스타'들이 등장한다. 그들은 마찬가지로 모두 최근 가장 '짝퉁'스러운[5] 스타다. 물과 불은 서로를 용납하지 않으니, 성화가 꺼진다.

8. 56개 민족의 56명의 연기자가 와이어에 매달려 성화 주위를 돌며 공중에서 춤을 춘다. 마지막에 태족傣族이 물 뿌리기 의식

---

2. '불이 꺼지다熄火'에는 '시동이 꺼지다'라는 뜻도 있다.
3. 육상 영웅 류샹이 올림픽에서 기권하자 수많은 사람이 이 일에 대해 왈가왈부한 일을 비꼬는 것.
4. '분노'는 중국어로 '火'라고 한다.
5. 원문에는 '水'로 되어 있는데, '水貨'는 밀수품, 혹은 가짜 물건을 뜻한다.

을 진행[6]하고, 성화가 꺼진다.

9. 딱 잡아떼고는 불을 끄지 않는다. 관광지로 만들어 입장료를 징수한다.

2008년 8월 24일

---

6. 중국 소수민족의 하나인 태족은 매년 청명절이 지난 후 7일째 되는 날 물 뿌리기 축제를 거행한다. 보는 사람마다 서로 물을 뿌려주며 안녕과 건강을 기원한다.

도시가 생활을 더
엉망진창으로 만듭니다[1]

다음은 '연극배우 한 무더기와 같이 앉아 있고 싶지 않다'[2]라는 글에서 거론했던, 자딩嘉定[3] 엑스포 포럼에서의 '작은 강연'의 내용이다.

여러분 안녕하세요. 저는 언제나 강연을 싫어했습니다. 왜냐

---

1. 2010년 상하이엑스포의 주제인 '도시가 생활을 더욱 아름답게 만듭니다Better City, Better Life'를 패러디한 것.
2. 오바마 미국 대통령이 상하이에 왔을 때, 상하이 청년들과의 활동을 위해 한한과 대화의 자리를 마련하려 한 적이 있었으나 한한은 이를 거절했다. 그 이유는 바로 '연극배우 한 무더기와 같이 앉아 있고 싶지 않다'는 것이었다.
3. 상하이 도심 북서쪽에 위치한 구.

하면 강연이라는 단어에서는 남을 설득하고자 하는 욕심이 느껴지기 때문이죠. 예전에 몇몇 행사에 참가한 적이 있는데, 저는 질문에 대답하는 방식을 비교적 좋아합니다. 아무런 준비도 없이 대답하게 한다면 대답하는 사람의 지혜를 드러낼 수가 있지요. 물론 엄청 신경을 써서 준비한 질문이 출제자의 어리석음을 더 분명히 드러내는 경우도 있습니다. 오늘 행사도 사실 강연이나 강좌라고는 할 수 없는데, 왜냐하면 제가 원고를 읽을 것이기 때문입니다. 여러분은 제가 낭송회를 하고 있다고 생각하시면 되겠습니다.

예전 진산 구에 있을 때 이런 행사가 있었습니다. 구에서는 타지에서 비교적 성공을 거둔 사람들을 초청하여 좌담회를 열어 한 사람씩 발언하게 했었지요. 저는 그때 두 가지를 이야기하려고 준비했었습니다. 첫째는 구 관계자들이 강제 이주를 시키면서 1제곱미터당 겨우 500위안의 철거비만을 지급한 일을 물어보는 것이었습니다. 둘째는 진산 구의 경제가 계속 낙후되어 있지만, 구에는 두 개의 섬, 즉 대 진산다오와 소 진산다오가 있으니 한 섬에서는 윤락산업을 발전시키고 다른 하나에는 도박업을 발전시킨다면 경제가 크게 호전되리라는 것이었지요. 저는 무척 진지했습니다. 이 두 산업은 조만간 반쯤 합법적인 것이 될 겁니다. 왜 반만 합법인가 하면, 별 볼일 없는 사람이 매춘하고 도박하면 불법이고, 잘나가는 사람이 매춘하고 도박하면 합법이기 때문이죠. 제 생각에는 모든 사람에게 합법이 되어야 합니다. 그런데 제가 이야기할 차례가 되자 비서가 이렇게 말하더군요. 좋습니다, 슬슬 밥 먹으러 갈 때가 됐군요.

이번에 오게 된 이유 중 또 한 가지는, 자딩 구에서 제 옛 동지 두 명을 시켜서 9월 30일에 제게 작은 선물을 주고는 꼭 참석해달라고 해서입니다. 생각해보세요, 국경일[4] 전야에, 당과 정부를 대신해서 제게 선물을 주다니, 저는 깊이 감동했습니다.

하지만 그들에게 피해를 끼칠 수는 없어서, 그냥 원고를 읽기로 결정했습니다. 사실 저는 그렇게 심오한 강연거리도 없고, 순전히 개인적인 느낌을 얘기하려 할 뿐입니다.

어느 해에 시작한 것인지는 잊었습니다만, 상하이 시에서는 각 구와 현에 발전할 방향을 지정해주기 시작했습니다. 우리집이 있는 진산은 운이 나빠서 화공업을 발전시키게 되었고, 자딩은 비교적 행복하게도 자동차산업을 지정받았습니다. 또 푸퉈普陀[5]는 윤락산업이었지요…… 아, 또 민항과 난후이南匯[6]는 어업이었기 때문에 많은 사람들이 낚시를 하지요.[7] 모든 구마다 각각 나름의 방향

---

4. 중국 건국 기념일을 의미한다.
5. 상하이 도심 북서쪽에 위치한 구. 서쪽으로 자딩 구와 면해 있다. 교통과 주거 환경이 열악하다.
6. 상하이 동쪽의 바닷가에 위치한 구.
7. 소위 '낚시 단속 사건'을 비꼰 것이다. 2009년 상하이에서 한 운전자가 길을 가다

이 있습니다. 자딩 구는 제가 비교적 부러워하던 곳인데, 자동차산업은 어느 나라에서건 규모가 큰 산업이니까요.

매년 경기 때마다 저는 자딩 구에 옵니다. 상하이 국제 자동차 경기장이 여기에 있기 때문이지요. 상하이 국제 자동차 경기장은 무척 커서, 예전에는 세계에서 가장 호화로운 경기장이라고 부를 수 있었습니다. 안쪽의 휴식 시설에는 다리가 있고 물이 흐르지요. 아쉽게도 저는 철창 밖에서만 구경해봤는데, 너무 비싸서 중국 레이싱팀은 대부분 사용할 수가 없기 때문입니다. 오늘 오신 여러분께서도 한번 구경하러 가보세요. 하지만 여러분은 모두 누런 피부에 검은 눈동자를 가졌으니, 아마 무슨 통행증 같은 것을 만들어야 들어갈 수 있을 겁니다. 만약 외국인이라면 마음대로 들어가면 그만이지만요.

하지만 무척 아쉽게도 나중에 중동에서 지은 두 개의 경기장이 여기보다 좀더 호화로운 것 같습니다. 이 점에 있어서라면 중국 사람은 아무래도 중동 사람을 이길 수가 없어요. 왜냐고요? 아마 그들의 석유는 외국인의 돈을 버는 데 쓰이고, 우리네 석유는 자국

배가 아프다는 사람을 만나 태워주었다. 그 남자는 잠시 후 배가 아프지 않다며, 10위안을 주겠다고 했으나 운전자는 거부했다. 차를 멈추자 그 남자는 어디론가 사라져버렸고, 몇 명의 단속 요원들이 등장해 차를 몰수하고 '불법 택시 영업'을 했다는 이유로 1만 위안의 벌금을 부과했다. 운전자가 이에 항의해 자해를 벌이는 등 큰 사회적 이슈가 되었다.

민의 돈을 버는 데 쓰이기 때문이겠죠.

기름 이야기가 나와서 말인데, 여러분 모두 며칠 전에 상하이 기름값이 또 올랐다는 것을 알고 계실 겁니다. 전국에서 일률적으로 3마오를 올렸는데, '상하이 나라'에서는 7마오가 올랐습니다. 사용되는 기름은 '후4표준'[8]이지요. 저는 왜 상하이가 다른 지역보다 4마오가 비싼지 모르겠습니다. 어쩌면 최근 상하이의 재정 형편이 좋지 못한 탓인지도 모르지요. 수천 묘畝의 땅을 미국 사람들에게 줘버리게 되었는데[9] 단기간 내에는 이익을 보지도 못하게 생겼으니, 서민들을 쥐어짜서 보충해야 하겠지요.

국가발전개혁위[10]는 법원과 마찬가지로 서비스 기구입니다. 정부에 서비스를 제공하지요. 웃기는 이야기가 하나 있는데, 여러분께서 들어보셨는지 모르겠군요. 개혁위에서 기름값을 올릴 때마다 국내건 해외건 간에 비행기가 추락한다고 합니다. 첫번째 기름값을 올리자 미국에서 F22가 추락했습니다. 두번째 기름값을 올리자 에어프랑스의 A330이 추락했습니다. 세번째 기름값을 올리자

---

8. '후扈'는 상하이의 별칭이며, '후4'는 새로 만들어진 휘발유 등급 표준이다.
9. 1묘는 약 666.7제곱미터다. 당시 미국의 부동산 투자업체 중 하나인 티시먼 스파이어Tishman speyer가 상하이에서 90만 제곱미터 이상의 토지 사용권을 대단히 낮은 가격에 구매하여 논란이 일었다.
10. 중화인민공화국 국가발전 및 개혁위원회의 약칭. 국무원 산하기구로 각종 경제정책 및 사회정책에 관여한다.

예멘에서 에어버스 154[11]가 추락했습니다. 네번째 기름값을 올리자 이란에서 여객기 한 대가 추락했습니다. 다섯번째 기름값을 올리자 인도에서 고위 관료가 탑승한 헬기가 추락했습니다.[12]

이번에 기름값을 올리기 하루 전날, 저는 베이징에서 상하이로 비행기를 타고 올 예정이었지만 개혁위에서 가격 인상을 한다는 소식을 듣고 곧바로 하루 더 묵기로 했었습니다. 그러니 이 평화로운 시기에 중국 정부는 개혁위라는 이 무기를 함부로 남용하지 말고, 기름값을 한 번에 왕창 끌어올려줄 것을 간곡히 부탁드립니다. 그렇다면, 한 번에 끌어올려서 얼마로 만들어야 할까요? 작년에 기름값이 바닥을 쳤을 때, 개혁위에서는 당시 중국의 고유가를 세계 유가와 연동시킬 것을 제의했습니다.[13] 또한 뻔뻔스럽게도 도로 유지비를 폐지하고 유류세로 바꿔놓고는 '비용을 세금으로 개혁'[14]했다고 말합니다. 많은 서민들은 득을 본 줄로만 알지요. 많

---

11. 세번째 기름값 인상은 2009년 6월 30일에 있었는데, 이날 예멘에서 추락한 것은 에어버스 154가 아니라 에어버스 A310 기종이다. 저자의 착오로 보인다.
12. 2009년 9월 2일 인도 남부 안드라프라데시 주의 라자 쉐카라 레디 수상이 헬기 추락 사고로 사망했다.
13. 중국 정부는 국내 유가를 인위적으로 통제해왔으며, 정유업체에 정부가 손해액을 일정 정도 보조하는 제도를 취해왔다. 이로 인해 중국 내 유가와 국제 유가의 차이가 컸다.
14. 통행료의 일종인 도로 유지비는 직접세였으며, 실제 차량 이용의 많고 적음과 관계가 없어 불합리하다는 지적이 있었다. 반면 유류세는 간접세이며, 기름을 쓰는 만큼 세금을 내게 된다. 중국은 2008년경부터 유류세 개혁에 착수하여 현재는 점진적

이 몰면 많이 내고, 적게 몰면 적게 내니까요. 수많은 차주들께 말씀드립니다. 계산 잘못하신 거예요. 왜냐고요? 국가가 당신들이 탐욕스럽게 이익을 취하도록 놔둘 리가 있겠습니까. 잠깐 동안만이라면, 심지어 1, 2년 정도가 지날 때까지도 별 영향이 없다고 느낄 수도 있을 것입니다. 관련 부처의 체면을 고려해줘야 하니까요. 하지만 그들이 계획하고 있는 목표는 말이죠, 제 생각에는 머지않은 미래에 유가를 1리터에 10위안으로 만들고, 최종적으로는 통화팽창까지 고려해서 아마 1리터당 20위안으로 만드는 것일 겁니다. 이렇게 된다면 우리는 세계에서 기름값이 가장 비싼 나라가 됩니다. 그때 상하이의 집값은 평균 1제곱미터당 10만 위안은 될 테니, 여러분이 상하이에서 살아갈 수 있다면 세계 어디를 가건 사람들이 여러분을 대단하게 생각할 것입니다. 전 세계의 여러 나라에 건의하건대, 상하이 신분증을 보유한 시민들에게 비자를 면제해주기 바랍니다.

물론 리터당 20위안까지 올린다 해도 국가에는 나름의 이유가 있겠지요. 이를테면 환경보호 같은 것 말입니다. 우리나라는 환경보호에 정말 신경을 쓰지 않습니다만 모두들 '환경보호'라는 말만은 좋아하지요. 무슨 일이건 불만이 있거나 돈이 모자라면 환경

으로 통행료를 축소하는 한편 유류세를 적용하고 있다. 원문에는 '세금을 비용으로 개혁'이라고 되어 있으나 단순한 착오로 보여 수정하였다.

보호라는 명목으로 방점을 찍어버리면 됩니다. 이번에 내놓은 '후4표준' 휘발유도 듣자 하니 품질이 매우 나빠서, 수많은 차에서 심한 진동이 발생하거나 시동이 꺼지는 경우가 발생하고 있으며, 시동이 잘 안 걸리고 연비가 떨어지는 등의 문제가 있다고 합니다.

현재 환경보호에 대한 사람들의 인식은 대단히 얄팍한 경우가 많아서, 배기량이 큰 차를 타면 환경을 해치는 것이고 배기량이 작은 차를 타면 환경을 보호하는 것이라 생각합니다. 하나는 기름을 많이 쓰고 다른 하나는 기름을 적게 쓰니까 말이죠. 하지만 배기량이 큰 차는 관세뿐만 아니라 배기량 큰 차에 별도로 부과되는 소비세도 납부하며 거기다 차량 구입세까지 냅니다. 300만 위안짜리 자동차 한 대에, 160만 더하기 30만 위안의 구입세를 모조리 나라에 납부하는 셈입니다. 그들은 더 많이 소모하게 되는 그 약간의 기름을 위해서 최소 30만에서 50만 위안에 달하는 돈을 지불하는 것이니, 만약 이 돈을 그 징수 목적에 맞게 환경보호에 사용할 수 있다면 사실상 환경보호에 가장 큰 공헌을 하는 것은 바로 그들이라고 할 수 있을 것입니다.

다만 안타까운 것은 아무도 그 돈이 어디에 쓰이는지 모른다는 것이죠. 우리는 이 돈을 아마 환경보호에 썼을 것이라고 말할 수도 있습니다. 어쨌거나 우리에겐 측정기도 없지만 제팡르바오에서 대기의 청정도가 대폭 올라갔다고 하지 않았습니까. 정부가 100억 위안을 써서 여러분에게 깨끗한 공기를 호흡할 수 있게 해준 것이니까, 계속해서 이 공기를 받아들이는 것 말고—모욕을 당한다는 말이죠[15]—또 무슨 수가 있겠습니까. 아무런 방법이 없지요.

제 잡지사가 푸둥浦東[16]에 있는데, 저는 거기서 26킬로미터 떨어진 곳에 삽니다. 매번 차를 타고 갈 때마다 두 시간 정도가 걸리니까 평균 시속이 13킬로미터지요. 제가 사는 곳으로 가려면 반드시 지하도 하나를 지나가야 하는데, 이 지하도는 신좡莘莊 진[17]과 쑹장松江 구[18]의 경계선에 걸쳐 있고, 행정적으로는 민항 구에 속해 있습니다. 하지만 민항 구에서는 지하도를 확장해줄 생각이 전혀 없어 보입니다. 이 길은 2차로인데, 확장하고 나면 자기네 부동산 판매에 불리할 가능성이 있습니다. 어쨌거나 쑹장 구에서 시내로 들어가려면 반드시 민항을 거쳐야 하지 않습니까.

한번은 후항滬杭 고속도로[19]를 수리하느라 모든 차량이 이 지하도로 우회했는데, 원래 이 길 주위는 죄다 주택지라서 사람들이 시내로 갈 때는 반드시 이 도로를 이용해야 합니다. 저는 이날을

---

15. '공기를 받다'를 글자 그대로 쓰면 '受氣'가 되는데, 이 단어에는 '모욕을 당하다, 학대를 당하다'라는 뜻이 있다.
16. 상하이를 지나는 황푸 강의 동쪽 지역.
17. 민항 구에 속한 진급 도시의 이름.
18. 상하이 남서쪽에 위치해 있는 구.
19. 상하이와 항저우를 잇는 고속도로. 상하이의 약칭인 '후滬'와 항저우의 '항杭'을 따 후항 고속도로라 부른다. 상하이의 신좡에서 시작해 민항 구와 쑹장 구를 지나간다.

영원히 기억할 것입니다. 그날 저는 차를 끌고 1킬로미터 떨어진 식당에 뭘 좀 먹으러 갔습니다. 6시에 집에서 출발했는데, 식당에 가니 이미 문을 닫았더군요. 그날 이후 저는 자전거 세 대와 전동 자전거 한 대를 샀습니다.

저는 대도시를 정말 정말 싫어하는 사람입니다. 어릴 때부터 시골에서 자랐지요. 중학교를 다닐 때까지 농촌 호구를 갖고 있었습니다. 어머니는 도시 호구를 갖고 계셨지만 아버지의 호구가 농촌으로 되어 있었죠. 아버지는 문혁이 끝나고 대학이 다시 문을 열었을 때[20] 첫번째로 당시의 화둥華東 사범대학[21] 중문과에 합격한 세대입니다. 하지만 간염 때문에 학교 병원에 한 달 동안 격리되어 있다가 퇴학을 당하고 집으로 돌아왔으니, 이를 통해 보자면 우리 부자는 대학에 갈 팔자가 아닌 것 같습니다. 나중에 아버지는 독학으로 대학 졸업장을 따내셨고, 팅린 진의 문화센터에서 근무하셨습니다. 아버지의 글, 사진, 서예는 모두 훌륭합니다. 이 세 가지 방면에서 저는 아버지의 영향을 깊이 받았고, 나아가 아버지보다 더 잘할 수 있게 되었습니다. 하지만 아버지의 운전 솜씨는 별로인데, 이 점만은 아버지를 닮지 않아 다행입니다.

---

20. 문혁 시기에 중국의 모든 대학은 기능이 정지되었고, 1978년이 되어서야 다시 신입생을 받기 시작했다.
21. 상하이에 있는 국립 사범대학.

당시의 호구 제도가 어땠는지는 모릅니다만, 아무튼 그때 저는 동네 아이들과 다른 곳에서 공부했습니다. 그 아이들은 모두 동네의 시골 학교를 다녔고 저는 진鎭에서 학교를 다녔지만, 제 호구는 여전히 농촌 호구였습니다. 어머니는 이 일로 걱정이 많으셨지요. 저는 뭐가 다른지 잘 몰랐는데 어머니가 말씀해주셨습니다. 농촌 호구를 가지고 있으면 나중에 결혼할 여자를 구하기가 어렵다고요. 그때 저는 5학년이었는데, 사실 당시 저는 이미 연애중이었습니다. 제 어린 여자친구는 제 호구 문제에는 전혀 관심이 없었어요. 당시의 연애란 참 단순해서, 집이 몇 평인지, 대출은 없는지 등의 일에는 관심이 없었고 그저 전화번호 하나만 있으면 그만이었지요. 집에 전화번호가 있으면 집안 형편이 괜찮다는 뜻이었는데, 당시에는 전화를 설치하려면 돈이 많이 들었거든요.

집에 전화기를 놓은 후 무척 신이 나서 전화로 친구들에게 뭔가를 물어보거나 여학생들과 잡담을 나누곤 했습니다. 집 전화는 다 좋았는데 한 가지 문제가 있었어요. 통화를 하다보면 소리가 변하는 일이 있었던 거죠. 크고 난 후에야 비로소 엄마가 위층에서 수화기를 들고 통화 내용을 듣고 있었던 것임을 알게 되었습니다.

줄곧 농촌과 작은 도시에서 성장했기 때문에, 사실 저는 규모가 작은 지역에 대해 특별한 감정을 느끼고 있습니다. 그런 곳에서는 소속감을 느끼기가 더 쉬우며, 생활도 보다 자유로울 수 있습니다. 차도 안 밀리고요.

　만약 그런 곳에 갑자기 24시간 영업하는 편의점이라도 생긴 다면 저는 감동할 것입니다. 일부러 그랬던 것은 아니지만, 제가 살았던 곳은 모두 도시와 어느 정도 거리를 유지하고 있었다는 사 실을 알게 되었습니다. 베이징에 있을 때 저는 왕징望京[22]에 살았습 니다. 얼마나 불쌍한 이름입니까. 매일매일 베이징을 바라만 보고 있다니. 나중에 차오양朝陽 구로 이사하기는 했는데, 어떻게 된 영 문인지 제가 살았던 차오양 구라는 곳은 차오양 공원까지는 삼십 분이 걸리지만 퉁셴通縣[23]까지는 2분밖에 걸리지 않았습니다. 상하 이에서는 줄곧 진산에서 살다가 나중에 쑹장으로 옮겼습니다. 아마 저는 천생 시골 사람인가봅니다. 살아가면서 결국 하얀 구름이 떠 있는 푸르른 하늘을 버리기가 어려우니 말이죠. 다만 요즘은 시골에 서도 흰 구름, 푸른 하늘을 보기 어려워졌다는 것이 안타깝습니다.

　저는 고향에 대해 깊은 감정을 가지고 있습니다만, 사실 그 렇지 않은 사람도 많더군요. 물론 땅은 우리 소유가 아니고, 고향 은 우리가 죽든지 말든지 신경을 쓰지 않습니다. 어디에 있건 모두 고향이고, 어디에 있건 모두 고향이 아니지요.

　결국에는 자기가 어떤 곳에서 살아나갈 수 있게 되면 바로

---

22. 베이징에서 가장 번화한 지역 중의 하나인 차오양 구에 속한 주거지역.
23. 베이징 시 동부에 있던 현으로 퉁저우通州 구에 편입됐다.

그곳이 고향이 되는 것인지도 모르겠습니다. 여러분이 고향에 대해 어떤 감정을 느끼시는지 모르지만, 저는 고향을 무척 좋아합니다. 언젠가 우리 고향집이 철거된다는 소식이 있어서 반대한 적도 있습니다. 제 할아버지께서도 무척 다급해하시면서, 한한아, 이 집이 철거당하지 않게 무슨 방법을 좀 생각해볼 수 없겠느냐, 유명인사 생가 같은 걸로 지정해볼 순 없겠느냐 하고 말씀하셨지요.

저는 이렇게 말했습니다. 할아버지, 저 아직 안 죽었거든요. 제가 무슨 위추위인 줄 아세요.

여담 한마디할까요. 죽는다는 이야기가 나왔으니 말인데, 제가 국가에 낸 세금이 적다고는 할 수 없으니 소원을 하나 빌어볼까 합니다. 만약 어느 날 제가 강에 빠져 죽는다면 당과 정부가 무료로 제 시체를 건져주기 바랍니다.[24] 물론 제 생각에 가능성은 낮습니다. 그러니 수영을 열심히 배우는 것이 좋겠지요. 유명인사 생가 문제로 돌아가봅시다. 나중에 천만다행으로, 제가 살던 팅린 진의 정부가 약간 무능해서 세계 최대의 조각공원을 유치하려다 날려먹고, 아시아 최대의 쇼핑센터를 유치하려다 날려먹고, 중국 최대의 전자상가를 유치하려다 날려먹고…… 저는 대단히 기뻤습니

---

24. 2009년, 한 대학생이 물에 빠진 사람을 구하기 위해 강에 뛰어들었다가 사망했다. 하지만 몇몇 뱃사공들이 돈을 받아야만 시체를 건져주겠다고 요구한 사실이 알려져 큰 논란이 일었다.

다만, 아시아 최대의 웃음거리가 되고 말았지요. 이 '세 번의 날려 먹음'으로 인해 결국 제 고향은 보존될 수 있었습니다.

보존이 결정된 후 저는 몹시 기뻐서 이웃들에게 정말 잘됐다고 말했습니다. 하지만 대부분의 이웃 주민들은 이렇게 생각하지 않더군요. 그 사람들은 자기 고향과 자기 집을 싫어합니다. 그들의 집은 3층 건물에 정원도 딸려 있고 총 면적이 400~500제곱미터나 되지만, 그럼에도 불구하고 정부가 지극히 낮은 가격으로 그들의 집을 철거해버리기 원합니다. 그들은 단지 2킬로미터 밖에 있는 진의 이주 지역에 살 수 있게만 해주면 대단히 만족해할 것입니다. 그렇게 된다면 그들은 도시 사람이 될 수 있으니까요.

지난 세기 초, 우리네 인생은 모두 정처 없이 떠돌아다니는 신세였습니다. 하지만 오늘날 현실의 무게 때문에 아직도 이렇게 많은 사람들이 일부러 정처 없이 떠돌기를 선택하게 될 줄은 생각지도 못했습니다. 도시 사람들은 말할 수 없을 정도로 고통스럽지만, 시골 사람들은 도시를 동경하며 도시로 가지 않으면 자신의 생활은 영원히 나아지지 못할 것이라고 생각합니다. 하지만 도시로 간다 해도 더욱 철저하게 짓눌릴 뿐입니다.

도시란 젊은이들의 이상을 말살하는 장소입니다. 특히 상하이는 더욱 그렇습니다. 기자들은 종종 제게 묻습니다. 우리 중국에도 외국과 같은 로스트제너레이션Lost Generation[25]이 나타날 가능성이 있냐고 말이죠. 저는 그러지 않을 것이라고 대답합니다. 우선 저는 미국의 그 세대는 결코 망가진lost 것이 아니라고 생각합니다. 하지만 중국에서는 부동산업이 망하지 않는 이상 젊은이들은 결코 이상을 갖지 못할 것입니다. 왜 중국에는 훌륭한 로드무비가 없는가 하면, 한편으로는 중국에서 모터사이클을 금지하고 또 교통상황이 열악하기 때문이며, 다른 한편으로는 젊은이들의 이상이 이미 변해버렸기 때문입니다.

저는 여행이 대부분의 젊은이들이 가지는 이상이라고 믿습니다. 지난 세기 80년대에는 유랑이 무척 유행했습니다. 사실 그때는 요즈음처럼 생존의 압박과 경제적인 압박이 크지 않았습니다. 수많은 젊은이들이 유랑을 동경했고, 수많은 사람들이 실제로 행동에 옮겼습니다. 하지만 지금 누군가가 유랑을 해야겠다고 말한다면, 그는 아마 비정상 취급을 당할 것입니다. 그래서 우리는 문학작품이나 노래 가사에서 '마음이 유랑하게 하라'라는 말을 종종 듣게 되는 것입니다. 당연히 육신은 여전히 도시에 남아서 주택 대출금을 갚아야 하는 것이죠.

며칠 전 텔레비전에서 베이징의 국토자원부 소속 한 고위 관료가 말하는 것을 보았습니다. 대체적인 뜻은 이러했습니다. 집값

---

25. 제1차 세계대전 후 세상에 환멸을 느낀 미국의 젊은 지식인 및 청년 예술가 세대를 지칭하는 단어.

은 우리 정부가 제어할 수 없는 것이다. 이 집값이란 것은, 우리가 아직 개발도상국이고 도시화가 계속 진행되고 있으며 대량의 인구가 도시로 유입되고 있기 때문에, 장기적 관점에서 보자면 아무래도 올라갈 것이다. 하지만 우리는 과세라는 방식을 통해 상승분을 서민에게 되돌려줄 것이다.

이 방식은 대단히 참신합니다. 좀 노골적으로 말하자면, 원래 정부는 땅을 팔아서 한밑천을 벌었고 개발상은 건물을 팔아서 한밑천을 벌었는데, 이제는 정부가 한밑천을 더 거둬들여서 두 밑천을 벌겠다는 뜻입니다. 사실 집 이야기는 큰 의미가 없는 것이, 이미 다들 너무 많이 이야기해버렸지요. 다만 저는 한 가지 사실에 관심을 갖게 되었는데, 현재 상하이의 아파트 거래가 평균이 203만 위안이라는 것입니다. 외곽 순환도로 이내에는 이미 1제곱미터당 단가가 1만 위안 이하인 집을 찾아볼 수 없습니다. 제 생각에 우리는 우리나라의 집값을 다른 어떠한 사회주의국가―아, 죄송합니다, 다른 어떠한 자본주의국가의 집값과도 비교할 필요가 없습니다. 왜냐하면 이런 비교는 의미가 없기 때문입니다. 우리는 중국 특색의 자본주의라는 길―아, 죄송합니다, 사회주의지요. 미안해요, 저는 아무래도 이 두 가지가 어떻게 다른지 잘 모르겠네요. 어쨌든 우리는 중국 특색의 사회주의라는 길을 걷고 있으니까요.

하지만 이 고위 관료의 얼굴 가죽은 참으로 두껍습니다. 비유를 하자면 이렇습니다. 휘발유 가격이 리터당 20위안으로 오르자, 정부가 말하기를 우리도 방법이 없다, 우리가 사용할 수 있는 유일한 방법은 휘발유값 상승분에 대해 세금을 더 거둬들이는 것이다. 이렇게 거둬들인 돈으로는 무엇을 할까요? 아마 환경보호에 쓰겠지요. 생활의 무게가 너무 무거울 때, 우리 정부가 채택하는 수단은 세금을 더 걷는 것입니다. 정말로 참신합니다. 부동산 보유세가 집값에 영향을 줄지는 저도 잘 모릅니다.

하지만 이것만은 알고 있습니다. 부동산 가격은 어느 정도는 완전히 정부의 뜻에 달린 것입니다. 그런데 우리 정부는 정권의 안정을 유지하기 위해서 반드시 수많은 공무원들과 관료들이 득을 보게 해야만 합니다. 즉 행정에 투입해야 하는 비용이 어마어마하게 크기 때문에, 정부의 수입은 두 가지 분야에 의존해야 합니다. 하나는 땅을 파는 것이고, 다른 하나는 세금을 걷는 것이죠. 집값이 높으면 높을수록 땅값도 더 높게 받을 수 있습니다. 그런데 땅을 다 팔아버리면 어떻게 하나요? 계속 도시화를 진행시키면 되지요.

집값이 높으면 정부에는 많은 이득이 있습니다. 첫째로는 돈을 많이 벌 수 있지요. 둘째로는 친구가 돈을 많이 벌 수 있지요. 수많은 부동산업자들은 정부와의 관계 없이는 성장하지 못했을 사람들이니까요. 셋째로는 정권이 안정됩니다. 사람들은 농노에서 집노예[26]로 변했으니, 당신이 서민층이건 중산층이건 모두 잃을 것이 많은 사람이 되었습니다. 농노는 아무것도 가진 것이 없어서 안전하지 않습니다. 하지만 집노예는 그래도 집이 한 채 있고, 또 입에 풀칠할 직장도 있으니 그들은 잃는 것을 가장 두려워합니다. 만약 한 나라의 국민들이 모두 잃을 것이 많은 사람들이라면, 그 나라의 정권은 반드시 안정됩니다. 높은 집값은 집권자들의 지위를 강화하는 데 도움이 되기까지 하니 집값은 낮아질 리가 없습니다. 여러분이 이 점을 분명히 이해하셨다면 이제 정부에서 진짜로 뭔가 조치를 취해서 서민들이 5년간의 수입을 모아 집을 살 수 있게 해줄 거라는 희망은 버리세요. 정말 방법이 없는 것일까요? 재분양시의 가격이 1차 분양시의 가격을 넘지 못하게 하면 다 되는 것 아닙니까.[27] 물론 이렇게 될 리야 없겠지요.

제 주위의 학생 친구들과 대부분의 젊은이들이 살아가면서 계속 마주하게 되는 문제는 결국 어떻게 살아남을 수 있는가 하는 것입니다. 특히 상하이라는 이 도시에서 말이죠. 이 도시에는 이미 꿈이 없습니다. 당신이 재벌 2세거나, 무산계급 정당 고위 간부의

---

26. 원문은 '팡누房奴'. '하우스 푸어house poor'에 해당하는 신조어다.
27. 중국의 부동산 개발상들이 부리는 꼼수를 지적한 것이다. 1차 분양 때 시장의 반응을 점검해본 다음, 2차, 3차 분양을 진행하면서 계속해서 가격을 올리는 경우가 비일비재하다.

무산계급 자녀가 아닌 다음에야 아름다운 생활을 누리는 것은 불가능합니다. 중국의 대도시는 모두 이 모양입니다. 그것은 100만 개의 이상理想을 말살하고는, 한두 명의 백만장자를 키워낸 후 그들을 성공 신화의 모범으로 삼아 또하나의 이상으로 존재하게 합니다.

제 학생 친구들은 생활이건 연애건 모두 매우 현실적입니다. 몇 년 전 대학에서 정원을 늘렸습니다. 저는 열렬히 찬성했는데, 사실 이들이 뭔가를 해낼 수 있을 것이라 기대해서가 아니라 정원이 늘어나면 대학생들 가운에 머저리의 비율을 좀 줄일 수 있지 않을까 해서였습니다. 학교를 졸업한 학생들이 가장 처음 몰두하는 일은 자신의 사업을 벌이는 것이 아니라 자기 집을 구하는 것입니다.

저는 이것이 무척 이상합니다. 왜냐하면 저를 포함해서 모두들 사실 아직 그럴듯한 집을 구하지 못하고 있기 때문이죠. 한편으로는 집이 예전의 호구를 대신해서 아내를 맞이하기 위한 중요한 요소가 되었고, 다른 한편으로는 상하이라는 이 도시가 사람들에게 안정감을 주지 못하기 때문입니다. 사람들은 모두 보금자리를 필요로 하는 거죠.

하지만 이 상하이라는 도시에서 살아남는 것은 정말 힘듭니다. 자가용 번호판 하나가 3만 위안이고, 모터사이클 번호판은 4만 위안이고, 집값 평균은 200만 위안이 넘고, 택시비 기본요금은 12 위안, 버스는 2위안부터, 지하철은 3위안부터 시작하고, 기름값은 리터당 6위안이 넘으니, 만약 이것이 엑스포와 상관있는 것이라면 엑스포가 차라리 열리지 않았으면 좋겠습니다. 만약 엑스포와 상관이 없고 상하이가 대도시라는 사실만 상관이 있다고 한다면, 차라리 상하이가 대도시가 아니었으면 좋겠습니다. 진정한 대도시란 살기 편하고 일하기 좋은 곳이어야 합니다. 만약 여러분이 가난하지도 부유하지도 않은 정도라면, 저는 여러분이 상하이에서 '후C' 번호판이 다닐 수 없는 범위에 속하는 지역[28]에서 편하게 살고 즐겁게 일할 수 있을 가능성이 전혀 없다고 봅니다.

먹고 입고 살고 다니는 네 가지 일 가운데, 옷이 비싸고 의료비가 비싸고 집값이 비싸고 교통비가 비싸고, 오직 먹는 것만이 비싸지 않다고 할 수 있습니다. 이곳은 부끄러움을 모르는 공간입니다. 이 도시는 당신이 다닐 수도, 아플 수도, 살 수도, 놀 수도, 배울 수도, 아이를 낳을 수도, 결혼할 수도, 이혼할 수도 없게 만들지만, 단지 먹을 수만은 있게 해줍니다. 견딜 수가 없는데 굶어죽지도 못하게 하는 것입니다. 이런 도시는 주민들이 살기에 적합하지 않습니다. 이 정부는 대체 '인민을 위해 복무하라'라는 말을 어떻게 이

---

28. 상하이의 번호판은 A, B, C, D 네 종류가 있다. 이중 A, B, D 세 종류만이 시내 번호판이고, C는 교외 지역의 번호판이기 때문에 시내 통행이 금지된다.

해하고 있는 것일까요?

어쩌면 어떤 분들은, 너는 왜 여기서 건설적인 의견을 이야기하지 않느냐고 하실지도 모르겠습니다. 사실 제가 가장 싫어하는 것이 바로 이 말입니다. 오늘 여기에 계신 여러분, 그리고 언론 종사자 여러분, 저는 여러분이 모두 이상을 품고 본인의 직업에 뛰어들었을 것이라고 믿습니다. 하지만 결국 생활에 찌든 사람이 되고 말았지요. 이 자리에 계신 귀빈들 중 정신적으로 독립해 있고 작품에 비판 의식이 있는 분이라면 누구든, 실은 자신이 속한 분야에 대해 적지 않은 건설적인 의견을 갖고 있었으리라 믿습니다. 또 여러분이 젊고 철없던 시절에 적지 않게 이런 의견을 낸 적이 있었으리라 믿습니다.

저도 마찬가지입니다. 레이싱계와 문화계에 대해서 사실 저도 전부 비판만 하는 것은 아닙니다. 하지만 여러분도 아시다시피, 건설적인 의견을 제시하는 것은 사람을 가장 괴롭게 만드는 일입니다. 권력을 쥔 자들 가운데 여러분의 건설적인 의견을 원하는 사람은 하나도 없습니다. 여러분이 정성껏 생각해낸 의견은 아무런 반응도 얻어내지 못합니다. 이렇게 될 바에야 저는 찬양하는 사람이 되거나 비판하는 사람이 되었으면 되었지, 절대로 건설하는 사람이 되지는 않겠습니다.

마지막으로 한말씀 드립니다. 상하이에 사는 사람들 대부분의 생활은 정말 너무나 힘겹습니다. 어쩌면 상하이 시 정부는 정말로 이 도시를 모험가의 낙원이라고 생각하는지도 모릅니다. 생각해보세요, 모험가란 당연히 성공할 때도 실패할 때도 있는 것인데, 이들 모험가가 영원히 성공만 해야 비로소 낙원이라고 부를 수 있는 것입니다. 하지만 어떤 도시가 정말로 모험가의 낙원이 된다면, 그 도시는 서민들에게는 분명 지옥일 것입니다.

감사합니다.

2009년 11월 19일

4부

인
터
뷰

나는 최고 수준의 문화계 인사지만, 아직도 이렇게 가난하다

"일부 특별 인터뷰만 받고, 원칙적으로 직접 만나서 하는 인터뷰는 받지 않습니다."

한한의 블로그에는 사람들이 다가가기 어렵게 만드는 이런 공지가 걸려 있다. 그에게 처음 문자를 보내 직접 새 잡지[1]에 관한 인터뷰를 하겠다고 했을 때는 답이 없었다. 다시 보내서 대답을 해달라고 했더니, 그는 흔쾌히 허락하고 시간을 잡아주었다. 뜻밖에도 순조로웠기 때문에 편집자가 되고 나서 한한의 성격이 크게 변해버린 것은 아닌가 하는 생각도 들었다.

---

1. 인터뷰 당시 한한이 창간 준비 작업을 하고 있던 『두창퇀』을 가리킨다.

인터뷰 장소는 푸둥 신구에 한한이 새로 차린 잡지사 사무실로 정했다. 이곳은 경비가 삼엄한 지역이라 몇 번이나 검문을 거치고서야 들어갈 수 있었다. 사무실은 하나의 스위트룸으로 월세는 1만 위안이다. 문을 열고 들어가면 큰 응접실을 개조한 사무실이 있고, 오른쪽 첫번째 방에는 간단한 촬영장이 있어서 한한은 종종 이곳에서 사진을 찍어 언론에 제공한다. 더 안쪽에는 한한의 개인 사무실이 있다. 두 개의 이동식 소파가 책상 앞에 나란히 놓여 있고, 책상 위에는 서너 개의 녹색 식물이 있다. 컴퓨터 옆에 어지러이 놓인 종이 몇 장이 바쁘게 일했음을 보여준다.

한한은 자리에 없었다. 그는 소속팀을 위해 새 차를 테스트하러 톈마天馬 산²에 간 참이었다. 그는 또 시간을 잘못 알고 있었는데, 예전에 늦잠을 자서 행사에 늦거나 시상식을 놓쳐버렸던 것과 비슷한 경우다. 우리는 톈마 산에 가서 그가 차를 테스트하는 멋진 모습을 구경하기로 했다. 톈마 산에 도착했을 때 한한은 마침 혼자서 새 엔진을 장착한 차를 타고 도로 위를 질주하고 있었다. 갑자기 차체에서 짙은 연기가 뿜어져나와서, 현장에 있던 스태프들이 소화기를 들고 난간을 넘어 달려갔다. 사람들이 놀라 소리를 치는 가운데, 차는 몇백 미터를 더 달려 사람들 가까운 곳까지 와

2. 쏭장 구에 위치한 낮은 산.

서야 멈추었다. 한한은 검은색의 티셔츠를 입고 차에서 내렸다. 누
군가가 외쳤다. 저것 봐, 우리 한 어르신[3] 얼마나 점잖니!

　그는 연기를 내뿜는 차에서 걸어 나오더니, 약간 득의만만하
게 사람들에게 설명했다. 왜 내가 연기가 나는데도 이렇게 멀리까
지 달려왔는지 아는가. 왜냐하면 휴식 장소에서 가장 가까운 곳에
차를 세우고 싶었기 때문이다. 이렇게 해야 조금 더 빨리 걸어올
수 있다고. 이를 통해 예전에 그를 인터뷰해본 적 있는 동료의 인
상이 정확했다는 것이 다시 한번 증명되었다. 상식에 맞지 않게 행
동하는 사람. 당신이 진지하면 진지할수록 그는 더욱 진지하지 않
은 행동을 한다. 당신이 깜짝 놀라 혼비백산하면 그는 아무 일도
아닌 양 행동할 것이다.

　올해 노동절 당일 새벽, 한한은 블로그에 잡지의 원고 모집
공고를 냈다. 엄청난 원고료를 약속함과 동시에, 잡지의 정가는 16
위안이 될 것이고, 초판은 32만 부를 찍는데 그중 30만 부는 일반
판이며 2만 부는 창간호 기념판이 될 것임을 분명히 밝혔다.

　많은 사람이 주목하고 있는 이 문학잡지 이외에도, 한한은
또 완룽萬榕도서와 합력하여 다이제스트 형식의 잡지를 출판할 준
비를 하고 있다. 그에게 제도권 편집자가 될 준비는 잘 했냐고 묻

---

3. 한한의 팬들이 그에게 붙여준 별명.

자, 다른 사람을 신경쓰지 않는 성격이 대번 발휘되었다. 그는 제도권이란 무엇인가 하는 문제의 기준이 애매모호하다고 비판한 후, 새 잡지는 제도권에 속한 잡지처럼 운영하지 않을 것이고, 개성 있게 만들어낼 것이다. 자신도 고리타분한 제도권에 속하는 편집자가 될 생각이 없고, 위험에 대해서라면 생존해나갈 수 있다면 계속하고, 계속할 수 없다 해도 유감은 없다고 말했다.

결코 아는 사람끼리만 보는 내부 출판물을 만들지는 않겠다

난두저우칸: 새 잡지는 어떤 잡지인가?

한한: 실제로는 문학잡지다. 지금의 능력으로는 뉴스 분야의 잡지를 운영할 수가 없다. 중국에는 뉴스 잡지가 꽤 많은데, 지금 분위기에서 그들은 그럭저럭 잘하고 있다. 뉴스 잡지는 많은 조직원을 필요로 하고 돈도 많이 든다. 그리고 내 성격으로 보아 총살당해버릴 가능성이 크다. 그래서 나는 문예잡지, 약간 인문 쪽으로 치우친 잡지를 만들고 싶다.

난두저우칸: 당신은 의견을 대단히 즐겨 발표하는 편이다. 그래서 사람들은 한한이 편집을 맡으면 잡지번호를 따내기가 어려울 수도 있다고 말한다.

한한: 안 되면 도서번호를 사용해서 잡지책으로 만들면 그만이다. 정 안 되면 아예 번호도 필요 없다. 직접 도서번호나 잡지번호를 하나 그려버리지 뭐. 사실 내 개인적인 생각으로, 이 잡지에는 민감한 내용이 그리 많지 않다. 다만 하나의 실험을 하고 있을 뿐이고, 이 실험을 완성하는 것이 좀 늦어지고 있을 뿐이다.

난두저우칸: 루진보路金波[4]의 말로는 잡지에 많은 유명인들의 글이 실린다고 하던데.

한한: 분명 유명인들, 혹은 내가 인정하는 사람들이 좀 있다. 그 사람들은 원고도 제일 먼저 보내왔고, 수준도 제일 높았다. 반대로 투고를 받은 원고들은 별로였다. 하지만 죄다 유명인의 글만을 실을 수는 없는데, 그렇게 한다면 특정 집단 내부의 교류가 되고 만다. 나는 사실 투고에서 많은 내용을 얻을 수 있기 원한다. 하지만 인터넷이 이렇게 발달했으니, 사람들이 묻혀버리기도 이제는 어렵게 되었다. 정말로 재능이 있는 사람은 게시판에 글 하나만 올려도 두각을 나타낸다.

난두저우칸: 전에 듣기로는 쉬징레이나 왕숴에게 원고를 부탁했다던데.

한한: 그런 일은 없었다. 왜냐하면 나는 잡지를 만들면서 내

---

4. 한한의 에이전트.

부적인 패거리를 만들고 싶지 않았기 때문이다. 그것은 정말 대범하지 못한 일이다.

난두저우칸: 새 잡지에 한한 당신의 전용 코너가 있는가?

한한: 내 소설이 연재될 것이지만 내 전용 코너는 없을 것이다. 나는 이 잡지를 팬 집단의 내부 소식지로 만들고 싶지 않다.

난두저우칸: 당신의 사진으로 표지를 만들 계획이 있는가?

한한: 그러지 않을 것이다. 이 잡지는 개인의 것이 아니며, 나는 개인적 영향력을 이용해서 독자를 끌어모으고 싶지 않다. 잡지에 글을 싣는 작가들이 나를 모방하지 않기 바란다. 그런 잡지는 살아남을 수가 없다. 잡지의 편집자란 마땅히 그 방향만을 결정하는 사람이어야 하며, 어느 날 내가 편집을 맡지 않게 되더라도 살아남을 수 있어야 한다. 개인적 영향력에 의존해서는 잡지가 살아남을 수 없다. 나는 내 개인의 자서전 같은 분위기로 잡지를 만들고 싶지 않다. 한한이 언제 밥을 먹었다더라, 언제 차를 몰았다더라 하는 내용은 실리지 않을 것이다. 이것은 매우 진지한 잡지이며, 나는 편집자의 역할을 맡을 뿐이다. 나중에 다른 사람이 표지를 장식하는 일은 있을 수 있겠지만 결코 나는 아닐 것이다. 나는 이 표지에 오르기에는 아무래도 자격이 부족하다.

난두저우칸: 어떤 사람이 자격이 있는가? 아이웨이웨이艾未未[5] 같은 부류인가?

한한: 누구는 자격 있고 누구는 자격 없고 따지는 것은 중요하지 않다. 사실 중국에서 인재라 해봤자 다 뻔한 사람들이니까.

난두저우칸: 원고 청탁과 투고의 비율은 어느 정도인가?

한한: 원래는 반반씩이다. 나중에는 투고의 비율을 늘릴 것이다. 만약 내 기준이 좀 낮았다면 간단했을 것이다. 대충 모으면 10만 자가 되어 출판이 가능하다. 그리고 때로는 게재하는 원고가 명청하면 명청할수록 좋은데, 독자가 당신과 동일한 심미적 수준을 갖췄다는 보장이 없기 때문이다.

난두저우칸: 당신이 말한 '인정하는 사람들'은 누구를 가리키는가?

한한: 이 문제는 잡지가 나오고 난 후에 구체적으로 이야기하자. 사실 나는 개인적으로 잡문 읽는 것을 매우 싫어한다. 물론 내가 쓰는 것은 썩 잘하지만 말이다. 잡문은 컴퓨터로 한두 편을 보는 것은 괜찮으나, 계속해서 보게 되면 불만이 생기고 읽는 맛이 나빠진다. 나는 개인적으로 유머가 있고 필치가 뛰어난 글을 좋아한다. 비록 문학류 잡지이지만, 스스로의 관점과 방향성이 있었으면 좋겠다. 지금의 뉴스류 잡지 중 사설란이 있는 잡지에는 뉴스만

5. 중국의 유명 반체제 예술가. 유명 시인 아이칭文青의 아들이다. 베이징올림픽 주경기장 '냐오차오鳥巢'의 디자인에 참여하기도 했다. 중국 정부를 비판하는 활동을 벌여 구금을 당하는 등 억압을 받고 있다.

있고 문학성이 없다. 또 문학류 잡지는 수동적으로 투고를 받기만 하니 스스로의 관점이 결여되어 있다.

난두저우칸: 원고가 당신의 기준에 미치지 못한다면 어떻게 정상적인 출판을 보장할 것인가?

한한: 사실 나는 단번에 어느 정도의 수준으로 올려야 한다고 생각해본 적이 없다. 1호를 출판할 때는 대체로 비교적 명확한 방향을 만들어낼 수 있기 원하며, 이 때문에 다소 늦어지고 있다. 이후의 내용은 우리가 모두 준비를 해두었으며, 지금 2호, 3호를 내놓으라 해도 원고는 충분히 있다. 출판 주기는 월간이었으면 한다. 만약 잡지번호가 아니라 도서번호를 사용하게 된다면, 아무 때고 내고 싶을 때 내면 된다. 30일, 35일, 42일, 모두 가능하다. 나는 물론 월간에 맞춰 해낼 능력이 있지만, 그저 조금 더 잘하고 싶을 뿐이다. 내 실력이라면, 요즘 시중에서 흔히 보이는 문학잡지보다는 더 잘 만들 수 있다.

난두저우칸: 혼자서 잡지 한 권을 만든다는 말인가?

한한: 그렇다. 전화를 해서 원고를 부탁하고, 중편인지 장편인지 말하면 되니 무척 간단하지 않은가. 지금의 문학잡지들은 훌륭하다고 보기 어려운데, 오래된 것들은 너무 오래된 티가 나고 새로 나오는 것들은 좋지 않은 영향을 미치고 있다. 지금 세상은 무척 현실적이다. 집값이 그토록 높으니, 많은 사람들의 꿈은 집을

한 채 갖는 것이 되어버렸고, 여자들은 모두 돈 많은 남자에게 시집가기만을 바라며, 사회의 모든 꿈이 이런 (물질적인) 것이 되어버렸다. 그런데 이런 잡지들이 또다시 이런 것들을 부추기니, 아주 나쁜 짓이다. 사람들에게는 꿈이 있어야 한다. 몇 달 일을 해서 모터사이클을 하나 산 다음, 중국을 두루 둘러보고 러시아까지 가본다거나? (이런 꿈이) 요즘 젊은 사람들에게는 전혀 없을 것이다.

난두저우칸: 당신이 말하는 새로 나온 잡지란 궈징밍의 『쭈이샤오숴最小說』를 가리키는가?

한한: 응? 실명을 거론하지는 말자.

난두저우칸: 사회에 불만이 많기로 유명한 한한이 뜻밖에 문학잡지를 만든다고 하니, 사람들이 생각했던 것과 잘 맞지 않는 것 같다.

한한: 사람들이 생각했던 잡지는 어떤 것이었는가? 내게 이런 것은 중요하지 않다. 설령 내가 만화잡지를 만들건 자동차잡지를 만들건 모두 중요하지 않다. 당신들뿐 아니라 다른 사람들도 모두 그런 쪽으로만 생각했을 것이다. 하지만 순전히 그런 식으로만 만든다면 잡지의 읽는 맛이 매우 떨어질 것이다. 이런 것들을 재미있게 만들어야 하는데, 죄다 잡문만 실어 정부가 이것을 잘못했고 저걸 잘못했고 하는 이야기를 하란 말인가? 1년에 240만 자가 모두 이런 이야기라면 너무 재미도 없을 것이고 너무 불만투성이가

될 것이다. 내 말은 조금 더 현명하게, 더 재미있게 해야 한다는 것이다. 너무 직설적인 글은 재미가 없다. 나는 이 잡지가 읽을 때 즐거웠으면 좋겠고, 사람들이 계속 읽어 내려갈 수 있게 하고 싶다.

난두저우칸: 국내 잡지 중 읽을 때 즐거운 것으로는 어떤 것들이 있다고 보는가?

한한: 국내의 잡지는 읽을 때의 즐거움이 들쭉날쭉하다. 한두 편만이 괜찮다. 국내의 문학잡지는 기본적으로 읽을 때 즐거움을 주지 못한다. 그래서 나는 문학류 잡지 가운데서 더 멋지게 해내고 싶다.

난두저우칸: 다른 하나는 고급 다이제스트로 만들겠다고 했는데, 어떤 식인가?

한한: 나는 다른 매체의 밥그릇을 빼앗지는 않을 것이다. 만약 당신들 난두저우칸에서 오늘 잡지를 냈는데 내가 이틀 후에 당신들 글을 요약해서 싣는다면 분명 불쾌할 것이다. 하지만 작년의 글들 중에서 좋은 글을 고르고, 당신들에게 고액의 원고료를 지불한다면 분명 기뻐할 것이다. 이건 당신들의 시장을 빼앗는 것이 아니니까. 내가 다이제스트로 만들려는 글은 그렇게 시사성이 강하지 않은 것이다. 지금 바이두 백과사전에 올라온 나와 관계된 자료들도 내가 제공한 것이 아니며, 나는 비슷한 글을 직접 쓴 적이 없다. 모두 그들이 상상해낸 것이다. 자료에는 내가 『싼롄성훠저우

칸』을 제일 좋아한다고 되어 있는데, 나는 한 번도 그렇게 말한 적이 없다.

나는 이 시장을 깨부수러 왔다

새 잡지는 매월 원고료로 무려 50만 위안을 지출하고 업무 비용으로 10만 위안을 지출하는데, 원래 알려졌던 1000만 위안의 투자가 물거품이 되어서 한한이 새로 등록한 '샤오저小澤 문화회사'의 자금으로 운영될 예정이다. 원고료는 업계 표준의 10배에서 40배 정도로 결정했는데, 한한은 문화 시장의 파괴자가 되려 한다며, 문화의 가격을 끌어올리고 싶다고 말한다. 만일 잡지가 잘 안 팔린다면 그만둘 거라 한다.

난두저우칸: 하나의 잡지에서 원고료로 50만 위안을 쓴다면 몇 부를 팔아야 손해를 보지 않을지 계산해봤는가?

한한: 십 몇만에서 20만 부 정도일 텐데, 최종적으로 계산해 보지는 않았다. 하지만 이 잡지를 만드는 것은 폭리를 취하기 위해서가 아니다.

난두저우칸: 예전에 투자하기로 했던 쥐싱聚星 인터내셔널에

서는 잡지가 6호까지 나와야 이익을 볼 수 있을 것이라고 했다.

한한: 나는 1호에서 기본적으로 수지 균형이 맞을 것으로 본다. 그리고 사실 원래 투자회사가 있었지만 나중에 필요하지 않다는 것을 알게 되었다. 지금 잡지에 들어가는 돈은 모두 나 한한 개인이 출자한 것이다. 내가 다른 사람과 합작하고 싶다면 그렇게 할 것이다. 심지어 궈징밍과도 협력할 수 있다. 초반에는 돈을 많이 벌지는 못할 것이라서, 인쇄하고 발행하는 데 있어서 모두 협력업체를 두고 있다. 원고료는 발행 후 돈을 받아서 작가들에게 지급할 것이다. 당연히 원고료 지급을 질질 끌겠다는 말이 아니며, 한 달 정도면 그들에게 지급할 수 있을 것으로 본다. 너무 안 팔리지만 않으면 문제가 없다.

난두저우칸: 잡지 편집과 레이싱 사이에 어떻게 시간을 조절할 것인가?

한한: 문제될 것이 없다. 내 마음은 항상 사무실을 맴돌고 있을 것이며, 우리 직원들은 모두 우수해서 내가 원하는 것을 다 알고 있다. 직접 출근하지 않더라도 많은 일을 할 수 있다. 사실 레이싱에 들어가는 시간은 많지 않다. 이번 달에는 오늘 한 번만 경기장에 나가면 그만일 것 같다.

난두저우칸: 이제 잡지를 만들려 하는데, 당신의 사업 감각이 얼마나 뛰어난지 생각해봤는가?

한한: 이 문제는 생각해본 적이 없다. 적어도 내가 같이 일했던 사람들 중에서는 아무도 내 돈을 떼먹지 않았다. 어떤 경우건 나는 다른 사람들이 돈을 떼먹는 것을 좋아하지 않는다. 내가 제일 종사하고 싶은 업종은 부동산업이다. 나는 집을 지은 다음, 사람들에게 1제곱미터당 몇백 위안밖에 받지 않겠다고 말해주고 싶다. 사람들에게 원가가 얼마나 들어가는지를 가르쳐주고 싶다.[6]

난두저우칸: 새로 잡지를 만들어서 20만 부를 파는 것은 좀 어렵지 않겠는가?

한한: 사실은 이렇다. 예전에 내 소설이 연재됐던 잡지는 판매량이 십 몇만에서 20만 부 증가했다. 그러니 내 잡지가 그냥 백지라 해도 내 소설이 연재되기만 하면 십 몇만에서 20만 부를 팔 수 있다. 나는 단지 사람들에게 원고료를 많이 지불하는 잡지를 만들어서, 마지막에 영광스럽게도 내가 중국에서 원고료를 가장 많이 주는 잡지라고 선언할 수 있게 되기만을 바랄 뿐이다.

난두저우칸: 앞서 언론에서 2000만 위안의 투자가 있다고 보도했고, 투자회사였던 쥐싱 인터내셔널도 기자회견을 열어 1000만 위안을 투자하겠다고 했다.

한한: 전에 투자가 있었는데, 나중에 투자를 받을 이유가 없

---

6. 중국 대도시의 부동산 시세는 거품이 심해서, 1제곱미터당 수만 위안을 호가한다.

다는 것을 알게 되었다. 나는 돈을 쓸 일이 없다. 다른 잡지는 광고비로 많은 금액을 써서 잡지를 선전하는 데 드는 비용이 무척 많은 것이다. 나중에 나는 이런 돈을 쓸 필요가 없음을 알게 되었다.

난두저우칸: 현재 잡지사의 자금은 모두 당신 자신의 회사에서 출자한 것이다.

한한: 그냥 잠시 대신 내는 것이라고 해야겠다. 큰 액수도 아니다. 임대료로 1만 위안, 직원 월급으로 1만 위안 혹은 6000위안, 잡다한 업무 비용을 다 합해도 10만 위안이 되지 않는다. 나중에 잡지가 정상적으로 굴러가기만 한다면 이 비용은 모두 감당할 수 있다. 내게 있어서 가장 자랑스러운 것은, 하나의 문학잡지로서 우리가 작가들에게 지불하는 원고료가 1000만 위안이라는 것이다. 국내의 어떤 잡지도 우리와 비교할 수 없다. 나는 이 시장을 깨부수러 왔다. 문학잡지의 원고료가 올라가기를 희망한다. 1000글자에 100위안이라는 업계 가격에 비교한다면, 우리 잡지는 당신의 2만 자에 4만 위안을 지불할 것이니 한 글자에 2위안인 셈이다. 나는 시장가격을 끌어올리려 한다.

난두저우칸: 파괴자가 되기를 즐기는 것 같다.

한한: 글쓰는 사람들이 너무 가난하기 때문이다. 후룬胡潤 순위표[7]를 보라. 모조리 무슨 부동산 하는 사람들이며, 작가가 있을 것이라고는 기대하지도 않는다. 문화에 종사하는 사람들이 이토록

452

가난하니, 우리는 문화 대국이라고 말할 면목이 없다. 나는 우리나라 최고 수준의 베스트셀러 작가이며, 거머쥐는 원고료도 가장 많다. 이미 계산해보았는데, 책을 한 권 쓰면 몇백만 위안의 수입이 생긴다. 하지만 최근 새 잡지를 위해 사무실로 쓸 곳을 임대하러 갔다가, 내가 살 수 있는 집이 아무데도 없다는 것을 발견했다. 매년 책을 한 권씩 쓴다고 해도 말이다.

이는 이 나라의 부동산에 문제가 생겼으며, 이 나라 문화산업이 잘못되어 있다는 사실을 증명한다. 나 정도로 책이 잘 팔리면, 다른 문화 대국 어디서든 책을 한 권 내서 페라리 열 대를 살 수 있다. 하지만 지금 국내의 상황은, 더 잘 팔린다 해도 페라리 반 대밖에 사지 못한다. 지금의 문화 시장은 무척 애처로운 지경이다. 최고 수준의 문화계 인사인 나도 200만 위안의 인세밖에 받지 못한다. 다만 시장이 더욱 '조화'될 수 있기만을 바랄 뿐이다.

난두저우칸: 하지만 잡지가 잘 안 팔리면 어떻게 할 것인가?

한한: 그만둘 거다.

2009년 10월 30일

---

7. 『후룬바이푸胡潤百富』라는 잡지를 통해 발표되는 중국의 부호 명단을 가리킨다.

시대에 영웅이 없으니, 나 같은
보잘것없는 인물이 이름을 날리는구나

공공 지식인이라는 화제에 대해 이야기하자 한한은 다소 짜
증을 냈다. 그는 솔직히 자신은 일개 서생이 불과하지 지식인 따위
가 아니며, 문화 엘리트 또한 아니라고 말했다.

그는 짓궂게 웃으며, "내가 어딜 봐서 지식인입니까. 건달이지"
라고 말한다. 헬멧과 외투를 벗자 검은색 셔츠와 검은색 경주용 바
지, 검은색 안경테가 드러난다. 아이돌 스타처럼 수려한 외모다.

하지만 그가 원하건 원하지 않건 간에, 겨우 스물일곱 살에 불
과한 바링허우 청년에게 언론과 네티즌은 올해 더욱 많은 것을 가져
다주었다.

'『난팡저우모』 선정 2009년 올해의 인물'에서 한한은 압도적

으로 1위를 달리고 있다. "한한이 사랑스럽고 존경할 만한 이유는 그가 중국 사회에서 추구할 수 있는 최대한의 독립과 자유를 추구하고 있기 때문이며, 자신이 가장 좋아하는 일을 하고 자신이 가장 말하고자 하는 것을 이야기하기 때문이다." 『야저우저우칸亞洲週刊』은 그를 '2009년의 풍운아'로 선정했는데, 그 주요 원인은 "책임감 있는 시민정신"이다.

'청년 시민' '오피니언 리더' '공공 지식인' '중국 신세대의 희망'…… 각종 찬사가 무수히 쏟아졌다. 일부 잡지에서는 표지에 "한한을 시장으로 뽑자"는 등의 커다란 제목을 내걸기도 했다.

"시대에 영웅이 없으니, 나 같은 보잘것없는 인물이 이름을 날리는구나." 한한은 갑자기 이런 말을 하고는, 곧이어 스스로 부연 설명을 했다. 연말이니까 좀 겸손한 모습도 보여야죠, 다들 기분이 좋아지도록 말입니다라고. 아마 그 스스로도 이런 겸손한 말이, 사람들이 생각하는 '입만 열면 미친 말을 내뱉는' 한한과 그다지 어울리지 않는다는 것을 느꼈으리라.

블로그에서 날카로운 문장, 예리한 관점을 보여주던 블로거와 비교하자면, 눈앞에 있는 한한은 편안하면서도 유머 감각이 있었으며 비판을 하는 경우에도 얼굴에는 미소를 띠고 있었다. '진지한' 화제들에 대해 그는 심지어 무관심하거나 일고의 가치도 없다는 듯한 태도를 보여주었다.

말을 할 때건 글을 쓸 때건 간에, 한한은 스스로가 늘 권위를 해체하려 한다는 점을 인정했다. 이 나라를 사랑하는지에 대한 이야기가 나오자 그는 자신이 애국자라고 말했는데, 그 이유는 서양 여인들이 아니라 이 나라의 여인들을 사랑하기 때문이라고 했다. 그는 자신에게는 권위라고 할 만한 것이 존재하지 않는다고 말한다. "저는 우리가 모두 똑같은 인류라고 생각합니다. 당신이 아무리 권위가 있다 해도, 빌어먹을, 내가 아가씨 한 명 붙여주면 다 똑같은 거 아닙니까." 권위를 인정하지 않는 것은 예전에 그가 문단을 인정하지 않았던 것과 마찬가지다. '문단이 뭐 개똥 같은 거냐, 잘난 척 좀 그만둬라.'[1]

　　한한에게 2009년은 바쁜 해였다. 어찌나 바빴는지 시간이 없어 미국 대통령 오바마의 대화 요청을 수락하지 못할 정도였다. 지난 1년 동안 그는 80편에 가까운 글을 블로그에 올렸는데, 그의 블로그는 그가 사회의 폐단에 대해 대담하게 불만을 토로하고 풍자와 조롱을 내던지는 장소다. 세계에서 가장 방문자 수가 많은 블로그[2]로 기록되어 있다는 점이 그 영향력을 증명해준다. 그는 여섯

---

1. 한한이 문학평론가 바이예의 글에 대해 올렸던 반박문의 제목이기도 하다. '중앙방송은 참 야하고 참 폭력적이에요'의 각주 4를 참고하라.
2. 인터뷰 당시 한한의 블로그는 개인 블로그 가운데 최다 방문자 수를 기록중이었다.

번째 장편소설 『그의 나라』와 아홉번째, 열번째 문집인 『풀草』과 『귀여운 대재앙可愛的洪水猛獸』을 출판했고, 첫번째 장편소설인 『삼중 문』은 아직도 증쇄중이다.

베스트셀러 작가, 일류 카레이서에 더해, 최근 한한은 '잡지 편집자'라는 또하나의 새로운 신분을 얻게 되었다. 그가 창간한 잡 지 『두창뷴』은 이미 인쇄에 들어갔으며, 또 한 권의 잡지 『허창뷴合喢團』도 구상중이다. 편집자로서 그는 '문예부흥'을 일으키려는 이 상을 품고 있다.

하지만 한한은 자신이 무슨 일을 하고 있다기보다는 그저 놀 고 있을 뿐이라고 생각한다. 설령 진짜로 시장을 하게 해준다 해도 그는 맡지 않을 것인데, 노는 것이 너무 좋아서라고 한다. 올해 한 한은 항저우의 교통사고 사건과 상하이의 함정수사[3] 사건, 거주민 강제 철거 사건 등과 같은 공공의 사안에 대해 날카로운 의견을 발표했으나, 이 역시 "다른 사람들은 아무도 나와 놀아주지 않으려 해서, 저는 단지 이런 공적인 사건을 가지고 놀 수 있었을 뿐입니 다"라고 말했다.

한한이 보기에 2009년의 가장 중요한 일은 실외 카트 레이 싱을 연습한 것이며, 또한 눈에 보일 정도로 실력이 진보하고 있다

---

3. '도시가 생활을 더 엉망진창으로 만듭니다' 각주 7을 참고하라.

는 점이다. 얼마 전에 종료된 전국 자동차 랠리 샤오우邵武[4] 대회에서 그는 중국 자동차 랠리 챔피언십 N조 2009년 종합 1위에 올랐으며, 중국 프로 레이싱 사상 최초로 트랙과 랠리 두 분야에서 1위를 차지하는 기록을 세웠다.

촬영 보조가 사인을 부탁하자 한한은 '행복하세요'라고 몇 글자를 써준 후, 곧이어 별일 아니라는 듯이 조금 전 있었던 일을 이야기하기 시작했다. 그가 지금 타고 있는 20만 위안짜리 모터사이클을 끌고 신호등 앞에서 기다리고 있는데 어떤 사람이 그의 어깨를 치더니 이렇게 물었단다. 징안靜安 구[5]까지 얼마요? 한한은 만약 바쁘지 않았다면 그 사람에게 '10위안입니다, 타세요'라고 말한 다음 초고속으로 내달려서, 그를 '모터사이클 택시 기사'로 착각한 그 행인을 깜짝 놀라게 해줬을 것이라고 말했다.

"얼굴이 팔리기 원한다면 확실히 텔레비전이 낫네요. 이렇게 많은 잡지와 신문에 실렸어도 나를 알아보는 사람이 아직 별로 없어요."

---

4. 푸젠 성에 있는 시의 이름.
5. 상하이 도심에 위치한 구.

공공 지식인이라는 호칭에는 관심 없어

난두저우칸: 요즘 다들 당신을 두고 공공 지식인이라고 하는데, 당신 스스로는 어떻게 생각합니까?

한한: 저는 그런 호칭에는 전혀 관심이 없습니다. 저는 항상 이렇게 살아왔고, 올해라고 해서 특별한 것은 없다고 생각합니다. 다른 사람들이 아무도 나와 놀아주지 않으려 해서, 단지 이런 공공의 사건을 가지고 놀 수 있었을 뿐입니다. 예전에는 바이예와 같은 사람들이 있었는데, 이제는 왜 아무도 나랑 안 놀아주는지 모르겠네요. 노선을 바꾸는 수밖에 더 있나요.

난두저우칸: 올해 자신이 좀더 성숙했다고 느끼지 않나요?

한한: 그렇게 느끼지는 않습니다. 저는 제가 아직도 놀고 있는 중이기를 원합니다. 1년이 지나는 것은, 까놓고 말해 지구가 태양을 한 바퀴 더 공전하는 것일 뿐인데 이게 저와 무슨 상관입니까? 솔직히 말해 저는 일개 서생일 뿐이고 무슨 지식인 따위가 아닙니다. 문화 엘리트도 아니에요. 그리고 다른 기타 등등도 아닙니다. 제 머릿속에는 애초에 공공 지식인이라는 개념 자체가 없습니다. 저는 글쓰는 사람이라면 모두 이러해야 한다고 생각합니다.

난두저우칸: 뭔가를 바꿔야겠다고 생각한 적이 있습니까?

한한: 있지만, 실제로는 한 개인이 바꿀 수 있는 것은 없어

요. 그런 건 결국 그리 큰 영향을 가져오지 못해요. 중국이라는 이 사회에서, 사람들은 남녀가 연애를 할 때처럼 뭔가를 바꿔보려고 시도하지요. 하지만 사실상 아무것도 바꿀 수가 없습니다. 사람들은 여전히 자기 자신의 생활 규칙에 따라 살아가지요. 저도 다른 시사평론가나 글쓰는 사람과 똑같습니다. 유일한 차이점이라면 제가 그들보다 글을 좀더 잘 쓴다는 것일까요? 하지만 결국에는 여전히 글쓰는 사람일 뿐이니, 저는 시원시원하지 못한 글을 몇 편 썼을 뿐입니다.

난두저우칸: 시원시원하지 못하다고 하지만 커다란 반향을 일으켰지요.

한한: 그건 이 사회가 정말로 시원시원하지 못한 탓에, 슬쩍 건드려주기만 해도 정말 가려운 데가 시원해지기 때문이지요. 진짜로 다만 우리 시대가…… 뭐라고 말할까요, 시대에 영웅이 없으니, 나 같은 보잘것없는 인물이 이름을 날리는구나 싶어요. 연말이니 특별히 좀 겸손해져볼까요. 이러면 다들 듣기에 좀 편안하겠죠.

난두저우칸: 권위에 대해 어떻게 생각합니까?

한한: 저는 권위를 믿지 않습니다. 저는 우리가 모두 똑같은 인류라고 생각합니다. 당신이 아무리 권위가 있다 해도, 빌어먹을, 내가 아가씨 한 명 붙여주면 다 똑같은 거 아닙니까. 어떤 말은 많은 사람들을 흔들어놓을 수 있겠지만, 제게는 아무런 영향도 끼치

지 못합니다. 예를 들어 장이머우는 이렇게 말할지도 모르지요. 너희가 〈삼창〉[6]을 이해하지 못하는 것은 수준이 낮아서야. 〈삼창〉에서 표현하고 있는 것은 바로 그런 소시민의 불가항력적인 운명이란 말이야. 급 낮은 문학청년들과 일반인들은 너무 쉽게 그에게 휘둘립니다. 하지만 이렇게 생각하면 곤란합니다. 조금 더 깊게 생각해보면, 세상의 모든 문학이나 영상 작품이 표현하려 하는 것도 죄다 이 내용이라는 것을 알 수 있지요. 그러니 이런 애매모호하고 심오한 척하는 말들은 저를 흔들어놓지 못합니다.

저도 예전에 이런 식으로 사람들을 흔들어놓으려 한 적이 있습니다. 『장안란』을 쓸 적에 개요를 잡아놓지 않아서 등장인물 한 명이 사라져버렸습니다. 쓰다가 까먹어버렸죠. 그래도 저는 사람들에게 이렇게 말할 수 있습니다. 사실 내가 쓰는 이 소설은 인생과 같아서, 어떤 사람은 당신들의 삶 속에서 연기처럼 덧없이 사라져버리는 것이라고요. 사실은 제가 까먹은 거죠.

난두저우칸: 당신은 10년 전에 중앙방송의 〈대화〉라는 프로그램에 출연한 적이 있는데, 최근 그 동영상이 화제가 되고 있습니다. 본 적이 있는지요?

(동영상에 나오는 열일곱 살의 한한은 한쪽에 단정히 앉아서, 학자,

---

6. 장이머우의 2009년 작 〈삼창박안경기〉를 뜻한다. '몸에 묻은 흙을 털다'를 참고하라.

전문가, 청중이 퍼붓는 협공을 맞고 있다. 그들은 '중영仲永을 망쳐놓다'[7]라는 이야기를 가지고 그에게 설교를 늘어놓는다. 이 어른들이 보기에, 고등학교 1학년까지만 다니다 자퇴해버린 이 불량 학생은 『삼중문』이라는 베스트셀러를 하나 써내고는 의기양양해하는 것에 불과하다.)

한한: 본 적이 있습니다. 그 프로그램이 방송되고 나서 4, 5년쯤 지난 후에 한 번 더 봤고요. 그때 저는 옆에 있던 친구에게 슬쩍 이야기했지요. 두고봐, 이 프로그램은 언젠가 다시 화제가 될 날이 올 거야, 그리고 머리를 땋은 저 여자가 하이라이트가 될 거야라고요.

난두저우칸: 당시와 지금을 비교했을 때, 당신은 달라진 점이 있나요?

한한: 당시 저는 막 학교에서 벗어나 아직 아무것도 경험하지 못한 때였습니다. 당시는 온 세상이 저를 가르치려 들고 못살게 굴려는 것 같았지요. 사실, 제가 그때 아무리 대답을 잘했더라도 그 자리에 있던 사람들의 판단에는 영향을 미치지 못했을 것입니다. 그들의 가치관과 인생관은 이미 확립되어 있으니, 제가 그들을 바꾸는 것은 불가능하지요. 10년이 지나 다시 보게 되니 무척 재미

---

7. 송대의 문필가이자 정치가인 왕안석이 남긴 고사에서 유래한다. 중영이라는 이름의 신동이 자신의 재능을 과신하고 게으름을 부려, 결국에는 타락하고 만다는 이야기다.

있다는 생각이 들었습니다. 당시에는 그들이 모두 저를 못살게 굴었지만, 지금이라면 제가 그들을 못살게 굴까봐 무서워하겠지요. 그 사람들은 절대 입으로 저를 이기지 못합니다. 다만 당시 제 헤어스타일은 좀 별로였어요. 나머지는 괜찮았고요.

난두저우칸: 만약 지금 그 프로그램 촬영 현장으로 갈 수 있다면 어떻게 하시겠습니까?

한한: 시대는 계속해서 변화하고 있습니다. 10년이 지난 지금, 설령 제가 더 멋진 모습을 보여주지는 못하더라도 그 사람들은 훨씬 더 멍청해 보이겠지요. 당시에도 저는 이미 회의하는 정신을 갖춘 사람이었습니다. 중앙방송에서 저를 위해 잡아준 방에는 화장실조차 없었습니다. 그들은 제게 이렇게 말했지요. "우리 중앙방송에서 안 다뤄본 사람이 있는 줄 알아? 진융金庸[8]도 이 방에 모셨단 말야." 당시 제 주위에 있던 사람들은 다들 믿었지만, 오직 저만은 중앙방송에 휘둘리지 않았지요. 진융에게 공중변소를 쓰게 할 리가 있어?

지금 제 자신감은 그때보다 훨씬 더 커졌습니다. 저는 실패를 싫어하는 사람이죠. 한동안 베이징에서 레이싱을 하느라 글을 쓰지 않는데, 많은 사람들이 듣기 싫은 소리를 했었죠. 제가 이

---

8. 무협소설의 대가로, 우리나라에서도 널리 읽힌 『영웅문』의 작가다. 1981년에는 '대영제국 훈장'을 받았을 정도로 세계적인 명성을 얻고 있다.

제 재능이 다해서 글을 써내지 못하며, 빈둥거리는 도련님이 되어 버렸다고 말했습니다. 자동차경주라는 것이 사람들에게 주는 인상이 겨우 그 정도인 거죠.

우리에게 공민이란 없다, 다만 민중과 쉬티즌이 있을 뿐

난두저우칸: 당신은 한 번도 승복해본 적이 없을 것 같은데요.

한한: 저에겐 원칙과 마지노선이 있습니다. 이 마지노선에 도달하지 않았을 때, 저는 세상에서 가장 잘 승복하는 사람입니다. 하지만 이 마지노선과 원칙을 건드렸을 경우, 저는 절대 승복하지 않습니다. 그런데 예전에 한번 베이징에서 친구들과 레이싱팀을 새로 만들었는데, 팀을 선전할 필요가 있었지요. 저는 광고하는 것을 싫어하지만, 그때는 당시 국내의 삼류 자동차 잡지를 찾아서 우리 팀의 출범을 광고했지요. 그 사람들을 부르는 데 500위안의 사례금도 줬습니다.

난두저우칸: 블로그에서 당신이 드러내 보이는 날카로움과 공격성은 일상생활 속에서의 당신의 모습과 얼마나 다릅니까?

한한: 사실 저는 제가 그다지 날카롭지 않다고 생각합니다. 다만 제 직분 내의 일을 하고 있을 뿐이지요. 귀사의 기자 여러분

처럼요. 여러분이 하고 계신 것은 가장 본질적인 작업이죠. 이는 여러분의 직업규범이며 직업윤리입니다. 여러분이 다른 사람보다 뛰어난 활약을 보일 수 있는 것은 대부분의 기자들이 이런 프로로서의 요구 수준에 미달하기 때문일 뿐이지요. 제가 쓰는 것들은 사실 한 작가, 한 언어 기술자가 마땅히 써야만 하는 것들입니다. 절대 제가 날카로운 것이 아니라, 다른 사람들이 요구 수준에 너무나 못 미치기 때문에 제가 상대적으로 수준이 높아 보이는 것뿐이지요.

난두저우칸: 만약 블로그가 폐쇄되어버린다면 어떻게 할 것입니까?

한한: 그럼 전 블로그와 함께 사진이나 한 장 찍지요, 뭐. 블로그는 친구와 비슷해서, 친구가 죽어버린다면 저도 방법이 없지 않습니까. 같이 사진이나 찍는 수밖에.

난두저우칸: 눈치를 본 적이 있습니까?

한한: 항상 보죠. 어릴 적 작문을 할 때부터 그래왔는데, 선생님이 좋아할지 싫어할지 눈치를 살폈죠. 하지만 우리는 지금 어떻게 하면 지도자들께서 좋아하실지 눈치를 보아야 하는 것이 아니라, 일단 살아남을 수 있는 방법을 찾아야 하는 지경입니다. 당국은 참 이상합니다. 당신이 문제가 있다고 생각하면 그들은 문제가 없다고 생각하죠. 당신이 문제가 없다고 생각하면 그들은 문제가 있다고 생각하고요. 정부는 법을 하나 제정해야 합니다. 법의

이름은 '무엇을 말해야 하고, 무엇을 말해서는 안 되는가'입니다. 저는 절대로 그들(당국)과 투쟁하고 있는 것이 아닙니다. 그저 상대적으로 보아, 해외에서는 이토록 많은 우수한 소재를 제공해주지 못하고 있을 뿐이죠. 국내에는 소재가 정말로 많습니다.

난두저우칸: 공민公民이란 어떠한 존재라고 생각합니까?

한한: 당신들 언론에서 보다 안전한 형용사를 물색하고 있는 것뿐입니다. 이 단어는 사람들이 이해하기 쉬우면서도 안전하고, 급진적이면서도 진보적입니다. 사실 우리나라에는 공민이 없습니다. 그저 보통 사람들과 쉬티즌이 있을 뿐이죠.

난두저우칸: 사회적 책임감이란 당신에게 어떤 의미가 있습니까?

한한: 전혀 없어요, 전혀 없어요. 사회적 책임감이니, 젊은이를 대표한다느니 어쨌느니, 소위 의견의 지도자라느니, 그런 건 전혀 없습니다. 그저 프로페셔널한 측면에서 제가 요구 수준보다 약간이나마 높고, 좀더 재미있는 글을 쓸 뿐이지요. 하지만 저는 프로페셔널한 요구 수준보다 아주 아주 약간 높은 곳에 있을 뿐이며, 대부분의 사람들이 바닥을 기고 있기 때문에 저와 같은 보잘것없는 인물이 이름을 날릴 수 있을 뿐입니다.

2010년 1월 4일

어떤 경우에는 반드시
연기를 해야 한다

그를 둘러싼 논쟁들을 그는 전혀 눈치채지 못하는 것일까, 아니면 정말로 신경쓰지 않는 것일까.

초여름의 상하이탄上海灘, 날씨는 청명하다. 한한은 간편한 복장으로 차를 몰고 도착했다. 얼굴에는 웃음을 띠고 있었는데, 인터넷에서 지금 널리 퍼지고 있는 일본 NHK와의 단독 인터뷰에서 보인 엄숙한 모습과 비교하면 이 순간의 그는 훨씬 자연스럽고 편안해 보였다. 한 달 전, 한한은 미국 『타임』이 선정하는 '세계에서 가장 영향력 있는 인물 100인'에 뽑혔다. 100만 표에 가까운 득표로 2위를 차지했는데, 이는 미국 대통령 오바마보다 높은 순위다.

수많은 사람들이 이를 보고 환호했다. 하지만 예전과 달라진 점은, 비판의 목소리가 전에 없이 높아지기 시작했다는 점이다. 일부 네티즌들은 '말이 안 된다'고 생각했다. 바링허우 세대의 한 '문제아'가 글을 좀 써서 이토록 쉽게 이런 명예를 거머쥐다니. 이는 '한빠'들의 축제일 뿐 이성적인 반성이 결여되어 있다는 것이다.

마이톈麥田이라는 네티즌이 '한한을 경계하라'라는 글로 공격의 포문을 열었다. "한한에겐 원래 자신만의 생각이란 것이 없다. 그가 쓴 글은 모조리 대중의 감정에 영합하는 것들이다." 이와 같은 단순하고 직접적인 공격에 비해, 저명한 칼럼니스트 쉬즈위안許知遠은 '범속한 대중의 승리'라는 글에서 날카로운 언어로 창끝을 현 사회를 향해 돌렸다. "이는 한한의 승리라기보다는 오히려 범속한 대중의 승리, 혹은 온 민족의 실패라고 보아야 한다."

한한은 바깥세상의 논쟁에 대해 침묵을 지켰다. 그는 블로그를 통해 직접 반격하지도, 언론을 통해 공개적으로 대응하지도 않았다. 이와 더불어 상업적인 활동에 참가하는 모습이 더 많이 눈에 띄고 있으며, 심지어는 뜻밖에도 어떤 브랜드의 광고 모델이 되기도 했다. 최근 찍은 어느 자동차 브랜드의 광고를 보고 한 네티즌은 "속물스러워서 눈물이 날 지경이다"라고 평했다. 예전에 '무조건적인' 지지를 보냈던 것과 다르게, 팬들의 걱정도 날이 갈수록 커지고 있다.

"저는 연기자가 아닙니다. 하지만 어떤 때에는 반드시 연기자여야만 하죠." 계약서에 사인한 이후 만약 대본이 정말 형편없다고 느낀다면 한한은 감독에게 건의 사항을 이야기할 수 있다. 하지만 그들에겐 그 건의를 거부할 권리가 있으며, 결국 그는 감독의 말을 들어야만 한다. 이 때문에 그는 1년에 수십 편의 연속극과 영화를 거절해야만 한다. "이것이 바로, 제가 인간은 반드시 자기 삶의 감독이 되어야 한다고 믿는 이유입니다."

이것이 네티즌을 실망시킨 몇몇 광고를 찍은 후 한한 스스로가 내놓은 변명이다. 괜찮은 상품의 광고를 찍으면 생활의 압박 때문에 쓰고 싶지 않은 소설을 쓰게 되는 일을 막을 수 있다. 그는 광고를 최대한 줄이는 것을 원칙으로 삼지만 상업적 활동을 완전히 거부하지는 않는다. 상업적 활동 속에서 그는 스스로를 '연기자'로 정의한다. 이 문제를 설명하면서 그는 매우 진지한 표정이었다.

하지만 네티즌 사이에서 일고 있는 '한한 현상'에 대한 반성에 대해서라면, 한한의 대답은 때로는 노골적으로 무관심했으며, 더 많은 경우에는 그저 비웃고 있을 뿐이라는 느낌을 주었다. 그는 자신이 전통적 의미의 엘리트가 아니며, 어떻게 하면 더 풍류 넘치게 놀 수 있을지에만 관심이 있다고 말했다.

나는 전통적 의미의 엘리트가 아니다

난두저우칸: 쉬즈위안의 '범속한 대중의 승리'는 큰 파장을 일으켰는데, 이 논쟁에 대해 어떻게 생각하십니까?

한한: 지식인들이 생각을 너무 많이 하는 것 같습니다. 사실은 대단히 단순합니다. 저는 작가이고 제 글을 읽는 사람은 독자입니다. 저와 그들의 관계는 작가와 독자 사이의 관계고, 저는 그것을 무척 영광으로 생각합니다. 우리는 교주와 신도들의 관계가 아니며, 저는 아무도 제 앞잡이로 삼을 생각이 없습니다.

어떤 독자들은 순수하게 글을 좋아해서, 누군가가 글을 잘 썼다고 생각해서 그 사람의 글을 즐겨 보는 것입니다. 하지만 글을 읽은 다음 '더 훈련하지' 않으면 범속한 대중이 되고 만다고 그 사람들을 협박해서는 안 됩니다.

난두저우칸: 어떤 네티즌들은 쉬즈위안의 글에 엘리트주의가 너무 강하다고 말합니다. 당신은 보다 민초에 가까운 사람들을 대변합니까?

한한: 아닙니다. 더 엘리트적이거나 더 민초적이라는 구분은 없습니다. 제게 참말을 할 용기가 있다고들 하지만, 중국에 참말을 할 용기가 있는 사람은 적지 않습니다. 중요한 것은 한 가지, 즉 이것이 문학이라는 사실을 언제나 잊지 않는 것입니다. 참말을 하는

것과 글을 잘 쓰는 것은 별개의 문제입니다. 참말에는 나 배고파, 나 목말라, 나 너랑 자고 싶어 등의 말도 포함될 수 있습니다. 하지만 글은 반드시 잘 써야 하고, 사람들이 계속 읽어 내려갈 수 있게 해야 합니다.

저는 많은 사람들이 이 점을 간과하고 있다고 생각합니다. 제 글이 그들의 글보다 더 잘 쓰인 것입니다. 어떻게 상황과 자신의 관점을 100~200자로 분명히 써내는가. 얼마나 재미있고, 흥미롭고, 정확하게 써내는가. 사람을 감동시킬 수 있는가. 이런 문제는 모두 글자를 다루는 능력에 달린 것입니다. 만약 누군가가 하루 종일 공평과 공정을 갈망한다면서 맹물과 같은 참말만을 써낸다면, 누가 와서 보겠습니까?

난두저우칸: 당신 팬들 중 많은 사람이 쉬즈위안을 비판했는데, 헤어스타일과 얼굴 생김새를 비판하는 경우도 있었습니다.

한한: 그를 비판하는 사람들이 꼭 제 독자인 것은 아닙니다. 그들은 그 글을 진지하게 완독하여 제대로 이해하고 있는 것이 결코 아닙니다. 사실 이 글 자체는 문제가 없습니다. 쉬즈위안은 제 욕을 한 적도, 저를 비판한 적도 없습니다. 그가 비판한 것은 일종의 사회 상태와 사회적 분위기일 뿐입니다.

사람들은 최대한 안전한 환경에서 축제를 즐기며, 망상적인 정신 승리를 얻으려 합니다. 이는 냉소적인 사회 분위기지만, 모두 무의미한 올바름을 추구하는 것일 뿐입니다. 문제를 시대의 탓으로 돌리는 것은 분명 정확한 견해입니다. 어느 시대건 경솔하고 멍청한 면이 있기 마련입니다. 쉬즈위안이 예전에 쓴 글을 본 적이 있는데, 대부분의 관점에 동의합니다. 하지만 잡문을 쓰는 사람들은 모두 무의미하게 올바르기만 합니다. 누가 봐도 당신이 옳다는 것을 알 수 있지만, 그게 대체 무슨 의미가 있단 말입니까? 쉬즈위안도, 저도 마찬가지입니다. 문제는 사회가 무의미한 올바름에만 집착할 때 유의미한 잘못은 생존의 공간을 잃게 된다는 점입니다.

난두저우칸: 사회의 엘리트를 어떻게 이해하고 있습니까?

한한: 모르겠습니다. 저는 진정한 의미의 엘리트를 본 적이 없습니다.

난두저우칸: 그럼 본인 스스로는 엘리트라고 생각합니까?

한한: 당연하지요. (웃음) 하지만 저는 전통적인 의미의 엘리트는 아닙니다. 왜냐하면 저는 수많은 사람들과 하나가 되어 즐기고 있거든요.

난두저우칸: 전통적인 의미의 엘리트는 어떤 사람입니까?

한한: 두들겨 패주고 싶은 사람이죠. 사실 수많은 엘리트들은 'X나게' 잘난 체를 합니다. 그렇다고 그들의 본심이 나쁘다고는 생각하지 않습니다. 다만 그런 식의 말투를 드러낼 뿐이죠. 엘리트라는 단어는 제가 보기에 무척 애매한 말입니다. 문제를 잘 처

리할 수 있는 사람을 엘리트라고 한다면, 엘리트는 당연히 좋은 것이죠. 하지만 'x나게' 잘난 체를 하는 엘리트는 못된 놈입니다. 당신이 엘리트를 어떻게 이해하느냐에 달린 것이죠. 정부는 지식인과 문화 엘리트를 후자의 의미에서 이해하고 있습니다. 여론 형성이라는 측면에서 보자면, 정부는 엘리트의 이미지가 'x나게 잘난 체하는 사람'으로 굳어져가는 것을 보고 대단히 만족스러워합니다. 실제로 엘리트 개개인은 인간이 알아들을 수 없는 소리를 하며 고고한 척, 스스로가 무조건 옳은 척을 하고 있습니다. 하지만 이게 저와 무슨 상관이 있습니까?

난두저우칸: 최근 한 네티즌이 '한한을 경계하라'라는 글을 써서, 당신에게 자신만의 생각이란 것이 없으며, 당신의 글은 대중에 영합하는 것이라고 비판했습니다.

한한: 저는 그 사람을 모릅니다. 그 글을 보기는 했는데 내용은 기억이 잘 안 나네요. 그는 자신만의 생각이라는 또하나의 악순환에 빠져들었지요. (크게 웃음)

자신만의 생각이라는 것은 하나의 과정입니다. 예를 들어, 한한이 스스로 생각을 해서 〈황제의 딸〉[1]이 재미있다고 판단한다면 이는 제가 스스로 생각한 결과물이며, 제가 〈황제의 딸〉을 재미

---

1. 소설을 각색해 제작한 인기 텔레비전 드라마.

있다고 생각하는 사람들에 영합하려 했다고는 말할 수 없습니다. 자신만의 생각을 한 후 반드시 사람들과 다른 의견을 가져야만 한다는 주장은, 제가 보기에 대단히 이상합니다. 사실, 제가 가지고 있는 '사람들과 다른 의견' 역시 무지막지하게 욕을 먹었습니다. 성금 문제, 까르푸 보이콧 문제, 또 일본 성인 배우 문제, 다 그랬죠. 하지만 저는 실제로 그렇게 생각하는 것입니다.

동기를 가지고 사람을 의심하는 것은 아무런 의미가 없습니다. 동기를 가지고 이러쿵저러쿵하게 되면 무척 피곤해집니다. 모든 지식인, 좋은 사람, 자선사업가가 의심의 대상이 됩니다. 이는 정말 사람을 의기소침하게 만드는 일이죠. 동기를 가지고 이러쿵저러쿵하는 사람, 바로 그 사람이 나쁜 사람입니다. 사람의 동기란 변할 수 있는 것입니다. 그 동기를 의심하는 것보다 그 결과를 추궁하는 편이 낫습니다. 저는 다른 사람의 동기를 결코 의심하지 않습니다.

난두저우칸: 마이톈이 당신의 블로그를 분석해본 후, 2008년부터 당신이 시사평론을 쓰기 시작했다는 사실을 발견했습니다. 예전에는 왜 그런 내용을 쓰지 않았나요?

한한: 이전에도 썼습니다. 하지만 2008년에 블로그 글 모음집을 출판하게 돼서, 모두 삭제했지요. 출판사측의 요구였습니다. 2008년 이전에 저는 특정 개인을 상대하는 것을 즐겼으며, 대단히

많은 사람을 눈꼴셔했지요. 하지만 실제로는, 만약 제 글을 꼼꼼히 읽어본다면 제가 그때 눈꼴셔했던 사람들과 지금 공격하는 사람들 사이에 공통점이 있음을 알 수 있을 것입니다. 그들은 하나같이 부패하고, 어리석고, 남을 속이고, 허울좋은 뻔한 말만 늘어놓는 사람들입니다. 나중에 저는 실제로 사람이 그렇게 나쁜 것은 아니라는 생각이 들었습니다. 그들은 자그마한 패거리 속에서 놀면서 밥벌이를 하고 있을 뿐, 그들이 무슨 말을 해도 결국 아무도 듣는 이가 없습니다. 그때는 너무 진지했어요. 지금은 바이예에게 사과하고 싶습니다. 그는 그렇게까지 나쁘지는 않았어요.

사람이란 100퍼센트 나쁠 수 없고 분명 좋은 측면을 갖고 있게 마련입니다. 우리가 나쁜 일이 점점 늘어나는 것을 보고, 수많은 사람들이 이익집단으로 변해가는 것을 보게 된다면 이것이야말로 정말 나쁜 일입니다.

청년 리더가 있다는 것은 결코 좋은 일이 아니다

난두저우칸: 지금은 개인을 상대하지 않고 단체를 상대하기로 했습니까?

한한: 개인을 상대하는 게 지겨워졌으니 이제 다른 것을 상

대해야지요. 사실 그들은 제가 개인을 상대할 때 어떤 기분이었는지 이해할 수 없을 겁니다. (크게 웃음)

난두저우칸: 어떤 기분이었는데요?

한한: 그들은 제가 자작극을 벌이고 있다고 생각했는데, 이것은 동기론입니다. 제 생각에 그들은 풍류를 모르는 것 같아요. 마이텐처럼요. 그들은 그저 자기 자신의 시각에서 한한이 행동하는 목적을 분석하지만, 저를 이해하지는 못합니다. 제가 일을 벌일 때는 풍류가 그윽하지요. 저는 정말 재미가 있는데, 풍류를 이해하지 못하는 사람들은 타인의 동기가 뭘까 의심하곤 하지요.

난두저우칸: 예전 같았으면 당신은 쉬즈위안과 한바탕하지 않았을까요?

한한: 그러지 않았을 겁니다. 지식인들과 한바탕 벌이게 된다면 집안싸움이 되기 쉽습니다. 지금 저는 지명도가 약간 높아졌을지도 모르지만, 모두들 우리의 진정한 적과 문제점이 무엇인지를 먼저 알아야 합니다. 혁명은 아직 성공하지 못했으니, 동지들은 아직 공을 탐해서는 안 될 것입니다.[2] (웃음) 저는 개인적으로 쉬즈위안을 참 좋아합니다. 비록 그의 글은 때때로 읽는 맛이 밋밋하기는 하지만 말이죠. 중국인은 한 가지 결점이 있는데, 바로 글을 밋

---

2. 쑨원의 유언을 패러디한 대답이다. 본래는 "혁명은 아직 성공하지 못했으니, 동지들이여, 계속 노력하라"이다.

밋하게 쓰면 쓸수록 글이 더 깊어진다고 늘 착각한다는 점입니다.

난두저우칸: 얼마 전 『타임』에 올랐고, 지금 어느 매체에서 또 당신을 공공 영역의 청년 리더 후보로 선정했는데, 이런 꼬리표에 대해 어떻게 생각하십니까?

한한: 제게는 그런 호칭이 정말 많이 있는데, 그런 호칭들을 다른 사람에게 줘버리고 싶습니다. 어떤 영역에서 계속 이런 호칭을 얻는다는 것은 다른 사람에게 불공평한 일이고, 더군다나 저는 그런 경지에 이르지도 못했으니까요. 한 사람이 항상 오피니언 리더, 청년 리더 따위로 불리면 문제가 생기기 쉽습니다.

난두저우칸: 위험하다고 느껴지는 않습니까?

한한: 잘 모르지요, 하지만 이런 예감은 있습니다. (침묵) 이것은 정치적인 문제가 아니라 그저 사람들이 듣다가 짜증이 나는 것일 뿐이지요. 이런 말들을 듣다보면 두드려 패주고 싶어집니다. 왕샤오펑이 말하지 않았습니까. 무슨 오피니언 리더냐, 불평불만의 리더겠지라고요.

난두저우칸: 현 단계에서 청년 리더가 어떤 자질을 갖추어야 한다고 생각하십니까?

한한: 저처럼만 하면 됩니다. 농담이에요…… 제 생각에 모든 시대에는 분야별로 리더가 있을 수 있습니다. 하지만 만약 청년 리더니 오피니언 리더니 하는 것이 있다면, 이는 그저 그 사회의

여론 상황이 썩 좋지 않음을 의미할 뿐이라고 봅니다.

난두저우칸: 만약 청년 리더라는 호칭을 다른 사람에게 줄 수 있다면, 적합한 사람이 있다고 생각하십니까?

한한: 청년이 너무 많으니 말하기가 어렵네요. 어쩌면 없을 수도 있고요. 이 시대가 꼭 청년 리더를 만들어낼 필요는 없습니다. 리더는 무척 만들어내기 쉽지만, 또한 타도해버리기도 쉽지요. 하루는 순풍에 돛 단 듯 의기양양하다가, 다음날에는 패가망신에 이릅니다. 저는 좋은 글을 쓰는 사람이 무척 많다고 생각합니다. 그저 저처럼 많은 자원을 얻거나 많은 주의를 끌지 못하는 것뿐이 겠지요. 이건 물론 겸손해 보이려고 하는 말입니다. (웃음)

상업이라는 건 생각만큼 무시무시한 것이 아니다

난두저우칸: 네티즌들은 당신이 최근 찍은 광고에 대해서 상당히 악평을 하고 있으며, 심지어 "속물스러워서 눈물이 날 지경이다"라고 말하는 사람도 있습니다.

한한: 사실 그건 텔레비전 광고라고 할 수는 없고, 공식 홈페이지의 광고 동영상이라고 해야겠지요. 저는 사업 계약서에 사인을 했고, 저는 연기자니 감독의 지시에 따를 수밖에요.

478

난두저우칸: 당신 자신의 연기자 역할에 대해서 어떻게 생각하십니까?

한한: 단지 그때에 연기자였을 뿐입니다. 법률이 금지하는 행위만 아니라면 다른 건 뭐든지 할 수 있지요. 그게 계약이었으니까요.

난두저우칸: 요즘 광고 모델 활동이 늘어났는데, 선택할 때 어떤 기준이 있습니까?

한한: 있지요. 우선 상품이 훌륭해야 하고, 브랜드가 훌륭해야 합니다. 이게 제일 중요하지요.

난두저우칸: 블로그에서의 영향력을 상업적 이익으로 바꾸는 셈인데, 팬들의 생각에 대해 고려해본 적이 있습니까?

한한: 사실 저는 이 방면에서 이익을 가장 적게 취하고 있으며, 대단히 자제하는 편입니다. 『포브스』에서 발표하는 유명인 수입 순위표를 한번 보세요. 저는 매년 순위표에 이름을 올리지만, 제 수입 순위는 늘 꼴찌거나 아니면 뒤에서 2등 정도입니다. 잘 알려지지 않은 스포츠 스타들보다도 더 낮아요. 까놓고 말씀드리면, 만약 제가 자제하지 않는다면 1년에 1억 위안도 벌 수 있습니다. 하지만 저는 1년에 200~300만 위안만 벌기로 선택한 것입니다.

난두저우칸: 왜 1억 위안을 벌지 않습니까?

한한: 1억 위안을 벌려면 40~50개의 광고를 소화해야만 하

는데, 저는 하나의 광고, 그리고 약간의 상업적 활동에만 참여합니다. 일부 광고 동영상은 인터넷상에서만 볼 수 있습니다. 속물스러운 텔레비전 광고를 찍지 않기 위해서 그저 몇 개의 상업적 활동에 참여할 뿐이고, 수입도 광고 모델이 되었을 때의 10분의 1 혹은 5분의 1에 불과합니다. 하지만 이렇게 해봤자 다른 사람들은 여전히 저를 광고 모델로 여기기 때문에, 이런 조절은 그다지 큰 효과가 없다는 것을 나중에야 알게 되었습니다.

난두저우칸: 올해의 상업적 활동은 상당히 많이 늘어난 것 같은데요.

한한: 예전에도 많이 했었습니다. 하지만 인지도가 높지 않을 때는 방송을 많이 하지 않는 거지요. 2008년 이전에 저에게 관심을 가졌겠습니까? 이제는 웨이보와 카이신왕開心網[3]이 생겼으니 더 많은 관심을 받게 되겠지요. 예전에도 매년 일고여덟 번쯤 자동차 회사의 행사에 참가했는데, 모두 무료 봉사였습니다. 제가 레이싱팀의 드라이버로서 발표회에 꼭 참석해야만 했기 때문이죠. 다른 사람들은 돈을 얼마를 받았느니 하면서 제가 무척 상업적이라고 말했습니다.

난두저우칸: 스스로가 연기자라고 말씀하셨는데, 많은 팬들

---

3. 중국의 SNS 서비스 회사.

이 가슴 아파할 것이라는 점을 고려해보신 적이 있습니까?

한한: 저는 연기자가 아닙니다만, 어떤 때는 반드시 연기자여야만 하는 겁니다. 저는 지금 책을 내지도 않고, 잡지도 아직 출판되지 않았고, 제 블로그는 무료입니다. 저는 몇 가지 상업적 활동에 참가해서 잡지사가 운영될 수 있도록 보장하고, 제 생계가 보장되어야만 비로소 책을 쓸 수 있습니다. 많은 사람들이 상업성과 개인의 독립은 배타적인 것이라고 생각합니다. 사실은 훌륭한 상품을 위해 광고 모델이 되어주면, 생활의 압박 때문에 쓰고 싶지 않은 소설을 쓰는 일을 막을 수 있는 것입니다. 그 밖에도 생활이나 여러 방면의 원인도 있습니다.

난두저우칸: 당신의 잡지 『두창퇀』은 어떻게 되어가고 있습니까?

한한: 잡지의 도서번호가 드디어 승인이 되어 나왔습니다. 내일(6월 3일)이면 바로 공장에 넘겨서 인쇄할 수 있습니다. 이 도서번호를 신청하는 데만 1년 반의 시간이 걸렸습니다.

난두저우칸: 잡지를 위해서 더 많은 활동 영역을 확보하고 있습니까?

한한: 사실 전혀 확보하지 못했어요…… 많은 출판사에서 감히 받아주지 못하고 있습니다. 게다가 하나의 도서번호로는 한 회의 잡지만을 낼 수 있기 때문에, 다음 호를 출판하려면 또다시 번

호를 신청해야 합니다.

　난두저우칸: 지금은 스스로 일해서 번 돈으로 잡지를 운영하고 있는 건가요?

　한한: 현재로는 그렇습니다. 제가 1년에 거절하는 기사 광고軟文[4]는 1000만 위안 이상일 것입니다. 제 상황이 가장 안 좋았을 때도 적지 않은 기업에서 항상 제의가 있었습니다. 우리 상품에 대해서 몇 줄 써주면 5000만 위안을 주겠다, 글 한 편을 써주면 100만 위안을 주겠다. 또 어떤 기업은 좋은 말이건 나쁜 말이건 마음대로 우리에 대해서 몇 줄 써주면 한 글자당 1만 위안을 주겠다고 했지요. 얼마나 큰 유혹입니까. 지금 제가 이 문제에 대답하느라 쓴 글자 수만 세어도 페라리 한 대를 살 수 있단 말입니다. 게다가 당시는 마침 제가 돈이 부족할 때이기도 했지요. 하지만 저는 모두 거절했습니다.

　진짜로 형편이 어려울 때 저는 이렇게 말했습니다. 기사 광고는 정말 못 써주겠다, 대신 프런트에 서서 얼굴마담 노릇을 해주겠다고요. 아마 프런트를 맡아주는 일의 대가는 광고를 써주는 금액의 몇 분의 일밖에 되지 않을 것입니다. 하지만 제 몸은 괜찮은 상업 브랜드와 계약할 수 있어도, 아쉽게도 제 글은 그렇게 할 수

---

4. 신문이나 잡지 등에서 기사 형식을 차용해 작성하는 광고나 PR 기사를 의미한다.

없습니다. 제 잡지에 다섯 곳 정도로 제한된 좋은 고객과 계약해 광고를 실을 수는 있겠지만, 잡지 안에는 여전히 아무런 기사 광고도 싣지 않는 것도 마찬가지 이유에서입니다. 이것이 제 양보할 수 없는 원칙입니다.

저는 다만 독자들에게 상업이라는 것이 생각만큼 무시무시하지는 않다는 점을 말씀드리고 싶습니다. 책과 관련된 일을 하건, 영화 일을 하건, 사회에서 생존해나가려 한다면 상업과의 관계에서 벗어날 수가 없습니다. 만약 제가 모든 상업적 행위를 거절하고, 또 체제 내에서 작업하지 않고, 아무런 조직에도 의지하지 않으면서도 항상 이런 스타일로 글을 쓰는 것이 보고 싶다고 하신다면, 저는 아마 몸을 팔러 다니는 수밖에 없을 것 같군요.

2010년 6월 14일[5]

---

5. 4부 인터뷰는 『난두저우칸』의 동의를 얻어 실었다.—원주

한한은 별종이다. 일찍이 10대의 나이에 웬만한 아이돌 스타를 능가하는 인기를 누리는 베스트셀러 작가가 되었다는 것만 해도 이해하기 어려운 노릇인데, 심지어 중국 최고 기량의 프로 카레이서라니? 게다가 어찌나 사고뭉치에 싸움꾼인지, 입만 열었다 하면 유명인사들과 설전을 벌여서 인터넷은 물론 각종 신문과 잡지까지 온통 야단법석이 나기 일쑤다.

누군가는 그를 '반항을 위한 반항'을 일삼는 문제아라고 부르고, 또다른 누군가는 그를 '현대의 루쉰'이라 부르며 추앙한다. 그를 좋아하건 싫어하건, 그를 인정하건 애써 무시하려 하건 간에, 그는 이미 현대 중국에서 가장 영향력 있는 젊은이가 되었다.

한한의 행보 중 가장 놀라운 점은, 데뷔한 지 10년이 훌쩍 넘는 기간 동안 '계속해서' 사람들의 주목을 끌어왔다는 것이다. 그는 결코 반짝 빛난 후 사라져버리는 가십거리가 아니었다. 한한은 별종이지만, 진짜배기 별종이다. 작가로서건 편집자로서건, 아니면 카레이서로서건, 그는 끊임없이 스스로를 증명해내왔다.

중국인들은 대체 왜 한한에 그토록 열광하는가? 혹자는 언론이 띄워준 탓이라 할 것이고, 혹자는 그저 시대가 잘 맞아떨어졌을 뿐이라 할 것이다. 하지만 옮긴이가 생각하기에 가장 핵심적인 것은, 그가 중국의 젊은이들에게 새로운 희망을 보여주었다는 점이다.

최근 중국 젊은이들의 인생은 팍팍하다. 그들의 힘겨운 삶은 이 책 원서의 제목이자 첫 글인 '청춘'에서 더없이 생생하게 묘사되고 있다. 어려서부터 입시 지옥에 시달리고, 졸업할 즈음에는 엄청난 경쟁을 뚫어야 하고, 어찌어찌 직장을 구한다 해도 번듯한 집을 구하고 가정을 이루는 일까지 성공하는 것은 거의 불가능에 가깝다. 도무지 이해할 수 없는 불합리한 세상 속에서, 한한과 비슷한 또래의 젊은이들은 타인과의 경쟁에서 한 발짝이라도 뒤처지면 큰일이 날 것만 같은 공포와 싸우며 살아가고 있다. 좋은 학교, 좋은 직장, 좋은 집, 좋은 차…… 이미 정해져 있는 목표를 향해, 갈수록 좁아지는 단 하나의 길 위를 다들 미친듯이 달려가고 있는 것이다.

하지만 한한은 꼰대들이 제시하는 이러한 길 말고 또다른 길이 있다는 것을 온몸으로 증명해 보이고 있다. 남과 다른 길을 걷더라도, 자신이 정말 하고 싶은 것을 하면서 성공에까지 이를 수 있다는 것을 말이다. 그것도 그냥 성공하는 게 아니라, 그야말로 '쿨'하고 멋지게 성공할 수 있음을, 한한은 자신의 사례로 몸소 보여준다.

그가 던지는 과감하고 신랄한 언어 앞에서, 근엄한 체하던 기성의 권위들은 속수무책으로 무너져내린다. 누구나 알고 있지만 차마 말하지 못했던 온갖 부조리가 백일하에 드러나고, 때로는 불쌍할 정도로 조롱당한다. 언론 통제가 일상적으로 가해지는 중국에서, 한한과 같은 존재는 중국인이 느끼는 답답함을 속시원하게 날려주는 구세주가 아닐 수 없다.

그런데 한한의 이런 거침없는 언어는 비단 중국에서만 의미를 갖는 것이 아니라 오늘의 한국 사회에서도 더없이 유효하다. 우리네 젊은이들도 마찬가지로 팍팍한 삶을 살고 있지 않던가? 중국보다 더하면 더했지 결코 덜하지 않은 입시 지옥에 시달리고, 대학에서는 비싼 등록금에 허덕이며 학점 경쟁과 어학 점수 올리기에 몰두해야 하고, 가까스로 취직해보았자 정상적인 방법으로는 수십 년이 지나도 시내에 집 한 채 마련하기 어렵다. 한한의 거침없는 언어가, 현대 한국 사회를 살아가는 이들에게도 공명을 일으킬 수 있다고 보는 이유가 바로 이것이다.

물론 한한의 글이 우리에게 무슨 해결책을 제시해주는 것은 아니다. 한한과 함께 수많은 머저리와 꼰대를 신나게 공격한 후에 우리에게 남는 것은, 어쩌면 더 깊은 허망함일 수도 있다. 세상이 하루아침에 달라지지도 않을 것이고, 사회가 갑자기 더 좋은 곳으로 바뀔 리도 없기 때문이다. 그러나 원래 글이란 그러한 것이다. 책이 세상을 바꾸는 방법은, 총칼이 세상을 바꾸는 방법과는 다르다. 한한의 글이 누군가의 마음을 움직였다면, 당신의 마음에 조그마한 파문이라도 일으켰다면, 세상은 이미 그만큼 변화한 것이다.

마지막으로, 번역 과정에서의 어려움에 대해 치졸한 변명을 덧붙이고자 한다. 한한은 언어유희를 대단히 즐기는 작가이다. 더욱이 이 책에 수록된 글들은 블로그라는 매체의 특성상 인터넷에서 사용되는 용어들로 가득차 있다. 옮긴이가 느낀 어려움은, 아마 거의 모든 페이지 아래를 장식하고 있는 수많은 각주만 보아도 짐작할 수 있을 것이다. 끝없이 펼쳐지는 그의 말장난과 위트를, 그리고 그 뒤에 숨어 있는 사건의 복잡한 맥락들을 정확히 우리말로 옮겨낸다는 것은 거의 불가능에 가까운 작업이었다. 문학작품의 번역에 주석을 다는 것을 그리 좋아하지 않는 편이지만, 이 책의 경우 문화적, 언어적인 맥락의 차이가 너무나 커서 불가피하게 다량의 각주를 달게 되었다(그럼에도 불구하고 여전히 모호하고 어려운 점이 남아 있다면, 그것은 전적으로 옮긴이의 잘못이다). 우리 독자들이 날렵하게 전개되는 한한의 이야기를 따라가는 데 작은 도움이라도 되기를 바란다.

2014년 4월

최재용

한한을 읽다
이야기의 예술, 그 본연의 길로 되돌아가기

　　나는 한한의 매력, 외모, 그리고 그가 일으켰던 각종 논쟁과 그의 팬들에 대해 이야기하고 싶지는 않다. 그보다는 그의 글 자체로 되돌아가서 그의 문장과 언어가 갖는 매력에 대해 이야기하고자 한다.

　　한한은 열일곱 살에 '신개념문학상'을 수상한 후 중국 문단에 우뚝 섰으며, 나중에 특별히 입학시켜주겠다는 명문 대학의 제의를 마다하고 대학에 진학하지 않았다. 그후에는 뜻밖에도 프로 카레이서가 되었고, 홀로 자신의 글을 갈고닦았다. 첫 소설 『삼중문』은 중국의 청소년이 학교에서 경험하는 일들과 그들의 일상적인 심리 상태를 그렸는데, 겉으로 보기에는 세상을 조롱하며 장난치는 것에 불과해 보이지만 자세히 읽어보니 『호밀밭의 파수꾼』과 비슷하게 공허함과 성장에 대한 고뇌가 담겨 있어서, 내게는 무척 인상 깊었다. 어린 나이에 유명해져버린 이 젊은이를 바라보면서 가장 궁금한 것은 그가 과연 정말 재능을 갖추었느냐 하는 것이 아니라, 그가 앞으로 자신의 재능을 어떻게 계속 불태워갈 것이냐 하는 문제다.

　이후 한한은 분명 한동안 조용히 지내며 자동차경주에만 집중했다. 게다가 놀랍게도 매우 훌륭한 성적을 얻어냈다. 우리는 이 젊은 친구의 대단한 폭발력에 감탄하는 수밖에 없다. 자동차경주에도 테크닉이 필요하지만, 중국에서는 글을 쓰는 데도 테크닉이 필요하다. 정부가 언론의 자유를 선포했지만, 그것은 과연 얼마큼의 자유인가? 한한이 말한 것처럼, 그것은 단지 "안전한 환경에서 축제를 즐기며, 망상적인 정신 승리를 얻으려" 하는 것에 불과하다. 다시 말해, 무대 위에 선 사람들이 연기자라는 사실을 모두들 알고 있다. 어느 때건 막후에 존재하는 보이지 않는 어두운 힘이 갑자기 커튼을 내리고 개를 풀어 모든 것을 뒤엎어버릴 수 있는 것이다. 하지만 심지가 굳고 세상에 대해 아직 희망을 품고 있는 사람이라면 다 포기해버리거나 함께 무대에 오른 연기자들을 헐뜯으며 누가 가장 조명발을 못 받는지 따지고 들지는 않을 것이다. 그들은 오히려 어떻게 이 한바탕의 연극을 가장 훌륭하게 펼쳐낼 것인지, 그리고 심지어 막 뒤에 존재하는 사람들까지 무대 위로 끌어내서 뭇사람과 함께 그 즐거움을 나누게 할 것인지 고민할 것이다.

한한의 잡문들(보통 블로그에 올라오는)은 날카로운 표현, 독창적인 관점, 직접적이면서도 과감한 발언을 보여주기 때문에, 네티즌이 그에게 시선을 뺏기고 폭발적으로 그의 글을 퍼 나르게 되는 것도 이상할 게 없다. 다른 사람이라고 그가 하는 말을 못 하는 것은 아니지만, 결코 그만큼 멋지게 하지는 못한다.

이 책의 첫 글 「청춘」은 눈물이 날 만큼 훌륭한 글이다. 폭스콘에서는 노동자가 자살하는 사건이 매우 자주 일어나는데, 이는 미심쩍은 기업 관리 차원의 문제일 뿐 아니라 중국 사회를 이루는 나사 같은 사람들이 처해 있는 상황을 잘 반영해준다. 이 글은 분명 21세기에 나온 『외침』[1]이라 할 수 있다. "얼마나 안타까운 일인가! 본래 심장 속을 흘러야 할 뜨거운 피가 땅 위로 흘러나오게 된 것은"이라는 마지막의 이 한 구절은 중국 '바링허우' 세대를 가장 잘 대표할 수 있는 외침인 것이다. 이 글은 수많은 '엘리트'가 가졌던 초심의 변화를 지적한다. 그들은 군중의 일원에서 기득권 집단으로, 거리에서 시스템 내부로, 반역에서 보수로, 독립에서 맹목으로 옮겨갔다. 이 '뜨거운 피(혹은 정의와 양심)'는 원래 사람들의 가슴속에 있어야 하는 것인데, 지금은 어디로 가버린 것일까?

---

1. 루쉰의 첫번째 소설집. 「광인일기」 등의 명작이 실려 있으며, 중국 민중의 안타까운 현실을 날카롭게 묘사해 문학적, 문학사적으로 가치가 매우 크다.

보기 드물게 침착하면서 마오쩌둥식의 어조[2]가 없는 글

한한의 글은 보기 드물게 침착하고, 어조가 자연스러우며, 조급하지 않다. 그의 말에는 마오식의 어조가 전혀 없고, 또한 중앙방송식의 억지스러운 기승전결이나 클라이맥스도 전혀 없다. 오스트리아의 노벨문학상 수상자 엘프리데 옐리네크는 독일어가 아우슈비츠의 유대인 학살을 경험한 이후 어떻게 순수함을 회복할 수 있는지 오랫동안 고민했다. 그렇다면 중국어는 문화대혁명이라는 언어적 폭력의 세례를 경험한 후 어떻게 해야만 그 중립성과 평화로움을, 투쟁과 혁명과 마오식의 어조가 없는 상태를 회복할 수 있을 것인가?

한한의 글에는 분명 인터넷 유행 문학의 어투가 배어 있으며, 이것이 습관이 되면 그 나름의 내재적인 논리와 체계가 만들어지게 마련이다. 그러나 전체적으로 보아 그의 글은 깔끔하고 온화하며 대범하고, 거기에 유머 감각과 가벼운 조롱을 할 수 있는 힘을 갖고 있다. 그렇다! 중국의 작가들은 대개 너무나 무겁

---

2. 마오쩌둥은 중국에서 사회주의혁명의 상징과도 같은 인물이다. 그에 대한 평가는 매우 다양하지만, 그가 극좌적 이데올로기 노선을 무리하게 추진했다는 점에는 의심의 여지가 없다. '마오쩌둥식의 어조毛腔'는 그의 집권 시기에 유행한 경직된 정치적 구호와 같은 말투를 가리키는 것이다.

게 살고 있다. '문이재도文以載道'[3]의 임무는 막중하고 그 이상에 도달하기는 매우 어려워서, 유머나 농담을 시도할 때 그들이 부담을 느끼지 않기란 어려운 일이다. 그래서 그들은 결국 영국인들처럼 함의가 풍성하면서도 세속에 물들지 않은 위트 있는 문장을 써내지 못한다. 한한의 유머는 비록 많은 자조와 아이러니를 담고 있기는 하지만, 표현하려는 바가 명확하고 결코 비통함에 빠지지 않는다. 이는 한한의 세대가 건강하게 성장하고 우리나라가 정상적인 심리 상태를 갖춘 문명세계로 단호히 나아갈 수 있게 할 큰 힘이 될 것이다. 중국인이 문학과 예술에 불필요한 부담을 지우지 않을 수 있게 된다면, 그리고 사람들의 언행을 엄격하게 규제하지 않을 수 있게 된다면, 우리는 진정 보는 사람을 기쁘게 만드는, 존경할 만한 민족이 될 것이다.

한한은 평론을 펼칠 때 학술적인 어휘나 개념을 거의 사용하지 않는데, 내 생각에는 무척 훌륭한 일이다. 우선 이는 그가 대학을 다니지 못해 학술적인 수준이 낮기 때문이 아니며(그의 천부적인 총명함은 쉽게 알 수 있는 것이니, 그에게는 독학하는 것이 대학을 다니는 것보다 낫다), 또한 소위 말하는 '엘리트적 글쓰기'가 매번 학술적인 상투어를 동원해 권위와 지식을 과시하는 것에 비해, 그런 군더더

3. '글에는 도를 담아야 한다'는 사상.

기를 벗어버리고 가뿐한 글과 상식을 통해 직접 문제의 핵심을 이
야기하는 것이야말로 지금의 중국에 시급하게 보급해야 할 공민公
民으로서의 소질이라 하겠다. 그리고 예쁘장하게 꾸민 과장된 말,
어려운 말이 난무하는 지금 같은 시대에, 문제를 꿰뚫어보는 능력
을 갖춘다는 것은 평온하게 문제를 직시함을 말하는 것이지, 반드
시 시공을 초월한 무슨 학술적인 이론으로 사이비 결론을 내려야
한다는 것이 아니다(학술과 이론은 세계를 이해하는 데 무척 중요하지만
이 글에서 논하는 내용과는 무관하다. 학술계 종사자는 자신을 비난한다고
여기지 마시라).

크나큰 성장의 출발점에 있는 문학청년

잡문이 갖는 시대성과 즉각적인 비판 기능에 비해, 한한의
소설은 그의 예술관을 반영하며 국가에 대한 더욱 깊은 사고와 소
망을 반영하고 있다. 그렇다. 나는 한한이 그렇게 비관적이지는 않
다고 생각한다. 그는 아직도 어느 정도는 이상주의자이며, 여전히
글쓰기가 현실을 변화시키고 세상을 더욱 아름답게 만들 수 있다
고 믿는다. 한한은『그의 나라他的國』를 지금껏 가장 만족스러운 작
품으로 꼽는다. 이 작품은 한한 소설의 모든 요소를 담고 있으며,

이 나라의 젊은 작가가 『그의 나라』라는 책을 어떻게 써낼 것인지에 대한 다른 이들의 기대에도 부합한다. 또한 이 작품은 공감을 이끌어낼 수 있는 기묘한 이야기로 가득하며, 미스터리와 반전 역시 빠지지 않는다. 심지어는 혁명 영웅 체 게바라의 『모터사이클 다이어리』식의 떠돌이 정서와 세계를 계몽하려는 정신도 엿볼 수 있다. 하지만 이 작품은 결코 그가 쓴 최고의 작품이 아닐 것이다. 그보다는 그가 편집 주간을 맡은 『두창롼』에 실린 연재소설, 『1988: 나는 세상과 소통하고 싶다』[4]가 더욱 기대된다. 이 작품을 보면 가장 뛰어난 바링허우 작가로서 한한이 중국 민간의 현실을 어떻게 관찰하고 있는지, 그에 대해 사고할 능력을 갖췄는지, 그리고 글쓰기라는 측면에서 날로 성숙해가는 개성적 매력이 어떻게 나타나는지 확인할 수 있다.

하물며 그는 아직 젊기까지 하지 않은가. 이제 겨우 스물여덟, 크나큰 성장의 출발점에 있을 뿐 그에게는 아직 남겨진 시간이 너무나도 많다.

천닝陳寧(홍콩 작가)

---

4. 2010년에 출간된 소설로, 2011년에 같은 제목으로 한국어판이 출간됐다.

한한,
청춘의 기록

1982년
9월, 상하이에서 태어나다.

1997년
중학교 재학 시절, 『소년문예少年文藝』 등의 잡지에 「바보傻子」 「석양은 여전히 아름답다夕陽依舊美麗」 등의 소설과 산문을 발표하기 시작하다.

1999년
체육 특기생으로 상하이 중점 고등학교인 쑹장松江 제2고등중학교에 재학하며 문학 창작 분야에서 특출한 재능을 보이다. 하지만 학업 성적은 위태로워, 기말고사의 7개 과목에서 낙제점을 받아 유급되다.

2000년
전년에 이어 다시 한번 유급되자, 아버지와 함께 퇴학 수속을 밟다.
5월, 소설 『삼중문三重門』을 출판하다. 상하이의 중학교 3학년생을 주인공으로 설정해 중국의 교육 풍토, 나아가 중국 사회의 부조리를 비판한 이 작품을 통해, 이른바 '한한 현상'을 불러일으키다. 발표 후 10년간의 누적 발행 부수가 200만 부를 넘으며 중국 최고 베스트셀러 작가 반열에 오르다.

2002년
1월, 소설 『소년처럼 질주하라像少年啦飛馳』를 출판하다. 이해 중국에서 가장 많이 팔린 책이 되다.
10월, 산문집 『독毒』을 출판하다.

2003년
프로 카레이서의 세계에 입문하다. 베이징의 레이싱팀 '지수極速'의 대표로 중국 랠리 챔피언십 상하이 대회에 참가, N조 6위의 기록을 세우다.
9월, 잡문집 『통고 2003通稿 2003』을 출판하다.

2004년
6월, 윈난雲南 성의 레이싱팀 '훙허紅河'의 일원이 되다. 이후 아시아 BMW 포뮬러 대회 예선에서 우승, 5만 달러의 상금을 타다.

9월, 소설『장안란長安亂』을 출판하다. 다시 한번, 이해 중국 도서 중 최다 판매량을 기록하다.

2005년
웹 2.0 시대를 맞아 블로그를 개설하다.
11월, 자신의 카레이싱 경력을 담은 수필집『그저 이렇게 떠도는 것就這麼漂來漂去』을 출판하다.
12월, 소설『한 도시一座城池』를 출판하다(한국어판 제목은『연꽃도시』).

2006년
3월, 문학평론가 바이예白燁와 온라인상에서 논쟁을 벌이다. '한백지쟁韓白之爭'으로 불린 이 충돌에서, '바링허우' 작가들을 과연 작가라고 부를 수 있는지, 그들이 문단에 진입했다고 볼 수 있는지가 논점이 되다.
9월, 음반〈한·18금寒·18禁〉을 발표하며 음악계에 진출하다.

2007년
7월, 소설『영광의 날光榮日』을 출판하다.
농구선수 야오밍姚明, 영화배우 스샤오롱釋小龍 등과 함께, 바링허우를 대표하는 10인에 뽑히다.

2008년
중국 사회의 여러 가지 문제를 날카롭게 지적한 평론을 블로그에 대량으로 발표하기 시작하다. 쓰촨 대지진과 베이징올림픽 등 중요한 사회적 이슈들에 대한 견해를 밝힌 글을 포함, 다양하고 활발한 평론 발표로 엄청난 영향력을 발휘하며 시끌벅적한 한 해를 보내다.
3월,. 블로그 글을 엮은 잡문집『잡스러운 글雜的文』을 출판하다.

2009년
한한이 발표한 날카로운 평론이 세계적인 미디어로부터 주목을 받기 시작하다.
1월, 소설『그의 나라他的國』를 출판하다.
5월, 산문집『풀草』을 출판하다.
7월, 잡문집『귀여운 대재앙可愛的洪水猛獸』을 출판하다.

11월, 미국 시사주간지 『타임』과 단독으로 인터뷰하다. 기사 제목은 '한한: 중국 문단의 반항아Han Han: China's Literary Bad Boy'.

12월, 홍콩 시사주간지 『야저우저우칸亞洲週刊』에서 '올해의 풍운아'로 선정하다.

이해, 카레이싱 실력이 최고조에 올라, 중국 카레이싱 사상 최초로 트랙과 랠리 두 종목 모두에서 종합 1위를 차지하다.

잡지 『두창톈』 발행 준비에 착수하다.

2010년

한 해 동안 각종 미디어에서 잇따라 '풍운아'로 선정되고, 해외 미디어들과 연달아 인터뷰하다.

1월, 『난팡런우저우칸南方人物周刊』에서 작성한 '2009년 중국 매력 순위'에 이름을 올리다. 이때 그에 대한 호칭은 '천성적인 매력天性之魅'.

4월, 『타임』에서 선정한 '세계에서 가장 영향력 있는 인물 100인'에 이름을 올리다. 일본 공영방송 NHK와 단독 인터뷰를 하다. '중국의 영적 부자心靈富豪' 순위 중 '풍운아' 분야에 이름을 올리다.

6월, CNN과 단독 인터뷰를 하다. 중국의 인터넷 검열 문제에 대해 견해를 밝히다.

7월, 『두창톈』 1호를 출판하다. 1쇄 발행 부수는 50만 부, 첫날에만 10만 부가 팔려나가다. 출간 후 1개월간 누적 판매량은 120만 부. 홍콩에서 열린 출간 기념행사에 200여 명의 내외신 기자들과 3000여 명의 독자가 참여하다.

9월, 소설 『1988: 나는 세상과 소통하고 싶다』를 출판하다.

10월, 잡문집 『청춘靑春』을 대만에서 출판하다(이 책 『나의 이상한 나라, 중국』의 원서).

2011년

11월, 『청춘』을 중국 본토에서 출판하다.

12월, 2009년 이후 또 한번 중국 랠리 챔피언십에서 우승하다.

2012년

잡문집 『어긋난 나라脫節的國度』를 출판하다.

2014년

『청춘』을 한국어로 옮긴 『나의 이상한 나라, 중국』이 한국에서 출판되다.

옮긴이 **최재용**
서울대학교 중어중문학과에서 학사와 석사를 마치고, 중국 베이징 대학교에서 중국의 인터넷
문학을 주제로 박사학위를 취득했다. 현대 중국의 대중문화를 연구하고 한국에 소개하는 작
업을 진행하고 있다. 옮긴 책으로 『거리의 지혜와 비판이론』 『다정검객무정검』(근간) 등이 있으
며, 「중국 인터넷 문학 연구에 대한 비판적 검토」 「한한이 촉발한 문학논쟁과 그 문학사적 의
미」 등 다수의 논문을 발표했다.

나의 이상한 나라, 중국

초판 인쇄 2014년 5월 10일
초판 발행 2014년 5월 17일

지은이 한한 | 옮긴이 최재용 | 펴낸이 강병선
책임편집 장영선 | 편집 박영신 | 독자모니터 임현욱
디자인 김이정 이주영 | 저작권 한문숙 박혜연 김지영
마케팅 정민호 이연실 정현민 지문희
온라인 마케팅 김희숙 김상만 한수진 이천희
제작 강신은 김동욱 임현식 | 제작처 한영문화사(인쇄) 한영제책사(제본)

펴낸곳 (주)문학동네
출판등록 1993년 10월 22일 제406-2003-000045호
주소 413-120 경기도 파주시 회동길 210
전자우편 editor@munhak.com | 대표전화 031) 955-8888 | 팩스 031) 955-8855
문의전화 031) 955-1933(마케팅), 031) 955-1913(편집)
문학동네카페 http://cafe.naver.com/mhdn | 트위터 @munhakdongne

ISBN 978-89-546-2468-8 03820

* 이 책의 판권은 지은이와 문학동네에 있습니다.
* 이 책 내용의 전부 또는 일부를 재사용하려면 반드시 양측의 서면 동의를 받아야 합니다.

www.munhak.com